U0112514

小说创作指南

救猫咪

Save The Cat! Writes A Novel
Jessica Brody

[美] 杰西卡·布罗迪┃著

张淼┃译

九州出版社
JIUZHOUPRESS

目　录

简　介　/ 1

1　我们为什么关心?

塑造一个值得为他/她写一个故事的主角　/ 13

2　"救猫咪"动点进度表

又名：解决所有关于构思的问题　/ 33

3　不是你母亲的风格

适合任何故事的10种类型（是的，甚至包括你的故事）　/ 119

4　犯罪动机

侦探、欺骗与阴暗面　/ 131

5　成长仪式

当生活受阻时　/ 157

6　制度化

加入他们，离开他们，或毁掉他们!　/ 181

7　超级英雄

平凡世界里的不平凡　/ 221

8 遇到问题的家伙

通过最终考验 / 245

9 傻瓜成功

失败者的胜利 / 273

10 伙伴之爱

爱情（或友谊）的转变性力量 / 295

11 瓶子里的魔法

一点点魔法会大有帮助 / 321

12 金羊毛

公路旅行、追寻与盗窃，天哪！ / 347

13 房子里的怪物

不仅仅是一个恐怖故事 / 375

14 向我推销它！

如何写出抓人眼球的一句话简介和令人印象深刻的故事梗概 / 401

15 救救作者！

你遇到了问题，我有解决方案 / 417

致　谢 / 461

关于作者 / 465

书名、人名对照 / 467

简　介

在 2005 年，一位非常聪明的编剧布莱克·斯奈德写了一本非常有智慧的书，名叫《救猫咪：电影编剧指南》。在这本书中，布莱克开始教编剧们如何用 15 个"动点"（beat）或情节点的模板来组织他们的剧本，并声称好莱坞所有优秀的电影都是围绕着这 15 个动点来组织的。

人们几乎立即做出了反应。在短短几年内，全世界的编剧、导演、制片人和制片公司主管都开始运用布莱克的 15 个动点模板或"动点进度表"，为大银幕创作出更好、更紧凑、更吸引人的故事。"救猫咪"很快成为了业界公认的编剧技法。

我曾是一家电影制片公司的主管，后来成了一名努力奋斗的小说家。在 2006 年，我试图卖出我的第一本书（但以失败告终）。我的一个文件抽屉里装满了退稿信，上面都写着同样的话："写得很好，但没有故事。"基本上，我对情节结构一无所知。直到有一天，我的一个编剧朋友给了我一本书，就是《救猫咪》。他对我说："这是一本非常受欢迎的剧本创作书，但我相信它也适用于小说。"

他是对的。

从头到尾（多次）读完《救猫咪》后，我把布莱克的15个动点模板和我读过且喜爱的畅销小说进行了比较，我很快发现，经过一些调整和改编，他的方法也可以完美地应用到小说中。

然后，我开始证明这一点。

现在，差不多10年过去了，我已经向西蒙与舒斯特、兰登书屋、麦克米伦等大型出版商卖出了超过15部小说。23个国家已经出版和翻译了我的书，其中有两本正被制作成电影。

这是巧合吗？绝对不是。我真的那么擅长写作吗？这还有待讨论。布莱克·斯奈德是否发明了一些以前没有人发明过的东西？完全不是。他只是研究了故事的元素和角色的转变，并注意到了一种潜在的模式，一组讲故事的密码。

而现在，在用"救猫咪"法构思了无数部小说，并且教成千上万名作家如何做这件事之后，我总结出了一个易于遵循、循序渐进的方法，可以教会小说家驾驭这种故事密码的力量，把他们的故事变成引人入胜、结构良好、令人着迷的小说。在这本书中，我将与你们分享这一切。

因为，本质上布莱克设计的"救猫咪"动点进度表与电影无关。它针对的是**故事**。不管你是在写剧本、小说、回忆录还是舞台剧，不管你是在写喜剧、正剧、科幻、奇幻还是恐怖小说，不管你把自己想象成文学作家还是商业作家，有一点是毋庸置疑的：你需要一个好的故事。

我会帮你实现这一点。

给小说家的剧本创作指南？

但是，为什么要向编剧学习呢？毕竟，小说家应该是我们最先想到的学习对象。

然而事实是，在当今以媒体为中心、快节奏、影视技术提升的环境下，小说家实际上是在与编剧**竞争**。不管你喜不喜欢，从第一部无声电影出现在银幕上的那一刻起，作为一种娱乐来源，小说就不得不与电影竞争。查尔斯·狄更斯和勃朗特姐妹不必与令人兴奋的超级英雄电影或最新的梅丽莎·麦卡西喜剧竞争，但现在的小说家需要。（不过，附注一下，我可以证明我已经在《简·爱》《呼啸山庄》和《远大前程》等许多经典作品中找到了"救猫咪"动点进度表中的全部15个动点。）

关键在于节奏。如果一部小说节奏紧凑，并拥有视觉元素、引人入胜的角色成长以及严密的结构，就可以与任何一部大片竞争——并最终获胜。

但是，怎么写出一部这样的小说呢？

进入"救猫咪"的世界吧。

我疯狂写小说的方法

在写这本书之前的几年里，我多次担任过"救猫咪"小说讲习班的讲师。多年来，我看着作家们努力弄清楚他们的小说是关于什么的以及如何组织小说的内容，最终想出了我认为最符合逻辑、最直观、最有效的方法来指导你学习"救猫咪"法。我组织这个过程的美妙之处在于，你可以独自学习，也可以和一个审读小组或合作伙伴一起学习。我甚至在关键章节的结尾加入了练习和检查表，以帮助你自己检查（你可以自己完成，也可以和你的审读小组一起完成）。因此，无论你是喜欢独自学习，还是更喜欢与其他人一起学习，这本书都将帮助你尽可能地写出最好的故事。

即使你买这本书是因为你卡在了故事的某一个情节中（比如中点），我仍然建议你按顺序阅读本书。你以为自己已经想清楚了故事里其他的一切，但是卡在某个地方的可能只是一个症状，而不是真正的问题——故事中的问题也许比你意识到的要深入得多。

因为不管你是怎么想的，这本书远不仅仅是关于**情节**的。"情节"本身是毫无用处的，它只是一个故事中发生的一系列事件。但是，**结构**是这些事件发生的顺序，也许更重要的是它们发生的**时间**。然后你加入了一个需要改变的角色，并且这个角色最后确实发生了改变，然后，瞧！你有了一个值得讲的故事。

情节、结构和角色转变。

我喜欢称之为"故事的神圣三位一体"。

总之，这三个要素是纯粹的故事写作的精灵之尘，是每一个精彩故事的三个基本组成部分。但同时，它们也是一个精妙、错综复杂的整体。这就是为什么组织这本书需要多年的研究、教学经验和仔细思考。

构思者和凭感觉者

（写作界）有两种公认的小说家：构思者和凭感觉者。构思者是那些在动笔前就将小说构思出来的人；凭感觉者是那些

"跟着感觉写作"的人，会边写边构思。我意识到，如果一位凭感觉者买了这本书，那么他现在可能会很崩溃，一看到"结构"和"检查表"这样的词就会直冒冷汗。唉！

但是，请让我解释清楚。

这本书不是在歌颂构思者，也并非一份要把所有凭感觉者都转化成构思者的声明。是的，我确实认为自己是一个构思者，但我写这本书并不是为了证明某种写小说的方式比另一种好。与成千上万的作者一起工作了多年，我了解到，创作是一个非常神秘的过程，每个人的方法都是不同的。（是的，你们都是独特的、纤巧美丽的、讲故事的人。）所以，不，我写这本书不是想改变你的写作方式，而是想帮助你做出改进。

如果你是那种喜欢在启动车子前就弄清楚你要去哪里的人，那么这本书将帮助你更快、更有效地做到这一点。另一方面，如果你是那种喜欢先启动车子往前开，自信自己会知道要去哪里的人，那么你可以把我和这本书当成你的个人汽车协会，当你陷入停滞或被困在半路上，没有地图、导航、燃料时，我会渴望且准备好帮助你快速启动。

不管你属于哪一类作家，这本书都将指导你完成启发人心的，而且往往让人畏惧的构思小说的过程。因为不管你是已经凭感觉完成了初稿，现在想弄清楚怎么修改才能让它变得更吸引人，还是你刚刚有了一个崭新的想法，想提前把故事构思出来，最终都一样要在某个时刻以某种方式进行一些构思。（老实说，最终故事都需要一个结构，不管你是构思者还是凭感觉者。）要么在写故事前构思，要么在写好故事后修改。对我来说这两者都是一样的；对于这本书来说，这两者也是一样的。

我的意思是：别担心，我会帮你做到这一点。

"F" 开头的词

介绍到这里，有时候人们就开始说那个 "F" 开头的词了。

公式（Formula）。

许多小说家担心，遵循像"救猫咪"这样的方法将导致他们的小说变得公式化或可预测。他们担心，遵循结构指导或模板来写作会降低他们作品的艺术性，限制他们的创意选择。

所以，我想把这种担心扼杀在萌芽状态。现在，马上。

布莱克·斯奈德在几乎所有电影中发现的模式和我在几乎所有小说中发现的模式并不是一个公式。就像我之前说的，它其实是一组潜在的讲故事密码。

这是让精彩的故事吸引到读者的秘诀。

作为人类，我们的 DNA 中藏着一些东西，让我们会对以特定顺序讲述的特定故事元素做出反应。自从我们的原始祖先在墙上画画、部落在篝火旁讲故事以来，我们就一直在响应这种模式。"救猫咪"法只是识别出了那组密码，并将它转化成一幅易于遵循的创作成功故事的蓝图，这样作家们就不必从头发明已经使用了这么久的轮子了。

我一直在研究畅销小说。远到 18 世纪，近到现在出版的小说，我发现它们几乎都符合相同的模式。这些模式都可以用"救猫咪"法进行结构分析。

如果你想称它为公式，那就这么做吧。但是，你会在无数伟大作家的作品中发现这个公式，他们包括查尔斯·狄更斯、简·奥斯汀、约翰·斯坦贝克、斯蒂芬·金、诺拉·罗伯茨、马克·吐温、艾丽斯·沃克、迈克尔·克莱顿和阿加莎·克里斯蒂。

不管你称它为什么，它都可以让故事变得**引人入胜**。

开始……

那么，让我们开始这个派对吧。我们前面还有很长的路要走，而我已经迫不及待了。

先来看看最重要的事情。你需要什么？至少，你需要一个小说的想法。不一定是一个伟大的想法。它可以是一个萌芽期的主意，可以是一个闪光的点子，它甚至可以是一个让你感兴趣的角色，或者是一组你希望以某种方式串联在一起的启发灵感的想法。也许你有一个想法，但你不知道是否值得围绕它写一个故事。你不知道它是否像电影行业里说的那样"长了腿"，能吸引人们的注意力，获得成功。它能发展下去吗？你真的能围绕它写出 300 多页的故事吗？

或者，你可能已经写完一部小说或写了一部分，但它还不够吸引人，你知道你需要修改；或者，你可能正在写一本书，但不知道接下来该如何展开，现在你陷入了困境，需要一些灵感。

不管你正处于什么情况，我都很高兴你能和我一起踏上这段旅程。下面我对后文章节中将涉及的内容进行了快速分类（就是这本关于结构的书的结构，如果你想这么形容的话）：

1. **主角**：首先，在第 1 章，我们将讨论你故事中的主要角色或"主角"，他们是谁，以及为什么他们迫切需要转变。

2. **动点**：在第 2 章，我们将详细探索"救猫咪"动点进度表的 15 个动点，这样你就可以开始设计你那引人入胜的、转变性的小说之旅。

3. **类型**：在第 3—13 章中，我们将介绍 10 个"救猫咪"故事类型。这些类型并不按照传统的故事类型（科幻、正剧、喜剧，等等）来区分，而是按照角色转变类型或中心主题来划分的。这将帮助你进一步发展你的小说，并确保你的故事包含必要的"类型成分"，使它获得成功。在这些章节中，我还会向你展示 10 张畅销小说的动点进度表（每个故事类型一张），这样你就可以看到如今最成功的一些小说是如何应用这 15 个动点的。

4. **卖点**：到第 14 章时，你将明了你的小说讲的是什么，这将帮助你把故事提炼成一页长的概要（大纲），再进一步提炼成一句话简介（梗概），你可以用它来说服代理人、编辑、出版商、读者，甚至电影制片人。

5. **常见问题**：尽管前面的章节写得很好、很全面，但我相信你在阅读的过程中还会遇到问题。这就是为什么我会在第 15 章为你提供实用的解决方案，解答小说家在运用"救猫咪"法时面临的 6 个最常见的问题。

猫指什么？

但是等等！我们忘了一件重要的事。我敢肯定，从你第一次听说这本书或在书店里拿起它的那一刻起，这个问题就出现在你的脑海里了。

这本书到底为什么叫"救猫咪"？

答案可以追溯到原来那本《救猫咪：电影编剧指南》，布莱克·斯奈德就如何避免讲故事的常见陷阱给出了几条巧妙的标题式的建议，"救一只猫咪！"就是其中的一条。如果你的主角一开始有点不讨人喜欢，那么在故事的前几页，他们应该救一只猫咪（是的，比如从树上、着火的建筑物或庇护所里），或者做一些类似的能立即让读者支持他们的事情，不管他们最初有多不讨人喜欢。

我们将在第 15 章里讨论更多关于猫咪和如何救它们的话题，到时候我们将解决作家在运用"救猫咪"法时面临的一些最常见的问题。此外，在这本书中，我还介绍了一些新的、专为小说家设计的方法和技巧，可以帮助你改进你的故事。

所以，让我们开始吧。你的主角在等待，而且他们正面临着一个巨大的问题……

1

我们为什么关心？

塑造一个值得为他 / 她写一个故事的主角

注意！本章包含以下书籍的"剧透"：

凯特·迪卡米洛的《傻狗温迪克》

玛丽·雪莱的《弗兰肯斯坦》

凯瑟琳·斯多克特的《相助》

扬·马特尔的《少年 Pi 的奇幻漂流》

斯蒂芬·金的《头号书迷》

恩斯特·克莱恩的《玩家 1 号》

人物与情节之间的关系是至关重要的，这就是为什么我们从这里开始使用"救猫咪"法。从现在起，我将把你故事里的主要人物称为**主角**。因为这样听起来不是更好吗？主角是积极主动的、重要的，值得围绕着他们创作一整部小说。在"救猫咪"的世界里，我们描写的是那些做了令人难忘的事情的令人难忘的人物。但最重要的是，我们塑造的主角（男主角和女主角！）注定要成为情节的中心。

　　那么谁注定会成为你的情节的中心呢？让我们卷起袖子来好好看看！

　　不管你是否已经想好了故事的梗概，或者你仍然在构思，我都劝你先暂时把所有一切放到一边，只专注于构思你故事中的主角。在这一部分，我们将讨论如何让你的主角配得上这整个**故事**。

　　如何塑造一个有趣、令人难忘、能引起共鸣的主角，一个读者想要了解的主角，一个值得为他们写一部小说的主角？

　　简单！

你只需要给他们：

- 一个问题（或需要改善的缺点）
- 一件想要的东西（或主角追求的目标）
- 一个需要（或有待学习的人生课程）

如果你预先思考了这三点，你的主角就会自动在你眼前成形，之后你也能更容易地把他们加入到你的情节中。

所以，让我们更仔细地看看这三点。

这里有个小秘密：读者不喜欢读那些把事情处理得井井有条的完美主角的故事，没有任何缺点或问题的完美主角无论如何都是极其无聊的；更不用说，这完全不现实（就我而言，我还没有遇到过一个毫无瑕疵的人）。所以，如果你想在小说中塑造一个可信的、能引起共鸣的、有趣的主角，那么他们就不能是完美的。他们必须至少有一个主要的问题——或者更好的是，有很多问题。

你会发现，每一部伟大的小说中都有一个**有缺点的主角**——一个有问题的主角。

以苏珊·柯林斯的《饥饿游戏》中的凯特尼斯·伊夫狄恩为例。她并没有在 12 区过着奢侈的生活，不是吗？她很穷，很饿，没有父亲，她的母亲干脆消失了。然后，轰！她的妹妹被选为贡品。凯特尼斯的外部环境让她的内心变得冷酷、不信任他人和愤世嫉俗。这个女孩有很多问题。

或者，约翰·斯坦贝克的《愤怒的葡萄》中的汤姆·乔德呢？他刚刚从监狱里出来（因为杀了一个人！），回家后他发现，因为没有钱、没有工作、没有食物，他的家人都搬走了。他近期肯定不会赢得"年度农场主"的称号。别忘了索菲·金塞拉的作品《购物狂的异想世界》中的贝姬·布卢姆伍德，正如书名里暗示的那样，她无法停止购物。这就是为什么她被私底下的信用卡债务搞得焦头烂额，这种情况开始严重破坏她的整个生活。

这就给了我们一个描写有缺点的主角的好建议：不要让问题只局限在你的主角生活中的一个方面。让问题显现、扩大，并产生影响！主角的问题应该影响他们的整个世界：工作、家庭生活以及人际关系。

当有人开始读你的小说时，他们应该这样想：哇哦，这个人的生活真是一团糟！

这样你就知道你做了自己该做的。

我知道，这对你的主角来说似乎是一件可怕的事情——让他们的生活从一开始就充满各种各样的困难——但同时，这也是很有必要的。毕竟，如果你的主角的生活没有瑕疵，那这本小说还有什么意义呢？我们为什么要在乎他/她的生活中发生了什么？人们读小说是为了看人物解决问题、改善生活、改掉缺点。伟大的小说会塑造极其不完美的人物，然后让他们变得更好一点。

那么，你的角色面临着什么样的问题呢？当你开始创造那个值得为他／她写一个故事的主角时，这是你必须回答的第一个问题。

但你的主角光有缺点是不够的；他／她也必须（非常）**想要**一些东西，并且要积极主动地去争取。你的主角知道他们面临着一些问题。（又或者他们不知道，而这就是他们的问题之一。）现在的问题是：你的主角认为什么可以解决这些问题，或者他们认为什么可以改善他们的生活？（注意我使用了"认为"这个词——我们稍后会探讨这个问题。）

不管答案是什么——更好的工作、更多的钱、在学校更受欢迎、获得他们父亲的认可、侦破一个重大的谋杀案，等等——那就是你的主角的目标。这就是他们将在整部小说中（或至少在开头部分）努力实现的目标。

给你的主角设定一个目标，让他们积极主动地追求这个目标，这是让读者支持你的主角并对你的故事产生浓厚兴趣的最快方法。"哦，这个家伙想在一个大规模的在线模拟游戏里找到一个隐藏的复活节彩蛋？"（恩斯特·克莱恩的《玩家1号》。）"让我们读下去，看看他是否能做到！"或者，"哦，这个女孩想为她最要好的新朋友找一个合适的丈夫？我想知道她会不会成功!"（简·奥斯汀的《爱玛》。）读者之所以会继续读下去，是因为他们想知道你的主角是否会得到他们想要的。

所以问问你自己："我的角色在生活中想要什么？"

很遗憾，我要说，"我的主角想过得快乐"并不是一个足够好的答案。我在讲习班里经常听到这个答案，但是它不够具体。最有效的角色**目标**或**愿望**是具体和有形的。读者应该能够知道你的主角是否以及何时得到了他们想要的。如果你的主角的目标是快乐，我们怎么才能真正知道他 / 她何时实现了这个难以捉摸的目标呢？我们无法知道。也就是说，除非你告诉我们，主角认为某一样具体的东西会让他 / 她觉得快乐，像一栋新房子、一辆新车、推特上的 100 万粉丝、国家冠军奖杯、去一个新国家旅行、神奇的力量、从监狱逃脱，等等。你需要给读者一些他们可以追踪和支持的有形的东西。

说到你的主角要获得他们想要的：为什么他们还没有得到呢？

为什么《玩家 1 号》中的韦德没有在某一天醒来后，就毫不费力地收集到藏在"绿洲"中的复活节彩蛋的所有三把钥匙呢？为什么在《爱玛》中，爱玛没有成功地撮合哈丽雅特和埃尔顿先生？因为如果他们成功了，故事就无法成形了。这太容易了。没有什么需要读者去支持的了。这就是为什么你的主角不应该轻易得到他们想要的东西。这个过程应该很难。他们应该为此付出努力。

几乎每一个愿望或目标都有一种同等的、相反的力量阻止着主角实现它。这种力量常常以"冲突"或"敌人"的形式出现。是什么妨碍了主角?在《愤怒的葡萄》中,汤姆·乔德和他的家人为什么无法在加利福尼亚州找到工作?因为土地所有者谎报了工作量,这样他们就可以吸引更多的工人、压低劳动力价格,这导致大量饥饿、愤怒的外来工人的出现。为什么在维克多·雨果的《悲惨世界》中,冉·阿让不能重新开始,过上他想要的平静生活呢?因为他的死对头,警长沙威不会让他如愿。

现在,很重要的是,要注意有关愿望(或目标)的两点。

首先,愿望可以随着小说的发展而改变,这种情况时有发生。在玛丽·雪莱的《弗兰肯斯坦》中,维克多·弗兰肯斯坦从想要创造生命到想要摧毁他创造的生命;在刘易斯·卡罗尔的《爱丽丝漫游奇境》中,爱丽丝从想要找到白色的兔子到只想回家;在乔乔·莫伊斯的《遇见你之前》中,路易莎从仅仅想要一份养家糊口的工作到想要挽救威尔的生命。不管**愿望**改变了还是保持不变,它们都是推动故事向前发展的动力,是保持情节发展的力量。否则,你的主角就会游手好闲,等待着什么事情发生(很无聊的情节)。当一个主角想要什么东西时,这样东西会让他们振奋精神,投入到行动中,这正是我们希望他们会有的状态！

　　要注意的第二件重要的事情是，并不是所有的角色都得到了他们想要的东西。有些角色确实得到了，比如扬·马特尔的《少年 Pi 的奇幻漂流》中的派·帕特尔，他最终实现了从救生艇上下来的目标。但是其他角色，像凯特·迪卡米洛的儿童读物《傻狗温迪克》中的奥珀尔，在故事结束时并没有得到他们想要的东西。小说一开始，奥珀尔只是想要更加了解她的母亲——甚至希望有一天能见到她。最终，她的愿望没有成真。但你知道吗？那没关系。当我们读这本小说的时候，我们会意识到了解奥珀尔的母亲并不是这个故事的真正意图。这不是奥珀尔旅程的真正方向。因为最终，这个愿望只形成了半个故事。只有当主角也有一种需求时，这个角色才是完整的。

　　主角往往会对什么才能给自己带来幸福有错误的判断。因为一般来说，幸福或更好的生活要比一栋新房子、一辆新车、受欢迎或其他任何你梦想你的主角会拥有的东西都更有深度。

　　但是，渴望快速解决问题要比真正去改变生活、自我反省容易得多。承认吧，我们之中有谁不曾想过，就算只有片刻，如果我们有更多的钱、更好的东西、在工作中更成功、拥有读心的能力、一起参加舞会的舞伴，我们的生活就会大大改善？但实际上，这些愿望只是一些创可贴，掩盖了更深层次的问题。这个问题可能与我们之前谈到的那些讨厌的小缺点和问题有关。

与现实生活一样，小说中的速效对策不会奏效太久。最终，你的主角必须自我反省，哪怕这种反省是艰难的。现在我意识到，我的描述让这本书听起来像一本心理自助书，但事实是，构思一部引人入胜的小说，塑造一个值得为他/她讲一个故事的主角，就像做一名心理学家。你的工作不仅要诊断主角生活中的真正问题，还要解决这个问题。

我们把这个真正的问题称为"**玻璃碎片**"。这是一道心理创伤，已经在主角的内心存在了很长时间。表面的皮肤长好了，留下一个难看的伤疤，导致你的主角那样行事，犯下那些错误（缺点！）。作为这个世界的作者和创造者，你必须决定这块玻璃碎片是如何形成的。为什么你的主角有这么大的缺点？到底发生了什么让他们变成现在的样子？

最重要的是，什么将真正改变你的主角的生活？你的主角到底**需要**什么？这是你开始写小说时必须问自己的第三个问题，也是最重要的问题。这是你故事的关键点，是构成精彩故事的真正"材料"，也正是读者在挑选一本书时真正在寻找的。当然，他们想要行动，想要秘密，想要死亡人数，想要接吻（有时甚至不止接吻），但最终，读者想要的是一部有内容的小说。

我指的是什么呢？

　　我的意思是，这个故事的意义是什么？实际上主角从中得到了什么？为什么这个故事拥有这样一个主角？

　　主角的愿望或目标是构成**故事 A** 所必需的一个部分。故事 A 是外在的故事，是发生在表面上的事情。例如汽车互相追逐、战争、在学校走廊上打架、新的工作、施魔法咒语、对抗一个邪恶的反乌托邦政府、给国王下毒。本质上，这是令人兴奋的东西，"酷"的东西。或者也可以说是**前提**。

　　另一方面，**故事 B** 是内在的故事。这个故事与你的主角需要学习的东西紧密相连，他们学习是为了改变生活、完成转变，并进入值得为其写一个故事的名人堂。

　　故事 B/ 内在故事 / 需求才是你的小说的真正内容。

　　例如，《玩家 1 号》并不是关于通过一个大型在线模拟游戏在全球范围内寻找复活节彩蛋活动的故事。这只是外在的故事（故事 A）。在这些场景的背后，有一个内在的故事（故事 B），即小说的核心，讲述了一个害羞、没有安全感的男孩躲在一个电子游戏里，最终不得不学习如何在现实生活中与人建立联系的故事。

　　斯蒂芬·金的《头号书迷》并不是关于一个男人被困在一个疯女人位于山中的小木屋里的故事。这只是一个令人毛骨悚然的前提，是故事 A。这本书是关于一个作家发现了如何才能写出他职业生涯中最好的小说，以及这部小说（以及一般的写作）能如何拯救一个生命（故事 B）。

《弗兰肯斯坦》并不是关于一位科学家创造了一个怪物的故事（故事 A）。它讲的是一个男人不得不为他对自然世界犯下的罪行忏悔（故事 B）。

表面上发生的事——即主角想要的——只是故事的一半。一部小说的真正灵魂在于主角的需要，这个"需要"也可以被称为内在目标、人生教训或精神教训。说到"精神"[①]，我不一定指的是宗教。虽然你的精神教训可以和宗教有关（威廉·P.杨的《湖边小屋》或卡勒德·胡塞尼的《追风筝的人》等无数畅销小说证明了这一点），但也不一定非得和宗教有关。

人生教训是你的主角甚至不知道自己正所处的内心旅程，这将最终引导他们找到自己从未期望过的答案。

这个人生教训应该是普遍适用的，是一些本来就符合人性的东西。你应该能够在街上找一位路人，告诉他们你的主角需要学习什么，他们立刻就会明白。或者更好的是，能够理解它。

这里有个好消息，可供你选择的选项不多。我发现，几乎所有时期的小说都有一个内在的目标或需求，这个内在目标或需求在某种程度上是以下 10 条普适教训的衍生物：

---

① 原文是 spiritual，有宗教的意思，所以后面作者解释了一下——译者注，后文不再重复标注。

- 宽恕：自己或他人

- 爱：包括自爱、对家人的爱、浪漫的爱

- 接受：自我、环境、现实

- 相信：自己、他人、世界、信仰

- 恐惧：克服它，战胜它，找到勇气

- 信任：自己、他人、未知

- 生存：包括活下去的意愿

- 无私：包括牺牲、利他主义、英雄行为和克服贪婪

- 责任：包括职责、坚持一项事业、接受命运

- 救赎：包括赎罪、接受责备、懊悔和拯救

现在，我知道你们中的一些人可能在想："我不想写一本关于'教训'的书，也并不想借小说传递深刻的普世信息。我只是想写一部动作小说、一部悬疑惊悚小说或一部爱情小说。"

但我有一个小建议：即使是最好的动作、惊悚和爱情小说，它们中的某个地方也隐藏着一个精神教训，它们的主角都学习了一些东西并以某种方式发生了改变。不相信我吗？翻到这本书的第 384 页，看看乔·希尔的《心形礼盒》（恐怖 / 动作）的动点进度表；或者翻到第 140 页，看看宝拉·霍金斯的《火车上的女孩》（悬疑惊悚）的动点进度表；或者翻到第 306 页，看看妮古拉·尹的《你是我一切的一切》（浪漫）的动点进度表。

你的读者会紧盯住精神教训或需要。这种精神教训或需要会让你的读者觉得自己好像去过某个地方，做过什么，经历过什么——从而感到他们在你的小说里投入的时间是值得的。

写一个发生改变的主角（在故事末尾与刚开始时不同的主角）是使小说畅销的秘诀。这样的小说会引起讨论，会登上畅销书排行榜并一直待在那儿，会被拍成电影，会引起读者的共鸣。当你能引起读者的共鸣时，你就成了一名真正的讲故事的人。

你的主角是谁？
（答案可能不像你想的那么简单）

你可以说我是一个老派的浪漫主义者，但我相信每个主角都有一段只属于他们自己的真正的情节。我也相信，每段情节都有它自己真正的主角。你的任务是扮演红娘的角色，把主角和情节匹配起来。

想象一下，如果哈利·波特一开始就是一名自信、强大的巫师；想象一下，如果德思礼夫妇是善良的养父母，好好地照顾哈利，滋养了他的魔法灵魂，那"哈利·波特"系列的第一本书将多么乏味啊！J. K. 罗琳的《哈利·波特与魔法石》之所以成功，是因为哈利一开始并不自信和强大。他没有很酷的、支持他的监护人来帮助他在魔法世界找到出路；一开始他羞怯、孤立，不知道自己具备的真正潜力。所以他才成了这部小说的完美主角，因为他还有很长的路要走。他将会从这段特殊的故事情节中得到最大的收获。

或者想象一下，如果简·奥斯汀的《傲慢与偏见》中的伊丽莎白·班奈特没有这么快地评判别人；想象一下，如果她更像她的姐姐简，耐心、温柔，总是假定别人是无辜的，老实说，那就构不成一部小说了。正是伊丽莎白的偏见——她名义上的缺点——将她与奥斯汀的杰作完美地结合在了一起，因为正是这一点让她和达西先生在长达 300 多页的篇幅里保持着距离。

几年前，我正在小说家讲习班教授我的"救猫咪"课程。一位名叫苏珊的富有才华的作家走进了我的课堂，当时她已经把故事情节和主角都构思好了[①]，至少她是这么想的。她为这门课写了一个故事：一个年轻女人的丈夫被一个杀手误杀了，这个杀手受雇去暗杀一个长得很像她丈夫的人。当我问她故事的主角是谁时，她自信地回答说："年轻女人。她是那个必须学会饶恕的人。"我稍稍追问了她一下："你确定吗？"是的，她

---

① 为了保护学生的个人信息和创意，本书中的姓名和具体情节都被更改了。——作者注

很肯定。于是我们继续课程的学习。但有一天课上到一半的时候，苏珊突然顿悟了，她喊道："等等！主角不是那个失去了丈夫的年轻女人。是那个杀手！"我打了个冷颤。因为她是对的。杀手是更有趣的选择，他的旅程更有趣。她能围绕一个意外失去丈夫的年轻女人，精心撰写出一部引人入胜的小说吗？肯定可以。但她在课堂上写出的小说大纲要精彩 10 倍，因为她选择的主角更适合这个故事。这个杀手更值得苏珊为他构思整个情节，因为他有更多的改变要去做。

现在你知道了是什么让一个主角值得我们为他 / 她撰写整个故事，以及我们要用什么要素来塑造主角。现在，你想清楚你小说中的主角是谁了吗？如果答案是否定的，不要担心，你还有足够的时间继续思考。如果答案是肯定的，那么我要问你那个我向苏珊提出的问题：

你确定吗?

我之所以这么问，是因为这个答案很容易成就或毁掉你的小说。主角是向导，带领读者进入你的虚构世界。读者会用主角来追踪故事的进展。说到故事，我不仅指各种外在的情节点，我指的是**转变**，是主角经历的重要的、内在的旅程。主角是当读者在试图弄清楚这本小说到底是关于什么的时候，他们会去关注的人。

情节与主角的匹配至关重要。一部糟糕的小说与一桩糟糕的婚姻一样，都是灾难。那么我们最终如何选择最合适的主角呢？

即便你是在写一部有一个、两个、三个或更多主要角色的小说，我仍然认为有必要选出**一个**真正的主角。是的，所有的主要角色都应该有引人入胜、完整的角色弧线[①]，但是谁的弧线最大？谁要走的旅程最长？作为这部小说的主角，谁会有最大的收获？谁最抗拒这种改变？

当阅读其他有多个主要角色的小说时，主角通常被认为是故事中第一个出现的角色。或者，如果故事是从多个视角讲述的，我们会先读到谁的视角？这基本上就是作者在介绍故事的向导。

在凯瑟琳·斯多克特的《相助》中（第 191 页呈现了完整的动点进度表），作者向我们介绍了三个主要角色——爱比琳、明妮和斯基特，其中，我们最先遇到的是爱比琳。虽然到最后，这三个角色都有所成长、有所收获，但我相信爱比琳的改变最大。20 世纪 60 年代时，她是密西西比州的一名女仆，一位受压迫的黑人妇女，孤独、心碎，因失去儿子而悲伤。明妮会说出自己的很多想法，经常让自己陷入麻烦，而爱比琳不像明妮，她知道她的世界里有很多不公平，但一开始她不

---

① character arc，描述在故事过程中角色的内心发展。在弧线的一端到另一端，也就是从开头到结局，角色是要经过转变的。

愿意冒任何风险去改变它们。然而，在故事的结尾，她完全转变了。在那个令人难忘和满足的场景中，当爱比琳终于站出来面对令人难以忍受的希里·霍尔布鲁克时，她的改变显而易见。

同样的，在莉安·莫里亚蒂的《他的秘密》中，作者也向我们介绍了三个主要角色——塞西莉亚、苔丝和蕾切尔，而我们首先见到的是塞西莉亚。塞西莉亚不得不面对丈夫保守的惊天动地的秘密的后果，她受到的影响最深刻。尽管这个秘密影响了这三个女人，但书名里的"他"指的是塞西莉亚的丈夫，显然，作者选择了她来做小说中真正的主角。

如果你在写有多个主要角色或多个视角的故事，而且你仍然不知道谁是主角，或者谁的角色弧线最大，试着问问你自己，哪个主要角色最像你的读者？

当然，这并不是说所有的主角都必须符合这条描述。但是，哈利·波特来自麻瓜世界，乔治·奥威尔的《1984》中的温斯顿是一个做着普通工作的普通人，斯蒂芬妮·梅尔的"暮光之城"系列小说中的主角不是吸血鬼爱德华，而是人类贝拉，这都是有原因的。作为读者，这些人会让我们更有共鸣。

练习：我的主角值得我为他 / 她写一整个故事吗?

- 谁是你故事中的主角?

- 他们最大的问题或缺点是什么?（如果他们的缺点不止一个，可以加分。）记住，缺点由内而生（来自隐喻性的玻璃碎片），并在主角的生活中表现为外在的问题。

- 这个问题或缺点是如何影响主角的生活 / 世界的?

- 是什么导致主角拥有这个问题或缺点? 玻璃碎片是什么?（精神分析的时间到了，作家医生!）

- 在小说的开头，你的主角想要什么? 他们的目标是什么?（他们认为什么会改善他们的生活?）

- 主角是如何积极地追求这个目标的?

- 为什么他们还没有实现这个目标?（障碍可能是内在的，也可能是外在的，或者两者都有。）

- 你的主角到底需要什么? 他们的人生教训是什么?（什么才能真正改善他们的生活?）

自我检查!

- □ 你选择的主角是否比小说中的其他角色改变得更多?
- □ 主角的问题或缺点具体吗?

☐ 主角的问题或缺点是否创造了对改变的迫切需求？

☐ 主角的目标是有形的、具体的吗？（作为读者，我们会知道他们何时或是否实现了目标吗？）

☐ 有没有什么东西阻碍着你的主角实现这个目标？（如果没有，那这个目标太简单了！）

☐ 主角的需要（或人生教训）是普适的吗？街上随便哪个人都能听懂吗？

2

"救猫咪"动点进度表

又名：解决所有关于构思的问题

注意！本章包含以下书籍的"剧透"：

凯特·迪卡米洛的《傻狗温迪克》
玛丽莎·梅尔的"月族"系列小说
索菲·金塞拉的《购物狂的异想世界》
丹·布朗的《达·芬奇密码》
杰夫·金尼的"小屁孩日记"系列小说
约翰·格林的《无比美妙的痛苦》
约翰·斯坦贝克的《愤怒的葡萄》
安吉·托马斯的《黑暗中的星光》
苏珊·柯林斯的《饥饿游戏》
苏珊·伊丽莎白·菲利普斯的《绝对是你》

夏洛蒂·勃朗特的《简·爱》

安迪·威尔的《火星救援》

乔乔·莫伊斯的《遇见你之前》

戴维·鲍尔达奇的《记忆怪才》

乔治·奥威尔的《1984》

爱玛·多诺霍的《房间》

埃米莉·吉芬的《大婚告急》

菲利帕·格里高利的《白王后》

S. E. 欣顿的《追逐金色的少年》

J. K. 罗琳的《哈利·波特与魔法石》

R. J. 帕拉西奥的《奇迹男孩》

所以，你拥有了一个主角。你给了他们一些美好的缺点，给了他们一个强烈的、引人入胜的愿望，甚至给了一个更引人入胜的需求，让他们能引起读者的共鸣。然后该怎么办？

好吧，简单地说，现在我们来看看如何处理你这个有着美妙缺点的角色。他们要去哪里？他们的旅程是什么样的？他们最完美的情节是什么？

换句话说，**这本小说里到底发生了什么**？

没错，朋友们，我们已经来到了著名的"救猫咪"动点进度表这一步。

我喜欢把写小说想象成一次漫长的全国公路旅行。当你身在旧金山，坐在车里，知道自己必须一路赶到纽约时，你会感到畏惧。这个念头会令你几乎不想动身。（开始写一本小说也是这么令人畏惧。）

"我得写多少页？"

但我们不能这样想。我们不能想着我们将要坐进车里，插上钥匙，启动车子，然后行驶 4000 多千米。如果这样想，我们永远不会开始去做这件事。我们必须把这段旅程分成小段。我们必须为自己设定好路标。这些沿途的小目标可以让我们行驶在正确的道路上，并且在一天或一周（或一个月，或一年）结束时，让我们感觉做成了一些事情。

这就是为什么当我钻进车里开始公路旅行时，我会对自己说："今天，你只需要从旧金山开到里诺。明天，你只需要从里诺开到盐湖城。"如此等等。

从本质上来说，"救猫咪"动点进度表就是这么回事。这是一张地图，是我们为自己设置的一系列路标，这样我们就不会漫无目的地在全国（或者书里）移动，而不知道自己走了多远，离终点线有多近，或者自己是否在往正确的方向前进。"救猫咪"动点进度表将写一部300页、400页，甚至500页小说的艰巨任务分解成了可以实现的小目标，这些目标会帮助我们按部就班地走在通往最终目的地的正确道路上，从而实现我们的最终目标，即令角色实现令人满意的转变，给小说带来一个令人满意的结局。

我了解你们小说家，我自己也是一名小说家。我们喜欢绕远路。我们喜欢用5页的篇幅来冒险探索一片罂粟田，或者讲述主角前女友的祖父的姐夫的传奇背景。

幸运的是，你有了我和这本书，我们能让你沿着正确的方向前进。

无论你是一位凭感觉者还是构思者，无论你是打算创作一部新小说还是正在修改旧的小说，撰写一张动点进度表能为你的主角勾画出一段清晰的转变旅程，从长远来看，这将省去你数周甚至数月痛苦的修改和重写。

直到今天，还没有一位编辑曾要求我从第　页开始重写。当然，我修改过。我需要微调情节，切换场景，充实角色。但我从不需要从零开始。为什么？因为我规划了我的路线。随着故事的展开，随着我对背景和人物的了解不断深入，我的动点进度表也在不断变化（例如，见第 448 页）。但每当这种情况发生时，我就会停下来，把车停在路边，花点时间"重构"一下（重写我的动点以匹配我的新方向），这样我就不会在没有地图的情况下写作了。

你的动点进度表（或小说路线图）可以按照你的想法写得详细一些或简单一些。你可以在开始写作前，在你感到迷茫的时候，或者在你完成第一稿、回过头去修改的时候，使用动点进度表。就像我之前说的那样，我不想改变你的写作流程，我只是想改进它。必须在某个时候加入这个结构。而且，我的朋友们，这就是你的结构备忘录。

阅读它。学习它。爱它。

"救猫咪"动点进度表分为 3 幕（或部分），可以再进一步细分为 15 个总动点（或情节点）。在我们详细分析每一个动点并着眼于细节之前，我会对所有 15 个动点以及它们在你的小说中扮演的角色进行简短的概述。

第1幕

1. **开场形象（0—1%）**：你的主角和他们的世界的"故事前"快照。

2. **陈述的主题（5%）**：由一个角色（通常不是主角）进行的陈述，暗示主角的角色弧线会是什么样的（也就是在结尾之前，主角必须学习 / 发现什么）。也被称为人生教训。

3. **设定（1%—10%）**：探索主角的生活现状和所有的缺点，由此让读者知道主角的生活在发生巨大转变之前是什么样子的。这个动点还会介绍其他配角和主角的最初目标。但最重要的是，这里会展现主角不愿意改变（也就是学习主题），同时也暗示如果主角不改变，会有一定的风险。

4. **催化剂（10%）**：发生在主角身上的一个激动人心的事件（或改变人生的事件），这一事件会使他们突然进入一个新的世界或形成新的思维方式。行动动点（action beat）应该足够大，以防止主角回到他们原来的现状世界。

5. **讨论（10%—20%）**：主角讨论下一步要做什么，是对催化剂的一连串反应。它通常以问题的形式出现（比如"我应该去吗?")。这个动点的目的在于表现主角不愿意改变。

第2幕

6. **进入第2幕（20%）**：在这里，主角决定接受行动的召唤，离开他们的舒适区，尝试新事物，或者冒险进入一个新的世界或采取新的思维方式。这是一个决定性的行动动点，将第1幕的现状世界和第2幕新的"颠倒"世界区分开来。

7. **故事B（22%）**：引入一个或多个新角色，这些角色最终会帮助主角领会主题。我们也把他们称为辅助角色，这些角色可以是恋人、敌人、导师、家庭成员或朋友。

8. **乐趣与游戏（20%—50%）**：在这里，我们看到了新世界里的主角。他们要么喜欢这个世界，要么讨厌这个世界。他们取得成功或苦苦挣扎。这也被称为前提承诺（promise of the premise），这部分代表了故事的"吸引点"（即为什么读者会拿起这本小说）。

9. **中点（50%）**：如字面意思，是小说的中间部分。"乐趣与游戏"以虚假的胜利（主角迄今为止一直在成功）或虚假的失败（主角迄今为止一直在挣扎）告终。而这时候应该发生一些事情来提高风险，推动主角走向真正的改变。

10. **坏人逼近（50%—75%）**：如果中点是一场虚假的胜

利，这部分将向下发展，主角的情况会变得越来越糟糕。如果中点是一场虚假的失败，这部分将向上发展，主角的情况会变得越来越好。但不论朝哪个方向发展，主角根深蒂固的缺点（或内心的坏人）都在逼近。

11. **失去一切（75%）**：小说的最低谷。在这个行动动点中，主角身上发生了一些事情，这些事情与其内心的坏人一起，将主角推入谷底。

12. **灵魂的暗夜（75%—80%）**：一个反应动点，主角需要时间来处理迄今为止发生的一切。主角的境况应该比小说刚开始时更糟。主角会经历黎明前最黑暗的时刻，然后找到解决重要问题的办法、领会主题或人生教训。

第3幕

13. **进入第3幕（80%）**："啊哈！"的时刻。主角意识到他们必须做的不仅仅是解决第2幕中出现的所有问题，更重要的是改变他们自己。此时角色弧线接近完整。

14. **尾声（80%—99%）**：主角证明他们真正领会了主题，并实施了他们在"进入第3幕"中提出的计划。坏人被消灭了，缺点被克服了，恋人重逢了。主角的世界不仅被拯救了，还比以前更美好了。

15. **结局形象（99%—100%）**：与开场形象呼应，是主角在经历了这一巨大且令人满意的转变后的"故事后"快照。

这就是"救猫咪"动点进度表。这是一幅吸引人的、结构良好的故事蓝图，你的主角拥有一道引人入胜的、完整的角色弧线，将使读者产生共鸣。不要担心这些动点是否看起来陌生或令人困惑，现在它们都只是概述。接下来，我们将深入解析每一个动点，细致到你很快就会对构思这些动点驾轻就熟。

如果你是"通过示例学习"型的人，不用担心！在接下来的章节中，我为你提供了 10 部（数了一下，是 10 部）畅销小说的完整的动点进度表。

不用谢！

什么内容处于什么位置

你会注意到，在每一个动点的开始，我都附上了一份便于使用的"动点备忘单（beat cheat sheet）"（这是多么押韵啊！），你可以在任何时候快速浏览它，以提醒自己动点的主要目的和它在你的手稿中的位置。因为小说的篇幅各不相同，所以我选择用百分比（而不是用页数或字数）来表示各个动点占整部小说的比例。

下面这张图展示了动点进度表的结构：

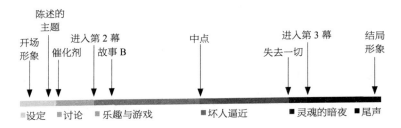

如果你需要获得一些帮助来估计小说完成后的总篇幅，以下这些便于使用的表格列出了出版行业对小学中年级学生、青少年阅读的小说、一般虚构小说以及一些畅销小说所设定的标准篇幅。

小学中年级小说（读者8—12岁）	字数	预估手稿页数[①]
出版行业的标准	40,000 至 60,000	160 至 240
路易斯·萨奇尔的《洞》	47,079	188
R. J. 帕拉西奥的《奇迹男孩》	73,053	292
《哈利·波特与魔法石》	96,000	384

青少年小说（读者12—17岁）	字数	预估手稿页数
出版行业的标准	60,000 至 90,000	240 至 360
洛伊丝·劳里的《记忆传授人》	43,617	174
威廉·戈尔丁的《蝇王》	59,900	239
苏珊·柯林斯的《饥饿游戏》	99,750	399

① 本书中提及的字数及以下三个表格中的页数均按英文原书计算。

一般虚构小说（读者 18 岁及以上）	字数	预估手稿页数
出版行业的标准	70,000 至 100,000	280 至 400
海伦·菲尔丁的《BJ 单身日记》	86,400	346
丹·布朗的《达·芬奇密码》	138,952	556
吉莉安·弗琳的《消失的爱人》	145,719	582

但是要记住，小说的篇幅千差万别，所以这些例子仅供参考。保持灵活。小说的篇幅会随着你的写作和修改而变化，但是当你开始写的时候，在脑海中粗略估计一下字数或页数，总是有帮助的，这样你就可以计算每一个动点的篇幅了。

好的！你准备好深入了解"救猫咪"动点进度表了吗？

那么，言归正传，让我们动起来吧！

第1幕

故事写作的三幕结构并不是什么新鲜事物，它一直都存在。但是，对"救猫咪"动点进度表来说，我们将更多地把这三幕看作是三个"世界"，而不是三"幕"。主角将经历三个不同的世界或三种状态，成为他们需要成为的人。

但在你的主角可以去别的地方或成为另一种人之前，他们需要一个起始地。这就是设置第 1 幕世界的目的。这是**命**

题世界（thesis world），或者说"现状"世界。它旨在向你的
读者展示，在一切开始改变之前，主角的生活和世界是什么样
子的。而且它会改变！但是，除非读者了解你的主角曾经是个
什么样的人，否则他们不会完全理解主角最终将成为什么样
的人。

所以，让我们展示给他们看吧！

1. 开场形象

它的作用是什么？提供一张关于你的主角和他们的世界的
"故事前"快照。

它会进展到何处？1%（这是小说的第一个场景或第一章）。

用最简单的话来说，开场形象就是"故事前"的快照。这
一个场景或这一章描述了在你这位作者打破现状之前，你的主
角的生活是什么样的。这个动点可以帮助你的读者准确地理解
他们即将要经历的旅程，以及他们将要和谁一起经历。

开场形象也奠定了全书的基调、风格和气氛。如果这是
一本有趣的书，这个动点应该是有趣的。如果这是一本充满悬
念的书，这个动点应该是令人惊讶和紧张的。这时候，作为作

者，你的文字（或写作风格）会发光发亮，让读者清晰地看到自己正在进入一个什么样的世界。

但最重要的是，开场形象是一个形象。是的，这听起来是显而易见的，但当你知道我的讲习班里有多少作家并没有真正、马上领会这一点时，你会感到惊讶。

这个动点应该从视觉上展现你的主角的有缺陷的生活。这是什么意思呢？它的意思是，用一些行动来开启你的小说。它不被称为开场内心独白（Opening Inner Monologue）或开场信息转存（Opening Info Dump）是有原因的。读者应该看到你的有缺点的主角在行动。

还记得在第1章里，当我们创造值得为他／她写一个故事的主角时，你匆匆记下的那些缺点吗？是的，现在你可以选择一个（或两个，或三个），并且向我们展示这些缺点是如何毁掉主角的生活的。你的主角温顺而缺乏自信吗？别只是告诉我们，在特定的视觉场景中表现出主角的温顺和缺乏自信。

读完开场形象后，读者应该抓着你的书，想着：啊哈！看来事情会这样发展，对吧？我要读下去！

想想苏珊·柯林斯的《饥饿游戏》的前两页。收获日这天，凯特尼斯·伊夫狄恩在她位于12区的家中醒来，然后偷偷溜出去打猎，好让家人吃上一顿肉。在这个开场形象中，我们立刻开始理解她的生活和她面临的挑战。

　　或者看看简·奥斯汀的《傲慢与偏见》的第一章。在第一页，我们立即进入了班纳特先生和太太（主人公伊丽莎白·班纳特的父母）争论的场景。争论的焦点是班纳特先生是否会向刚搬到附近的英俊的、令人中意的单身汉介绍自己。这场滑稽的争论让我们快速感受到了生活在19世纪英格兰的年轻的伊丽莎白所承受的压力。

　　索菲·金塞拉的《购物狂的异想世界》的开场形象同样效果很好。我们看到，在一种非常幽默的氛围中，贝姬·布卢姆伍德打开了她的信用卡账单，并做出了反应，所以我们知道：（1）这个角色有一些严重的个人财务问题；（2）这本书将会非常有趣！

　　开场形象有一个**镜像动点**（或相反的动点）叫作结局形象，是小说的最后一个动点。如果开场形象向我们展示了主角是从哪里开始的，那么结局形象则向我们展示了主角是在哪里结束的。它们是转变之旅的两个书挡。你应该让开场形象和结局形象尽可能地具有反差，否则，主角的成长是什么？阅读这个故事的意义是什么？你的开场形象和结局形象之间差距越大，这个故事就越有价值。就这么简单。

　　重要的是要注意，开场形象是单个场景或章节。这是一条信息。例如凯特尼斯早上的惯例，班纳特家的争论。所以我称它为**单场景动点**。后头，我们还会遇到**多场景动点**，它们是跨越数个场景和章节的动点。后面当我们研究动点进度表的时候，我会告诉你这个动点是单场景的还是多场景的。

2. 陈述的主题

它的作用是什么？ 简要地暗示你的主角将要经历的转变性旅程，以及他们最终将克服的缺点。

它会进展到何处？ 5%（或小说前 10% 内的某个地方）。

从本质上来说，"陈述的主题"是主角的需要或人生教训，在故事开始，作者会以某种方式给出暗示（通常是由一个次要角色引出的）。

如果你不明白，就让我以更简单的方式来解释一下：

在第 1 幕的某个地方（通常是在设定动点内），一个角色（通常不是主角）会对你的主角进行一段陈述或提出一个问题，这段陈述或问题与主角在故事结束前需要学习什么有关。在约翰·斯坦贝克的《愤怒的葡萄》中，牧师凯西对汤姆·乔德说："也许所有的男人都有一个伟大的灵魂，而身体永远是其中的一部分。"或者在杰夫·金尼的《小屁孩日记》中，格雷格·赫夫利在日记里写道："妈妈总是说我是一个聪明的孩子，但我只是不'投入'我自己。"或者简单到在乔乔·莫伊斯的《遇见你之前》中，卡米拉·特雷纳对路易莎·克拉克说的："你到底想要做什么？"

你能猜到吗？在所有这些故事的结尾，主角都领会了主题。汤姆·乔德学会了如何从一个独立的人（主要关心自己的人）变成一个无私的人（关心他人的人）；格雷格在责任方面学到了宝贵的一课；路易莎学会了如何掌控自己的生活，如何为自己（而不是为别人）而活。

无论你的主角必须学习什么人生教训，必须做出什么巨大的转变，你都应该在故事的前 10% 的内容中微妙地提及。你不应该在屋顶上大声喊出来，或者花 5 页纸的篇幅来深入探讨。你只需要在读者的大脑中巧妙地播下种子，这是作家操纵读者的最佳方式。我们作家不就是喜欢操纵吗？

基本上，通过让一个角色巧妙地陈述小说的主题，你就在潜意识层面暗示了读者你的故事真正要讲的是什么。

因为尽管你的书中可以有各种史诗般的太空大战、奇幻的怪物或令人痴迷的爱情场景，但如果你的故事不是关于某件事的，如果它没有深入到何以为人的层面，那它就不值得一读。

所以，你的故事是关于什么的？

好吧，我之前说过了，我还会再说一遍。它是关于转变的！

你的故事与把一个不完美的主角变成一个不那么不完美的主角有关。

怎样才能让你的主角不那么不完美？这就是你的主题。而这个主题现在得由某个人说出来。

陈述的主题是一个单场景动点。它的进入和退场通常都非常简短，陈述主题，然后故事继续。但不一定非得有个人来陈述主题。虽然这种情况更常见，但我有时会在主角经过的广告牌、正在阅读的书或杂志上看到主题。你可以用富有创意的方式陈述你的主题，只要陈述出来就可以。

现在，不要因为"主题"这个词而感到困惑。对于动点进度表来说，主题应该直接指向主角的需要或人生教训。

例如，简·奥斯汀的《傲慢与偏见》就有很多主题（就这个词的一般意义而言）：爱情、婚姻、财富、阶级，等等。但是对于动点进度表中的陈述的主题来说，它出现在第16页，伊丽莎白的妹妹玛丽说："我认为傲慢是一个很普遍的缺点。"然后她解释了为什么傲慢在我们每个人身上都存在，因此不应该被过于严厉地评判。这直接提到了伊丽莎白·班纳特的人生教训，即学习控制她的偏见。但伊丽莎白会听进去并注意这一点吗？不会！房间里的每个人都忽视了玛丽。

这就是我喜欢陈述的主题的地方。

主角常常会忽视它！

所以，这就是你的有缺点的主角。他们在第 1 幕的世界里闲逛，有缺点，做愚蠢的决定，通常过着不完美的生活。然后某个人（通常是次要角色）走过来对他们说："你知道什么能真正改变你的生活吗？这个！"

基本上，你的主角在书的一开始就得到了他们所有问题的答案。但他们会听吗？

当然不会！

他们会完全地、百分之百地忽略这个人。因为在小说的开头，你的主角是抗拒改变的。他们听到主题后会想："他知道什么？他并不了解我。"这就是为什么通常最好由一个次要角色（一个路人、一个公交车上的旅人、一个敌人），而不是由与你的主角亲近的人来陈述主题。这并不是硬性规定，但如果是由陌生人，或者主角未必认识或信任的人来陈述，读者会更容易信服主角对这个主题的忽略。

但是，到了书的最后你的主角会学到什么呢？正是故事一开始就陈述的主题。这意味着他们一直都知道解决问题的答案，只是他们不听！

让你的主角忽略主题会让他 / 她更符合实际情况。人们很少会因为别人说他们需要改变而去改变。人们只有在看到自己的缺点时才会改变。他们经历了某种转变性的旅程后，才会最终意识到一些事实。这就是人的本性。

因此,作为作家,我们的工作就是创造一段可信的转变之旅,让我们的主角们看到真相,认识到自己的缺点,并采取行动去改进它们。

你可以看一看第 4—13 章的动点进度表的示例,以获得更多陈述的主题的动点实例。

好吧,到目前为止,你可能已经有点害怕了。一想到要在你的小说中加入一个改变人生的宏大主题,你就感到有点不知所措。让我来减轻你的恐惧。

还记得在上一章,在探讨其他内容之前,我敦促你思考主角是谁,为什么他们有缺点,以及到故事结束时他们需要学会什么吗?

还记得你想出来的需求吗?我让你思考的人生教训呢?那就是你的主题。你已经拥有了主题。

好啊!现在你只需要弄清楚如何陈述这个主题以及由谁来陈述。

3. 设定

它的作用是什么? 设定一切改变之前主角的生活和现状。

它会进展到何处？ 1% 到 10%（这个动点通常占据小说的前十分之一）。

在开场形象中，你让读者对这个故事中可能发生的事情了解了几分，也了解了主角生活的一小部分。现在是时候向读者展示主角世界的其他部分了。

设定是一个多场景动点，这意味着你会用几个场景或章节完成这个动点。做好准备，因为有很多内容要讲。

首先，你需要设定你的主角。他们是什么样的人？他们有什么样的性格特征？他们想要什么？你的主角要有一个目标，这是非常重要的。我们在第 1 章里就讨论了愿望和目标。你的主角必须在小说开头积极地追求某些东西，即使他们不会从头到尾追求这样东西。这是主角认为会改变他们生活的东西。它真的会改变他们的生活吗？当然不会！因为这是他们想要的，而不是他们需要的。而且，正如我在"陈述的主题"动点中解释的那样，需要（或人生教训）才是最终真正会改变主角生命的东西。只是他们还不知道这一点。

在设定动点中，你将介绍和主角一起生活在第 1 幕（现状世界）中的所有人。这些人可以是朋友、家人、老板、同事、老师、敌人、同学、同龄人，等等。他们基本上是在故事开始时，在主角的人生改变之前，他 / 她生活中所有重要的人。这些人也被称为**故事 A 角色**，因为他们代表了小说的故事 A（或外在故事）。〔与故事 B 中的角色（们）相反——我们稍后会谈到他们。〕

　　最后，你要在设定动点中展示主角缺点的各个方面。这些缺点是如何影响主角生活的各个方面的？一个贪婪自私的主角不仅会在工作中贪婪自私，他们在其他时候也是贪婪和自私的，甚至和朋友、家人在一起的时候，也是如此。展示这一点的最好方法是加入家庭、工作和娱乐生活的场景或章节。这意味着你可能要在设定动点上花点时间，展示你的主角在家里（与家人、配偶、孩子在一起，或独自一人在公寓里），在工作（在工作场所，在工作时，或在学校里），在娱乐（你的主角如何与朋友或独自一人放松娱乐）的时候的情景。想想我们第一次在索菲·金塞拉的《购物狂的异想世界》中见到贝姬·布卢姆伍德时，购物成瘾不仅让她的财务状况一团糟，而且她讨厌她的工作（工作），刚刚和男朋友分手（娱乐），她在向室友和父母讲述自己的经济状况时撒了谎（家庭）。我们越多地看到主角的不同方面，我们就会越深入理解他 / 她这个人。

　　记住，你的主角不可以是完美的。否则，读者要启程去哪里？读这本小说有什么意义？主角的世界需要充满问题。在"救猫咪"的世界里，这些问题被称为**需要改变的事情**。基本上，这是一长串（看你想要多长）主角生活中存在的问题。她很孤独，不和父亲交流，没有朋友（凯特·迪卡米洛的《傻狗温迪克》中的奥珀尔）。她是一个孤儿，有一个邪恶的监护人，被关在一个可怕的房间里，里面有可怕的东西，还有一个欺负她的义兄（夏洛蒂·勃朗特的《简·爱》）。他的家人都被谋杀了，凶手逃跑了，而他失去了工作，身体每况愈下，还患有一种罕见的大脑疾病，使他永远不会忘记任何事情（戴维·鲍尔达奇的《记忆怪才》中的阿莫斯·德克尔）。她失业了，没有真正的技能去再找一份工作，她的家庭基本上依赖她的收入，她还有一个让她厌烦的男朋友（乔乔·莫伊斯的《遇见你之前》）。

可能性是无穷无尽的，但目标是一样的：让读者明白为什么这个人需要踏上转变之旅。答案是显而易见的，在第 1 幕的现状世界中，事情并不顺利。

需要解决的问题将会在故事接下来的部分中一一重现。它们将在转变之旅中充当检查点，来对改变做出区分。随着故事的发展，读者会检查这些事情并提问：现在如何？他还讨厌他的工作吗？她还在被欺负吗？他的家人还在挨饿吗？如果在旅程中有些事情没有改变，那么就说明作者在转变主角和他们的世界方面做得还不够。

哇哦。在设定中有很多工作要做！但这些是重要的、基础性的工作，我保证从长远来看，它会让你的作品变得更好、更令人满意。

但是，我们不能永远停留在设定这个动点里，就像你的主角不能永远停留在现状世界中一样。如果你的工作做得很好，那么你就已经在暗示需要改变了。读者能感觉到，如果不尽快发生些什么，带来改变，这个主角几乎注定要失败。

想想在《遇见你之前》中，路易莎失业后，她的父亲对她的母亲说："没有该死的工作吗，乔茜……我们正处于该死的经济衰退中。"或者在《简·爱》中，简·爱被里德太太锁在一间似乎在闹鬼的红房子里，吓得魂不附身，最后晕了过去。或者在 S. E. 欣顿的《追逐金色的少年》中，波尼博伊和他的朋友们、彻丽、马西娅走在一起，与瑟克①之间几乎爆发了一场战斗。波尼博伊说："我感到内心越来越紧张，我知道一定会发生些什么事情，否则我会爆炸的。"

这被称为**停滞 = 死亡**的时刻。在设定动点中的某处出现的这个时刻，向读者表明了改变的势在必行；否则，情况就不妙了。要快！

不管你是加入了一个特定的停滞 = 死亡时刻，还是你只是传达了一种普遍的紧迫感，但只要主角的生活中没有明显的改变的需求，就很难让你的读者继续与你一起走完剩下的旅程。所以，你的工作就是在设定的过程中，在读者的头脑中播下

---

① 瑟克：住在西区的富家孩子。

"改变至关重要"的种子。让他们觉得，不可以在这个现状世界里停留太久。

需要发生点什么。

进入……催化剂。

4. 催化剂

它的作用是什么？ 用改变人生的事件打破现状世界。

它会进展到何处？ 10%（或更前面的地方）。

祝贺你。你出色地构建了主角的生活和世界。你赋予了他们缺点、性格特征、朋友、家人和一个明确的目标。你创造了一个现实的世界，让你的读者可以真正地沉浸进去。

现在，是时候把这个世界全部推翻了。

有人在博物馆发现了一具尸体（丹·布朗的《达·芬奇密码》），国王求婚（菲利帕·格里高利的《白王后》），一支专业的足球队被送给一个毫不知情的女儿（苏珊·伊丽莎白·菲利普斯的《绝对是你》），一个垂死的女孩在癌症支持团体里遇到了一个古怪的男孩（约翰·格林的《无比美妙的痛苦》），一宗 18 个月前发生的悬案的犯人被逮捕了（戴维·鲍尔达奇的《记忆怪才》），一个女人得到了份看护一个四肢瘫痪的男人的工作（乔乔·莫伊斯的《遇见你之前》），一个小女孩遇到了一只流浪狗（《傻狗温迪克》），一个无辜的男孩被警察射杀（安吉·托马斯的《黑暗中的星光》）。

这些都是改变的预兆。催化剂会突然出现在主角的生活中，并造成破坏。你的主角将别无选择，只能做一些不同的事情，例如尝试新事物或去别的地方。

催化剂通常以坏消息的形式出现（一封邮件、一个电话、一个人的死亡、被解雇、被诊断患有致命的疾病）。不总是这样，但这种情况很常见。为什么？因为大多数人在坏事发生之前不会改变他们的做事方式。坏消息往往是在为好事做铺垫。如果没有出现任何坏消息，你的主角会完全满足于他们有缺陷的小日子，做那个有缺点的小小自己，甚至可能永远这样下去。但是，你的读者会同样感到满足吗？不会。你的读者希望看到一些事情发生。他们想要看到行动，想要看到转折，想要看到戏剧性的事件。

不管他们是否意识到这一点，他们都想要一道催化剂。

催化剂是一个单场景动点，在这个动点中，主角身上会发生一些事情，使他们的生活朝着一个全新的方向发展。注意我说了"主角身上"。催化剂总是会发生在主角身上的。催化剂是一种主动的东西，会打破现状，让主角们走上改变的道路。

从本质上来说，这是一记警钟，或者说是行动的号召。主角是时候睁开眼睛，用一种新的方式看待世界了。催化剂应该很重大，别试图用一道影响力微小的催化剂来应付读者。在我的讲习班里，这种情况经常发生，学生们介绍他们故事中的催化剂，然后其他人会说："这样吗？所以呢？"

冲突造就了好的小说。这是好故事的组成部分。如果没有冲突，你的读者可能会说："这样吗？所以呢？"这是你最不希望读者说的话。你的读者对催化剂的反应应该是：哇哦！我没想到会发生这样的事！他们怎么才能恢复过来呢？

这听起来才像是一道有效的催化剂。

你怎么才能知道催化剂是否足够强效呢？可以问问自己以下这个问题：在这件事发生后，我的主角还能轻而易举地回到他们的正常生活，并继续做他们原来正在做的事情吗？

如果你的答案是"可以"，那么你的催化剂还不够重大。

如果你的答案是"当然不行！"，那你就走对路了。

5. 讨论

它的作用是什么？ 展现你的主角有多么不愿意改变，或让

你的主角准备进入第 2 幕。

它会进展到何处? 10% 到 20%（这个动点带领着我们从催化剂进入第 1 幕的尾声）。

对于每一次行动，都有一个反应。对于每一道催化剂，都有一场讨论。每一次分手、被解雇、诊断出疾病、被捕、发现死者以及接到电话得到坏消息，故事中的主角都会经历一个阶段，他们会坐下来，长叹一声，然后说，现在该怎么办?

这是一个反应动点，通常以一个问题的形式出现。

比如：我该怎么做? 我应该去那里吗? 我应该留下来吗? 我要如何生存下来? 接下来会发生什么?

和主角一样，读者也会问同样的讨论问题："罗伯特·兰登会帮忙侦破博物馆馆长谋杀案吗?"（《达·芬奇密码》）"对于国王来说，婚姻是真的，还是只是和伊丽莎白上床的计谋?"（《白王后》）"菲比将如何应付足球队的主教练?"（《绝对是你》）"海蓁和奥古斯塔斯会在一起吗?"（《无比美妙的痛苦》）"现在有人承认谋杀了他的家人，德克尔会怎么做?"（《记忆怪才》）"路易莎能做这份工作吗?"（《遇见你之前》）"奥珀尔会养这只狗吗?"（《傻狗温迪克》）"斯塔尔会说出她在哈利勒被枪杀那晚看到的事情吗?"（《黑暗中的星光》）

在你的故事中，主角应该在讨论时后退一步，在这道改变人生的催化剂把他们击倒之后，决定自己如何继续走下去。

但是，主角们为什么要讨论呢？为什么他们不能收到改变人生的消息后，就这么继续走下去呢？因为这不现实。作为人类和主角，我们要做的就是思考和权衡各种选择，收集更多的信息。记住，没有人会立刻接受改变。没有人会说："好吧，我想我现在的生活并没有成功；是时候改变我的方式了！"

不会。主角总是拖拖拉拉的。他们会犹豫。

他们会讨论。

这是一个多场景动点，你很明显地向我们展示了你的主角是多么抗拒接受他们需要做出的改变。一个有效的方法就是让你的主角回家、工作、玩乐，展示他们在生活的各个方面挣扎着决定下一步该做什么。因为如果他们决定得太快，读者可能不会相信。

现在，我应该指出，讨论并不总是会产生一个决定。有时候，你的主角是去还是留，是行动还是不行动，都不是问题。有时这是显而易见的，就像在《饥饿游戏》中，凯特尼斯自愿代替妹妹成为贡品，显然她不会改变主意。或者在《哈利·波特与魔法石》中，在得知自己是一名巫师，并已被霍格沃茨魔法学校录取后，哈利就不用那么纠结是否要去了。

那么，你的主角在这些情况下会怎么做呢？他们会为这场伟大的旅程做准备。他们会收集补给品，他们会训练，他们会在心理上、身体上和情感上都做好准备。这类讨论中的问题通常类似于：我知道我要踏上这段旅程，但是我准备好了吗？

无论讨论动点的内容是一个决定还是一场准备，所有的讨论都是为了做一件事：让主角和读者为他们将要在第 2 幕中遇到的事情做好准备。

因为相信我，他们将经历一些从未见过的事情。

第 2 幕

关于第 2 幕，你需要知道一件非常重要的事情，可以说是整个动点进度表中最重要的事情：

第 2 幕与第 1 幕正好相反。

如果第 1 幕是命题（现状世界），那么第 2 幕就是它的颠倒版本。相反的一极。反面。它的**对立面**。

再怎么强调这一点也不过分。我看到过很多精彩、文笔优美、有望成功的小说在第 2 幕中分崩离析，因为作者忘了在故事蓝图中加入这个简单但至关重要的元素。第 2 幕需要与第 1 幕尽可能的不同。那么，让我们看看在这个颠倒的世界里我们要做些什么。

6. 进入第 2 幕

它的作用是什么？ 将主角带入第 2 幕的颠倒世界，在那里他们将以错误的方式解决问题。

它会进展到何处？ 20%（在你读完小说的 1/4 之前，应该有一个明显的幕间停顿）。

游戏正在进行中！主角接受了挑战！我们即将开始冒险！新的生活方式开始了！讨论已经结束，我们的主角知道他们必须做什么，现在是时候行动了。

我们经历了明确的突破，进入了第 2 幕的颠倒世界。铛铛！

如果你已经设计好了第 2 幕的世界（不同于第 1 幕），那么对读者来说，转变应该是非常明显的。这是毫无疑问的。我们已经不在堪萨斯州了。

凯特尼斯·伊夫狄恩进入凯匹特（《饥饿游戏》），奥吉·普尔曼开始上初中（R. J. 帕拉西奥的《奇迹男孩》），罗伯特·兰登正在逃脱法国警方的追捕（《达·芬奇密码》），杰克逃离了房间（爱玛·多诺霍的《房间》），伊丽莎白住进了伦敦的城堡（《白王后》），简出发前往桑菲尔德庄园去做那里的新家庭教师（《简·爱》），海蓁与奥古斯塔斯开始了一段亲密关系（《无比美妙的痛苦》）。

需要注意的很重要的一点是，主角们并不一定要去某个地方才能进入第 2 幕。但是，他们必须尝试一些新东西，像一段新的关系、一种新的生活方式、一份新工作、一个在学校的新形象。不管你的主角踏上的旅程是字面上的还是隐喻上的，在"进入第 2 幕"这个动点中，主角会放下旧世界和旧的思维方式，进入新世界，采取新的思维方式。这是一个单场景动点。你可以在一个场景或一个章节里让你的主角进入第 2 幕。所以，让它成为一个好的、有效的突破。

你要如何去做？

你要确保是你的主角主动选择进入第 2 幕。

他们必须积极主动地做出这个决定。这个决定可以是由其他人摆在他们面前的，但他们必须自己选择采取行动。

不管你在第 1 幕中设定了什么缺点——不管你的主角是温顺的、优柔寡断的、愚蠢的、自私的，还是懦弱的——这时候，所有的主角都要证明他们身上有值得读者支持的地方，证明他们的经历有值得阅读的地方。这时候，所有的主角都要表现出自己至少愿意尝试新事物。

没有人愿意读这样的一个故事：懒惰的主角成天无所事事，过着不完美的生活，但什么也不做（好吧，至少在第 1 幕之后不要这样）。如果在讨论动点中，主角问："我应该做些什么？"那么进入第2幕中，主角就应该说："我应该做这件事，而且我会去做的！"

这是否意味着你的主角已经领会了这个主题，并最终找到了改变自己生活的方法？不完全是。

让我们暂时回到愿望和需要。还记得我们在上一章中设定的外在和内在目标吗？如果你问你的主角："你认为什么能改变你的生活？"他们可能会给出一些外在的答案，像"一份更好的工作""一个新女朋友""赢得世界冠军""杀死那个谋杀了我全家的邪恶王后"，等等。

如果你正确地设定了你的愿望和需要，你的主角的外在目标（愿望）将不会改变他们的生活，尽管他们认为会有用的。他们把人生都押在上面了！但最终，使他们成为一个更好的人的是他们的内在或精神目标（需要）。

故事发展到这里，当我们的主角主动决定要进入第2幕时，他们的动力仍然是他们想要的东西，他们仍然在追求外在的目标。也许他们会得到那样东西，也许不会。但是，等到结尾，主角的愿望就不重要了，因为他们已经得到了他们需要的东西。他们将学到人生的教训。他们将领会主题。

这就是为什么我喜欢用**"用错误的方式解决问题"**概述第2幕。

在《遇见你之前》里，路易莎·克拉克为特雷纳一家工作只是因为她想要一份工作，来帮忙养活她的家庭。是的，最终这份工作将帮助她学会独立（需要）的人生教训，但这不是她现在做这件事的原因。

在《傻狗温迪克》中，奥珀尔·布洛尼收养了温迪克，因为她想要一个朋友。是的，最终这只狗会让她和她的父亲变亲近（需要），但这不是她收养这只狗的原因。

汤姆·乔德和家人出发去加州，是因为他想要工作，而不是因为他知道自己注定要为移民工作社群谋利益（需要）。晚些时候，他才意识到自己的内在目标。

故事发展到这里，你的主角要有所行动了。他们重新振作。为了解决你在第 1 幕中留下的问题，他们在做自己认为应该做的事情，我们必须肯定他们，至少他们在尝试。

但是，他们是在不了解全部情况的状态下做决定。他们仍然被那些愿望驱使。他们的动力来自故事 A（外在的故事）。所以，是的，在第 2 幕中，他们可能屠龙、解读线索、亲吻男孩，或在星际大战中驾驶宇宙飞船，虽然这些事情超级酷，却不是答案。从长远来看，它们不会解决问题。

别误会我的意思。读者想看这些东西，这是伟大作品的组成部分。你不能写一个全是主题和人生教训的故事。（一个大哈欠！）你也需要一些有趣的内容，需要故事 A。

但是，无论你的主角在进入第 2 幕时做出了什么决定，那都只是暂时的解决办法。这是他们用来掩盖伤口的创可贴，伤口本身并没有被真正治愈。因为那些缺点还在，使他们成为现在这个样子的玻璃碎片还在，并造成了严重的破坏。所以，在进入第 2 幕这个动点中，你的主角还没有解决任何更深的精神层面上的问题，他们在用错误的方式解决问题。

这不是对你的主角的侮辱，只是对情节主线的部分操纵。因为只有先尝试了错误的方法，你才能找到正确的方法。

相信我，错误的方法可能会带来很多乐趣，你很快就会在乐趣与游戏动点中看到。

但首先，是时候认识一些新朋友了。

7. 故事 B

它的作用是什么？ 介绍将以某种方式表现故事 B/ 精神故事 / 主题的角色，并帮助你的主角学习它。

它会进展到何处？ 22%（通常发生在进入第 2 幕之后，但也可以安排在更早处。只要确保它出现在小说的前 25% 就行了。）

还记得我说过，第 2 幕是第 1 幕的颠倒版本吗？这意味着

第 2 幕中的所有内容都应该和第 1 幕相反，甚至人也是。

在设定中，我们介绍了故事 A 角色。这些人来自主角的现状世界，代表了外在的故事。他们不一定要在主角进入第 2 幕后离开，但他们将必然让位于我们在这个新世界中遇到的人。

故事 B 角色进场！

故事 B 角色是一个辅助角色——这个角色最终将以某种方式帮助你的主角学习主题。他们通常会以恋人、新朋友、导师或敌人的身份出现。是的，故事 B 角色可以是敌人，我曾多次看到敌人起到了很好的作用。

一个成功的故事 B 角色只有两个标准（不必应用其他的标准）：

- 他们一定在某种程度上代表了第 2 幕的颠倒世界。
- 他们必须以某种方式引导主角走向他们的人生教训或主题。

第一个标准意味着主角可能从来没有在第 1 幕遇见或注意到这个角色。这个故事 B 角色是因为催化剂和随后的进入第 2 幕，才完全进入了主角的生活。

想想《饥饿游戏》中的皮塔·梅尔拉克。是的，他一直和凯特尼斯住在 12 区；是的，他们过去确实有过几次短暂的相遇。但直到凯特尼斯自愿成为贡品，并被送往凯匹特，皮塔才成为她生活中的一个主要人物。

在《简·爱》中，神秘而暴躁的罗切斯特先生很大程度上体现了同样神秘的桑菲尔德庄园，简就是在这里开始了她的第2幕冒险。

那么《无比美妙的痛苦》中的彼得·范霍滕，那个与海蓁和奥古斯塔斯在阿姆斯特丹相遇的隐居作家呢？当然，海蓁之前对他很着迷，但直到她遇见奥古斯塔斯之后，彼得才真正进入了海蓁的世界。

在某种程度上，所有这些故事B角色都是第2幕世界的产物。

但是，为什么故事B角色应该是新世界的产物呢？因为，你还记得吗？主角在第1幕的现状生活中无法理解主题，无法完成自己的转变。这就是为什么我们给了他们催化剂，让他们进入第2幕。因此，帮助他们学习这个主题的人应该生活在这个新世界里。否则，如果他们在原来的世界里就能学习这个主题，那还有什么乐趣呢？

故事B角色可以以各种不同的方式引导你的主角走向他们的人生教训。例如，你的故事B角色可以是主题的体现，就像《饥饿游戏》里的皮塔·梅尔拉克。在游戏正式开始之前，皮塔对凯特尼斯说："我一直希望我能想出一个方法……让凯匹特的人知道我并不属于他们,我不仅仅是他们游戏中的一个棋子。"(第 142 页)这是凯特尼斯将要学到的终极教训(主题):如何反抗凯匹特的人,而不是只按照他们的规则来玩生存游戏。帮助她学会这个教训的正是故事 B 角色皮塔。

或者你的故事 B 角色可以借助他们的本性,让主角体现出主题。例如《简·爱》中的罗切斯特先生,他专横、暴躁的性格实际上使温顺的简变得更大胆、更坚持自己、更独立。

或者你的故事 B 角色可能是一个有同样缺点的人,但是表现得更夸张,从而为你的主角竖起一面镜子,让他们看到真正的自己。想想在《无比美妙的痛苦》中,作家彼得·范霍滕变得多么悲伤、痛苦和孤独。目睹这一切只会促使海蓁更加全身心地爱着奥古斯塔斯,不管她可能受到多大的伤害。

不管你选择怎样做,帮助主角学习主题都是故事 B 角色的终极任务。我们会在第 2 幕前半部分的某个时候(通常是在乐趣与游戏动点中)介绍他们。故事 B 角色会在小说的整个第 2 幕,甚至第 3 幕中出现,但他们第一次出现在故事中是在这里。新恋人、新朋友、新导师、新敌人,故事 B 角色可以以任何身份出现。只要他们能有效地凸显主角的缺点,让他们想要改变。

所以,现在你可能在想,等等,在第 2 幕里我只能介绍一个新角色吗?

不,在第 2 幕中,你想介绍多少角色都可以。但是,故事

B 角色将会是一个特殊的角色，作为人生课题的大使，完成那个非常特殊的任务。

如果你无法确定谁会是那个特殊的人，我有个好消息：你可以有不止一个故事 B 角色！是的，许多优秀的小说都有所谓的**故事 B 双胞胎角色**。这可能会以恋人和导师的形式发生，或者一个恋人和一个新朋友，或者甚至是两个新朋友。比如在《傻狗温迪克》中，奥珀尔遇到她的两个主题向导（格洛丽亚·邓普和弗兰妮·布洛克小姐）都是因为温迪克。这两个人都给她上了关于孤独这一主题的宝贵一课。

但是，如果你想要两个（或更多）故事 B 角色，就要确保两个角色都履行了自己的职责，确保他们以不同方式完成了自己的任务。否则，我们为什么需要两个故事 B 角色呢？

8. 乐趣与游戏

进入第 2 幕　故事 B　乐趣与游戏　中点　坏人逼近　失去一切　灵魂的暗夜

它的作用是什么？ 传达了小说的前提承诺，并向我们展示了你的主角在新的第 2 幕世界中是如何表现的（要么很开心，要么很挣扎）。

它会进展到何处？ 20% 到 50%（这个动点跨越了第 2 幕

的整个前半部分）。

乐趣与游戏动点可能是你的读者选择阅读这本书的首要原因。

它也被称为**前提承诺**。因为当一位读者开始读一本书的时候，他们很可能会从书背后的概要、书评或者其他读者那里得知一些关于这个动点的情况。

作者承诺了他们：一位宇航员要在一个无生命存在的星球上找到生存下来的方法（安迪·威尔的《火星救援》），有一所为巫师开办的学校（《哈利·波特与魔法石》），男孩和老虎被困在一艘救生船上（《少年 Pi 的奇幻漂流》），一个有纹身的朋克女孩努力破解一桩 40 年前的女孩神秘失踪案（斯蒂格·拉森的《龙文身的女孩》），拥有完美记忆的男人侦破家人的谋杀案（《记忆怪才》），或者一个没有方向感的女孩照顾坐在轮椅上的刻薄的四肢瘫痪的男人（《遇见你之前》）。

所以现在你，作为作者，必须兑现这个承诺。在这里。立刻。

我见过很多作家对这个动点的名字有疑惑。他们看了小说中乐趣与游戏的动点，比如《饥饿游戏》，然后想，24 个青少年在竞技场上互相残杀？这对凯特尼斯来说可不是什么好玩的事。

　　弄清楚乐趣与游戏动点的关键是要意识到，故事的这一部分可能只对读者来说是有趣的。对主角来说，则不一定。

　　是的，哈利·波特刚到霍格沃茨魔法学校的时候很开心。他在自己的颠倒的魔法世界里获得了很多乐趣。《饥饿游戏》中的凯特尼斯·伊夫狄恩呢？她并没有那么开心。

　　然而，读者们却喜欢读这些内容。不是因为他们有虐待狂的倾向，也不是因为他们是邪恶的，希望自己也在那个竞技场上厮杀，而是因为关于凯特尼斯挣扎的描写很有趣也很吸引人。这是一个生活在第 2 幕世界中的第 1 幕的主角，如果你已经把你的第 1 幕世界和第 2 幕世界设计得尽可能不同（就像我告诉你的那样），这自然会很有意思。

　　另外，凯特尼斯在竞技场的战斗实现了本书的承诺。老天，它甚至体现了这本书的名字！

　　所以，为了避免混淆，让我们这样定义乐趣与游戏动点：这是一个多场景动点，在这个动点中，你的主角要么在他们新的颠倒世界中闪耀，要么在其中挣扎。

　　因为这是你仅有的两个选择。他们要不就喜欢这个世界，要不就讨厌它。他们要么感激自己做出了信念的飞跃，踏上了冒险之旅，要么极其怀念过去的生活方式。

　　想想你的主角是谁，想想他们进入第 2 幕世界时的感受。他们在那里是开心，还是痛苦？他们在新生活中是适应得很好，还是在挣扎？

这并不意味着你所有的乐趣与游戏动点都必须全是挣扎或全是成功。事实上，我建议不要这样设计。乐趣与游戏几乎占了你小说的 30%，你必须让主角的行动多样化。

我称这种多样化为**弹跳球式**叙述。你的主角一会儿在高处，一会儿在低处；事情一会儿进展得很顺利，一会儿进展得很糟糕；主角在有些事情上成功了，在有些事情上失败了；女孩得到了男孩，又失去了男孩；侦探在这个案子上取得了突破，却发现是一条假线索；国王赢了一仗，然后又输了一仗。上、下、上、下，如此等等。正是通过这种不可预知的动态变化，你才能使乐趣与游戏部分变得丰富多彩、吸引人，以及最重要的：有趣！

但是，不管你的球弹跳了多少次，最终这个动点应该有一个大致的方向：成功或失败。对此，你必须做出决定。这个动点是**向上发展**（总方向走向成功），还是**向下发展**（总方向走向失败）？

一旦《遇见你之前》中的路易莎接受了陪伴威尔的这份工作，并决定说服他不要结束自己的生命，这通常是向上发展到中点的。路易莎的薪水不错（愿望），而且为威尔带来了积极的影响，他的情绪和外表都有了明显的改善。两人甚至一起在交响乐团度过了一个浪漫的（及暧昧的）夜晚。

《火星救援》中的马克·沃特尼也是如此。尽管小说的催化剂是灾难性的（马克·沃特尼被困在火星上，没有其他宇航员同伴，也没有办法回家），但马克的乐趣与游戏动点毫无疑问是向上发展的，他成功地找到方法与NASA（美国国家航空航天局）取得联系，并在居住舱里种植土豆。到目前为止，他似乎真的能活到NASA下一次执行火星任务的时候。

另一方面，《饥饿游戏》中的乐趣与游戏动点无疑是向下发展的。随着"饥饿游戏"的开始，凯特尼斯受到了来自各个方面的挑战，包括脱水、火和追踪杰克蜂（基因工程黄蜂），更不用说其他23个试图杀死她的青少年了。

同样的，在《愤怒的葡萄》中，汤姆·乔德和他的家人在乐趣与游戏动点中出发前往加利福尼亚州寻找工作，他们面临的只有失败。当爷爷去世，汤姆的哥哥诺厄抛弃了这个家庭时，这个家庭开始瓦解。这显然是向下发展到中点。

当你组织你的小说时，乐趣与游戏动点的大致方向是一个关键的决定。因为正如你很快就会看到的那样，你为这个动点选择的方向（向上还是向下）最终不仅会决定下一个动点（中点）的内容，还会决定第2幕其余部分的内容。

9. 中点

它的作用是什么？ 用虚假的失败或虚假的胜利标示小说的中点，同时提高故事的风险。

它会进展到何处？ 50%。

好啊！我们到达中点了！这个动点的名字非常贴切，就是书的中间点。

中点是事物的十字路口。很多事物。

是的，这是书的中间点，也是第2幕的中间点，是主角转变的关键中间点。

哇哦！很多的中间点！

我听说很多作家把小说的中间点（middle）称为"一片混乱（muddle）"。意思是，这个部分很难写清楚，很难完成。它给人一种复杂和凌乱的感觉，并缺乏焦点。

当我读到一部手稿（甚至是出版的小说）时，我能立即看出作者是否理解了中点的功能和目的。如果故事让人感觉内容沉重、缺少焦点，那么他们就错过了一个黄金机会。

中点是有魔力的。它是故事的支点，是墙上的一根钉子，其他所有动点都挂在上面。这是主角转变弧线的中心，我们必须充分利用这一点，使中点尽可能充满活力和令人兴奋。

那么中点到底是什么呢？

基本上这是一个单场景动点，其中发生了三件非常重要的事情：

- 主角经历了**虚假的胜利**或**虚假的失败**。
- 故事的风险提高了。
- 故事 A 和故事 B 以某种方式相交。

最重要的事情是：虚假的胜利和虚假的失败。

还记得我们在乐趣与游戏动点的时候，我问你，你的主角是走在向上发展的道路上，还是向下发展的道路上？如果你已经回答了这个问题，那么好消息是，你已经很好地找到了你的中点。看到我有多狡猾了吗？

中点是你为乐趣与游戏选择的任何道路的顶点。因为从本质上讲，乐趣与游戏的全部目标就是把故事推向中点，并给中点下定义。

如果你的主角在这个颠倒的世界里闪耀着光芒，如果事情对他们来说大体很顺利（除了一些弹跳球），并且第 2 幕是一个相当不错的地方，那么主角最终会在中点取得虚假的胜利。向上发展的道路已经到达了顶峰，你的主角似乎已经赢了。为他们高兴！

为什么称之为虚假的胜利呢?因为小说只完成了一半。如果你的主角真的赢了,那这本书在中点就结束了。

除了这点,还有什么原因呢?为什么他们没有真正地获胜?

因为你的主角还没有领会主题。

在虚假的胜利的中点,主角通常自我感觉良好。也许他们已经得到了自己想要的(你在第 1 幕设定的外在目标),或者他们已经接近了。但他们不知道,他们的成功是不完全的。因为他们还没有以正确的方式发生改变。他们仍然有那些烦人的缺点,这些缺点一直在拖累他们。他们还没有解决最重要的问题。通过在中点给主角想要的东西,作为作者,你本质上是突出了那些更重要的问题。你在向读者展示成功是虚假的,主角的愿望是肤浅的,因为:(1)这本书还没有结束;(2)你的主角仍然是第 1 幕中那个有缺点的人。

在《遇见你之前》中,路易莎的中点是虚假的胜利。她拥有了一份工作(她最初的目标),而且她似乎在帮助威尔过充实的生活上有了很大的进展(她的新目标)。但是,她做了什么来充实自己的生活吗(主题)?并没有。这一点在中点体现得非常明显(威尔出席了在路易莎家举行的生日派对),她交往了很久的男友(显然他们注定不会在一起)送了她一份礼物,证明在交往多年之后,他仍然不懂她。而威尔才认识她几个月，却显然很懂她。

在《火星救援》的中点，马克开始收获土豆，他似乎将有足够的食物来维持他的生活，直到获救，而且他能够和 NASA 取得联系，甚至可以收到家人的电子邮件。考虑到各个方面，马克的前景相当好。他实现了书的前半部分的所有小目标（种植粮食、与地球取得联系）。但是，离开火星这个更大的外在目标还没有实现，就像他征服恐惧的内在目标（主题）一样。

另一方面，如果你的主角在乐趣与游戏动点中已经像一条离开水的鱼一样挣扎，那么你的中点将会是一场虚假的失败。向下发展的道路已经到达了低点，你的主角似乎迷失了。也许他们还没有得到自己想要的；或者他们已经得到了，但很快意识到这并不是他们一直在追求的。到了这个时候，他们甚至可能想要放弃。

为什么这是一场虚假的失败呢？与虚假的胜利原因相同。这本书还没写完，你的主角还没有学会你想要他们学会的东西。

通过创造一个中点，让你的主角没能得到他们想要的东西（没能实现他们的外在目标），你也凸显了更重要的问题。你在对读者说："嘿！看！我的主角认为他们的生活终结了，因为他们没有得到自己认为可以解决一切问题的东西。"但显然，如果小说还有一半没写完的话，这样东西也并不那么重要。显然，还有一个更重要的故事要讲。

在《饥饿游戏》的中点，凯特尼斯面临着脱水和痛苦的皮肤烧伤。而且她发现皮塔（她的故事 B 角色）已经和职业贡品（那些一出生就接受游戏训练的青少年）结成了联盟。在她把追踪杰克蜂的蜂巢扔到职业贡品身上后，他们开始追赶她，准备报复她。这个时候，凯特尼斯的处境看起来相当严峻。她在游戏中生存下来的外在目标似乎比以往任何时候都更加遥不可及，就像她的内在目标或主题（反抗凯匹特人）一样。

在《愤怒的葡萄》中，乔德一家到达了目的地加州（外在目标），却发现自己被骗了，这是一个虚假的失败中点。加州没有他们期望的繁荣和就业机会。而且汤姆·乔德还没有完成他的主题使命，即帮忙把工人组织起来，努力争取平等（内在目标）。

我们既然设置了虚假的胜利或虚假的失败，接下来就可以做一件非常重要的事情（中点的第二个重要元素）：提高故事的风险。

到这个时候，你的有缺点的主角已经得到了一个机会，去改变他们的做事方式和这些缺点（通过第 2 幕的颠倒世界），但是他们还没有真正利用这个机会。正如我们所说，他们仍然在朝着自己想要的东西，而不是需要的东西前进。通过在中点提高故事的风险，我们本质上是在说："时间快到了，兄弟！

别再胡闹了。"我们迫使主角采取新的行动，这个行动将不可避免地使他们发生自己迫切需要的改变。

出于这个原因，我喜欢把中点称为"这下要来真的了（sh*t just got real）"动点。换句话说，它不再是乐趣与游戏了（字面意思）。是时候认真点了。

那么，我们该如何提高风险呢？那就要看你了。但以下是一些畅销小说中常见的提高风险的方法：

- **爱情故事升级**：通常表现为亲吻（或更多）、爱的宣言、婚姻、求婚或亲密关系的增进，使主角更难回到他们原来的生活方式。一旦你恋爱了，你就恋爱了。即使你的主角仍然会把事情搞砸（他们很可能会！），他们也不能简单地走开，假装事情从来没有发生过。在安吉·托马斯的《黑暗中的星光》中，斯塔尔和她的男友克里斯第一次互相说"我爱你"。直到这一刻，斯塔尔仍在向克里斯隐藏自己的真实自我（不告诉他自己是警察射杀哈利勒的关键目击证人），并有效地将她家的世界和学校的世界分隔开来（就像她一开始所做的那样）。通过增加他们之间关系的风险，作者托马斯本质上是在说："斯塔尔，你不能永远隐藏自己。很快，你将需要变得非常诚实。"

- **时钟出现**：没有什么能比滴答作响的时钟更快地提高风险和让你的故事重新聚焦了。发现了一枚定时炸弹，一个绑匪寄了一张有期限的勒索信，一位医生告诉某个人他/她只剩下两周的生命，收到了一封三个月后婚礼的邀请函，一个恐怖分子威胁要在即将举行的集会上暗杀一名政客，这些都是把你的故事快速推进到书的后半部分的好方法。滴答作响的时钟抓住了主角（和读者）的注意力，迫使他们思考什么是真正重要的，需要做些什么。在《火星救援》中，正当马克·沃特尼的事情似乎进展顺利时，砰！居住舱里的气闸破裂了，他所有的土豆作物都被毁了。他的滴答作响的时钟（在食物耗尽之前离开火星）快进了一步。如果马克想生存下去的话，这将最终迫使马克勇敢地面对最终的考验（主题）。

- **改变游戏规则的重大情节转折**：这是我最喜欢的在小说中提高风险的方式之一，因为我喜欢写情节转折。本质上来讲，情节的转折就是你在对主角（以及读者）说："你甚至连一半的真相都不知道。这才是你真正要面对的！"我把这称为**"中点转折"**，惊悚小说和悬疑小说的作者经常使用这种手法。在《记忆怪才》中，正当德克尔和他的搭档兰开斯特开始在学校枪击案和德克尔家人死亡的案件上取得一些进展时（虚假的胜利），突然，一名正在调查案子的 FBI 探员死在了德克尔家的前门，证据显示，警察正在与两个嫌疑人周旋，而非他们最初认为的一个。这使风险得到了双重提升。首先，与调查关系密切的人已经死亡；随后德克尔发现了一个没有人预见到的转折，这完全改变了案件的情况：杀手有一个同伙！这两件事都给德克尔带来了额外的破案压力，不仅是为了学校枪击案受害者的家人（故事 A），也是为了给自己家人被谋杀这件事做个了结（故事 B）。

- **大型聚会、庆祝活动或公开"亮相"**：如果你看一看你最喜欢的几部小说，你会经常发现书的中间部分会出现一些很多人参加的大型聚会或庆祝活动。我知道一场聚会或庆祝活动可能看起来不会自然而然地提高风险，但事实是，它会。在此之前，尽管你的主角一直身处第 2 幕中，但他们真的能大声宣布这就是现在的他们吗？也许不行，因为他们的内心可能还有一部分停留在第 1 幕中。但让他们参加我所说的**"中点派对"**（一场有很多人参加的社交聚会或大型庆祝活动），给了你的主角一个机会走进他们的第 2 幕世界，并宣布自己是其中的一份子。出现在大家面前，这是一种很难放弃的公开"亮相"。在《遇见你之前》的中点（路易莎的生日聚会），路易莎的父母和男友第一次见到了威尔，她受雇去照顾（并慢慢爱上）的四肢瘫痪的那个男人。这本质上是她的两个世界的一次碰撞，也是第 2 幕中新的路易莎的公开亮相。作者莫伊斯让这两个世界同时出现在一个房间里，突出了路易莎在和威尔相处的这几个月里发生了多么大的变化。

在所有这些中点的例子中，您可能已经注意到从**"想要"到"需要"**的微妙变化。这并非巧合。中点的第三个重要元素是故事 A 和故事 B 的相交，这时候你的主角开始放下自己想要的东西，转而弄清楚自己需要什么。当然这不一定会马上在下一章甚至下一页发生。你的主角还有很长的路要走。确切地说，还有整整三个动点。但在这一刻，风险被提高，你的主角开始意识到他们不能继续走原来的路了。因为在这个时候，他们要么没有成功（虚假的失败），要么成功了（虚假的胜利），但是他们仍然觉得自己缺少了一些东西。

所以，这种从想要到需要的微妙转变，常常通过故事 A 和故事 B 的交叉（是的，另一个中点十字路口！）来说明。记住，你的故事 A 是外在的故事，是你从第 1 幕开始就为你的小说设定并取得成功的花哨的前提。而故事 B 是内在的故事，是由故事 B 角色所代表的精神旅程。通常**故事 A 和故事 B 会在中点交叉**，意思是故事 A 角色和故事 B 角色以某种方式纠缠或偶遇。这样做是为了形象地提示读者，我们正在从想要（外在的故事 A）转向需要（内在的故事 B），即使读者并没有完全意识到你在这样做（也是作者操纵）。

在《饥饿游戏》的中点，当游戏中的其他贡品准备杀死凯特尼斯（故事 A 角色）时，皮塔·梅尔拉克（故事 B 角色）救了她的命。这个交叉点不仅提高了凯特尼斯的旅程的风险（因为现在她知道皮塔真的很关心她，这不仅仅是在镜头前的表演），也区分出了凯特尼斯转变的关键时刻。从这里开始，对凯特尼斯来说，只考虑生存是越来越难了（故事 A）；现在她也不得不考虑要如何站出来反抗凯匹特人（故事 B）。

总而言之，中点改变了故事的方向，（再次）让主角更难做回以前的自己。听起来熟悉吗？这和你在催化剂动点中做的事情是一样的。你提高了风险，所以对你的主角来说，转身回到安全的第 1 幕现状世界就更困难了。

这也不是巧合。一个精彩的故事就是不断提高风险的过程，一个接一个的情节设计推动着你的主角不断前进。每一次你提高风险，他们就更难向后退。

10. 坏人逼近

它的作用是什么？ 为你的主角提供一个在虚假的失败中点后崛起，或在虚假的胜利中点后跌落的地方，与此同时内心的

坏人（缺点）正在逼近。

它会进展到何处？ 50% 到 75%。

好消息是，你已经摆脱了小说中最长的动点（乐趣与游戏）。坏消息是，这是小说中第二长的动点。

我不会对它进行粉饰。第 2 幕是一头野兽，占了整个故事一半以上的篇幅。当你完成了中点，到达坏人逼近的动点时，你以为自己已经接近第 2 幕的结尾了。但是，当你看到在失去一切动点之前，自己还要走多远的路，你可能真的觉得自己好像失去了一切。

但是，不要害怕！我们将一起度过这一关。

就像乐趣与游戏一样，坏人逼近是一个多场景动点，它占据了相当长的篇幅（大约占小说的 25%）。但如果处理得当，这可能是故事中最激动人心的一个部分。

这个动点得名于某部动作片中的一个片段。在这部影片中，坏人（在中点未能实施他们的邪恶计划）重整旗鼓，卷土重来，变得更强大、更有组织性，而且拥有更大型、破坏力更强的武器。

好吧，如果你正在写一部惊悚小说，这些情节都很好。但是其他人呢？如果故事中甚至没有传统意义上的"坏人"呢？怎么办？

首先，不要惊慌。其次，不要被动点的标题愚弄。它被称为"坏人逼近"，但这并不意味着你的故事中需要有字面意义上的坏人（或者我说的"**外在坏人**"）。这也并不意味着这个动点中只能发生坏事。实际上，动点的方向在很大程度上取决于故事的中点发生了什么。

如果你的中点是一场虚假的胜利（你的主角似乎"赢了"），那么是的，你的坏人逼近动点将会是一段稳定的下坡路，通往失去一切动点，这意味着你的主角面对的情况越来越糟糕，越来越多的坏事正在发生（会有几个弹跳球被扔进来，来让事情保持有趣和不可预测）。因为，记住，中点的成功是虚假的。事实上，主角并没有成功。他们只是认为自己成功了。所以现在是时候向他们（和读者）展示，他们的想法是错误的。这可以用在真正的坏人身上，比如《记忆怪才》中的行凶者，他们在中点之后开始杀害越来越多的人。或者也可以简单地让主角遇到更多的"坏"事，就像在《火星救援》中那样，居住舱的气闸破裂后，马克的生存风险提高了，事情从糟糕发展到了更糟糕：他受了伤；NASA 试图发送给他的补给探测器爆炸了；马克失去了与地球的所有联系。对马克来说，这是一条相当稳定的下坡路。

另一方面，如果中点是一场虚假的失败（你的主角似乎"输了"），那么坏人逼近动点就会稳定地向上发展，主角的生活会变得越来越好。情况正在好转，你的主角正在大踏步前进。他们在改善自己的处境,克服障碍。也许这个颠倒的世界并不是一个那么糟糕的地方。

在《愤怒的葡萄》中,经历了一个艰难的中点之后,乔德一家的困境开始好转。他们找到了一个不错的流民营(与他们一直住的胡佛村①相比有了很大的改善),他们甚至找到了摘桃子的工作。

同样,在《饥饿游戏》中,尽管凯特尼斯仍然在与凯匹特的坏人及其他贡品周旋,但在第2幕的后半部分,她的情况开始好转。她在竞技场里取得了一些胜利,还和另一个"贡品"露露结成同盟,两人一起炸掉了职业贡品的补给。当坏人逼近动点向上发展时,在失去一切之前往往会出现像这样的虚假的胜利。你的主角在一切崩溃之前取得了小小的胜利。

但是,不管你的坏人逼近动点是向下发展还是向上发展,不管是真的有坏人存在,还是主角身上发生了一些坏事,所有的故事中确实存在一种坏人。

内心的坏人。

这里,我指的是主角的缺点,是那些你在第1幕中设置的烦人的点,你承诺(在陈述的主题里)你的主角最终会处理这些点。

---

① 指美国20世纪30年代初设立的失业工人及流浪汉收容所。

　　尽管在《遇见你之前》中，路易莎·克拉克经历了很多，尽管她试图说服威尔享受他的生活，但她自己仍然没有这么做。她还没有回答这个主题式问题："你到底想要过怎样的生活？"她仍然过着一开始那种不能令她满足的生活。她甚至还没有和合不来的男朋友分手。事实上，恰恰相反，她搬去和他一起住了！这是一个关于主角内在坏人的最好的例子，路易莎内心的坏人（那些第 1 幕里的缺点）逼近了，阻止她做出任何真正的改变。

　　这就是坏人逼近动点的全部内容。无论你的主角在第 2 幕中取得了怎样的进步，内心的坏人仍然在主角的心里努力发挥着影响力，搞砸关系、破坏成功、摧毁幸福。因为在主角领会主题，并以正确的方式改变他们的生活之前，那些内心的坏人将继续肆虐，把你的主角推向谷底。

　　我的朋友们，欢迎你们来到失去一切。

11. 失去一切

　　它的作用是什么？ 描述你的主角在故事中的最低谷（最低潮的时刻）。

它会进展到何处？ 75%。

最低谷。你的主角终于来到这里了。一个众所周知的道理是，除非人跌到谷底，否则他们不会真正改变。因为要直到他们尝试了其他的一切，直到他们失去了对他们而言重要的一切，他们才能看到真正的道路。这是人的习惯。因此也是主角的习惯。因为我们的主角即使什么也没做成，他／她也是一个人。这就是他们会使我们产生共鸣的原因。

所以，在主角找到真正的转变之路之前，我们必须让他们落入低谷，让他们陷入绝望，让他们别无选择，只能改变。

以正确的方式改变。

在坏人逼近动点中，无论你的主角朝着哪个方向前进（向上或向下），所有的主角最终都必须跌入低谷。

他们会跌落的！

这就是失去一切的功能。这是一个单场景动点（只有一个场景或一个章节），大约会进展到整部小说的 75% 处，这个动点中，在主角身上发生的事情，将让他们深深地、深深地陷入失败。

极权政府逮捕了主角（《1984》）。国王死了，主角和她的家人深陷危机（《白王后》）。一对恋人分手了（《绝对是你》）。正义没有得到伸张（《黑暗中的星光》）。杀手袭击了与主角亲

近的人（《记忆怪才》）。主角发现她一生的挚爱已经结婚了
（《简·爱》）。主角被信任的人背叛了（《达·芬奇密码》）。

不管这是件什么事情，它都很重大，甚至比催化剂还重
大！它似乎是无法克服的。你的主角要比书刚开始时更惨。

主角似乎真的失去了一切。

在我的讲习班上，我看到太多作家试图避开失去一切动
点。他们害怕对主角做出真的很可怕的事情。不要害怕。开除
他们，让他们分手，甚至杀死他们。如果你的失去一切动点并
不重大，那么主角的最终转变会让人觉得不自然，会令读者难
以相信。最低谷就是最低谷。

失去了。所有的一切。

那么，我们如何确保这个动点如它需要的那样，是宏大
的、感人的、转变性的呢？

我们会插入一种叫做**死亡气息**的东西。没有什么能比死亡
本身更令人绝望了。这就是很多故事中会有角色死亡或濒临死
亡的原因。我并非想在这里显得冷酷无情，但事情就是如此。
在《无比美妙的痛苦》中，奥古斯塔斯在失去一切动点中去世
了。在《遇见你之前》中，威尔告诉路易莎，尽管她努力了，
但他并没有改变结束自己生命的想法。在爱玛·多诺霍的《房
间》中，妈妈试图自杀。在《记忆怪才》中，阿莫斯·德克尔
考虑自杀。在《饥饿游戏》中，露露被杀死。

看看你最喜欢的一些书，找到失去一切动点，然后自己去看。那么多角色在这个动点中死去，尤其是导师。在失去一切动点中杀死一个导师角色是特别有效的，因为这会迫使主角自己去做剩下的事情。这会迫使他们深入内心，意识到他们一直都知道答案，拥有能力与力量。在《愤怒的葡萄》中，直到凯西牧师被杀，汤姆·乔德才最终意识到他的真正目的是继承凯西的教导事业，帮助人们。

即使在这个动点中没有真正的死亡，也会有死亡的暗示，有一点死亡的气息。像角落里的一棵枯死的植物，鱼缸里的一条死鱼，甚至可能是一个想法、一个项目、一段关系或一笔生意的终结。在埃米莉·吉芬的《大婚告急》中，一段终身友谊逝去了。即使是在喜剧小说中，像索菲·金塞拉的《购物狂的异想世界》，在失去一切动点中，贝姬试图买东西，却发现她所有的账户都被冻结了，收银员没收了她的信用卡，这也是死亡的暗示。这是她信用的死亡！

基本上，在这个动点中，一些事情必须就此终结。因为在失去一切动点中，旧世界／性格／思维方式最终会消亡，这样，新世界／性格／思维方式才能诞生。

我喜欢把失去一切看作另一道催化剂。这个动点和第1幕中的催化剂动点有非常相似的作用。第1幕中的催化剂推动主角进入讨论动点，接着进入第2幕；而失去一切将推动你的主角进入灵魂的暗夜动点，最终进入第 3 幕。

而且，尽管失去一切中的事情都发生在主角身上，这些事情也应该，至少在某种程度上，是主角的过错。为什么？因为这个固执的傻瓜还没有领会主题！主角的内在坏人一直在幕后使坏，让他们犯错。现在，这导致了一场灾难。即使行为本身不是他们的错，但他们可悲的困境也多多少少是自己造成的。

在《小屁孩日记》中，格雷格要为友谊的终结负全部责任。他一直是个糟糕的朋友，还没有学会承担责任。在《傲慢与偏见》中，虽然是莉迪亚自己决定要和威克汉姆私奔的，但如果伊丽莎白没有对达西先生怀有那么大的偏见，她就能更早认识到威克汉姆的真实品性，也许就能阻止这件事的发生。

主角必须在某种程度上负责任，否则，他们就没有教训可学。这就是失去一切的全部意义。现在，你的主角除了沉湎于失败和反思他们的选择与生活外别无其他事可做。他们还不知道，这将会是他们经历过的一场最有力、最能改变人生的反思。

12. 灵魂的暗夜

它的作用是什么？ 展示主角如何应对失去一切，以及他们

如何最终实现突破，找到一个解决方案。

它会进展到何处？ 75% 到 80%（这个动点带领我们来到第 2 幕的结尾）。

如果说失去一切是另一道催化剂，那么，自然而然，灵魂的暗夜就是另一场讨论。在跌入谷底之后，你的主角会做些什么？每个人都会做的是什么？他们会做出反应。

他们会思考发生的每件事。他们会沉思。他们会考虑。

他们会沉溺。

我喜欢把灵魂的暗夜称为"沉溺的动点"。因为这就是主角在这里所做的。他们会坐下或者走来走去，感到绝望，为自己感到难过。而且这时候经常会下雨。

简逃离了桑菲尔德庄园，几乎快饿死了（《简·爱》）。凯特尼斯用鲜花来哀悼露露的死亡（《饥饿游戏》）。温斯顿在监狱里沉溺于自己的思绪，不知道自己会有什么样的未来（《1984》）。路易莎在她的房间里坐了好几天，拒绝出来（《遇见你之前》）。

然而，并非所有的主角都会沉溺。有些人会生气，就像《黑暗中的星光》中的斯塔尔，在发现哈利勒的正义无法得到伸张后，只想闹事和破坏。有些人陷入了否定，就像《小屁孩日记》中的格雷格，他试图说服自己，没有了最好的朋友罗利，和别人出去玩，他会过得更好。

　　主角的具体反应完全取决于你的主角是一个什么样的人。他们会如何应对生活中的低谷？

　　失去一切是一个单场景动点。它发生得很快，在一个场景或一个章节之内，它就结束了。现在，你的主角需要时间来消化这一切。这就是为什么灵魂的暗夜是--个多场景动点。你可以用几个场景或章节来展示你的主角是如何应对这次失败的。

　　但这不仅仅是在雨中沉溺（或担忧）。灵魂的暗夜有一个非常重要和有用的功能。这是黎明前的黑暗。这是实现重大突破之前的那一刻。

　　这是真正的改变发生前的最后一刻。

　　这就是为什么大多数故事中的启示都发生在这个动点，在这个我称之为**"暗夜顿悟"**的时刻。最后的线索出现，主角用新的眼光看到了一些东西，他们一直未能看到的真相突然变得清晰。（悬疑小说和其他类型小说中的）许多谜团就是在灵魂的暗夜中被解开的。在戴维·鲍尔达奇的《记忆怪才》中，在灵魂的暗夜的尾声，阿莫斯·德克尔终于意识到为什么他会成为杀手的目标（拼图的最后一块）。在《购物狂的异想世界》中，在灵魂的暗夜的尾声，贝姬·布卢姆伍德发现标杆生活（一家大型金融机构）一直在欺骗投资者。

　　所以，即使你的主角现在对他们的生活感到很沮丧，但在他们的内心深处，一些东西在运转、分析、处理。他们在分析自己的生活，审视自己的选择。他们在思考自己到目前为止已经尝试过但没有成功的每件事。他们慢慢地得出了最终结论。

这就是为什么，与讨论动点类似，灵魂的暗夜经常围绕着某个问题发生：主角现在会做什么？他们将如何应对这种绝望？他们要如何进入第 3 幕?《愤怒的葡萄》中，在汤姆·乔德杀死了杀害凯西牧师的凶手后，灵魂的暗夜的问题变成了"乔德一家现在要怎么做?"。在马克与 NASA 失去联系后，灵魂的暗夜的问题变成了"他要如何到达战神 4 号的着陆点，与他的宇航员同伴会合?"。

这也是小说中允许主角后退而不是只能前进的--个动点。我把它称为"**回归熟悉**"。在《购物狂的异想世界》中，在贝姬·布卢姆伍德的财务和情感跌入谷底后，她去了父母家，在那里她感到很安全。在《遇见你之前》中，路易莎·克拉克把威尔留在了机场，气冲冲地离开了，然后搬回去和家人一起住。

如果可能的话，带你的主角回到他们开始的地方。让他们和一个老朋友重聚；让他们和前任重修旧好；让他们重新开始做以前的工作。用某种方式让他们回到第 1 幕中的现状生活。因为当你沉溺于自己的思绪，感到迷失的时候，你会不自觉地去寻找一些熟悉和安全的东西。但事实上，这些东西不再令他们感到熟悉和安全了。主角的感受已经变了。

回归熟悉的环境，会让读者看到你的主角已经改变了许多。他们不再是第 1 幕的命题人了。他们经历了颠倒的对立世界，这改变了他们。因此，让他们重回第 1 幕的世界只会凸显他们发生了多少改变。在一个曾经熟悉的地方，他们感觉自己像一个完全陌生的人。这种感觉向主角（和读者）点明了，他们不再属于那里了。他们无法回到过去。

是时候做出艰难的选择了。

是时候撕掉第 2 幕的这张创可贴，面对下面深深的伤口，最终开始治愈它了。

是时候做出真正的改变了。

第 3 幕

我们快到了！我们已经来到第 3 幕，也就是最后一幕，这一幕也被称为**综合阶段**（synthesis）。

记住，第 1 幕是命题（或现状世界），第 2 幕是对立面（或颠倒的世界），第 3 幕是综合（这两个世界的融合）。

而我喜欢用另一种方式来看待这个问题：

第 1 幕里主角是什么样子的 + 他们在第 2 幕里学到的东西 = 在第 3 幕里他们会变成的样子

如果中点是所有情节的十字路口，那么这最后 1 幕就是所有情节的融合。主角将把他们的第 1 幕自我和第 2 幕自我结合起米，创造一个全新的、改进了的第 3 幕自我。友谊被修复，关系被弥合，分离的恋人重聚。故事 A 和故事 B 将再次相遇，但这一次它们将交织成为一个整体。这是终极的结合：外在故事的乐趣和刺激，与内在故事的知识和智慧相结合，创造出有活力的、吸引人的、具有强大影响力的第 3 幕，这将引起读者的共鸣，让他们屏住呼吸。

13. 进入第 3 幕

它的作用是什么？ 将主角带入第 3 幕的综合世界，在那里，他们最终将以正确的方式解决问题。

它会进展到何处？ 80%。

这就是！答案！办法！解决方案！

进入第 3 幕是名副其实的突破。此时此刻，感谢主角在颠倒的世界经历的所有挣扎，感谢他们从故事 B 角色身上学到的所有教训，感谢你让他们坐上的情感过山车，你的主角终于意识到，他们不仅要解决自己在第 2 幕中造成的所有问题（有很多！），更重要的是，要解决他们自己的问题，而现在他们终于明白了自己要怎么做。

如果进入第 2 幕是主角想出了解决问题的错误方法，那么进入第 3 幕就是主角最终想出了**解决问题的正确方法**。没有捷径、不再作弊、不再回避更重要的问题。他们已经失去了一切，跌到了谷底，经历过灵魂的暗夜，现在他们知道自己该做什么了。

路易莎·克拉克必须登上飞往瑞士的航班去见证威尔的死（《遇见你之前》）。贝姬·布卢姆伍德必须写一篇有关她生活的文章，揭露金融机构的不法行为（《购物狂的异想世界》）。马克·沃特尼必须弄清楚如何在没有 NASA 帮助的情况下到达战神 4 号的着陆点（《火星救援》）。阿莫斯·德克尔不得不独自面对杀害他家人的凶手（《记忆怪才》）。斯塔尔·威廉斯必须使用她真正的武器——她的话语（《黑暗中的星光》）。而汤姆·乔德再也不能逃避他的问题了；他必须帮忙组织工人，终结不公正的情况（《愤怒的葡萄》）。

在进入第 3 幕动点中，主角几乎总是会认识到：绝不是他人必须改变；必须改变的一直都是自己。

在此之前，你的主角一直在尽其所能逃避他们生活中的真正问题。他们忽略了陈述的主题，他们追求自己想要的而不是需要的东西，他们试图以错误的方式改变他们的生活但失败了，他们责怪所有人，除了自己。是时候清醒过来，面对冷酷无情的事实了：我是有缺点的。现在我知道了，我可以解决这个问题。这是一个单场景动点。你可以用一个场景或一个章节来展示主角的顿悟和由此做出的决定。（尽管我见过有作者用一页或一段话就把这个动点写得很成功。）在这个动点中，你将引导你的主角（和读者）迅速而肯定地进入第 3 幕，也就是最后一幕。

14. 尾声

它的作用是什么？ 解决第 2 幕中出现的所有问题，证明你的主角已经领会了主题并发生了转变。

它会进展到何处？ 80% 到 99%。

你的主角终于醒悟了，明白了他们该做什么。接下来会发生什么？现在他们必须真的去做。坐下来讨论改变是一回事，去做则完全是另一回事。是时候让你的主角说到做到，把他们绝妙的进入第 3 幕的新计划付诸行动！这是最后的考验。他们能成功吗？我们很快就会看到。

你可能已经注意到第 3 幕只有 3 个动点，而第 1 幕有 5 个动点，第 2 幕有多达 7 个动点。这意味着尾声动点通常是一个很长的动点。这是一个多场景动点，几乎跨越了整个第 3 幕（几乎占小说的 20%！）。

那么这些页面和章节中都发生了什么呢？

主角正在实施他们的新计划，是的。但是我们要如何把它加以延伸，跨越整个第 3 幕，让读者觉得这一部分引人入胜和令人兴奋，但又不会太匆忙？

答案是一个惊人的、极具智慧的东西，叫作**五点式尾声**，我保证它将改变你的生活！

五点式尾声把尾声分成 5 个子动点，给了我们更多的路标来分解我们的最后一段旅程。谢天谢地，我们已经快来到这段漫长旅程的终点了。我们开车开了很久，我们累了，也厌倦了。我们需要一些更小的目标，需要每次驾驶更短的距离，来帮助我们抵达终点。

五点式尾声是一张蓝图，描绘了基本上所有故事的第 3 幕的主题：攻占城堡！城堡是一个比喻，它可以是任何东西。在威尔死前到达瑞士（《遇见你之前》），赢得游戏（《饥饿游戏》），到达战神 4 号的着陆点（《火星救援》）。当然，它也可以是一座真正的城堡，就像欣黛为了警告凯铎王子拉维娜女王的邪恶计划而必须去参加的皇家舞会（玛丽莎·梅尔的《月族》）。

基本上，城堡就是计划。五点式尾声可以帮助你巧妙地执行计划，为你创造出最引人入胜的第3幕。让我们逐点来看。

第1点：组建团队

在主角能够"攻占城堡"之前，他们需要一些帮助。他们需要盟友。他们需要集结部队！部队可以是真正的部队，也可以只是请一些好朋友来帮忙。然而，请记住，你的主角在失去一切动点之后可能不会和他们的一些朋友保持联系。为了寻求帮助，他们可能不得不修复这些关系。这也是组建团队子动点（以及通常而言第3幕）的一个重要部分。主角必须做出弥补，承认他们错了，承认自己是愚蠢和盲目的。这只是他们完成转变弧线的另一步。在《饥饿游戏》中，在游戏创造者宣布规则改变，允许有两个胜利者之后，凯特尼斯知道她需要和皮塔合作。但首先她必须找到他。

然而，你的主角并不一定需要一个团队来攻占城堡。许多令人难忘的主角都曾经独自攻占过一座城堡。这个子动点也可以是"工具的集合"（捆扎武器、制订计划、收集补给、规划路线等）。在《火星救援》中，在马克·沃特尼出发前往战神

4 号的着陆点之前，他必须准备好火星车并规划他的路线。从本质上来说，这是一个准备部分，做好了这些准备，主角才能执行他们在进入第 3 幕动点中想出来的重大的、令人兴奋的计划。

第 2 点：执行计划

在这个子动点中，我们攻占了城堡（无论是字面上，还是比喻上）。队伍已经集结好，武器已经捆绑好，补给已经收集好，路线也已经全部规划好。是时候出发了！马克·沃特尼出发前往战神 4 号的着陆点（《火星救援》），路易莎登上飞往瑞士的飞机（《遇见你之前》），凯特尼斯和皮塔击败了其他贡品，成为竞技场里仅剩的两个人（《饥饿游戏》）。

当你的主角和他们的团队（如果他们有的话）执行计划时，他们的努力应该有一种不可能成功的感觉。会有一个"这真的行得通吗？"的时刻。乍一看，计划会有些疯狂。但是，当团队共同合作并取得进步时，能够实现的感觉会越来越强。也许一些古怪的次要角色会在这里发挥作用。也许你在书中早些时候设定的一些奇怪的技能、设备或特征会派上用场。慢慢地，这个计划似乎开始奏效了。这个团队似乎正在取得进展。也许这个计划并没有他们想象的那么疯狂，也许做成这件事——他们敢这么说吗？——会很简单！

在这个子动点中，许多次要角色或团队成员会做出**故事B式牺牲**，为实现这个目标牺牲自己，实现退场。也许他们死了；也许他们为主角挨了一颗子弹；或者他们只是挪到了边上，让主角有机会发光。在 J. K. 罗琳的《哈利·波特与魔法石》中，为了寻找魔法石，三个孩子穿过陷阱门，在那之后，罗恩和赫敏牺牲了自己，只有这样，哈利才能独自到达最后一个房间。他们的离开是有目的的。因为团队成员都离开了，主角就只能自己去做这件事了——这向我们展示了他们真正具备做这件事的能力。

第3点：高塔意外

主角和他们的团队已经执行了计划；他们攻占了城堡，一切似乎都进行得很顺利。但是现在你应该知道，在"救猫咪"的世界里，事情往往不是表面上看起来的那样。现在，我们要进入"高塔意外"子动点。这个子动点是根据一个经典童话冒险故事中的一个时刻命名的：当主角冲进城堡去救公主，却发现……出乎意料！公主不在那儿！更糟糕的是，坏人把主角引入了陷阱！

当然，你的故事中可能不会有字面意义上的坏人或者字面意义上的高塔，甚至也不会有一个字面意义上的公主，但这个动点的目的都是一样的：展示主角和他们的团队变得多么自负和天真。这个计划根本行不通！事情从来没有那么容易。在凯特尼斯和皮塔在饥饿游戏中幸存下来后，游戏创造者宣布规则改变：只有一个人能赢。路易莎到达瑞士后，她还抱有最后的希望，希望威尔能改变他的想法，但他没有。在马克·沃特尼到达战神4号的着陆点后，NASA告诉他，为了让MAV飞行器离开火星，他必须对MAV飞行器进行"侵入式操作"。他的反应是："你们在开什么玩笑？"

高塔意外只是另一个转折，另一个挑战，迫使主角真正证明自己的价值。在某种程度上，它是另一道催化剂，是一个扔向主角的曲线球，他们现在必须弄清楚如何处理这个球。这一次，单纯凭努力、发达的肌肉、武器，甚至智慧都无法让你的主角成功。你的主角必须更深入地挖掘。

第4点：深挖

如果高塔意外是另一道催化剂，那么深挖——你猜对了——就是另一场讨论！你开始感觉到存在一种模式了吗？原因与结果，行动与反应。这就是讲故事的密码背后的基本模式。所以，动点进度表行得通，这也让故事说得通。

在整个尾声，或者（我敢说）在整部小说中，这个子动点是我们一直在等待的那个时刻。主角似乎再次失败了（在高塔意外中），变得一无所有。没有计划。没有后援。没有希望。

然而，他们仍然有一些东西。他们可能还没有意识到，但他们内心深处的一些东西将会成为最重要的武器。

这是故事的主题。

这是他们克服的缺点。

这是他们改变了的证据。

最重要的是，这是你的主角在书的一开始绝不会去做的事情。他们已经走了很长一段路，不再是那只有缺点的小毛毛虫了。是时候让我们看看他们已经变成了一只多么美丽、强大的蝴蝶了。

还记得我们在第 1 章中设定的所有缺点吗？还记得我敦促你把你的主角视为一个需要改变的不完美的灵魂，并让你构思一块已经埋在主角内心多年的玻璃碎片吗？

好了，现在是时候让主角开始深挖，把那块玻璃碎片挖出来了。他们要从源头上改掉他们的缺点，并成为胜利者。在《饥饿游戏》中的这个值得纪念的时刻，凯特尼斯准备吃下有毒的浆果，反抗凯匹特人，证明她不是他们游戏中的棋子。在《遇见你之前》中的这个时刻，路易莎终于接受了威尔的选择，意识到她不能过别人的生活，只能过自己的生活。在《火星救援》中的这个时刻，马克·沃特尼面对的是"今天死亡的真实的可能性"。

这个子动点也被称为**"被神感化"**的时刻。不，不一定要是灵性的或宗教的故事才能有一个被神感化的时刻。但你的故事必须有一个灵魂，它必须在更深的层次上与我们对话。在这里，主角的信念实现了最后的飞跃。

第 5 点：执行新计划

只有现在，当你的主角深入挖掘、寻找真相、移除玻璃碎片、在没有保护网的情况下跳下桥，我们才能真正看到他们的胜利。

凯特尼斯和皮塔开始吃浆果，但游戏创造者阻止了他们，并宣布他们俩都赢了（《饥饿游戏》）。马克·沃特尼驾驶着他的简装"敞篷"MAV 飞行器飞入太空（《火星救援》）。路易莎·克拉克向威尔告别（《遇见你之前》）。

在这最后的子动点中，你的主角将他们大胆的、创新的新计划付诸行动——当然，这个计划成功了！因为，我们需要看到，在进行了所有的反思和努力转变之后，人类的精神和坚持不懈会最终获胜。我们就是这样与读者产生共鸣的。我们把我们的主角们带入地狱，再拉回来，让他们为每一次成功而努力。我们迫使他们在内心深处寻找答案，只有这样我们才能给予他们这个应得的结局。

或者，如果你的主角最终失败了，那么失败也是有意义的，读者可以从中学到一个教训。尝试后失败总比完全不尝试要好。

这就是五点式尾声。这是你精彩的、转变性故事的华丽结尾。这是你炫目的烟火表演的高潮式结局。它把故事的全部"信息"集中起来，给读者留下一些可以记住的东西，一些可以思考的东西，能在他们灵魂深处产生共鸣的东西。

五点式尾声是绝对必要的吗？不是。我读过很多小说，它们拥有更短小精悍的结尾，并没有涵盖所有的五点内容，但依然非常精彩。我是否建议你至少尝试一下五点式尾声？绝对的！就像作为一个整体的 15 个动点一样，这 5 个子动点将帮助你明确故事焦点，并给予它一个令人兴奋和有意义的结尾。

不管你如何去做，你的尾声都应该是吸引人的。你的主角不应该获胜得理所当然。他 / 她不应该在进入第 3 幕动点中想好要做什么，然后就做到了——没有障碍，没有冲突，没有挣扎。让他们为自己的转变而努力。如果尾声来得太快，主角也没有付出任何努力，你就有可能会获得这样的书评："故事很好，但最后结束得太轻易了。"

如果你付出额外的努力，使你的第 3 幕像故事的其余部分一样有趣、动荡，拥有丰富的行动和情感，那么你的小说就会整体提升到另一个层次。而这最后一个动点将让你的主角、你的读者……还有你，感到更有价值。

15. 结局形象

它的作用是什么？ 提供了你的主角和他／她生活的"故事后"快照，以展现他们改变了多少。

它会进展到何处？ 99% 至 100%（这是你小说的最后一幕或最后一章）。

好的，你完成了前面的部分。你已经抵达了最后一个动点。

如果开场形象是"故事前"快照，那么结局形象就是"故事后"快照。这是一个单场景动点，你在其中向我们展示了在这场宏大的转变性旅程结束之后，主角是什么样子的。

他们已经走了多远？他们学到了什么？作为一个人，他们成长了多少？他们经历了灵魂的暗夜，面对了心中的恶魔，拔出了玻璃碎片，进入了另一种生活，变得比以前更优秀、更强大，那么他们现在的生活是什么样子的？

在《遇见你之前》中，我们看到路易莎在巴黎的一家咖啡馆里啜饮咖啡，终于过上了她自己的生活。这与她被困在安静的英国小镇中的开场形象相去甚远。在《火星救援》中，我们看到马克·沃特尼登上了赫耳墨斯号飞船，与他的宇航员团队重聚，这与他刚被同一个团队抛弃在火星上的开场形象动点完全相反。在《饥饿游戏》中,我们看到凯特尼斯和皮塔登上火车回到 12 区。她不再是我们在第一章中遇到的那个勉强过活的可怜女孩了,现在她是胜利者,是一个反抗者。

在这个场景或章节中,读者应该能够清楚地看到这个故事让主角做出了多少改变,成为更好的自己。如果开场形象和结局形象没有明显的不同,那么是时候重新规划你的动点了。这两个动点中主角的差别越大,你就越能证明这段旅程是有意义的。

我们不是在兜圈子。我们朝着某个地方前进。

所以,要让这段旅程发挥作用。在第 1 幕中设定一个有缺点的主角,在第 2 幕中带领他们快速前进,在第 3 幕中让他们证明自己的价值,最后用结局形象回报你的所有努力,让读者的脑海中只萦绕着一个词:哇哦。

转换机

你已经大致了解了这张拥有 15 个动点的"救猫咪"动点进度表,一张拥有魔力的动点进度表。

动点进度表通常也被称为**转换机**,一个有缺点的主角从一边进去,然后从另一边出来,奇迹般地发生了转变。转换机的目的是重新编写主角的程序，改变他们思考、行动和运行的方式。你可以把小说中的主角想象成四处游荡的小机器人，有一套严格的（且有严重缺陷的）程序，这套程序会导致他们犯错。转换机把这些机器人打开，摆弄内部的线路和程序，直到它们能够正常运行并做出更好的选择。

所有精彩的故事都会这么做，它们会给主角重新编程。它们会改变人类。动点进度表本质上是你的再编程手册。它向你展示了哪些线路需要切断，哪些代码需要修改，以及要以何种顺序进行修改。

相当酷，不是吗？

但是等等！动点一定要完全按照我在这一章中阐述的顺序来安排吗？

不一定。在接下来的章节中，你会看到，我把 10 本畅销小说都拆分出 15 个动点，有些书的动点顺序会有点混乱。有时，陈述的主题出现在催化剂之后。有时，催化剂出现得太早，把设定和讨论混在了一起。有时，中点的虚假胜利或虚假失败出现在故事实际中间点的之前或之后。有时，第 1 幕就介绍了故事 B 角色，但直到第 2 幕，这个角色才变得重要起来。

重点是，这些书里包含了我提过的所有动点。几乎每个精彩的故事都有这 15 个动点。因为，再说一次，这些动点并不会创出一个公式。这些动点能让故事更精彩，是因为人类就是如此。如果没有催化剂，你的主角将永远被困在他们平淡无奇的第 1 幕世界里；如果没有中点来提高风险，你的主角将继续在乐趣与游戏中徘徊，永远不知道还有更重要的事情需要处理；没有经历失去一切从动点中落入谷底的时刻，你的主角永远不会做出正确的改变。

这就是故事，各位。

这就是人生。

如果你无法想象这些动点是如何组合在一起的，或者你是一名视觉型学习者，那么请查看第 15 章（第 422 页）的"求助！我需要更多的结构！"这个部分，进一步看看实际运用中的动点进度表。

练习：转变测试

你的主角发生了尽可能大的转变吗？所有的动点都充分展开了吗？

用这张方便的个人工作检查单进行核对，确保你的动点通过转变测试！

开场形象

- 你的开场形象是一个场景还是一组相互关联的场景?

- 你的开场形象视觉化了吗?（你是在展示，而不是在讲述吗?）

- 主角的一个或多个缺点在这个场景中明显吗?

陈述的主题

- 主题是否与你的主角的需要或精神上的教训直接相关?

- 主题是由主角以外的人（或事!）陈述的吗?

- 你的主角能轻易地、令人信服地忽略这个主题吗?

设定

- 你有没有展现至少一件在主角的生活中需要改变的事情?

- 你有没有介绍至少一个故事Ａ角色?

- 在这个动点中，你是否清楚地确立了你的主角的愿望或外在目标?

- 你是否展示过主角在生活中不止一个方面（比如家庭、工作或娱乐）的样子?

- 在这个动点中，主角的缺点明显吗?

- 你是否创造了一种紧迫感，即迫在眉睫的变化是至关重要的（停滞＝死亡）?

催化剂

- 催化剂事件是发生在主角身上的吗?

- 这是一个动作动点吗?(此处禁止透露任何信息!)

- 在这之后,主角是否不可能回到正常的生活了?

- 催化剂是否足够重大,足以打破现状?

讨论

- 你能用一个问题来总结你的讨论动点吗?或者,如果这是一场有准备的讨论,你是否清楚地定义了你的主角正在准备做什么,以及为什么?

- 你是否给主角制造了一种犹豫感?

- 你有没有展示你的主角在生活的不止一个方面(比如家庭、工作或娱乐)进行讨论?

进入第2幕

- 你的主角是否正在离开旧世界,进入一个新世界?

- 如果你的主角实际上没有去任何地方,那么他们是不是在尝试做一些新的事情?

- 你的第2幕世界与第1幕世界是相反的吗?

- 第1幕和第2幕之间的区分清楚明确吗?

- 你的主角是否是主动决定或采取行动进入第2幕的?

- 你的主角是基于他们想要的东西而做出的决定吗？

- 你能分辨出这是错误的改变方式吗？

故事B

- 你有没有介绍一个新的恋人、导师、朋友或者敌人角色？

- 你能辨认出你的故事B角色（或角色们）是如何呈现主题的吗？

- 在某种程度上，你的新角色是不是来自颠倒的第2幕世界？（他们在第1幕世界中会不会显得格格不入？）

乐趣与游戏

- 你是否清楚地展示了主角在新世界中的挣扎或成功？

- 你是否在乐趣与游戏动点中兑现了你的前提承诺？

- 你的乐趣与游戏动点能显而易见地说明你的第2幕世界是如何成为第1幕世界的颠倒版本的吗？

中点

- 你能清楚地辨别虚假的胜利或虚假的失败吗？

- 你有没有提高这个故事的风险？

- 你的故事A（外在）和故事B（内在）以某种方式相交

了吗?

● 你能辨认出从想要到需要的转变(即使它是比较微妙的)吗?

坏人逼近

● 这个动点的发展方向是否与你的乐趣与游戏动点相反?(也就是说,如果你的主角在乐趣与游戏中取得了成功,他们在这里会挣扎吗?反之亦然?)

● 你有没有展示或表现出内心的坏人(缺点)是如何妨碍你的主角的?

失去一切

● 在这个动点中,主角发生了什么事吗?

● 你的失去一切动点是否足够重大,以推动你的主角进入第3幕?(也就是,他们真的落入谷底了吗?)

● 你加入了死亡的气息吗?

● 这个动点是否感觉像是另一道推动改变发生的催化剂?

灵魂的暗夜

● 你的主角在这个动点中在思考什么吗?

● 这个动点是在引导你的主角走向顿悟吗?

- 你的主角的生活是否似乎比书开头时更糟糕？

进入第 3 幕

- 你的主角在这里学到了有价值的具有普遍性的经验（主题）吗？
- 你的主角是否主动决定去解决问题？
- 做出这个决定是基于主角的需要吗？
- 你能辨别出为什么这是正确的改变方式吗？
- 你的第 3 幕世界是第 1 幕和第 2 幕世界的综合吗？

尾声

- 你的主角是否在努力实现他们的计划？（也就是，你的尾声有矛盾冲突吗？）
- 当你的主角证明他们真的领会了主题时，有没有一个深挖的时刻？
- 在这个动点中，故事 A 和故事 B 是否以某种方式交织在一起？

结局形象

- 你的结局形象是一个场景还是一些相互关联的场景的

集合?

- 你的结局形象视觉化了吗?(你是在展示,而不是在讲述吗?)

- 主角发生的转变明显吗?

- 你的"故事后"快照是否以某种方式呼应了你的"故事前"快照(开场形象)?

3

不是你母亲的风格

适合任何故事的 10 种类型
（是的，甚至包括你的故事）

这应该不会令人感到意外：如果你想写一个好故事，你就必须知道好故事是由什么构成的。同样的，如果你想写一部成功的小说，你就必须阅读成功的小说。你必须研究它们是如何吸引读者的，是什么让它们取得了成功，为什么它们让这么多人产生了共鸣。你必须打开它们，窥探里面的内容，研究内部的结构，就像医学院的学生研究人体内部的运作方式一样。

这些内容是如何组合在一起的？

为什么这个部分会出现在那里？

这些故事有哪些相似之处，又有哪些不同之处？

简而言之，成为一名成功作家的第一步是成为一个读者。

只是有一个小小的问题。

市面上有相当多的小说。大概有数千万本。我们不可能把它们都读一遍。不过这里有一个好消息：你不必这么做！

如果我们能把优秀的小说都归入 10 个类别，然后研究这些类别，会如何？如果我们可以把类似的故事归入某一种故事类型，找出每种类型的故事的共同元素，然后设计一个模板，在撰写那个类别的小说时遵循这个模板，会如何？

你可能已经猜到我接下来要说什么了。

我们可以这么做。

事实上，我们已经这么做了。

它们叫"救猫咪"故事类型。

在上一个有关"救猫咪"动点进度表的章节中，我们学习了故事的一般结构。现在是时候深入挖掘和研究不同类型故事的结构了，这样当你坐下来写自己的小说时，你就有了可靠的蓝图来帮助你打造一个成功的、引人入胜的故事。

正如这一章的标题所暗示的，不要被"类型"这个词迷惑。我指的不是喜剧、戏剧、恐怖、悬疑或惊悚这些类别，这些是风格的类别。我指的是故事的类别。

你打算讲哪种故事？

你的主角经历了什么类型的转变？

你的小说要解决的中心主题或问题是什么？

这些问题在我们写小说的时候对我们更有用。而它们正是"救猫咪"故事类型准备回答的问题。

有一条关于"救猫咪"故事类型的最好的消息：故事类型只有 10 种。如果你回顾故事形成的初期，从荷马的《奥德赛》这样的史诗，到简·奥斯汀的《傲慢与偏见》这样的经典作品，再到宝拉·霍金斯的《火车上的女孩》这样的现代大片，所有的故事都可以被归入 10 种类型。

当你研究类型的时候，你会逐渐发现，在某一种类型的几乎所有小说中，某些元素或惯例会反复出现。

现在，在你开始谈论那个"F"开头的词（formula，公式）之前，我来告诉你为什么：和几乎所有优秀的小说中都会出现 15 个动点的原因相同。

这就是这些故事类型成功的原因。

作为人类，我们天生就会对某些类型的故事元素产生反应。当它们按照正确的顺序串连在一起时，这些故事会让我们的心灵歌唱，让我们的灵魂呼喊，让我们内在的人性像音叉一样颤动。如果我们研究每种故事类型的元素以及使这些元素成功的模式，我们可以很容易地看出每种类型的小说成功的原因，以及为什么这些元素和模式会在像杰弗里·乔叟的《坎特伯雷故事》这样老的小说集和恩斯特·克莱恩的《玩家 1 号》这样新的小说中反复出现（顺便说一下，这两本小说属于同一故事类型）。

就像 15 个动点一样，"救猫咪"故事类型是 10 种故事类型的汇编。这些类型从数千年的文学作品中提炼出了 10 个简单易懂的模板。

你再也不用焦躁不安地想：为什么我的故事不成功？弄清楚你的小说属于什么类型，确保你的小说具备所有必需的元素，你的故事就会成功。

不相信我吗？只要看看我为每种类型列举的跨越几个世纪的小说书名就知道了。所有这些著名的作者都使用了我在这本书中提供给你的模板，使他们的小说取得成功。至于他们是否真的知道自己在这么做，那就是另一回事了。但他们做到了。

你也可以。

在接下来的 10 章中，我们将详细介绍每种类型。但首先，我们快速概览一下这 10 个"救猫咪"故事类型。

- **犯罪动机**：必须由一个主角（他可能是位侦探，也可能不是）来解决一个谜团，在这个过程中揭露了一些令人震惊的关于人性阴暗面的事情。（见第 4 章。）

- **成长仪式**：主角必须忍受生活中的常见挑战（死亡、分离、失败、离婚、成瘾、成年等）带来的痛苦和折磨。（见第 5 章。）

- **制度化**：主角进入或已经固定地存在于某个群体、组织、机构或家庭中，必须做出选择，是加入、逃离，还是摧毁它。（见第 6 章。）

- **超级英雄**：一个非凡的主角发现自己生活在一个平凡的世界里，必须接受自己的特殊或者注定成为伟大的人。（见第 7 章。）

- **遇到问题的家伙**：一个无辜的普通主角突然发现自己置身于不寻常的环境中，必须面对挑战。（见第 8 章。）

- **傻瓜成功**：一个被低估的、一直是失败者的主角与某个"权势集团"对决，证明了其对社会具有隐藏的价值。（见第 9 章。）

- **伙伴之爱**：一个主角因遇见某个人而改变，包括（但不限于）爱情故事、友谊故事和宠物故事。（见第 10 章。）

- **瓶子里的魔法**：一个普通的主角暂时"受到魔法的影响"，通常是实现了一个愿望或被施了一个诅咒，然后主角学会了关于欣赏和充分利用"现实"的重要一课。（见第 11 章。）

- **金羊毛**：一个主角（或一群人）为了寻找一样东西，踏上了某种类型的"公路旅行"（即使故事中并没有真正的公路），结果发现了另一样东西——他们自己。（见第 12 章。）

- **房子里的怪物**：一个主角（或一群主角）必须在某个封闭的环境（或限定的环境）中战胜某种怪物（超自然的或非超自然的），通常这个怪物是由某个人带来这个世界的。（见第 13 章。）

给我同一样东西……只是要有所不同

你听说过"其实并不存在原创故事"这种说法吗？你将会在接下来的 10 个章节中看到，这是真的。在小说写作中，原创是一个无法实现的目标。所以现在就抛弃这个词吧。

可实现的是**新颖**。

读者和出版商们要寻找的是对古老故事类型的新颖"诠释"。面对一个被讲过一遍又一遍的故事，你的个人诠释是什么？你将如何使这个故事原型变得与众不同？作为作家，我们的工作是创作一个熟悉故事的新版本，而且我们已经知道读者一定会对这个故事产生反应。

基本上，读者想要的都是一样的东西……只是要有所不同。读者想读一些他们知道自己会喜欢的东西，只是要以一种他们从未听过的方式讲述。

例如，你知道凯瑟琳·斯多克特的《相助》和乔治·奥威尔的《1984》讲述的实际上是同样的"制度化"故事吗？又或者，你知道安迪·威尔的《火星救援》和斯蒂芬·金的《头号书迷》都属于"遇到问题的家伙"故事类型吗？

写小说很像烘焙。无论你在做什么，你都知道为了得到你想要的结果，你必须放进某些特定的原料。例如，如果你在烤蛋糕，你知道你需要黄油、鸡蛋、面粉和糖。否则，你不会得到一个蛋糕，你可能得到一块咸饼干。但一旦我们有了基本的蛋糕配方，一旦我们知道了如何正确制作蛋糕，我们就可以往食谱中添加自己喜欢的口味和装饰物，比如巧克力、糖粉、蓝莓和橙汁。

有没有人突然有点饿了？

把下面的章节想象成你的烹饪书，把10种故事类型想象成你的食谱，把每种类型的元素想象成你的食材。学习食谱，研究类型，选择正确的基底菜肴，然后将你改动过的菜肴呈现给我们。毕竟，在你知道规则是什么之前，你不能进行变通。在你开始让想象力驰骋之前，你需要了解如何写故事才能成功。

为什么我们需要类型

研究故事类型不仅可以帮助你构建自己的故事，还可以帮助你摆脱构思和写作上的障碍。每当我被故事的某一部分卡住时，我总会放下原先的"救猫咪"类型分类，找一些故事所在类型的小说和电影，然后开始学习，了解我的前辈们是如何处理相同的类型元素的。这能激发我产生新的想法，几乎总能让我摆脱困境。

有时候你还得向别人推销你的书。无论是面向代理商、编辑、电影制片人，还是直接面向读者，你都必须快速总结你的书是关于什么的，以及为什么这个人必须读这本书。完成这个任务的最快速、最有效的方法就是，告诉他们你的书和哪本书类似。

当有人问你你的书是关于什么的时候，他们真正想问的是：它最像哪本书？它和那本书又有什么个同？他们在问故事的类型——而他们并不知道故事类型这个概念。

现在，当然，你可能不会一开始就说："嗯，这是一个'遇到问题的家伙'的故事……"因为除非别人读过这本书，否则他们会用非常疑惑的表情看着你。你要使用出版行业所谓的"竞品书目[①]"。

在哪里可以找到这些类似的书籍呢？你知道该怎么做。你将直接进入你的故事类型。

所以，"救猫咪"故事类型不仅能够帮助你写小说，最终还可能帮助你卖出你的小说。

最后一点：变化着的类型

但让我们面对现实吧。小说是复杂的。它们并不总能完全

---

① comparable titles，简称 comps，与你的书类似的有利可图的书籍，有助于证明你的书可以找到读者群，并在市场上取得成功。

符合一个类别。以维克多·雨果的《悲惨世界》为例，正如你很快会看到的，我把它归入"制度化"的类型，因为它关注的是革命后法国"制度"下许多人的生活。然而，我们同样有理由认为《悲惨世界》是一个"超级英雄"类的故事，因为主角冉·阿让被注入了一股力量（做好人的使命），并受到了一个主动与自己敌对起来的敌人沙威的挑战，而在19世纪的法国社会，他必须克服成为罪犯的"诅咒"。但最终，这部史诗般的作品的真正类型并不真的重要。维克多·雨果的灵魂不会缠着我们，要我们把这部小说的类型搞清楚。（尽管这会是一部多么酷的"房间里的怪物"小说！）

我们可以讨论类型，直到我们筋疲力尽，但最终，类型会帮助我们使故事内容集中，并确保我们的故事中包含了所有恰当的元素。

所以，当你开始构思和撰写自己的小说时，不要过分强调要找到与你的故事完全匹配的类型。你可能会发现你的故事同时属于几种类型，而你的任务是选择与你的书最接近的类型。没有什么是非黑即白的，生活中的许多事情都是"五十度灰"的（顺便说一句，如果你好奇的话，这部作品属于"伙伴之爱"的类型）。

找到最适合你的小说的故事类型，并记住它可以（而且很可能）在你写作和修改的时候发生改变。

我的小说《时空逃亡》的类型在我写作时改变了大约三次。一开始它是"遇到问题的家伙"类型（一个女孩在飞机失事中幸存下来，但失去了记忆——巨大的问题！），后来我决定不描写她是如何在飞机失事中幸存下来的，那么它就变成了"犯罪动机"类型（这个女孩到底发生了什么？为什么？）最后，我意识到她不是一个"普通"的主角。她有着非凡的能力，她是特别的。那时我才发现，这本小说的意义在于她接受了真实的自己，以及她与其他人类的不同之处。所以从那时起，它就是一个"超级英雄"的故事。

还有一点非常重要，一个系列作品中的每一本小说都可以是不同的类型。

比如，苏珊·柯林斯的《饥饿游戏》就完全符合"遇到问题的家伙"这一类型。无辜的主角投身于生死搏斗，而这并非她所期待的。但这个系列的第二部《饥饿游戏2：燃烧的女孩》显然是一个"制度化"故事。作为胜利者，凯特尼斯现在成了这个体系中的"天真者"（也即新手）。小说的问题是：她会怎么做？书中给出的答案是：她"烧掉了它"（或者至少是放了把火）。第三部《饥饿游戏3：嘲笑鸟》是一个"超级英雄"的故事，讲述了凯特尼斯接受了自己作为反抗者领袖"嘲笑鸟"的特殊地位，与主动与自己敌对起来的敌人斯诺总统对抗。

所以，如果读完下面的章节后，你有强烈的冲动想要就类型进行辩论，我的建议是：深呼吸，放松，然后把精力投入到更有意义的事情上——也就是，弄清楚怎样才能让你的故事取得成功。

因为毕竟，这不正是你买这本书的原因吗？

4

犯罪动机

侦探、欺骗与阴暗面

注意！本章包含以下书籍的"剧透"：

戴维·鲍尔达奇的《记忆怪才》
塔娜·法兰奇的《神秘森林》
阿加莎·克里斯蒂的《无人生还》
宝拉·霍金斯的《火车上的女孩》

阿加莎·克里斯蒂曾写道："绝少有人是表面看上去的那个样子。"

外表可能具有欺骗性，真相有时难以捉摸，秘密是不可避免的。这就是为什么在几乎所有的书店里，你都能找到为我们称之为"悬疑小说"的书开辟的专区。

我们通过故事来更多地了解自己；我们通过阅读悬疑小说，去发现更多我们自己的阴暗面。人类内心潜藏着什么邪恶的想法？作为一个物种，我们能够犯什么罪？最重要的是，为什么要这么做？

如果我们仔细看看是什么让优秀的悬疑故事具有如此强的可读性，我们会发现答案不是谁做了这件事，而是为什么这么做。吸引我们，并让我们不断读下去的主要是罪行背后的原因，而不是罪犯。在阿加莎·克里斯蒂的经典作品《无人生还》中，尽管我们非常想知道士兵岛上的十位客人中是谁在杀人，但真正推动故事情节，并让我们产生共鸣的是死亡背后的动机，也就是审判的主题。

在丹·布朗的《达·芬奇密码》中，杀害雅克·索尼埃的组织并不像他被杀的原因和背后的秘密那么有趣。重要的是为什么，而不是谁。

为什么会有人犯下这样的暴行？

这说明了我们是什么样的人？

这是"救猫咪"故事类型"犯罪动机"的两个核心问题。

不论你是在写一部经典的谋杀悬疑小说（像阿加莎·克里斯蒂的作品）、一部侦探悬疑小说（像迈克尔·康奈利的"哈里·博斯"系列小说和塔娜·法兰奇的"都柏林谋杀小分队"系列小说）、一部政治悬疑小说（像戴维·鲍尔达奇的"骆驼俱乐部"系列小说和汤姆·克兰西的"杰克·瑞恩"系列小说），还是一部业余侦探悬疑小说（比如丹·布朗的《达·芬奇密码》和露丝·韦尔的《暗无边际》），所有"犯罪动机"类型的故事都有一个共同的核心：它们都围绕着一个已经犯下的罪行和一个隐藏在其中的黑暗秘密展开。作为作家，你的任务就是让读者不断猜测。因为不管你的"犯罪动机"侦探是一位从未解开过谜团的业余侦探，还是一位"见多识广"的私家侦探，最终读者才是那位真正的侦探。你必须让读者为纸牌的每一次令人震惊的翻转而惊叹——设置线索和提示，让它们在恰当的时刻像炸弹一样引爆，使故事在轨道上停下来，并将谜团引向一个新的方向。你必须使读者被你最终揭示的人性永远改变。

每一个"犯罪动机"就像读者必须经过的一系列越来越黑暗的房间。我们不确定最终会发现什么或者谁。但我们会一路走下去，因为我们知道这样将能够回答每一个优秀谜团背后的基本问题：为什么？

如果你认为你的小说属于"犯罪动机"类别，那么你需要三个关键要素来确保它取得成功：（1）一位**侦探**；（2）一个**秘密**；（3）**黑暗的转折**。

让我们更详细地看看这些要素。

你故事中的侦探真的可以是任何人：可以是见过 1000 具尸体的人，也可以是从未见过一具尸体的人。但是，这个人必须满足两个条件：一是，他们必须对即将面临的处境完全没有准备（不管他们的工作或经历为何）；二是，他们必须有理由被拖入困境。为什么这个情节中的主角是他 / 她？一开始，主角和情节之间的联系似乎是随机的，但如果你不把两者结合起来，或者不把你的侦探和你的谜团结合起来，那么读者在读完小说时，就会说出那句可怕的话："这样吗，所以呢？"

想想戴维·鲍尔达奇的"犯罪动机"小说《记忆怪才》中的侦探主角阿莫斯·德克尔吧。一开始，他的全家被谋杀（故事的开头）似乎与一年多后发生的校园枪击案完全无关。但弹道证据很快显示，这两起案件背后的罪犯是同一个人，这使得阿莫斯在调查中变得更加重要。

或者想想在《达·芬奇密码》中，当罗伯特·兰登半夜被带进卢浮宫时，发现一个裸体的死人躺在地板上，旁边有一条用死者的血写的神秘信息，他是多么的震惊。这不是符号学家每天都会遇到的事情。但兰登很快发现，被警方擦去的信息中有他的名字。他肯定与这桩谋杀案相关。但是为什么呢？

阿加莎·克里斯蒂的《无人生还》在侦探要素上有一个有趣的转折。虽然士兵岛上的所有客人都拼命想在成为下一个受害者之前找出凶手是谁，但故事中真正的侦探是——读者！诚然，我们永远是每一个"犯罪动机"的终极侦探，但在这种情况下，我们是唯一的侦探。

然而，所有侦探的共同点是，不管他们以前侦破过多少案子，他们都对这个案子毫无准备。因为如果小说中的这个案子没有向他们展示一些他们以前从未见过的东西，那还有什么意义呢？如果最终揭开的秘密是主角或侦探以前处理过的，那有何悬念可言？

这就引出了第二个元素。随着侦探解开线索，而你，作者，继续翻牌，秘密终于被揭开。这个秘密就是我们一开始要寻找真相的原因，是"犯罪动机"的核心，是我们在最后一间黑屋子里发现的东西。这不仅仅是谁和为什么。这是什么，在哪里，以及在什么时候。这是让读者一直猜到最后的东西，是吸引他们看完整个故事的诱饵，因为读者（和侦探）需要知道。在斯蒂格·拉森的《龙文身的女孩》中，读者需要知道哈丽雅特·范格到底发生了什么；在《达·芬奇密码》中，读者需要找出郇山隐修会在隐藏什么；在塔娜·法兰奇的《神秘森林》中，读者需要找出杰茜卡在那片树林里发生了什么。

而你，作为作者，需要确保这是一个会令人大吃一惊的秘密。

一开始，秘密往往很小，但随着侦探深入案件，发现更多的线索，秘密会像滚雪球般变大。在《记忆怪才》中，我们首先了解到，杀害德克尔一家的凶手和最近一起校园枪击案的犯人用的是同一把枪。但随着作者鲍尔达奇继续娴熟地翻牌，秘密逐渐变大，我们很快发现，凶手实际上是在专门针对德克尔，试图通过两起凶杀案向他传递信息。

在《无人生还》中，一开始是一个人死亡，后来变成三个人死亡，再后来变成七个人死亡。随着每一具尸体的出现，情节（以及秘密）变得越来越复杂。

但随着秘密的深入，侦探想要破案的愿望也越来越强烈，这导致他们发生了黑暗的转折，也就是"犯罪动机"类型的第三个要素。黑暗的转折是主角打破或放弃（他们自己的或社会的）规则来追求秘密或真相的时刻。

就像《记忆怪才》中的阿莫斯·德克尔一样，在第3幕中，他独自前去面对杀手，没有后援，也没有把自己最新的破案进展告诉其他办案人员，这极大地违反了警方的调查规则。

被打破的规则可以是道德的、社会的或者个人的。重点是要展示这个案子对你的侦探产生了多大的影响。现在他们正在做自己从未做过的事情，去他们从未去过的地方，一切都是为了揭开这个秘密。但最终，将主角引向主题，从而改变他们的几乎总是黑暗的转折。

这也是小说值得一读的地方。

许多"犯罪动机"型小说中还具有另一个流行（尽管不是必需的）元素，那就是**案中案**。有时，侦探一开始在调查一个谜团，却发现它与另一个谜团错综复杂地联系在一起（通常是在小说开始时刚刚结束的案子）。我们在塔娜·法兰奇的《神秘森林》中明显地看到了这一点。这部小说始于1984年都柏林的一个小镇。三个孩子去树林里玩，却只有一个孩子回来了，他就是罗布·瑞安，后来他成了一名侦探，被派去调查一个年轻女孩在同一个小镇里失踪的案件。并不令人感到意外的是，随着作者翻牌，案件开始交织在一起，我们的侦探对旧案件的调查模糊了他对新案件的看法。即使旧案件从未破案（就像《神秘森林》那样），通常也是这个案中案揭示了故事的主题，并且给侦探上了一堂关于他们自己的课。

最终，侦探、秘密和黑暗的转折都有一个内在的目的：向我们展示人性的阴暗面。当我们读完像《记忆怪才》《神秘森林》《无人生还》以及《龙文身的女孩》这样的小说后，我们会感到满足，因为我们解决了这个谜团，而且主角也因此发生了改变，但我们也会感到一丝不安。然而，正是这种不安，这个关于我们自己的珍贵事实，促使我们不断阅读，也使"犯罪动机"成为最经典、最受欢迎的故事类型之一。

总结一下：如果你想写一本"犯罪动机"类型的小说，请确保你的故事包含以下三个基本要素：

- **一位侦探**：无论是专业的、业余的或甚至是读者，他／她只需要是一个手上有案子的人，一个他们没有做好充分准备的案子（不管他们是否意识到了这一点）。

- **一个秘密**：解开整个谜团的关键。在我们追寻真相的过程中，最后一个、最黑暗的房间里有什么？它应该阐明有关人性阴暗面的一些事实，一些我们在案子开始前认为不可能的事实。

- **黑暗的转折**：主角或侦探发现自己深陷谜团之中，违背自己的规则、道德或伦理的时刻。主角必须做些什么（通常在小说的后半部分），这件事会以某种方式打破规则，或者威胁到他们的正直，甚至是他们的清白。这些都是一个优秀谜团的令人苦恼的风险。黑暗的转折就是读者会关心这个特殊的案子的原因。因为这个秘密的吸引力变得如此之大，就算是最笔直的箭也无法抵挡。

历史上畅销的"犯罪动机"类小说

《福尔摩斯探案集》，阿瑟·柯南·道尔著

《古钟之谜》，卡罗琳·基尼著，来自"南茜·朱尔"系列

《蝴蝶梦》，达夫妮·杜穆里埃著

《无人生还》，阿加莎·克里斯蒂著

《威斯汀游戏》，埃伦·拉斯金著

《A：不在现场》，苏·格拉夫顿著，来自"金西·米尔虹"系列

《黑色回声》，迈克尔·康奈利著，来自"哈里·博斯"系列

《蜘蛛来了》，詹姆斯·帕特森著，来自"亚历克斯·克劳斯"系列

《一个缉拿逃犯的女人》，珍妮特·伊诺维奇著，来自"斯蒂芬尼·普卢姆"系列

《达·芬奇密码》，丹·布朗著

《龙文身的女孩》，斯蒂格·拉森著

《神秘森林》，塔娜·法兰奇著，来自"都柏林谋杀小分队"系列

《消失的爱人》，吉莉安·弗琳著

《杀戮岛》，格蕾琴·麦克尼尔著

《布谷鸟的呼唤》，罗伯特·加尔布雷思著，来自"科莫兰·斯特莱克"系列

《火车上的女孩》，宝拉·霍金斯著（后文中有该小说的动点进度表）

《记忆怪才》，戴维·鲍尔达奇著，来自"阿莫斯·德克尔"系列

《暗无边际》，露丝·韦尔著

《失踪的女孩们》，梅根·米兰达著

《留意女孩们》，珍妮弗·沃尔夫著

《火车上的女孩》

作者：宝拉·霍金斯

"救猫咪"故事类型：犯罪动机

书的类型：悬疑／惊悚

总页数：323 页（河源出版社 2016 年平装版）

　　这部由宝拉·霍金斯撰写的畅销小说曾登上《纽约时报》畅销书排行榜的榜首，随后被改编成由艾米莉·布朗特主演的热门电影。《火车上的女孩》成功地使用了一种流行的悬疑小说手法，即"不可靠的叙述者"，由这位叙述者把你带入故事，

让你一直猜测到最后。但就像许多优秀的悬疑小说一样，这个故事最吸引人的问题不是杀死了梅根·希普韦尔的犯人是谁，而是为什么。正是这个问题使这部引人入胜的小说成了成功的"犯罪动机"类小说的绝佳例子。

1. 开场形象（第1—2页）

毫不奇怪，这本书是从火车上开始的。这是一个合适的开场形象，因为这本书的大部分情节将发生在火车上。我们见到了蕾切尔，也就是"火车上的女孩"，她是三位女主角之一，也是我们的第一**主角**。

我们很快了解到，蕾切尔沉迷于观察他人的生活，这是第2页中出现的一个缺点，它将推动整个故事的发展。

2. 陈述的主题（第1页）

在第一页，蕾切尔说："我的母亲过去常说我想象力过度活跃；汤姆也这么说。"这本书的主题是现实，现实有多么容易被操纵，以及三个主角——蕾切尔、梅根和安娜——是如何拒绝接受现实的。直到蕾切尔领会了接受现实的主题，直面最大的真相，她才最终解决了故事A之谜和自己生活中的故事B（内在）之谜。

3. 设定（第 2—38 页）

蕾切尔的现状世界是黯淡的。在小说的前 12%，宝拉·霍金斯切实地介绍了蕾切尔**需要改变的地方**：

- 蕾切尔是个酗酒者，她喝酒喝得太多（而且喝到失去记忆的次数太多）。

- 蕾切尔生活在一个幻想的世界里，她把一对住在威特尼区布伦海姆路 15 号的夫妇叫作"杰丝"和"贾森"，编造他们美好生活的故事。

- 蕾切尔忘不了她的前夫汤姆，他和他的新妻子安娜（汤姆在和蕾切尔结婚期间的外遇对象）住在"杰丝"和"贾森"隔壁的第三间房子里。

- 蕾切尔经常短时失忆，在失忆期间她会打电话给汤姆（有时甚至去他家拜访），汤姆和他的新妻子对此感到厌烦。

- 蕾切尔的室友对她和她酗酒的状况失去了耐心。

- 蕾切尔已经因为酗酒丢了工作，为了不让她的室友知道，她每天都出门去坐火车。

也是在设定中，我们第一次见到了我们的第二个主角梅根（最终我们会发现她是"杰丝"）。有关梅根的章节都是用倒叙的方式讲述的，从一年前开始，一直到现在。在短短的几页里，我们了解到梅根的生活与蕾切尔为她幻想的完全不同。她焦躁不安，深受困扰（我们很快就会知道原因），正在看心理医生，她的婚姻并不完美。在有关梅根的第一个章节中，作者向我们介绍了神秘的"他"，这个人物将继续在故事中扮演一个角色，他的身份一直让我们猜不透。这是宝拉·霍金斯第一次用她强大的误导能力来制造悬念，并向我们展示，在这个世界上，没有什么是它看上去的那个样子。

4. 催化剂（第 38—41 页）

尽管在第 29 页有一个较小的煽动性事件，即蕾切尔看到"杰丝"（梅根）亲吻另一个男人（彻底粉碎了她对自己最喜欢的那对夫妻的理想化看法），但这个故事真正的催化剂是，蕾切尔喝酒失去了记忆，然后在一个周日的早上醒来，发现自己头上有个肿块，头发上有血，腿上有瘀伤，模糊地记得自己昨天晚上去了布伦海姆路。

现在，《火车上的女孩》中真正有趣的部分开始了。蕾切尔去那里是为了在喝醉后再次拜访她的前夫和他的新婚妻子吗？或者，她去那里是因为之前，当她看到"杰丝"亲吻另一个男人时，她发誓说："如果我现在看到那个女人，如果我看到杰丝，我会朝她脸上吐口水，我会把她的眼睛挖出来。"是这样吗？

蕾切尔还隐约记得有一个红头发的男人和她一起坐火车。他将被证明是一个重要人物，但就目前而言，他只是另一个被蕾切尔遗忘在记忆的黑暗虚空中的细节，此外还有——好吧，所有其他的东西都将一起构成这部构思巧妙的惊悚小说。

5. 讨论（第 41—62 页）

这部小说最重要的讨论问题是：周六晚上发生了什么？蕾切尔最终会对此做些什么？蕾切尔总觉得那天晚上发生了一些不好的事情，而且她应该对此负责。与此同时，在第 41 页的**停滞 = 死亡**时刻，蕾切尔的室友受够了她一直酗酒，威胁要把她赶出公寓。

蕾切尔继续试图拼凑出发生了什么，但直到蕾切尔得知周六晚上梅根失踪了，她才终于行动起来，决定做点什么。正是这第 2 个催化剂（在"救猫咪"中被称为**双重碰撞**）推动蕾切尔进入了第 2 幕。

同时，在更多的倒叙中，我们了解到梅根和神秘的"他"有一段婚外情，霍金斯巧妙的叙述方式让我们相信他是梅根的心理医生卡迈勒·阿布迪奇。我们也开始怀疑梅根的丈夫斯科特（"贾森"）可能要对她的失踪负责，因为书中有一些微妙的暗示，像是"我们吵架了，吵得很激烈"。斯科特会伤害他的妻子吗？

6. 进入第2幕（第62—64页）

当蕾切尔决定采取行动，试图解开梅根失踪之谜（或者更重要的是，她可能参与了梅根失踪的谜团）时，她离开了现状世界。

7. 故事B（第89页）

蕾切尔的故事B（内在故事）与她的过去有关。她必须面对它，然后才能真正解开现在的谜团。而这个内在的故事由本书中的**双胞胎故事B**角色呈现：其一是梅根的丈夫斯科特·希普韦尔，在梅根失踪后，蕾切尔与他成了朋友并建立了联系；其二是汤姆的新婚妻子安娜·沃森，蕾切尔痛苦过去的根源。在第89页，蕾切尔拜访了斯科特·希普韦尔，告诉他在梅根失踪之前，她看到一个男人在亲吻梅根。而斯科特最终将帮助蕾切尔领会主题，证明他不是她想的那样（幻想与现实）。在第108页，我们从安娜的视角重读了第一章，看到了故事的另一面。这部小说是关于故事的另一面的。我们没有看到的是什么？我们不知道的是什么？这位不可靠的叙述者不愿意或不能告诉我们的是什么？

8. 乐趣与游戏（第64—136页）

通过让蕾切尔参与调查梅根失踪的事件，作者展现了她生活的颠倒版本。她在图书馆做调查，有了一些想法，然后去了威特尼区（她的周六晚上的模糊记忆就发生在那里），见了斯科特（故事 B），并向警察讲述了她看到梅根亲吻另一个男人的事（这个男人原来是梅根的心理医生卡迈勒·阿布迪奇）。与此同时，她戒酒了！她现在的感觉（和气色）比以往任何时候都好。"这么多年来，我第一次对自己的痛苦之外的事情感兴趣。我有了目标。或者至少，我有了一件事情，可以分散我对痛苦的关注。"

蕾切尔显然走在**向上发展的道路**上。但正如她在自己的叙述中指出的那样，这只是分散了对痛苦的关注。她成功地解决了酗酒的根源（她痛苦的过去）吗？没有。她只是找到了一个替代品，一种让疼痛变麻木的新方法。她在**用错误的方式解决问题**，就像许多主角在第 2 幕中做的那样。而且这起作用了！由于她提供了有关卡迈勒·阿布迪奇的消息，这个案件似乎正在取得进展。

但除非她真正面对自己的现实（主题），否则她将无法解决这个谜团（梅根的和她自己的）。

宝拉·霍金斯出色地让读者和蕾切尔面对相同的处境，相信我们看到的，相信我们自己的思想。当我们到达中点的时候，我们得到了和蕾切尔一样的结论：卡迈勒·阿布迪奇是梅根失踪的幕后主使。他（几乎）肯定就是那个和她有婚外情的人。

9. 中点（第137—161页）

胜利！卡迈勒·阿布迪奇被逮捕，因为警察在他家里和车上发现了证据。似乎警察（在蕾切尔的帮助下）正在接近发生在梅根身上的事情的真相。

蕾切尔离开了斯科特的家。在发现卡迈勒（故事A）后，她遇到了她的过去：汤姆和安娜（故事B），此时**故事A与故事B相交了**。然而这一次，蕾切尔的反应有所不同。她对他们漠不关心（或至少她是这样告诉自己的），因为她仍然沉浸在（虚假的）胜利的喜悦中。

但就像那么多**虚假的胜利**的中点一样，一些更重大的事情即将发生。一个小炸弹正等待引爆，并将故事（和我们）引向新的方向。和"犯罪动机"类型小说通常的情况一样，到中点时，我们认为自己知道这个案子是怎么回事，我们甚至认为自己知道罪犯是谁。但其实我们并没有掌握真相。一个**中点转折**将证明案子比我们想象的要重大得多。而这部小说中发生的事情正是如此。

很快**风险被提高了**，卡迈勒没有被起诉就被释放了，梅根的尸体被发现埋在了树林里。这不再是一桩失踪案，而是谋杀。而我们的头号嫌疑犯刚刚被放跑了。

10. 坏人逼近（第161—244页）

蕾切尔又开始喝酒了，而且喝得很多。这证明了她在乐趣与游戏动点中的改变不是真正的改变，那只是一张创可贴。她**内心的坏人**还在那里，现在它们准备全力出击，把她推向失去一切动点。从一个事实可以很明显地看出这一点，那就是她仍然不愿意和火车上的那个红发男人说话。她知道这个男人知道那个决定性的星期六晚上的一些事情，但她仍然害怕知道真相（主题）。

然而，与此同时，在梅根的倒叙片段中，梅根的生活正在改善。她向卡迈勒讲述了自己过去的悲剧（在浴缸里意外杀死了自己的孩子），这让她感到放松了不少，内心的负担也减轻了。

而在当下，梅根死亡案件的更多细节浮出水面：她死于头部创伤，而且她怀孕了。斯科特成了头号嫌疑人，而蕾切尔却与他越走越近，最后甚至和他上了床，这证明她仍然没有领会主题。"我想要这样，"蕾切尔告诉我们，"我想和贾森在一起。"然而"贾森"并不存在，他只是她梦想世界中的一个角色。

蕾切尔扮成新病人去见梅根的心理医生卡迈勒·阿布迪奇。一开始，她是在实现自己误入歧途的目标，想要参与到案件中来，感觉自己被需要，但后来，**想要转变成了需要**，蕾切尔发现心理治疗可以帮助她直面自己与汤姆的过去以及自己酗酒的状况。

蕾切尔更多的记忆开始浮现。现在，她记得有人打了她，然后走开了。她认为那个人可能是安娜。

与此同时，从安娜的角度来看，我们了解到她正走在向下发展的道路上。蕾切尔使得安娜和汤姆心生嫌隙，他们经常吵架，安娜怀疑汤姆可能又有外遇了。当她变成曾经的蕾切尔的时候，她到达了前所未有的低谷：她开始酗酒以及偷看汤姆的东西。

11. 失去一切（第244—252页）

斯科特邀请蕾切尔过来，告诉她梅根肚子里的孩子不是他的，也不是卡迈勒的，这时候，案子（和蕾切尔内在的故事）陷入了谷底。也就是说还有另外一个人。这个转折点向蕾切尔和读者揭示了，事情从来都不是表面上看起来的那个样子。梅根一直提到的那个"他"并不是卡迈勒，而是另外一个人。但是，是谁呢？

斯科特在告诉蕾切尔这个消息时喝醉了，而且很生气。他发现蕾切尔在很多事情上对他撒了谎。当他知道蕾切尔装作病人去见卡迈勒时，他认为她从一开始就想接近他。斯科特攻击了蕾切尔，抓住她的头发，把她锁在一间空卧室里，并威胁要杀了她（**死亡的气息**）。蕾切尔更加确信是斯科特杀了梅根。

现在，蕾切尔已经失去了一切。是她的谎言和多管闲事使她落入了这种境地。但是，不直面真相（蕾切尔的主题）也是原因之一。毕竟，如果她能早一点面对她的过去，她可能会意识到谁才是这个故事中真正的坏人。

12. 灵魂的暗夜（第252—269页）

斯科特放蕾切尔走了。她喝得酩酊大醉，还试图打电话给警察，告诉他们斯科特威胁过她，而且肯定杀了他的妻子，但警察不相信她。作为一个醉醺醺的看热闹的人，她已经丧失了可信度。于是，蕾切尔做了很多主角在"灵魂的暗夜"里做过的事：她放弃了。"一直以来，我都在想，有一些事情需要记住，可我忘记了。但其实并没有。"

蕾切尔试图参与进来，她认为自己在帮忙，但那不是答案。答案一直就在她的心里：被锁在她记忆的黑盒子里，在她自己的过去里。

直到蕾切尔终于和红发男人面对面，问他周六晚上的事情时，她才开始找到一个真正的解决办法。红发男人告诉蕾切尔，当他在周六晚上见到她时，她很沮丧。有一个男人从她身边走开，当时他和另一个人在一起。一个女人。

蕾切尔猜想那一定是汤姆和安娜，但当她问汤姆时，却得到了不一样的回答。汤姆告诉她当时安娜在家带孩子。那和汤姆在一起的是谁？

然后，汤姆说了一些触发她记忆的话："我很惊讶你居然还记得，蕾切尔。当时你喝得烂醉。"蕾切尔记得汤姆曾对她说过这句话，有一次她因为酗酒失去了记忆，清醒后，汤姆声称她做了一些可怕的事。当蕾切尔意识到汤姆就是那个在周六晚上打她的人时，事情开始变得清晰起来（**暗夜顿悟**）。

与此同时，安娜正在度过自己"灵魂的暗夜"。她一边喝着酒，一边偷看汤姆的东西，她在他的健身包里发现了一部手机，梅根·希普韦尔的手机。

13. 进入第 3 幕（第 271 页）

蕾切尔意识到关于汤姆的真相后，回忆充满了她的脑海。很长一段时间以来，他一直在欺骗她，操纵她。蕾切尔领会了主题，直面了过去，这促使她采取行动并（适时地）登上了火车。这趟火车将开往哪里？我们很快就会知道。

14. 尾声（第 271—318 页）

第 1 点：组建团队。蕾切尔去汤姆和安娜家"接"安娜。她一个人做不到；她们——说谎的谋杀者汤姆·沃森的两任妻子——需要组成一个团队，齐心协力地去做这件事。

第 2 点：执行计划。蕾切尔试图说服安娜和她一起行动，但安娜不相信汤姆是凶手。她只是认为汤姆和梅根有染。安娜还没有领会主题，仍然活在自己的幻想世界里，不敢接受现实。

第 3 点：高塔意外。汤姆回到家中，事情变得一团糟。蕾切尔和汤姆对质，而汤姆用撒谎来逃避。这是一场争夺安娜支持的战斗，而汤姆赢了。蕾切尔试图说服安娜报警，但安娜不愿意。汤姆揭露了杀害梅根的真相。蕾切尔试图逃跑，但汤姆用瓶子打了她的头，她晕了过去。

第 4 点：深挖。蕾切尔和安娜都证明了她们已经领会了主题，而且她们有赢得这场战斗的能力。首先，安娜溜到走廊给警察打电话。然后蕾切尔假装中了汤姆的计，让他觉得自己可以像以前一样控制她。现在，蕾切尔在操纵他。

第 5 点：执行新计划。蕾切尔让汤姆吻她时，把手伸进厨房的抽屉里偷拿了一样东西。然后她开始奔跑。当汤姆追赶她时，蕾切尔把一个开瓶器钻进了他的脖子。用开瓶器作为最后的武器并不是巧合，它代表了蕾切尔的酗酒问题、她的过去、现在，也代表了她的胜利，因为她用这个开瓶器一劳永逸地摆脱了恶魔。

15. 结局形象（第 318—323 页）

与开场形象呼应，蕾切尔又坐上了火车。但这一次的情况大不相同。此时，她已经清醒三个星期了，正在向前迈进，把她的旧世界和过去抛在脑后。

为什么这是一部"犯罪动机"类小说

《火车上的女孩》包含了一个成功的"犯罪动机"类故事的全部三个要素：

- **一位侦探**：我们的主角蕾切尔是这个故事的业余侦探。她以前从来没有破过案，因此她对自己将要面对的一切毫无准备。
- **一个秘密**：梅根与汤姆之间的关系使整个案件被解开。作者宝拉·霍金斯把这张卡片一直保留到了结尾，最后她及时地把卡片翻了过来，让蕾切尔（和读者）把所有碎片拼在了一起。
- **黑暗的转折**：当蕾切尔和斯科特·希普韦尔上床的时候，我们知道她陷得太深了。斯科特不仅是嫌疑人之一，还是被害者梅根的丈夫。此时，蕾切尔对案件的痴迷压垮了她的道德底线。

猫眼视角

为了供你快速翻阅参考，以下是对这部小说的动点进度表的简要概述。

1. **开场形象**：蕾切尔坐在火车上，幻想着别人的生活。

2. **陈述的主题**："我的母亲曾经告诉我，我的想象力过于活跃；汤姆也这么说。"蕾切尔、梅根和安娜都需要学会如何面对现实。

3. **设定**：蕾切尔有酗酒的毛病，经常短时失忆，这使她成为一个不可靠的叙述者。而梅根的婚姻并不像蕾切尔想象的那样完美。

4. **催化剂**：蕾切尔失去了记忆，醒来后，她发现身上有瘀伤，但不记得前一天晚上发生了什么。

5. **讨论**：周六晚上发生了什么，蕾切尔接下来会怎么做？此外，蕾切尔还发现梅根·希普韦尔失踪了。

6. **进入第2幕**：蕾切尔加入了这个案子的调查，试图帮助解开梅根·希普韦尔失踪的谜团。

7. **故事B**：蕾切尔遇到了梅根的丈夫斯科特·希普韦尔，同时小说也从安娜的视角讲述故事（双胞胎故事B）。

8. **乐趣与游戏**：蕾切尔戒了酒，而且案子似乎有了很大的进展（向上发展）。

9. **中点**：主要嫌疑人卡迈勒·阿布迪奇被逮捕（虚假的胜利），但当他被释放、梅根的尸体被发现时，风险提高了，这一案件升级成为谋杀案。

10. **坏人逼近**：蕾切尔又开始喝酒，她去看梅根的心理医生（卡迈勒），和梅根的丈夫（斯科特）上床，然后开始回忆起周六晚上的事情。安娜怀疑汤姆有外遇。

11. **失去一切**：斯科特发现蕾切尔一直在对他撒谎，于是把她关了起来，威胁要杀了她（死亡的气息）。蕾切尔得知梅根死的时候怀孕了，而且孩子不是斯科特或卡迈勒的。

12. **灵魂的暗夜**：蕾切尔喝得酩酊大醉，被警察赶走，最后去见了那个红发男人，他给了蕾切尔周六晚上发生的事情的关键信息（暗夜顿悟）。

13. **进入第3幕**：蕾切尔意识到汤姆一直在欺骗她、操纵她。她坐上了火车。

14. **尾声**：蕾切尔和安娜一起，逼汤姆供认自己杀死了梅根·希普韦尔，当汤姆试图杀死蕾切尔时，蕾切尔用开瓶器刺死了他。

15. **结局形象**：清醒的蕾切尔坐在火车上，开始向她的新生活前进。

5

成长仪式

当生活受阻时

注意！本章包含以下书籍的"剧透"：

简·奥斯汀的《爱玛》
珍迪·尼尔森的《天空之下》
埃米莉·吉芬的《大婚告急》
卡勒德·胡塞尼的《追风筝的人》

小的时候，一到晚上我的腿就会隐隐作痛。父母告诉我，这是"成长的痛苦"，是我的身体、骨骼和肌肉发生变化的结果。那么，当我们的思想在变化和成长时，会发生什么呢？我们是否也会在精神和情感上感受到"成长的痛苦"？

　　那是当然的。

　　"成长仪式"故事类型就与这些内容有关。

　　死亡、青春期叛逆、分离、中年危机，这些都是生活中的障碍，阻挡我们前进的道路，迫使我们重新审视作为人类的我们到底是个什么样的人。它们也是构建一个精彩的、能令读者产生共鸣的故事的组成部分，因为，嘿，我们都有过这样的经历。我们都曾在某个时候遭遇过挫折。我们都经历过一些"人生问题"，为了克服它们，我们需要成长和改变。

　　"成长仪式"类故事跨越了年代、文化、种族、性别和年龄。它们是普遍适用的，因为人生经验是有普遍性的。生活并不总会给我们想要的。事实上，它经常抛弃我们。它对我们不友好、不公平，而且似乎不尊重。这就是为什么"成长仪式"

类故事通常是关于痛苦、折磨、失望、打击和苦恼的故事。

听起来很振奋人心，不是吗？

但实际上，有很多喜剧，还有无数痛苦和内省的戏剧属于这一类型。毕竟，当生活抛给你一个曲线球时，你可以选择用幽默或严肃来面对它。

不论你是在写一部探索死亡的小说（像珍迪·尼尔森的《天空之下》或威廉·P. 杨的《湖边小屋》），一部关于青春期的痛苦的小说（像斯蒂芬·奇博斯基的《壁花少年》或杰罗姆·大卫·塞林格的《麦田里的守望者》），一部描写青年或中年危机的小说（像埃米莉·吉芬的《大婚告急》或尼克·霍恩比的《非关男孩》），甚至是一部关于跨越几十年的问题的小说（像卡勒德·胡塞尼的《追风筝的人》），你的任务都是相同的：给我们讲一个某个人经历某种人生转折的故事。

要做到这一点，你将需要三个基本要素：（1）一个**人生问题**；（2）一个**错误的**解决问题的**方式**；（3）一个**解决**问题的**方法**，涉及主角接受自己一直在回避的残酷事实。

让我们来一个一个地分析。

没错，所有精彩的故事都涉及一些有待主角克服的问题（第 1 幕），一个错误的解决问题的方式（第 2 幕），以及一个需要主角在某种程度上接受残酷事实的解决方案（第 3 幕），但"成长仪式"类故事的真正特别之处在于，仅仅活着就会出现最初的问题。

"成长仪式"类故事中的人生问题通常是不可避免的，这是人生道路上的一个自然弯道。我们都必须要成长，一路上我们都会遇到挣扎，而且往往是同样的挣扎。这就是为什么那么多当代青年小说都属于这个类型：它们探索了人类经历中如此动荡的一个时期。在珍妮·汉的《夏日大变身》一书中，人生问题被写进了书名（青春期）；在萨拉·德森的《永恒的真相》中，主角梅茜必须克服失去父亲（死亡）和作为一个青少年要面对的所有挑战（青春期）。

但在"成长仪式"类故事中，你不一定要是一个十几岁的正在成长中的青少年，简·奥斯汀的《爱玛》就证明了这一点。爱玛要应对自己喜爱的女家庭教师结婚了这件事（分离），甚至还要面对在过去失去了母亲这件事（死亡）。或者看看埃米莉·吉芬的《大婚告急》，故事中蕾切尔正在面对进入 30 岁这件事（青年危机）。

但别忘了，主角们总是因首先以错误的方式解决问题而"声名狼藉"，这一点在这类故事的主角身上尤为明显。这就是为什么撰写一部引人入胜的"成人仪式"类故事的第二个要素是用错误的方式来解决人生问题，这通常包括某种形式的逃避痛苦。《爱玛》中的爱玛并没有直面生活中的问题；相反，她发誓永远不结婚，并忙于为她的朋友做媒。《天空之下》中的伦尼并没有用一种健康的方式来面对她姐姐的死（至少一开始没有）。相反，她爱上了两个不同的男孩，其中一个是她死去的姐姐的男朋友。《非关男孩》中的威尔·弗里曼没有很好地处理他的青年危机。他解决这个问题的错误方式是通过参加单身父母的团体（即使他实际上没有孩子）来认识女性。这个要素具有双重意义：它表明你的主角抗拒改变，并给你的故事一个目的。如果你的主角始终以优雅、谦逊、包容和感恩的态度来处理他们的人生问题，那么这本书还有什么意义呢？

但最终，所有的"成长仪式"类故事都是关于某种接受的，即这个类型的第三个要素。通常，是主角接受自己一直在回避的事实。简·奥斯汀笔下的爱玛意识到她是孤独的，爱情生活需要获得帮助的唯一的那个人就是她自己。《天空之下》中的伦尼最终接受了她余生都将承受的悲伤，而不是试图逃避它。《大婚告急》中的蕾切尔终于接受了这个残酷的事实，是时候离开童年最好的朋友达茜了。

这些关于"成长的痛苦"的故事到了结尾几乎总会得出相同的结论：我们不能期望生活改变，所以我们最好改变自己。但是，"成长仪式"类故事的真正美妙之处在于，当你的主角发现了一些关于自己的事实时，我们作为读者，最终也会发现一些关于我们自己的事实。因为不论年龄有多大，我们都需要成长。

总结一下：如果你正在考虑写一部"成长仪式"类的小说，请确保你的故事包含以下三个要素：

- **一个人生问题**：一个普遍的挑战，通常人们只要活着就会遇到（比如青春期叛逆、中年危机、分离、死亡，等等）。
- **一个错误的解决问题的方式**：你的主角无法正面面对这个挑战（至少一开始不能），需要某种程度的逃避，通常是为了逃避痛苦。
- **接受残酷的事实**：这是真正的解决办法，而且通常主角会理解：必须改变的是主角，而不是生活本身。

历史上畅销的"成长仪式"类小说

《爱玛》，简·奥斯汀著

《远大前程》，查尔斯·狄更斯著

《绿山墙的安妮》，露西·莫德·蒙哥马利著

《他们眼望上苍》，佐拉·尼尔·赫斯顿著

《麦田里的守望者》，杰罗姆·大卫·塞林格著

《神哪，您在那里吗？是我，玛格丽特》，朱迪·布鲁姆著

《非关男孩》，尼克·霍恩比著

《我不再沉默》，劳里·哈尔斯·安德森著

《壁花少年》，斯蒂芬·奇博斯基著

《追风筝的人》，卡勒德·胡塞尼著（后文中有该小说的动点进度表）

《永恒的真相》，萨拉·德森著

《大婚告急》，埃米莉·吉芬著

《湖边小屋》，威廉·P.杨著

《夏日大变身》，珍妮·汉著

《最后的歌》，尼古拉斯·斯帕克思著

《房间》，爱玛·多诺霍著

《天空之下》，珍迪·尼尔森著

《少女作家的梦和青春》，蓝波·罗威著

《最后的一字一句》，塔玛拉·艾尔兰·斯通著

《追风筝的人》

作者：卡勒德·胡塞尼

"救猫咪"故事类型：成长仪式

书的类型：一般虚构

总页数：371 页（河源出版社 2003 年平装版）

这部由阿富汗裔美籍作家卡勒德·胡塞尼创作的小说于2003年出版，在文学界引起了轩然大波。虽然这部小说以赎罪和内疚为主题，但它本质上还是讲述了一个关于成长的故事（从童年到成年），讲述了一个儿子与他父亲之间的复杂关系。正是这份复杂的关系使这部小说成为"成长仪式"类故事的一个杰出例子。

1. 开场形象（第1—2页）

我们的主角阿米尔的开场形象有点神秘，但它有效地梳理了小说的其他部分，而且这个开场已经足够把我们拉进故事了。

只看了两页，我们就知道1975年冬天发生在阿米尔身上的一件事永远改变了他的生活——暗示了即将到来的"催化剂"。我们知道，这一改变人生的事件的记忆之所以再次浮现，是因为一个叫拉辛汗的人打来了电话。阿米尔还告诉我们，不仅仅是因为拉辛汗打来了电话，还因为这是他"过去的未赎之罪"。这暗示后文将勾画出主角转变弧线的主题（勇气）。

2. 设定（第3—73页）

小说开始回忆阿米尔在阿富汗喀布尔的童年时期。设定动点中最重要的两个角色（除了阿米尔自己之外）是他儿时最好的朋友哈桑和阿米尔的父亲。

阿米尔和他们俩的关系很复杂。

他的爸爸（Baba）①是一个富有的普什图人（逊尼派穆斯林），家里有一个为他们工作了很久的很受喜爱的仆人阿里，他是哈扎拉人（什叶派穆斯林，这一族群常年受普什图人的压迫）。他们一起住在一所大房子里。哈桑是阿里的儿子。

这两个男孩像兄弟一样长大，但他们之间绝对存在一种非兄弟的权力关系。例如，哈桑为阿米尔做饭、铺床、擦鞋。另外，每次阿米尔惹上麻烦，哈桑都会承担责任，甚至在打架的时候为他出头。但当哈桑因为是哈扎拉人而被邻居的孩子欺负时，阿米尔并没有同等地对待他。其实，有时候阿米尔对哈桑很刻薄，会对他做一些无害的恶作剧，但哈桑似乎从不介意。

这两个男孩很亲密，因为他们都没有母亲——阿米尔的母亲死于难产，而哈桑的母亲在他出生后不久就离开了这个家。

阿米尔的爸爸总是为社区做一些好事，比如建孤儿院。他似乎总是对阿米尔感到失望，而阿米尔觉得内疚，因为他觉得自己杀死了母亲。

---

① 后文中将 Baba 译为爸爸，father 译为父亲。Baba 是中东人对父亲的称呼。

在设定动点中，阿富汗爆发了战争。虽然对这个国家的未来来说是一件大事，但它只是阿米尔故事中一道微小的催化剂。直到第 73 页，阿米尔的主要催化剂出现并改变了一切。

与此同时，孩子们要面对一个名叫阿塞夫的恶霸，他不断骚扰哈桑，想要清除阿富汗的哈扎拉人。哈桑用弹弓和石头威胁阿塞夫，阿塞夫离开了，放言要报复他。

同样在设定动点中，我们也了解了书名的来源，因为阿米尔向我们介绍了斗风筝的传统——这是一项冬天的活动，孩子们制作风筝、放飞风筝，并试着切断天空中其他风筝的线。然后风筝追逐者追逐落下的风筝，把它们收集起来。阿米尔是一名优秀的风筝斗士，而他的仆人和最好的朋友哈桑则是一名优秀的风筝追逐者，这使他们组成了一个很好的团队。

1975 年的大型风筝比赛在这里举行。阿米尔赢得了比赛，哈桑追上了第二名的风筝（比赛的最大奖品）。

3. 陈述的主题（第 23 页）

还是个孩子的时候，阿米尔无意中听到了他父亲和拉辛汗（在开场形象动点中打电话的那个人）的谈话。他爸爸说自己对儿子感到失望，并对拉辛汗说："一个不会为自己出头的男孩，将来会成为经不起任何事情的人。"

在这一刻，我们为阿米尔感到难过，觉得他的父亲对他很严厉。但随着故事的继续，我们（和阿米尔）开始意识到，他父亲的话是多么正确。阿米尔最大的缺点之一就是他是个懦夫。他不会为自己信仰的任何事情挺身而出——不像哈桑，哈桑总是为阿米尔出头，也不像他的父亲，他的父亲会冒着死亡的危险捍卫别人的荣誉。

4. 催化剂（第73—79页）

在追逐掉落的风筝时，哈桑失踪了，阿米尔出发去寻找哈桑。最后，他发现阿塞夫和同伙把哈桑堵在了一个小巷子里。阿塞夫强暴了哈桑，但阿米尔假装没有看见。

阿米尔没有挺身而出去救哈桑，而是逃跑了，这显示出他懦弱的缺点。当他后来见到哈桑时，他也没有告诉哈桑他看到了这一切。

这就是阿米尔在开场形象／第一章中提到的事件。在小说剩下的部分里，他的内心一直为未能保护哈桑感到内疚和羞愧。直到他领会了主题，挺身而出做了一些事情，他才能赎罪、成长，完成他的成长仪式，成为一个合格的成年人。

5. 讨论（第80—103页）

这部小说的讨论问题是：阿米尔看到那件事后会怎么做？或者就像他在第93页说的："哈桑，我该怎么对待你？"

阿米尔胆怯得不敢告诉任何人，内疚一直蚕食着他的精神。他开始失眠。他还注意到哈桑与以往不同了，哈桑不再微笑，变得非常内向。他们的关系发生了巨大的变化。他们渐行渐远，友谊也随之破裂。阿米尔尝试了各种错误的方法来减轻负罪感。

首先，他问父亲他们是否可以雇用新的仆人，他的父亲因为阿米尔提出这个建议而对他大吼大叫。然后，阿米尔想和哈桑打一架，他想，如果哈桑反击，自己会好受一些，但哈桑没有。这让阿米尔很沮丧，他想出了另一种错误的方法来处理他的压倒性的情绪。

6. 进入第 2 幕（第 104—109 页）

阿米尔把他的新手表和一叠钱藏在了哈桑的床垫下，然后告诉爸爸这些东西不见了。当他们在哈桑的床垫下发现这些东西时，阿米尔的爸爸问哈桑是不是他偷了它们。阿米尔受到了一系列冲击，因为先是哈桑承认了，随后阿米尔的爸爸说他原谅了哈桑，尽管他曾宣称偷窃是最严重的罪行。

尽管阿米尔的爸爸央求阿里和哈桑留下来，但他们还是决定离开。阿米尔几乎要坦白事情的真相了，但他改变了主意，仍然选择了做一个懦夫。

这绝对证明了阿米尔在**用错误的方式解决问题**。他的懦弱和由此产生的负罪感，促使他在进入第 2 幕动点中决定赶走哈桑。他相信如果自己不再见到哈桑，就不会再有这种感觉。显然，事实并非如此。

7. 乐趣与游戏（第110—173页）

这部小说的第2幕发生在一个全新的世界：美国。

故事来到5年后。此时，阿富汗已经很危险了，阿米尔和爸爸坐在一辆卡车的后座上，被偷运到巴基斯坦，然后他们开始稳步地走上了**向下发展的道路**，朝着中点迈进。

他们到达美国后，发现情况并不像他们俩所期望的那样。起初，他们被迫依靠社会福利的救助来生活。后来，阿米尔的爸爸，一个阿富汗富人，在加利福尼亚州费利蒙市的一个加油站工作。阿米尔高中毕业了，他爸爸很高兴，但不赞成阿米尔选择在大学主修创意写作。

在美国，阿米尔仍然在用错误的方式解决问题，希望这么远的距离可以帮助他忘记过去，忘记哈桑。在第136页，他说："美国是一条河流，奔腾不息，不在意过去。我可以走入这条河，让我的罪恶沉到水底，让河水带着我去到某个遥远的地方，一个没有鬼魂、没有记忆、没有罪恶的地方。"但他走到哪里，对哈桑的记忆就跟到哪里。即使在美国，他仍然被他的负罪感困扰。

与此同时，他爸爸的身体每况愈下，被诊断出患有癌症，前景并不乐观。

8.　故事 B（第 140—142 页）

在美国，阿米尔在一个跳蚤市场上遇见了索拉雅，并几乎立刻爱上了她，称索拉雅为自己的"跳蚤市场公主"。他得知索拉雅有一段不光彩的过去，使得没有人追求她。但这正是阿米尔喜欢她的地方。他喜欢她也扛着包袱。她也有"罪"。

阿米尔开始追求索拉雅，他们相爱了。索拉雅最终会帮助阿米尔面对自己的过去和罪恶——就像任何一个优秀的故事 B 角色应该做的那样。

事实上，后来，在他们结婚之前，索拉雅坦白了自己的过去，这让阿米尔希望自己也能这样做。但是，唉，他没有。因为他还没有领会主题。

9.　中点（第 173 页）

阿米尔和索拉雅结婚一个月后，他爸爸在睡梦中死去。对阿米尔来说，这不仅是一场**虚假的失败**，也**提高了**感情上的**风险**。随着爸爸死去，阿米尔面临着赎罪的压力。人生是短暂的，到了人生的尽头，他总不能挂念着哈桑的事，良心不安地死去，对吧？

10. 坏人逼近（第174—214页）

尽管父亲去世了，阿米尔的生活总体是走在**向上发展的道路**上的。阿米尔和索拉雅都上了大学，阿米尔写出了他的第一部小说，找到了一家代理商，获得了出书的机会。（要是现实生活中也能这么快出书就好了！）

阿米尔和索拉雅想要个孩子，但索拉雅无法怀孕。

我们快进到10年后。阿米尔接到拉辛汗打来的电话（就是开场形象动点中的那个电话）。拉辛汗病得很重，想让阿米尔来巴基斯坦看他。在挂断电话之前，拉辛汗点明了主题："来吧。有一个方法可以让你再次成为好人。"拉辛汗知道阿米尔在阿富汗做的那些可怕的事情吗？

阿米尔登上了飞往巴基斯坦的飞机。在巴基斯坦，拉辛汗告诉阿米尔他快死了，在他走之前，他想给阿米尔讲一个关于哈桑的故事。阿米尔的过去似乎要追上他了，无法再被隐藏下去。

拉辛汗告诉阿米尔，在阿米尔和他爸爸离开阿富汗多年后，自己是如何找到哈桑的。当时，哈桑结婚了，孩子也快出生了。哈桑的父亲阿里因为踩中地雷而去世。拉辛汗邀请哈桑和他的妻子到阿米尔爸爸的老房子里去住（当时拉辛汗就住在那里），帮他照看房子。他们同意了。哈桑的妻子生了一个男孩，他们给孩子取名为索拉博，是阿米尔经常读给哈桑听的一本书中的一个人物的名字。喀布尔的战事愈演愈烈，哈桑悉心地照顾他的儿子索拉博，教他读书、写字、射弹弓和追风筝（就像哈桑小时候做的那样）。

11. 失去一切（第214－223页）

拉辛汗把哈桑写给阿米尔的信和一张哈桑和索拉博在一起的拍立得照片交给了阿米尔。在信中，哈桑告诉阿米尔，他仍然想念他。

然后，拉辛汗把哈桑和他的妻子被塔利班处决（**死亡的气息**）的消息告诉了他。现在索拉博孤身一人，进了喀布尔的一家孤儿院。拉辛汗希望阿米尔回喀布尔，把索拉博从孤儿院接出来。他知道巴基斯坦的一些人会想收养他。在第221页，拉辛汗说："我想我们都知道为什么必须是你去做这件事。"这表明拉辛汗知道阿米尔和哈桑之间发生了什么。

一开始，阿米尔拒绝了，他不想参与这件事。于是，拉辛汗抛出了一个"失去一切"炸弹：哈桑实际上是阿米尔同父异母的兄弟。显然，哈桑的"父亲"阿里不能生育，阿米尔的爸爸和哈桑的母亲上了床。这就是为什么阿米尔的爸爸总是那么偏袒哈桑，正是这种偏袒让阿米尔嫉妒哈桑。

阿米尔生气地冲出了公寓。

12. 灵魂的暗夜（第 224—227 页）

阿米尔会怎么做？现在我们知道索拉博是他的侄子，他会去喀布尔接索拉博吗？还是，他会像往常一样，做个胆小鬼？

回到公寓里，拉辛汗提醒阿米尔（小说的主题）："一个不会为自己出头的男孩，将来会成为一个经不起任何事情的人。我想知道，你成为这样的一个人了吗？"

阿米尔还记得拉辛汗在电话里说的话："有一个方法可以让你再次成为好人。"突然间，他知道自己该怎么做了。

13. 进入第 3 幕（第 227 页）

阿米尔同意去喀布尔接索拉博。这是他赎罪的机会，是他挺身而出做些什么的机会。他已经领会了主题。他终于准备好成长，不再逃避自己的错误。

14. 尾声（第 228—363 页）

第 1 点：组建团队。阿米尔前往喀布尔。在去那里的路上，他在司机家过了一夜，亲眼目睹了司机的孩子们有多饿。他的司机法里德得知阿米尔要去救一个哈扎拉男孩，便主动提出帮忙。阿米尔现在有了自己的团队。在动身前往喀布尔之前，阿米尔在法里德家的床垫下放了一沓现金。这种赎罪行为抵销了他在进入第 2 幕动点中所做的事，即为了摆脱哈桑而把钱藏在哈桑的床垫下面（错误的解决问题的方式）。

第 2 点：**执行计划**。当他们驱车前往喀布尔时，阿米尔看到了自从他和爸爸离开后持续不断的战争留下的痕迹。他们来到孤儿院，在说服院长相信他们不是塔利班之后，院长透露索拉博已经不在孤儿院了。索拉博被"卖"给了一名塔利班军官，原因似乎非常黑暗和险恶。向导告诉阿米尔和法里德，"买下"索拉博的塔利班军官第二天将出现在哈兹体育馆。

离开孤儿院后，法里德告诉阿米尔，最好还是忘掉在阿富汗发生的一切，这样会更容易接受事实。但阿米尔再一次证明，他已经领会了这个主题，当他说"我不想再忘记了"，他就是在**用正确的方式解决问题**。

第二天他们去体育馆看足球比赛。中场休息时，一名塔利班牧师用石头把两名"通奸者"砸死了。

第 3 点：**高塔意外**。比赛结束后，阿米尔去见那位塔利班军官。军官把索拉博带了出来，索拉博和哈桑的长得很像，这让阿米尔感到不知所措。并且阿米尔很快发现，军官就是那个强奸了哈桑的男孩阿塞夫。如果说阿米尔还有机会挽回过去的错误，救赎自己，那就是现在了！

第 4 点：**深挖**。阿塞夫告诉阿米尔他可以得到索拉博，但他必须先和阿塞夫较量。在随后的打斗中，阿米尔被打得很惨，但他笑了，因为具有讽刺意味的是，自从 1975 年他把哈桑留在了小巷里的那一天起，直到现在，他的内心第一次感到了平静。"我的身体受伤了——到底伤得有多重，我直到事后才知道——但我感觉自己被治愈了。终于被治愈了。"

在索拉博用弹弓射中阿塞夫的眼睛后，阿米尔和索拉博成功逃脱。

第5点：执行新计划。阿米尔在医院里养伤。苏醒后，他收到了拉辛汗的一封信，拉辛汗承认自己欺骗了阿米尔。事实上，在巴基斯坦，没有任何人家准备收养索拉博。

阿米尔邀请索拉博到美国和他以及他的妻子一起生活。索拉博最终答应了，两人去了美国大使馆，却发现阿米尔收养索拉博并带他回美国的机会微乎其微。

听到这个消息，索拉博知道自己很可能会回到孤儿院，于是他自杀了。

阿米尔在医院里等待索拉博病情的消息，15年来他第一次向上天祈祷。索拉博醒来后，阿米尔告诉他，自己的妻子已经找到一位美国移民律师，解决了一切问题，他们可以收养他了。

不过，现在索拉博不一样了。他不说话了。他的心已经死了。阿米尔把索拉博带回加利福尼亚，当索拉雅的父亲辱骂索拉博为"哈扎拉男孩"时，阿米尔站出来为自己和侄子辩护说："你们再也不要在我面前叫他'哈扎拉男孩'了。他有名字，叫索拉博。"阿米尔的角色弧线变得完整了。

时间流逝着，索拉博仍然不说话。他只是睡觉，醒着的时候一直保持沉默。

15. 结局形象（第318—323页）

一天下午，阿米尔带索拉雅和索拉博去公园，阿米尔看到人们在放风筝，便给索拉博买了一只风筝，并告诉他，他的爸爸是全喀布尔最优秀的风筝追逐者。

他教索拉博怎么放风筝，他们还切断了另一只风筝的线。阿米尔主动提出帮索拉博追风筝。来到美国后，索拉博第一次笑了，而阿米尔追着掉下来的风筝，获得了彻底的救赎，成了追风筝的人。

为什么这是一部"成长仪式"类小说？

《追风筝的人》包含了一个成功的"成长仪式"故事的全部三个要素：

- **一个人生问题：** 尽管这部小说跨越了几十年，但它本质上是一个关于成长的故事。阿米尔挣扎着成长为成年人，要面对童年时犯下的错误。他因为父亲的不喜爱和不欣赏而挣扎，这也是他人生最大的遗憾。

- **一个错误的解决问题的方式**：为了把哈桑赶出家门，阿米尔采用了一系列错误的解决方法。在他回到家乡、得知有关哈桑的一些真相之前，他的策略一直是逃避和转移注意力。

- **接受残酷的事实**：当阿米尔同意去寻找哈桑的儿子并把他带回巴基斯坦时，阿米尔接受了自己与哈桑真实关系的残酷事实；当他决定把索拉博带回美国时，他更深入地接受了这个事实。

猫眼视角

为了供你快速翻阅、参考，以下是对这部小说的动点进度表的简要概述。

1. **开场形象**：阿米尔接到拉辛汗的电话，他提到了"过去的未赎之罪"。这隐晦地暗示了即将到来的催化剂。

2. **设定**：阿米尔和哈桑是最好的朋友，但由于哈桑是仆人的儿子，所以他们的关系很复杂。他们喜欢一起斗风筝，哈桑是阿米尔的"风筝追逐者"。阿米尔和父亲的关系也很复杂，他的父亲似乎更喜欢哈桑。一个叫阿塞夫的恶霸经常欺负哈桑。

3. **陈述的主题**：阿米尔无意中听到他父亲说："一个不会为自己出头的男孩，将来会成为一个经不起任何事情的人。"阿米尔必须学会保护自己（和他人），并且为自己过去的行为赎罪。

4. **催化剂**：阿米尔目睹哈桑被阿塞夫强暴，却没有阻止。

5. **讨论**：阿米尔会做些什么？他的负罪感一直在蚕食他的精神，但他却对此一言不发。

6. **进入第2幕**：阿米尔用错误的方式解决了这个问题。他诬陷哈桑偷窃，导致哈桑和哈桑的父亲搬走。

7. **故事B**：搬到美国后，阿米尔遇到了他未来的妻子索拉雅，她将帮助他领会勇敢和赎罪的主题。

8. **乐趣与游戏**：阿米尔和他的父亲搬到了美国。他的父亲找到了一份加油站服务员的工作；阿米尔上了大学，主修创意写作。阿米尔试图忘记哈桑和他的过去，但没有成功。

9. **中点**：阿米尔的父亲死于癌症（虚假的失败）。

10. **坏人逼近**：阿米尔完成了他的第一部小说，找到一家代理商，并卖出了他的第一部小说。10年后，他接到拉辛汗的电话（开场形象中的电话），请他来巴基斯坦。拉辛汗把哈桑在阿米尔离开阿富汗后的遭遇告诉了阿米尔。

11. **失去一切**：拉辛汗坦白，哈桑其实是阿米尔同父异母的弟弟，哈桑死了，留下了一个儿子索拉博，阿米尔必须从喀布尔的一家孤儿院中救出他。

12. **灵魂的暗夜**：阿米尔的内心在挣扎，最终他决定去喀布尔。

13. **进入第3幕**：阿米尔决定去喀布尔找索拉博（他的侄子），这证明他已经领会了这个主题。

14. **尾声**：在喀布尔，阿米尔与阿塞夫（现在是一名塔利班军官）对抗，救出了索拉博，并把他带回了美国。

15. **结局形象**：阿米尔教索拉博如何斗风筝，并为自己曾经的风筝追逐者的儿子追逐风筝。

6

制度化

加入他们，离开他们，或毁掉他们！

注意！本章包含以下书籍的"剧透"：

玛格丽特·阿特伍德的《使女的故事》
F. 斯科特·菲茨杰拉德的《了不起的盖茨比》
S. E. 欣顿的《追逐金色的少年》
艾丽斯·沃克的《紫色》
洛伊丝·劳里《记忆传授人》
凯瑟琳·斯多克特的《相助》

今天是你进入中学后的第一天。你走进自助餐厅，像抓着救生筏一样紧紧地抓着你的托盘，想找个地方坐下，一个属于你的地方。你看到两种选择：坐在"酷"孩子那一桌的空座位上，或者一个人坐一张空桌子。你知道，这个选择可能会决定你接下来的一年，甚至余生的生活状态。你会怎么做？你是加入团队，还是独自开辟一条道路？

有人觉得这个可怕的场景听起来熟悉吗？

只有我这么觉得吗？

好吧，让我们继续。

"加入或不加入"的问题是每个"制度化"类故事的核心。这些小说关注的是一群人，以及他们最终选择成为群体的正式成员还是单独行动。

答案并不总是那么简单。

系统（或群体）的规模和形式各不相同。它们可以小至一个家庭，就像路易莎·梅·奥尔科特的《小妇人》中的马奇一家；或大至一个城镇或城市，就像哈珀·李的《杀死一只知更鸟》中的亚拉巴马州的梅岗城，或凯瑟琳·斯多克特的《相助》中20世纪60年代初期密西西比州的杰克逊市。它们甚至可以是社会的一部分，就像 S. E. 欣顿的《追逐金色的少年》中的"油头小子"和"瑟克"的世界，可以是 F. 斯科特·菲茨杰拉德的《了不起的盖茨比》中的20世纪20年代长岛富人的世界，或者是艾丽斯·沃克的《紫色》中20世纪30年代佐治亚州的父权世界。系统也可以是虚构的、编造出来的体制，像玛格丽特·阿特伍德的《使女的故事》中描绘的神权社会，洛伊丝·劳里的《记忆传授人》中欺骗性的田园诗般的社会，或者乔治·奥威尔的《1984》中英格兰社会主义政党统治下的反乌托邦世界。最后，"制度化"类故事甚至可以围绕着一个统一的问题、事件或主题元素展开，像莉安·莫里亚蒂的《大小谎言》中三个主要角色展现的现代母性，菲利帕·格里高利的《波琳家的遗产》中三个主要角色展现的亨利八世统治下的生活，或谭恩美的《喜福会》中八个主角体现的美国梦。

一部"制度化"类小说的首要标志就是故事是关于很多人的，故事不一定只与某个人有关。即使是像《了不起的盖茨比》《追逐金色的少年》或《使女的故事》这些由一个人讲述的故事，也是更多地讲述了主角所在的更大的群体，以及主角与这个群体的关系，而不是他/她独自一个人的旅程。

在《了不起的盖茨比》中，我们透过一个新来者（尼克·卡罗威）的视角来了解故事，但他的生活远没有他接触到的杰伊·盖茨比、黛西和汤姆·布坎农夫妇等人的生活有趣。在《追逐金色的少年》中，波尼博伊带领我们了解了"油头小子"和"瑟克"（他是改变最多的角色）之间的充满问题和风险的世界，但小说采用复数名词作书名 [①] 是有原因的。

　　无论你选择强调哪个系统，一个成功的"制度化"类故事的基本要素是：（1）一个**群体**；（2）一个**选择**；（3）一次**牺牲**。

　　让我们来看看这三个要素。

　　"制度化"类故事中的群体是那些主角出生就加入，或者被带入（通常违背主角的意愿），或者被要求加入的群体。不管规模大小，如果处理得当，这些系统会让它们内部和外部的角色感觉这就是整个世界。在这个范围广阔的类型中呈现的故事通常会展现主角（或主角们）集中思考成为"团伙成员"的利与弊。与此同时，一部"制度化"类小说的作者必须探索这个"团伙"本身。这个世界是关于什么的？它的成员是谁？它的规则是什么？在这个群体中有多容易迷失自我？

　　我们读者很容易把自己和这些关于群体的故事联系起来。人类从一开始就是群体的一部分。我们在家庭中出生，在学校加入小团体，在公司工作，成为社区的成员。在生活中，我们每天都在权衡群体的利弊。"制度化"类故事是最原始的，因

---

① 指原书书名 *The Outsiders*。

为从生物学角度来说，我们注定要聚集在一起。作为原始人类，如果我们试图冒险去独自面对猛犸象，我们很可能会死亡。但随着人类的进化，我们开始思考，独自冒险、开辟自己的道路是否是更好的选择。

这就是为什么当我们读到"制度化"类故事时，我们会开始问自己一个身为人类最核心的问题：

我们真的能相信别人会把我们的最大利益放在心上吗？还是有时候我们必须依靠自己？

哪一个想法更疯狂，加入群体，还是离开？

这就是这一类型名称的由来：制度化。当读者深入作者为我们建立的世界时，我们应该看到一些存在于所有群体和家庭中的疯狂。因为群体的动因往往是疯狂的，有时甚至是自我毁灭的。从众心理可以藐视一切逻辑和理性。忠诚于一个群体常常会与常理（有时甚至会与生存）相矛盾，但我们仍然会这样做。当我们加入其中的时候，我们常常会失去自己的一部分。

所以，你，这个"制度化"类故事的作者，手上有一项相当棘手的任务：向你介绍给我们的这个系统致敬，但同时又要暴露出个体因它而失去个性的问题。当你揭开"体制"的层层面纱，向我们揭示它的运转方式时，读者应该问自己，如果我是主角，我会怎么做？我会不会加入？会留下，还是离开？

这是每个"制度化"类故事的核心**选择**，也是这一类故事需要具备的第二个要素。

为了更好地理解这种选择（和要素），让我们看一看"制度化"类故事中常见的三种角色类型。

故事的第一主角（或者多主角中的一个）通常是一个新来者，被亲切地称为"**天真者**"。天真者通常由更有经验的人引进该系统，这个人会给他们指点门道，带他们进入伟大世界中的这个新的、让他们感到陌生的世界。例如，在莉安·莫里亚蒂的《大小谎言》中，主角之一的珍是一个天真者，当她进入悉尼一个上流社会的小学妈妈圈子时，她受到了圈内人玛德琳的照顾。

在凯瑟琳·斯多克特的《相助》中，斯基特是我们的天真者。因为尽管她一生都住在密西西比州的杰克逊市，但直到她与爱比琳、明妮相遇，一起谱写出了"相助"的故事，她才真正意识到自己一直生活在什么样的系统里。

读者常常透过天真者的眼睛了解这个世界。随着他们学会了规则，读者也学会了。有这样一个角色尤其有用，它可以让读者轻松地进入小说世界，而不需要阐述太多（阐述太多亦被称为"信息倾倒"）。

但并不是所有"制度化"类故事都有一个天真者的角色。有些小说是透过另一种角色的视角来讲述的，这个角色被称为"**白兰度**"。它以众所周知的叛逆演员马龙·白兰度的名字命名，代表体制中的现有成员。他们已经深深扎根在系统中，但他们开始怀疑它。或许他们已经怀疑了多年，但他们能做什么呢？他们被困在了这里，这就是他们的世界，离开这个世界的想法乍一想似乎很疯狂。这些角色包括《1984》中的温斯顿，《相助》中的爱比琳，《记忆传授人》中的乔纳斯，《追逐金色的少年》中的波尼博伊，贾森·雷诺兹的《最长的一分钟》中的威尔，雷·布拉德伯里的《华氏451度》中的蒙泰戈，以及《紫色》中的西丽。

在小说的开头，这些角色就已经有些不同了。他们不太合群，本能地反对这个系统。但直到深入故事的核心，我们才会看到他们真正出于怀疑而采取行动。

天真者和白兰度都扮演着重要的角色，他们通过局外人（天真者）或叛逆的局内人（白兰度）的身份，揭示出你选择描写的体制的缺陷。但最终，两者都要通过对抗"制度化"类故事中常见的第三种角色——**"公司人 ①"**——来完成这一任务。

这个角色是系统或制度的具体体现。他们支持这个系统，是这个系统的拉拉队。他们不仅是其中的一员，通常还会誓死保卫它。"制度化"类故事的作者依靠这些角色来揭示这

---

① 原指把对公司的忠诚放到私人意见或私人友谊之上的员工。

个世界的"疯狂"：当你全心全意、毫无保留地融入这个系统时，你就会变成这个样子。令人难忘的"公司人"角色包括《1984》中的奥勃良、《使女的故事》中的莉迪亚嬷嬷（实际上是所有嬷嬷），以及《相助》中的希里·霍尔布鲁克。

由于他们坚定不移地忠诚于体制，这类角色往往表现得很疯狂，有时甚至呆板得令人不可思议。他们用自己的一小部分灵魂换取了他们渴望的系统内的安全。他们必须觉得有点不太对劲；否则，又怎么会紧紧依附在一个你试图戳穿的制度上？

要么紧紧跟随群体，要么远走高飞，"公司人"代表了所有"制度化"类故事主角的选择的其中一面。

而随着小说的进行，这种选择往往会变得更加困难。随着白兰度或天真者（或者两者一起）越来越深入这个戏剧性的系统，越来越了解看似疯狂的规则，他们的忠诚和决心受到了考验。

最终，所有"制度化"类故事都会以第三种要素终结，那就是一次牺牲。

主角们要么加入这个系统（《1984》），要么毁掉它（《相助》《追逐金色的少年》《记忆传授人》），要么逃离它（《使女的故事》《了不起的盖茨比》《紫色》）。逃离也可以是（字面上的或比喻上的）自杀。

无论结局如何，主角的牺牲都是一个警示故事，警示人们进入一个系统是多么的危险。最后，故事传递的更深刻的信息是倾听内心的声音。是的，为了生存，我们都需要成为某类群体的一员，但我们最终必须培养和保护我们自己的人性——这是使我们成为我们自己的东西。

小心群体！

做你自己！

总结一下：如果你想写一部"制度化"类小说，确保你的故事包含以下三个基本要素：

- **一个群体**：一个家庭、组织、企业、社区或独特有趣的将人们联合起来的议题。
- **一个选择**：天真者或白兰度和公司人之间的持续冲突，通常围绕着加入或不加入（对于天真者来说）、留下或不留下（对于白兰度来说）的问题。
- **一次牺牲**，可能导致以下三种结局之一：加入、毁掉或逃离（包括自杀）。

历史上畅销的"制度化"类小说

《红字》，纳撒尼尔·霍桑著

《悲惨世界》，维克多·雨果著

《小妇人》，路易莎·梅·奥尔科特著

《了不起的盖茨比》，F. 斯科特·菲茨杰拉德著

《美丽新世界》，阿道司·赫胥黎著

《1984》，乔治·奥威尔著

《华氏451度》，雷·布拉德伯里著

《杀死一只知更鸟》，哈珀·李著

《追逐金色的少年》，S. E. 欣顿著

《使女的故事》，玛格丽特·阿特伍德著

《紫色》，艾丽斯·沃克著

《喜福会》，谭恩美著

《记忆传授人》，洛伊丝·劳里著

《蒙大拿天空》，诺拉·罗伯茨著

《牛仔裤的夏天》，安·布拉谢尔著

《姐姐的守护者》，朱迪·皮考特著

《波琳家的遗产》，菲利帕·格里高利著

《相助》，凯瑟琳·斯多克特著（后文中有该小说的动点进
度表）

《大小谎言》，莉安·莫里亚蒂著

《火星崛起》，皮尔斯·布朗著

《无法别离》，罗宾·本韦著

《最长的一分钟》，贾森·雷诺兹著

《相助》

作者： 凯瑟琳·斯多克特

"救猫咪"故事类型： 制度化

书的类型： 历史虚构

总页数： 522 页（伯克利出版社 2009 年平装版）

这部由凯瑟琳·斯多克特创作的令人心酸的历史小说，是作者如何在一个故事中成功地平衡多个主角的杰出例子。《相助》围绕着三个主角——爱比琳、明妮和斯基特——展开，你将在接下来的动点进度表中看到，每个角色都有自己的一套动点（有些是重叠的，有些是某个角色独有的）。如果你想写一部多视角、多主角或两者兼具的小说，这本书很适合你去研究。但是，正如凯瑟琳·斯多克特所做的那样，提前决定谁是故事的主角仍然很重要。在即将启程的旅途上，谁的转变最剧烈？在《相助》中，明妮和斯基特扮演了重要的角色，两个人都经历了自己的情感弧线，但可以说，爱比琳是改变最多的那个角色，因此，她成了这部悲伤而温馨的故事的第一主角。小说讲述了在 20 世纪 60 年代的密西西比州杰克逊市，三名女性挑战种族隔离与种族歧视的"帮佣"制度的故事。

1. 开场形象 / 爱比琳（第 1—2 页）

　　在第一章中，我们介绍了三位主角中的第一位（也是我们的一位白兰度角色）爱比琳，她是一位黑人女佣，1962 年在杰克逊市的一个白人家庭中工作。我们得以一窥爱比琳的生活，以及 20 世纪 60 年代密西西比州在种族隔离的"吉姆·克劳法"下的家庭"帮佣"制度。当时，爱比琳已经养育了 17 个白人孩子。她现在的雇主伊丽莎白·李弗特小姐似乎对自己的孩子梅·莫布利不感兴趣，而爱比琳说这个孩子是她"特别的宝贝"。

2. 陈述的主题 / 爱比琳（第 12 页）

　　当斯基特（我们的三位主角中的另一位，即天真者角色）在李弗特小姐家参加桥牌俱乐部的聚会时，她偷偷地问爱比琳："你是否曾希望自己能……改变某些事情？"

　　这是小说的首要主题：找到改变腐化和不公正制度的勇气。爱比琳是三位主角中最不容易领会这个主题的一位。这就是为什么，她在脑海中对自己说："这是我听过的最愚蠢的问题之一。"然后她对斯基特说："哦，不，女士，一切都很好。"

　　然而，我们很快就会看到，一切都不是很好。但是爱比琳不准备对此做任何事……至少到目前为止。

3. 设定 / 爱比琳（第 2—35 页）

后来，爱比琳的儿子特里洛死在了一个木材厂的工地上，被拖拉机碾过而死。爱比琳观察到，"没过多久，我发现自己内心的某些东西发生了变化。一颗苦涩的种子种在了我的心里。我只是觉得不再那么愿意接受了"（第 35 页）。对爱比琳来说，这种痛苦是一个**停滞 = 死亡**的时刻。有些东西必须改变，她必须改变。否则，痛苦可能会把她活活吞食掉。

当女士们打桥牌的时候，我们遇到了小说中的"公司人"希里·霍尔布鲁克小姐，她不愿意使用李弗特小姐家的洗手间，因为李弗特小姐的黑人女佣也会使用这个洗手间。希里提到了她正在撰写的"家庭帮佣卫生设施提案"，它要求每个白人家庭都要为帮佣准备一个专用的洗手间。

那天晚上，爱比琳回到家后，和她最好的朋友明妮（我们的第三位主角，同时也是另一位白兰度角色）聊天。爱比琳告诉明妮，希里指控明妮偷了东西（这是爱比琳在桥牌俱乐部的聚会上无意间听到的）。我们很快了解到，希里开除了明妮，但原因没有透露给读者。

4. 催化剂 / 明妮（第 17 页）

当爱比琳提醒明妮，希里可能会指控她偷东西时，这就成了明妮的催化剂，尽管这是爱比琳告诉她的。

5. 讨论 / 明妮（第 17—35 页）

她能找到另一份工作吗？这是明妮的讨论问题。

明妮开始四处打听工作机会，但没人愿意雇用她，这暴露了这个制度的另一个方面：一旦公司人指责你偷窃，将没有人信任你。

当明妮担心自己可能再也找不到另一份工作时，刚来到杰克逊市的西莉亚·富特女士打电话给李弗特小姐，请她为自己推荐一个新女佣。爱比琳接了电话，她把明妮的名字和电话号码告诉了西莉亚，并谎称明妮是李弗特小姐推荐的人。

6. 进入第 2 幕 / 明妮（第 36—45 页）

现在我们切换到明妮的视角。她出现在西莉亚·富特的家里，参加工作面试。她真的很需要这份工作。明妮知道希里散播谣言的真正原因是她对希里做了一件"很可怕的事情"，但是明妮现在还不会告诉我们是什么事。

我们立即意识到，西莉亚·富特与希里·霍尔布鲁克截然相反，她与这个制度下的其他白人女性不同。首先，西莉亚对明妮很好，尽管明妮不相信这是真的，她认为西莉亚在戏弄她。但是她得到了这份工作，而且薪水是她上一份工作的两倍。唯一的棘手之处，是明妮要保守这个秘密，不让西莉亚的丈夫约翰尼知道，因为他认为西莉亚可以自己打理好这幢房子。明妮答应了，但让西莉亚保证她会在圣诞节之前告诉约翰尼。

7. 故事 B/ 明妮（第 37—47 页）

明妮的故事 B 人物是她的新雇主西莉亚·富特。明妮在做女佣的过程中变得冷酷起来，她与雇主们保持距离，也不信任他们。然而，西莉亚·富特不同，她会让明妮明白，不是所有的雇主都是一样的，最终明妮甚至会开始关心西莉亚·富特。

在第 45 页，明妮回忆起她 14 岁第一次做女佣的那一天。她的母亲告诉她，在"白人女士家"工作有一些必须遵守的规定（制度），其中一条是"白人不是你的朋友"。明妮一直相信着这条规定，这也是明妮的陈述的主题。她认同这些黑白分明的界限，严格按照这个制度的规定生活。但是西莉亚·富特不同，她很快被证明是个色盲。她会让明妮明白，这些界限只存在于明妮自己的脑海中。

8. 乐趣与游戏 / 明妮（第 45—226 页）

明妮刚开始工作，就立刻对西莉亚产生了怀疑，因为西莉亚一个人住在这幢巨大的房子里，没有孩子，经常闲逛，总是偷偷溜上楼去。她试着教西莉亚做饭（应西莉亚的要求），但失败了。她还试图让西莉亚离开家，这样她就可以打扫房子了，但西莉亚说镇上没有一个女孩会和自己联系。

3. 设定／斯基特（第 62—83 页）

　　让我们暂时离开明妮，转换到斯基特的视角。斯基特开车回家，到她家在长叶的棉花种植园去。她想着那天在桥牌俱乐部发生的事情，想起她、希里和伊丽莎白（即李弗特小姐）从小学起就是朋友，但现在她们渐渐疏远了。她和希里一起上大学，但是希里离开学校去结婚了，而斯基特留在了那里。斯基特被困在她自己的系统里——20 世纪 60 年代南方年轻白人女性的系统。每个人都希望她们结婚，没人指望她们工作。但斯基特想当一名作家。

　　"自从我从学校回家后，我就在想，我和希里之间有什么不同。但谁是不同的，是她还是我？"这是几乎所有"制度化"类故事中都会出现的问题：谁更疯狂？是他们加入系统更疯狂，还是我想离开系统更疯狂？

　　回家后，她马上就被母亲催促着要努力找个丈夫结婚，她自述道："三个月前从大学毕业后，我就一直有一种被遗弃的感觉，并因此颤栗着。我被丢到了一个不再属于我的地方。"此时，她拥有了一个停滞＝死亡的时刻。

　　当斯基特想寻找一份与写作有关的工作时，她想到了自己的黑人女佣康斯坦丁，康斯坦丁抚养斯基特长大，斯基特觉得自己和康斯坦丁比和自己的母亲更亲近。斯基特去上大学的时候，康斯坦丁出于一些秘密的原因离开了她家。

　　斯基特想要找到她，但没有人愿意告诉她有关康斯坦丁新住址的任何细节。

　　在这几页中，我们了解到斯基特的现状生活：她想成为一名作家，为此申请了一家出版公司的工作，但一直没有收到回音，而她的母亲不知道她真正的人生愿望。

2. 陈述的主题 / 斯基特（第 73 页）

　　在一段倒叙中，斯基特想起康斯坦丁说过："在你死去、被埋进地里之前，每天早上，你都必须做出这个决定。你得问问自己，我要相信那些傻瓜今天对我说的话吗？"斯基特的选择是，是否要不理会别人的想法，开辟自己的道路？这也是她的主题。

4. 催化剂 / 斯基特（第 83 页）

　　斯基特收到了一封来自哈珀与罗出版社的伊莱恩·斯坦的信，信中拒绝了她的申请，因为她没有相关经验。伊莱恩建议斯基特在当地的报社找一份入门级的工作。但伊莱恩给她的最好的建议是"描写那些困扰你的事情，尤其是那些只困扰你、不困扰别人的事情"。伊莱恩·斯坦在告诉斯基特质疑这个制度！最后，伊莱恩附上一张手写的便条，表示愿意阅读斯基特最精彩的想法，并给予反馈。

5. 讨论／斯基特（第84—142页）

怎么处理这个提议呢？这是斯基特的讨论问题。斯基特马上给伊莱恩寄了一封信，把自己的一些想法告诉了伊莱恩，但斯基特很快意识到，这些是她认为会令伊莱恩印象深刻的想法，却不是她真正感兴趣的。她接受了伊莱恩的建议，去参加《杰克逊日报》的面试，并因此得到了一份工作：为默纳小姐撰写有关房屋打扫的专栏。但斯基特对这个话题一无所知。

斯基特说服了伊丽莎白·李弗特，得以采访爱比琳，寻求一些打扫方面的建议。在她们的第一次采访中，斯基特问了爱比琳关于康斯坦丁的事情，爱比琳透露康斯坦丁当时被解雇了，但不愿意透露更多。回到家后，斯基特的妈妈承认自己确实解雇了康斯坦丁，但她也不愿说明原因。

当斯基特把伊莱恩的来信内容告诉了爱比琳，而爱比琳告诉斯基特，她的儿子在死前曾希望成为一名作家时，爱比琳和斯基特的关系近了一些。

不出所料，斯基特得到了伊莱恩·斯坦的回应，斯坦说她的想法是单调的，并请她在找到更"原创"的东西之前，不要再写信给自己了。

所有这些关于康斯坦丁被解雇、专用的洗手间以及爱比琳儿子的死亡的谈话启发了一个想法。斯基特知道这是一个危险的、越界的想法，但它一直在她的脑海里回荡。

4. 催化剂 / 爱比琳（第105—119页）

在爱比琳的现状世界里，一系列微小的催化剂像小炸弹一样爆炸。首先，爱比琳在自己位于车库里的新洗手间给正在接受如厕训练的梅·莫布利做示范。梅·莫布利不愿意去房子里的洗手间上厕所，但看到爱比琳使用新洗手间后，她用了爱比琳的洗手间。李弗特小姐回家后，打了梅·莫布利一巴掌，说那个洗手间很脏，她会得病。

随后，爱比琳迎来了儿子的逝世三周年纪念日，紧接着，罗伯特·布朗（爱比琳一个朋友的儿子）因为使用了白人的洗手间，被他们用拆轮胎的撬棍殴打。

但是最重大的催化剂——最终推动爱比琳做些什么来改变现状的催化剂——是斯基特出现在爱比琳的家里，要求采访爱比琳，为的是写一本书，描写在密西西比州杰克逊市当女佣是什么样子的。

斯基特有一个想法。为此，她还想采访其他女佣，然后从一个全新的角度去写作。斯基特发誓她会保守秘密，这样就没人会惹上麻烦。

5. 讨论 / 爱比琳（第119—142页）

爱比琳会同意受访吗？这是第三个讨论问题。爱比琳立即否定了这个想法，说它听起来太危险了。

但她在潜意识里仍然想着之前的事情。爱比琳知道这个制度是错误的，她会有足够的勇气去改变它吗？

5. 讨论（续）/ 斯基特（第 84—142 页）

斯基特现在处境艰难。爱比琳拒绝了她的采访，但她已经写信给伊莱恩·斯坦，向伊莱恩陈述了这个想法，并谎称有个女佣愿意接受采访。伊莱恩·斯坦喜欢这个想法，说自己愿意一读，但现在斯基特没有采访对象了。

在桥牌俱乐部，斯基特看着希里强迫爱比琳为新洗手间感谢她。斯基特对此感到厌恶，心想："难怪爱比琳不想跟我谈话。"斯基特开始用新的眼光看待这个制度。

同时，希里说服斯基特去和希里丈夫的朋友斯图尔特约会。约会的情况很糟糕。斯图尔特喝醉了，很粗鲁，一有机会就冒犯斯基特。现在，斯基特自己所在的系统（女性和婚姻）看起来也很糟糕。

6. 进入第 2 幕 / 爱比琳与斯基特（第 142—143 页）

爱比琳打电话给斯基特，说她同意接受采访。她甚至知道还有几个女佣可能也愿意受访。她们同意在爱比琳家碰面，因为那里最安全。当斯基特问爱比琳是什么改变了她的想法时，爱比琳简单地回答道："希里小姐。"

8. 乐趣与游戏（续）/ 明妮（第 45—226 页）

明妮厌倦了害怕西莉亚的丈夫会发现西莉亚秘密雇了一个女佣，然后回家杀了自己。她一直试图说服西莉亚告诉约翰尼，并提醒西莉亚她们约定好的最后期限（12 月 25 日）。

明妮发现爱比琳同意把自己的故事讲给斯基特听，她觉得爱比琳疯了，并发誓自己永远也不会这么做。

一天，明妮去上班了，但那天西莉亚很不高兴，把自己关在卧室里。她没有解释就把明妮打发走了。又有一天，明妮打扫浴室时，约翰尼回家了，手里拿着一把斧头。明妮以为他会杀了自己，但他其实人很好，告诉明妮他知道西莉亚雇了人帮忙（明妮高超的厨艺出卖了她）。他担心西莉亚，只想让她过得快乐。于是，他告诉明妮就让西莉亚继续假装没有雇人。

8. 乐趣与游戏 / 爱比琳与斯基特（第 167—289 页）

斯基特和爱比琳进行了第一次采访。爱比琳试图告诉斯基特自己的情况，但她太紧张、太拘束了。采访进展得不太顺利。她太害怕了，以至于开始呕吐。

在回家的路上，斯基特展现出她作为一名天真者的特质。她觉得自己很傻，以为只要跳个华尔兹就能得到答案。但现实显然比她所想的更加危险和严重。她对这个制度了解得越来越清楚了。

　　几天后，她们又试了一次，爱比琳说她想把这些故事写下来，然后读给斯基特听，她认为这样会容易些。起初，斯基特并没有感到太兴奋，她觉得自己还得把所有的故事重写一遍。但听了爱比琳写的第一个故事后，斯基特意识到爱比琳很有天赋，而且"这可能行得通"。

　　在接下来的两个星期里，爱比琳和斯基特在李弗特小姐家里假装是陌生人，同时斯基特继续听爱比琳读自己的故事。随着采访的进行，斯基特开了眼界，看清了这个制度和她生活过但从未真正见过的世界。在第 183 页，她写道："当希里和有色人种说话时，她的声音会提高三个八度。伊丽莎白会微笑，像在和一个孩子说话，尽管肯定不是她自己的孩子。我开始注意到这些事情。"对斯基特来说，这绝对是一个颠倒的世界。

　　在写完爱比琳的故事后，斯基特把它寄给了伊莱恩·斯坦。伊莱恩喜欢这个故事，希望她在一月份之前再写 12 个故事。这似乎是不可能做到的，但斯基特想试试，她恳求爱比琳为她找来更多愿意接受采访的女佣。

　　明妮终于同意加入，并讲述她的故事。这三位女士形成了一个惯例：明妮把她的故事告诉爱比琳，爱比琳转述给斯基特，然后斯基特试着把故事都写下来。

　　与此同时，斯图尔特来到斯基特家，为他可怕的行为道歉，并再次约她出去。她同意了。这次的约会比第一次要好得多，他们俩建立了关系。

在图书馆里，斯基特找到了一本南方的《吉姆·克劳法》。她惊讶于所有这些实行种族隔离的法律都能够得以出版。她对这个她曾经几乎视而不见的制度有了更多的了解。斯基特把这本小册子偷偷放在了小背包里，但随后她在希里家参加一场女青年会的聚会时，意外把书包落在了那里。斯基特吓坏了，因为包里面有对爱比琳和明妮的采访，而希里喜欢窥探别人的私密。当她去拿包时，希里很生气。斯基特不知道希里是否看到了采访内容，但爱比琳说，无论如何，自己都不想停下来。幸运的是，斯基特很快发现，希里只看到了书包里的《吉姆·克劳法》，所以希里认为斯基特是反对种族隔离的。

7. 故事 B/ 爱比琳与斯基特（第 167 页）

爱比琳和斯基特互为对方的故事 B 角色。通过自己的故事，爱比琳告诉了斯基特做一个女佣到底是什么样子，以及从内部看这个制度是什么样子，而斯基特帮助爱比琳找到了为自己发声的勇气，并敦促她讲述自己的故事。如果不是斯基特想写这本书，爱比琳是不可能做到这些的。

她们一起为这本书做的工作越多，她们之间的联系就越紧密。爱比琳越来越向斯基特敞开心扉。

8. 乐趣与游戏（续）/ 明妮（第 45—226 页）

明妮继续去西莉亚家打扫卫生。西莉亚整天躺在床上，行为仍然怪怪的。西莉亚一直试着与希里联系，这样她就可以和希里一起玩，但是希里一直冷落她。明妮松了一口气。如果她们俩成了朋友，希里就会因为明妮曾经对她做过什么（明妮还没有透露的"非常可怕的"事情）而让西莉亚解雇明妮。

回到家里，明妮的丈夫勒罗伊警告明妮和孩子们不要参与民权运动，因为那太危险了。

明妮发现了被藏起来的酒。她认为西莉亚一直在喝酒，并意识到自己开始关心西莉亚了。她很生气（明妮的父亲和丈夫都是酒鬼）。明妮和西莉亚争吵起来，西莉亚解雇了明妮。

多亏了爱比琳，明妮意识到她在西莉亚家受到的待遇有多好，于是去请求西莉亚重新雇用她。当她到达那里时，她发现西莉亚躺在浴室里，周围都是血。西莉亚流产了（在怀孕五个月之后）。这是西莉亚失去的第四个孩子。明妮看到的"酒"，实际上是一种补药，用来帮助西莉亚怀孕并安胎。

9. 中点 / 所有人（第 290—298 页）

斯基特发现希里的女佣尤尔·梅对分享故事很感兴趣。但是不久之后，斯基特收到了她的信，解释为什么她不能分享自己的故事了：她因为希里·霍尔布鲁克而坐牢了。尤尔·梅和她丈夫的钱只够送双胞胎儿子中的一个上大学，所以她从希里那偷了一枚戒指（斯基特说希里根本不喜欢那枚戒指），想用它补足差额。希里发现了，并报警逮捕了她。

那天晚上，斯基特到了爱比琳家，女佣们排着队要讲她们的故事，她们都对希里对尤尔·梅所做的事感到愤怒。斯基特和爱比琳绝对能收集到足够多的写作素材了。

在第 297 页，斯基特说："我安心了，但内心是苦涩的，是尤尔·梅被拘留让我们得到了这一切。"

大家签好名离开后，斯基特注意到明妮还站在角落里。"但我看到了，她的嘴角在颤动，愤怒之下藏着一丝温柔。是明妮把大家带来这里的。"

三个角色的动点进度表在中点合并，因为她们的目标（出版这本书）变得一致。她们现在有了足够多的故事可以撰写这本书，并将它交给在纽约的伊莱恩·斯坦。

然而，这绝对是一场虚假的胜利，因为尽管这三位女士实现了让女佣们讲述自己故事的目标，但她们胜利的方式让**风险提高**了，她们意识到，自己一旦被希里·霍尔布鲁克和像她这样的人逮到，那会有多危险。

10. 坏人逼近 / 所有人（第 298—420 页）

斯基特每天晚上都去爱比琳家收集故事。她付给每个女佣

40 美元，然而她们都把自己的报酬捐给了尤尔·梅，作为她儿子的大学基金。

尽管如此，坏人逼近动点对于三位女士来说，都是一条**向下发展的道路**。

斯图尔特和斯基特分手了，因为他仍然爱着他的前女友。斯基特的妈妈最近生病了，她神秘的病情越来越严重。希里要求斯基特把她的"家庭健康卫生设施提案"写进斯基特编辑的女青年会时事通讯里，但被斯基特拒绝了，于是她威胁要把斯基特踢出女青年会。希里还要求斯基特归还她从图书馆偷来的《吉姆·克劳法》，因为不能让人们知道斯基特主张取消种族隔离，否则没有人会支持女青年会的事业：帮助非洲饥饿的穷人。

这是一个极其讽刺的时刻，而希里对此毫无意识。

斯基特叙述道："我等着她去发现这件事的讽刺性，她会把钱寄给海外的有色人种，却不会寄给住在镇上另一边的黑人。"这是典型的"公司人"行为。希里已经深入地扎根在系统里，她被体制的规则洗脑了，发现不了任何不合逻辑的地方。

斯基特屈服于希里的压力，把希里的提案写进了时事通讯，斯基特想，自己屈服于别人的压力（主题），不知道康斯坦丁会怎么看待自己。但她"不小心"把提案中一些费解的措

辞和女青年会的冬衣募集信息混在了一起，于是报纸上出现了
这句话："把你的旧马桶送到希里家。"几天后，希里家的草坪
上到处都是用过的马桶。这个故事还被刊登在了《杰克逊日
报》和《纽约时报》上。

希里不认斯基特这个朋友了，并告诉她们共同的朋友不要
和斯基特说话。爱比琳真的很担心希里（外部的坏人）还会做
些什么来报复斯基特，不知道希里会变得多危险。当希里发现
明妮（她解雇的那个女佣）靠着伊丽莎白·李弗特的（虚假）
推荐，一直在为西莉亚·富特工作时，爱比琳变得更加焦虑
了。如果希里发现是爱比琳就推荐一事说了谎，那么明妮和爱
比琳都将陷入巨大的麻烦。当希里打电话到西莉亚家时，明妮
接了电话并撒了谎，她告诉希里明妮辞职了，而且西莉亚不在
城里。

11. 失去一切 / 明妮（第 344—365 页）

随着这三位女士逐渐觉醒，动点进度表又出现了分叉。当
清醒、冷酷的勒罗伊痛打明妮时，明妮陷入了谷底。

西莉亚注意到明妮眼睛上方的伤口，询问明妮是怎么回
事，明妮声称是自己撞到浴缸弄伤了，但西莉亚不相信。她
试着让明妮和自己交谈，像对待朋友一样对待明妮（明妮的主
题），但她们的谈话被打断了，一个色狼闯入了西莉亚的后院，

她们不得不一起赶走他。

之后，明妮一边洗手，一边想："这么糟糕的一天怎么还会变得更糟糕。就好像到了某个时候，你会把糟糕用完一样。"

12. 灵魂的暗夜 / 明妮（第365—400页）

当天晚些时候，明妮跟爱比琳说起发生的事。当明妮谈到西莉亚时，爱比琳向明妮指出："听起来几乎就像你是关心她的。"但明妮坚持说，她只是不高兴，因为西莉亚看不到人与人之间的界线。这时，爱比琳又一次说出明妮的主题，向她保证这些界限并不存在。是制度在让明妮信服一些不存在的东西。

在第368页，爱比琳对明妮说："我想说的是，善良不是没有界限的。"

明妮向西莉亚解释了为什么希里不喜欢西莉亚（因为希里曾经和约翰尼约会过），于是西莉亚决定要试着在即将到来的女青年慈善会上和希里谈谈这件事。而明妮认为那是个坏主意。

一年一度的慈善会开始了，每个人都参加了。爱比琳和明妮在上菜，斯基特是客人，尽管在希里的要求下，斯基特所有的朋友都避开了斯基特。

会上宣布了烘焙食品的拍卖得主，希里拍得了明妮制作的有

名的巧克力派。出于某种原因，这激怒了希里，她指责喝醉了的
西莉亚替她报名竞拍这个巧克力派。西莉亚被弄糊涂了，她试
着解释说约翰尼没有背叛希里和自己在一起，但在醉酒的状态
下，她不小心扯坏了希里的衣服，然后吐在了地毯上。

13. 进入第 3 幕 / 明妮（第 395—402 页）

西莉亚对慈善会发生的事感到不安，也不明白为什么希里
会生她的气。出于真正的友谊，明妮把自己和希里之间发生的
一切告诉了西莉亚，这证明明妮已经领会了自己的主题。明妮
解释说，希里曾指控明妮是小偷，然后明妮对希里说"你给我
记住①"。然后，明妮烤了一个巧克力派作为"和好礼物"，但
在希里吃了两片之后，明妮告诉希里，她在烘焙的时候混入了
自己的粪便。

西莉亚感谢明妮告诉自己这个故事，第二天，她感觉好多
了，开始在花园里干活。西莉亚给女青年会寄了一张支票，在
备忘录的一行里，她写道："给吃了两片的希里。"西莉亚和明
妮的友谊确立了。

10. 坏人逼近（续）/ 斯基特（第 298—420 页）

伊莱恩把手稿的最后期限提前了，并告诉斯基特，书中需

---

① eat my sh*t，直译是"吃我的屎"。

要斯基特自己的女佣康斯坦丁的故事，这意味着斯基特必须弄清楚康斯坦丁到底遇到了什么事。

与此同时，斯基特继续感受到希里对自己的排斥，她在女青年会时事通讯的编辑职位被投票罢免了。斯基特试着说服自己不去在乎这件事，并将精力都投入到这本书的写作中。

当这本书快写完时，三位女士决定把它命名为《相助》。

11. 失去一切 / 斯基特（第420—430页）

多亏了爱比琳，斯基特发现了康斯坦丁被解雇的真相：康斯坦丁的女儿和斯基特的妈妈顶嘴，朝她脸上吐了口水，所以斯基特的母亲解雇了康斯坦丁。康斯坦丁和她的女儿离开了斯基特家，三周后康斯坦丁去世了（**死亡的气息**）。

12. 灵魂的暗夜 / 斯基特（第430—447页）

现在这本书已经完成了，但爱比琳、斯基特和明妮担心人们会发现故事发生在杰克逊市，尽管她们把所有的人名都改了，还把故事中的城市叫做尼斯维尔。明妮决定她们需要把关于巧克力派的故事写进书里，以防万一。希里只要看了这本书，就会知道故事发生在杰克逊市，但她会努力保持沉默，这样就能守住自己的秘密。这么做有很大的风险，但她们必须承担这份风险。

斯基特把手稿寄给了伊莱恩·斯坦，她们都在等待。

后来，在斯基特得知她的母亲得了胃癌（另一缕死亡的气息）后，她和斯图尔特复合了（**回到了熟悉的地方**）。

13. 进入第 3 幕 / 斯基特（第 447　452 页）

斯图尔特求婚了，而斯基特知道她必须告诉他真相。当她告诉斯图尔特自己正在写这本书时，她证明了她已经领会了自己的主题（不在乎别人对她的看法，开辟自己的道路），同时没有透露任何女佣的名字。

斯图尔特被吓坏了："这里的一切都很好。你为什么要去找麻烦？"但是，斯基特坚持自己的立场，坚持认为这里的一切并不好。斯图尔特撤回了他的求婚，拿起戒指离开了。

13. 进入第 3 幕 / 所有人（第 452—455 页）

伊莱恩·斯坦打来电话说她想出版这本书。三位主角都加入了这个庆祝的时刻，并进入了第 3 幕的综合世界。她们不再被制度的无形界线隔离开，她们在一起。而这本即将出版的书代表了她们所有人为毁掉这个制度而做出的"牺牲"。

14. 尾声 / 所有人（第 456—516 页）

几个月后，她们都在想，当这本书出版后，杰克逊市的人们开始阅读它时，会发生什么。爱比琳说："感觉我们在过去的七个月里一直在等待一壶无形的水烧开。"

书出版后，爱比琳和明妮去了教堂，所有人都为她们鼓掌。牧师递给爱比琳一本《相助》，上面有教会所有成员的签名。"我们知道你们不能在上面签名，所以我们替你们在上面签了名。"牧师还为斯基特准备了一本包好的书，"请你告诉她我们爱她，就像她是我们的家人一样。"

这本书上了电视，人们开始怀疑它是不是关于杰克逊市的。现在希里有了一本，这三位女士都等着她读最后一章（关于巧克力派的故事）。

明妮回去工作了，约翰尼感谢明妮为西莉亚所做的一切，还说："明妮，我们这儿总会为你留一份工作。如果你愿意的话，做一辈子都可以。"

希里读了一段之后，认出了书里的故事发生在杰克逊市，并发誓要找出是哪个女佣写的。她让大家解雇她们的女佣，但很快她改变了态度，开始坚称这本书跟杰克逊市无关。（这时我们知道她已经读过关于巧克力派的那一章了。）她知道斯基特是这本书的作者之一，于是她质问了斯基特，并威胁要对所有参与的女佣进行报复，要"她们最好当心即将发生的事情"。

斯基特得到了在《哈泼斯》杂志工作的机会，但她拒绝了，因为她不想让明妮和爱比琳独自善后。但爱比琳和明妮执意让她走，认为她必须去纽约，去过自己的生活。

这本书又印了 5000 多册，而爱比琳得到了默纳小姐专栏的工作，巩固了她作为职业作家的新工作。

在勒罗伊威胁要烧掉房子、烧死明妮之后，明妮永远离开了他。

15. 结局形象 / 爱比琳（第 416—522 页）

当希里诬陷爱比琳偷窃，并威胁要把她送进监狱时，爱比琳证明她领会了自己的主题。爱比琳终于为自己站了出来，而在一开始她是绝不会这么做的："我知道一些关于你的事情，你不会忘记的……据我所知，在监狱里有很多时间，可以写很多信。"

爱比琳还是被解雇了，但我们知道她会没事的，因为现在她有了默纳小姐专栏的工作和写书的收入。当爱比琳走到公共汽车站时，她意识到自己可以重新开始，尽管她认为她已经"完成了所有新的事情"。显然，人是可以改变的。

为什么这是一部"制度化"类小说？

《相助》包含了一个成功的"制度化"类故事的全部要素：

- **一个群体**：这个故事是关于 20 世纪 60 年代早期，密西西比州杰克逊市的黑人女佣在白人家庭中工作的制度。

- **一个选择**：当涉及这个制度及如何应对其中的不公正时，这三位女士都面临着选择。她们都在以各种方式与"公司人"希里·霍尔布鲁克斗智斗勇。

- **一场牺牲，可能导致三种结局之一**：加入、毁掉或逃离。总的来说，这三位女士通过写书揭露出了不公正，毁掉了这个制度。最后，斯基特也选择了离开。

猫眼视角

为了供你快速翻阅参考，以下是对这部小说的动点进度表的简要概述。

1. **开场形象 / 爱比琳**：在 20 世纪 60 年代的杰克逊市，透过一个黑人女佣的眼睛，我们第一次看到了帮佣制度。爱比琳一生养育了 17 个白人孩子，包括现在正在照料的梅·莫布利。她是两个白兰度角色中的第一个。

2. **陈述的主题 / 爱比琳**：斯基特问爱比琳："你是否曾希望自己能……改变某些事情?"爱比琳立刻回答道："哦，不，女士，一切都很好。"对于这三位主角来说，主题都与勇气有关。对爱比琳来说，主题是找到勇气去做正确的事情。

3 **设定 / 爱比琳**：爱比琳无意中听到希里·霍尔布鲁克（公司人）谈论她正在撰写的一项提案，该提案要求每个白人家庭都为帮佣准备一个专用的洗手间。

4. **催化剂 / 明妮**：爱比琳提醒明妮（爱比琳最好的朋友和女佣伙伴），自己无意中听到希里诬陷明妮从她那里偷东西。明妮是第二个白兰度角色。

5. **讨论 / 明妮**：希里散播有关明妮的谣言，明妮还能得到另一份工作吗？她四处打听，但似乎没有人愿意雇用她。

6. **进入第2幕 / 明妮**：明妮得到了一份新工作：为西莉亚·富特打扫房子。她刚来到镇上，还没有听到关于明妮的谣言。西莉亚与希里截然相反。

7. **故事 B / 明妮**：西莉亚·富特是明妮的故事 B 角色。明妮总是相信黑人和白人之间存在严格的界限（制度的结果），但西莉亚似乎是色盲，她让明妮明白了，这些界限可以是模糊的，而且明妮一生都在遵守的规则——"白人不是你的朋友"——并不总是对的。

8. **乐趣与游戏 / 明妮**：明妮开始工作，并试着教西莉亚做饭，但失败了。西莉亚整天躺在房间里，这使明妮感到恼火。但后来当她发现西莉亚又一次（秘密地）流产时，她才知道了原因。

3. **设定 / 斯基特**：希里·霍尔布鲁克的白人朋友，斯基特，是故事中的"天真者"。斯基特想当作家，但她母亲只希望她找个丈夫。斯基特是由一位名叫康斯坦丁的黑人女佣养大的，她深爱着康斯坦丁，但康斯坦丁最近失踪了。

2. **陈述的主题 / 斯基特**：康斯坦丁告诉她："在你死去、被埋进地里之前，每天早上，你都必须做出这个决定。你得问问自己，我要相信那些傻瓜今天对我说的话吗？"斯基特的选择（和她的主题）是，是否要开辟自己的道路，不去理会别人的想法。

4. **催化剂 / 斯基特**：斯基特收到了纽约一家出版社的回复。伊莱恩·斯坦告诉斯基特，如果她想要得到一份编辑的工作，她需要获得更多的经验，写一些困扰她的事情。

5. **讨论 / 斯基特**：斯基特能找到并写出打动伊莱恩·斯坦的东西吗？她得到了一份为当地报纸撰写家务建议专栏的工作，但为了回复来信，她必须采访爱比琳。和爱比琳交谈让她有了一个主意……

4. **催化剂 / 爱比琳**：斯基特问爱比琳，她是否可以采访爱比琳，因为她想要写一本书，关于在杰克逊市做女佣是什么样子的（制度）。

5. **讨论 / 爱比琳**：爱比琳会做这件事吗？起初绝不可能。但杰克逊市的种族问题正在升温，希里·霍尔布鲁克比以往任何时候都更加令人难以忍受，而最终这一切推动着爱比琳改变了她的想法。

6. **进入第 2 幕 / 爱比琳与斯基特**：爱比琳同意接受采访。

8. **乐趣与游戏 / 爱比琳与斯基特**：一开始，爱比琳在采访中非常紧张和拘束。爱比琳最终决定自己把故事写下来。斯基特和爱比琳在一起分享故事的时间越长，她就看到了越多。伊莱恩·斯坦喜欢这个故事，希望在一月份之前从其他女佣那里得到 12 个故事。接下来，爱比琳让明妮分享她自己的故事。

7. **故事 B/ 爱比琳与斯基特**：爱比琳和斯基特互为对方的故事 B 角色。爱比琳打开了斯基特的视角，让她看到了制度的另一面，而斯基特帮助爱比琳找到了为自己发声的勇气。

9. **中点 / 所有人**：社区里的一个女佣因为希里·霍尔布鲁克被捕了。在一个虚假的胜利时刻，一群女佣自愿为这本书分享她们的故事，以团结起来对抗希里。寻找足够多故事的目标实现了，但当三位主角意识到，如果她们是作者的事实被揭露，将会发生什么事情时，风险也随之提高。

10. **坏人逼近 / 所有人**：斯基特、爱比琳和明妮收集女佣们讲的故事。与此同时，斯基特的妈妈因一种神秘的疾病病情加重。斯基特和希里之间的关系愈发紧张，最终导致了争吵。另外，希里发现明妮一直在为西莉亚·富特工作，对此她感到很不高兴。

11. **失去一切 / 明妮**：明妮的丈夫狠狠地打了她一顿。西莉亚看到了她的伤痕，并安慰了她。

12. **灵魂的暗夜 / 明妮**：爱比琳向明妮指出，她似乎真的很在乎西莉亚。

13. **进入第3幕 / 明妮**：明妮证明她已经领会了自己的主题，出于真正的友谊，明妮把希里和她之间发生的一切告诉了西莉亚：希里错误地指控明妮偷东西后，明妮混入自己的粪便给她烤了一个巧克力派，希里在不知情的情况下吃了这个派。

11. **失去一切 / 斯基特**：爱比琳最终把斯基特的女佣康斯坦丁遇到的事情告诉了斯基特：斯基特的母亲解雇了她，不久康斯坦丁就去世了（死亡的气息）。

12. **灵魂的暗夜 / 斯基特**：现在，她们的书写完了，斯基特把它寄给了伊莱恩·斯坦。现在她们必须等待。与此同时，斯基特得知她的母亲得了胃癌（又一缕死亡的气息）。她和前男友重归于好了（回到熟悉的地方）。

13. **进入第3幕 / 斯基特**：当斯基特的男朋友向她求婚时，斯基特告诉了他自己写了这本书的事实，这证明她已经领会了自己的主题。斯图尔特很惊讶她会故意招惹是非。他们分手了。

13. **进入第 3 幕 / 所有人**：伊莱恩·斯坦想出版这本书。这带来了庆祝和焦虑。她们的故事和真相将会公之于众。对于这三位主角来说，制度化的牺牲就是把它毁掉。

14. **尾声 / 所有人**：这本书以匿名的方式出版，并获得了成功。希里为了挽救自己的声誉（书中有她与巧克力派的尴尬故事），散布消息说这本书不是关于杰克逊市的。斯基特在纽约得到了一份工作，把她的家政专栏工作移交给了爱比琳。

15. **结局形象 / 爱比琳**：为了报复这本书，希里指控爱比琳偷窃，并威胁要把她送进监狱。爱比琳终于为自己站了出来，威胁要告诉所有人，希里就是书中那个吃了巧克力派的女人，迫使希里放弃了这个想法。

7

超级英雄

平凡世界里的不平凡

注意！本章包含以下书籍的"剧透"：

菲利帕·格里高利的《白王后》

玛丽莎·梅尔的《月族》

J. K. 罗琳的《哈利·波特与魔法石》

在人类历史的每个时代，在每一种文化、每一个神话中，都存在一个"被选中的人"的故事。这个人在某种程度上优于我们其他人，其任务（和命运）就是奋起反抗，克服巨大的障碍，打败最邪恶的存在，甚至拯救世界！

从耶稣到佛陀，从大力神到哈利·波特，这些英雄与我们一点也不一样，但仍然激励着我们成为更好的自己。

"救猫咪"故事类型中的"超级英雄"讲述的是一个不平凡的人发现自己身处一个平凡的世界，与我们普通人在一起的故事。

现在，在你的思绪开始转向披着披风、穿着紧身衣的男人和女人之前，让我先说明一下，"超级英雄"类故事不仅仅是关于漫画书里的超级英雄的（当然也有这类英雄）。大部分这类故事讲述的是那些发现自己注定会成为伟人的英雄，不论他们对此喜欢与否。

但要做与众不同的那个人并不容易，就像所有优秀的"超级英雄"类小说向我们展示的那样。与众不同和获得伟大的力量往往是要付出代价的。而这个代价通常是被世界上其他的人误解。因为，让我们面对现实吧，我们并不总会尊重那些与众不同的人。

这也正是这种类型的故事能够让人们产生共鸣的原因。即使我们自己没有神奇的力量、特殊的能力、无与伦比的思想、坚定不移的抱负，甚至对某个使命或命运毫不动摇的信念，但我们都曾经历过与众不同、感觉与众不同或被误解的诅咒。

这种类型的（超级）英雄有各种各样的身材和体型，也有各种各样的"能力"。从历史上真实的英雄，像菲利帕·格里高利的非常成功的历史虚构小说《白王后》中约克家族的伊丽莎白；到使用魔法的超级英雄幻想小说，像 J. K. 罗琳的"哈利·波特"系列和雷克·莱尔顿的"波西·杰克逊"系列；再到从本质上来说打破了社会公认"模型"的英雄，像维罗尼卡·罗斯的"分歧者"系列，甚至是像罗尔德·达尔的《玛蒂尔达》这样的深受读者喜爱的儿童小说。

所有这些故事在本质上都是一样的。它们都讲述了这样的一个故事：一个被选中的人被社会上的其他人误解，得到很少的尊重（至少一开始是这样），最终他／她变得与我们其他人不同。

这就是为什么大多数超级英雄的故事都是关于胜利和牺牲的。这些角色注定会获得伟大的成就，但伟大的成就并不总是容易实现的。这些英雄必须站出来，面对巨大的挑战和障碍，以实现他们的命运。毕竟，这就是他们"超级"的原因。我们中有多少人会在面对同样的情况时轻易放弃？但这些英雄不会。在某种程度上，他们的内心和灵魂知道这是他们要走的路，他们不会迷失。

这一故事类型需要具备的三个要素是：（1）一个拥有特殊**力量**的英雄；（2）一个与我们的英雄对立的**敌人**；（3）一个**诅咒**，这是我们的英雄为了力量而必须付出的代价。

现在，不要被"力量"这个词迷惑。并不是所有的超级英雄都会魔法。超级英雄的能力可以很简单，比如做善事或做好人的使命感，或甚至是对一个目标的强烈信念。它要么是魔法，要么感觉像魔法，因为英雄的信念或内在的命运是如此异常的强大。

例如，《分歧者》中的主角翠丝并没有什么神奇之处，但她"分歧者"的本质（不能被划分到社会已有的派系中）使她变得特别，并对现状构成了威胁。戴是陆希未的《传奇》中的两个超级英雄之一，他有着超强的能力，能够不断地躲避当局，从共和国偷东西，并且让政府在逮捕他的失败尝试中显得很愚蠢。

另一方面，你也会看到像哈利·波特这样的英雄，他们真的会魔法。但是请注意，哈利的力量不在于他会魔法——在他的世界里每个人都会魔法。他的力量是，他是被选中来打败伏地魔的人，因为到目前为止，他是唯一一个曾经面对过伏地魔并活下来的人。

不管你的英雄的使命或能力是什么，正是这种力量使他／她超越人类，超越我们。

但是，力量越大，他们就会遇到越厉害的敌人。

让我们来看看"敌人"，这是与英雄直接对立的角色。他们拥有与英雄匹敌的能力，有时甚至更强，但最大的不同是他们的能力都是自己创造出来的。只是，敌人缺少所有超级英雄必备的一种品质：

信仰。

超级英雄不必担心自己是否特别，他们知道自己是特别的（也许一开始不知道，但最终会知道）。而敌人必须依靠他们自己，依靠他们的阴谋以及被他们操纵站在他们一边的其他人。他们必须营造一种与众不同的假象，并尽一切努力不让这种假象消失。因为敌人暗地里知道（不管他们接受与否）他们是虚假的主角。否则他们就不用这么费劲了。

想想"哈利·波特"系列中的伏地魔，他多么努力地变成一个邪恶的坏人——制造魂器、招募巫师、掌握黑魔法。

天哪，这家伙一定很累！

相反，哈利不需要刻意去变得特别。他就是特别的，因为他是真正被选中的人。当他还是个婴儿的时候，这就是他的命运。他一直都想要这些吗？绝对不是。但当你是超级英雄时，这就是你要肩负的责任。

那么《白王后》中的沃里克勋爵和玛丽莎·梅尔的《月族》中的拉维娜女王又如何呢？这两个敌人尽其所能阻止世界意识到谁才是真正的超级英雄。打仗、出兵、洗脑、为政治联姻制订策略。要维持假象需要做很多工作。

正是由于敌人缺乏信仰，他们才会想要杀死英雄。这么做将（向他们自己和世界）证明敌人是"被选中的人"。一旦哈利·波特死了，伏地魔就可以停止尝试。一旦欣黛被"处理掉"，拉维娜女王将成为无可争辩的统治者。一旦约克家族的伊丽莎白女王被赶下王位，沃里克勋爵就终于可以按照他想要的方式统治王国了。

不过，在这种合理的想法中，存在一个问题，一个敌人身上的问题。

如果他们是真正的"被选中者"，他们不需要杀死某个人来证明这一点。这个世界会知道的——就像他们（通常）知道谁是超级英雄一样。

我必须指出，超级英雄并不总能在故事中幸存下来。通常在每一部"超级英雄"类小说（或系列小说）的结尾都会有一场最终对决，超级英雄和敌人一决胜负。而且通常，尤其是在真实的"超级英雄"类故事中，英雄会被杀死。但这并不真的重要，因为我们这些普通人（读者）已经被这段旅程改变了。我们被英雄最终学到的普适教训触动。我们开始相信一些事情，而这就是英雄胜利和不朽的原因。

最后，每个"超级英雄"类故事的第三个要素都是一个诅咒，而且它可能是最重要的要素。因为诅咒能够与超级英雄的力量相抵，这样我们就不会完全鄙视小说的主角。

如果玛蒂尔达不是出生在一个傻瓜家庭，如果她不是经常被短视的父母和哥哥捉弄、嘲笑，她这个角色就不会像现在这样成功。想象一下，如果她一开始就处于人生巅峰，拥有一个喜爱和崇拜她的"天赋"的家庭，那么我们可能会有点难以共情那样的玛蒂尔达。最有可能的是，我们会不喜欢她，因为她不是觉得自己很了不起吗？！

压一压英雄们的傲气，给他们一个障碍（尤其是在小说或系列小说的开头），可以说是这些故事成功的原因。

记住，毕竟，这个英雄不像你我。所以很自然的，我们很难理解他们。这就是为什么我们必须展示身份特殊的不利一面：诅咒。

事实证明，"身份特殊"并不总像人们吹捧的那样，它也会带来一些应有的麻烦和问题。诅咒通常是被误解的某种变体，毕竟普通人往往难以接受那些本质上与我们不同（而且比我们更好）的人。

欣黛是一个赛博格[①]，在这个由玛丽莎·梅尔创造的世界里，赛博格被认为是较低等的存在；波西·杰克逊上过的每一所寄宿学校都开除了他；在陆希未的《传奇》中，戴是一个被共和国追捕的通缉犯。

这是叙事操纵的最佳方式。所有优秀的作家都是这么做的，你也必须这么做。你需要不断地平衡，才能让读者支持你的超级英雄。读者不能同情他们到干脆放弃的地步；也不能讨厌他们到翻白眼、合上书，转而寻找其他可以理解的东西的地步。说到底，大多数人都无法真正理解做一个超级英雄是什么样子的，但我们可以理解被孤立、嘲笑和误解时的心情。这是所有人在人生中的某个时刻都必须克服的诅咒，所以确保你的超级英雄也会面临这样的时刻。

除了"超级英雄"类故事的三个基本要素，我们在这类小说中还会经常看到一些其他的流行元素。

首先，许多"超级英雄"类小说都包含一个常见的"动点"（通常在第 2 幕中出现），那就是**改变名字**。要么是超级英雄为了伪装自己，要么是为了适应他们在第 2 幕世界中扮演的新角色。在《白王后》中，伊丽莎白·伍德维尔成为伊丽莎

---

① 即人类与电子机械的融合系统。

白女王。在《分歧者》中，碧翠丝变成了翠丝。而琼，《传奇》中的另一个超级英雄角色，一个少年天才，在第 2 幕中乔装成一个街头乞丐去卧底。

我们在"超级英雄"类故事中还会经常看到一种角色类型，叫作**吉祥物**。吉祥物通常是英雄的伙伴或帮手，不管周围有多混乱，他们（或它们）总会忠于超级英雄。在"哈利·波特"系列中，哈利的吉祥物是猫头鹰海德薇。在《月族》中，欣黛的吉祥物是古怪机器人伊科。在《白王后》中，伊丽莎白的吉祥物是母亲雅克塔。在《传奇》中，戴的吉祥物是特丝，琼的吉祥物是小狗奥利。这些角色本身通常都不具有"超级"的能力，也并非注定拥有同样尊贵的命运，他们的存在是为了向我们展示超级英雄与我们其他人到底有多么不同，因为这些角色从一开始就理解了超级英雄的伟大。

"超级英雄"故事类型在读者和电影观众中绝对是很受欢迎的，但是你会发现它在青少年和吞世代① 的书中最流行。只要看看下面的"超级英雄"类小说列表，数一数其中有多少本是畅销的青少年读物和儿童读物。许多人都会幻想自己是特殊的，想要奋起证明自己比同龄人更好，比那些批评我们的人更好。而人们往往会在青春期最陶醉于这种感觉。在青春期里，

---

① 吞世代是 2003 年美国人马丁林·斯特龙在《人小钱大吞世代》一书中提出的概念，指 8 岁至 14 岁具有消费能力的少年。

我们认识到我们是谁，我们是什么样子的，我们如何能崭露头角，而又不要过于突出。这就是为什么在我们生命中的这个动荡时期，"超级英雄"类故事的教训能让我们产生如此强烈的共鸣：看，即使是超级英雄也有问题。而且他们的问题和你的问题没什么不同。

总结一下：如果你想写一部"超级英雄"类小说，请确保你的故事包含以下三个要素：

- **一种力量**：英雄具备的力量，即使只是一个做好人或做善事的使命感。
- **一个敌人**：直接与你的英雄对抗，拥有同等（甚至更强大）的力量，但这个敌人是自诩的英雄，缺乏成为真正"被选中者"的信念。
- **一个诅咒**：英雄要战胜（或屈服于）这个诅咒，作为拥有特殊身份的代价，这会让我们这些普通人对你的英雄产生共鸣。

历史上畅销的"超级英雄"类小说

《德古拉》，布莱姆·斯托克著

《彼得·潘》，詹姆斯·马修·巴里著

《沙丘》，弗兰克·赫伯特著

《伯恩的身份》，罗伯特·陆德伦著

《纳尼亚传奇：狮子、女巫和魔衣柜》，克莱夫·斯特普尔斯·刘易斯著

《玛蒂尔达》，罗尔德·达尔著

《地球之种 1：播种者寓言》，奥克塔维娅·E.巴特勒著

《哈利·波特与魔法石》，J. K. 罗琳著（后文中有该小说的动点进度表）

《波西·杰克逊与神火之盗》，雷克·莱尔顿著

《伊拉龙》，克里斯托弗·鲍里尼著

《骸骨之城》，卡桑德拉·克莱尔著

《饥饿游戏 3：嘲笑鸟》，苏珊·柯林斯著

《分歧者》，维罗尼卡·罗斯著

《传奇》，陆希未著

《怪屋女孩》，兰萨姆·里格斯著

《格里莎三部曲 I：太阳召唤》，李·巴杜格著

《月族》，玛丽莎·梅尔著

《起源》，杰茜卡·库利著

《血与骨的孩子》，托米·阿迪耶米著

《哈利·波特与魔法石》

作者：J. K. 罗琳

"救猫咪"故事类型：超级英雄

书的类型：儿童小说 / 奇幻

总页数：309 页（学术美国出版社 1997 年平装版）

　　这是由 J. K. 罗琳创作的史诗奇幻系列小说的第一本，衍生了打破票房纪录的系列电影、舞台剧、商品，甚至还有多个主题公园，或许不需要我介绍太多。值得一提的是，它的动点进度表是我发现的最完美的小说动点进度表之一。是巧合吗？我认为不是。卓越的创造力、完美无暇的世界、令人难忘的角色和稳若磐石的故事结构，无疑都是这部小说取得巨大成功的原因。哈利（在整个系列小说中）努力接受自己是打败伏地魔的"被选中者"这一事实（既是一种力量，也是一种诅咒），使得这部小说成为"超级英雄"类故事的成功范例。

1. 开场形象（第 1—17 页）

　　一个魔法社区正在庆祝邪恶的巫师伏地魔的撤退。令人震惊的是，一个男孩在战斗中幸存了下来。他叫哈利·波特，还是个婴儿，与伏地魔的相遇在他的额头上留下了一道闪电形的伤疤。

一位名叫邓布利多的神秘巫师把小哈利放在女贞路 4 号的门阶上，那是哈利的姨妈和姨父德思礼夫妇的家。

在这一章中，J. K. 罗琳向我们介绍了她著名的魔法世界。我们开始了解这个世界是什么样子的、谁是关键人物，但我们要等到婴儿哈利长大成人、直面他的命运时，才能真正了解这个世界。

2. 陈述的主题（第 13 页）

在第 13 页，邓布利多对麦格教授（刚从一只黑猫变为人形）说："他在会走路和说话之前就出名了！因为一些他不会记得的事情而出名！你难道看不出，如果他在远离这些东西的环境中长大，直到他准备好了再告诉他这些事情，对他来说会更好吗？"

和许多"超级英雄"类故事一样，"哈利·波特"系列的第一部讲述的是一个英雄发现了自己的特别之处，并不得不学着接受它。作为"大难不死的男孩"，哈利被视为被选中的人，而故事的核心就是关于他如何接受这一点。

3. 设定（第 18—45 页）

我们快进到十年后，哈利现在十一岁了。他在德思礼家过着悲惨的生活，需要应对很多事情。他不得不睡在楼梯下面的储物间里。他是个孤儿，对自己的亲生父母知之甚少，对这个家也从来没有归属感。德思礼夫妇对他很粗鲁。在这部小说中，**停滞 = 死亡**是显而易见的：如果哈利的生活不改善，他就会消亡。

问题是，哈利不知道他是特殊的，甚至不知道他会魔法，虽然他的周围确实容易发生奇怪的事情。例如，哈利在参观动物园时，意外让蛇笼的玻璃消失，把蛇从笼子里放了出来。

4. 催化剂（第 45—60 页）

一封神秘信件打破了第 1 幕世界的平静（哈利从来没有收到过信件）。他的姨父弗农不让他打开信，还没等哈利看到信的内容，弗农就把信烧了。接着又来了一封信，然后又一封信。很快，这栋房子就被寄给哈利·波特的神秘信件塞满了。德思礼一家躲在一间孤零零的小屋里，试图避开信件。就在这时，响亮的敲门声传来，一个名叫海格的巨人出现并告诉哈利，他是一名巫师，已经被一所叫霍格沃茨的魔法学校录取了。

这件事打破了现状。

哈利还知道了他的父母是怎么死的——死在了那个连名字都不能提的魔头手里，还有他额头上的伤疤是怎么来的。海格想带着哈利一起走，但德思礼一家反对。你认为在这场争执中谁赢了？弗农姨父还是海格？

完全正确。

5. 讨论（第60—87页）

第二天早上，哈利醒来，以为这一切都是一场梦。直到他意识到他仍然和那个会魔法的巨人在一起。讨论动点的其余部分是关于从麻瓜生活到巫师生活的转变。哈利必须为上学、为学校的一切做好准备。

海格带他去了对角巷，我们在这里初步了解了魔法世界，知道它位于伦敦城中一个秘密的地方。

哈利的转变包括物质上的准备（购买咒语书、坩埚、长袍等）和精神上的准备（了解他的过去、他的名声和他在魔法世界的重要性）。

哈利以前从来没有觉得自己能融入周围的环境。他最终会融入这里吗？他是否能名副其实地成为"大难不死的男孩"呢？

6. 进入第2幕（第88—112页）

从第1幕进入第2幕的节点非常清晰和明确。当哈利登上去霍格沃茨的火车时，他主动地离开了一个世界（麻瓜世界），果断地进入了另一个世界（颠倒的魔法世界）。

他有了衣服、装备，甚至还有一只猫头鹰（哈利的吉祥物）！一切准备就绪。毫无疑问，哈利现在是一个巫师了。

7. 故事 B（第 90—106 页）

在火车上，哈利遇到了两个人，他们将成为他最好的朋友、帮手和知己。罗恩和赫敏是小说中的**双胞胎故事 B** 角色。他们俩将帮助哈利接受自己作为"大难不死的男孩"的真实命运，以及随之而来的所有责任（主题）。

8. 乐趣与游戏（第 113—179 页）

这本小说的外包装（封面、描述、诱饵）向读者承诺了终极**设定**：一所为巫师和女巫开设的学校！太酷了，罗琳真的实现了这个承诺。

哈利一上车，就进入了另一个世界，而且是一个有趣的世界。一顶帽子可以将新生分入不同的学院；可以移动的楼梯；名为"黑魔法防御术""魔药课"和"魔咒课"的课程；飞行课程；一种全新的运动，魁地奇；还有那些有趣的魔法糖果！

这个世界和哈利生活过的完全不同。并且，他不再是一个被忽视的无名小卒了。现在他很有名，也有朋友了。

但没过多久，哈利就发现自己也有敌人。哈利和德拉科·马尔福碰擦出了对抗的火花。此外，哈利觉得那位名叫斯内普的刻薄教授非常可疑，他似乎很讨厌自己。

虽然有敌人，但哈利的乐趣与游戏动点绝对是一条**向上发展的道路**。哈利喜欢他的新世界，他似乎终于找到了一个适合自己的地方。此外，哈利成了魁地奇球队的一员，这对一年级学生来说是个巨人的成就。

9. 中点（第 180—191 页）

在第一场魁地奇比赛中，哈利第一次以新身份**公开亮相**。现在，他完全融入了这个新世界，看台上的每个人都能看出来。他的队伍赢得了比赛（尽管哈利很难控制好他的扫帚），哈利被大家称为英雄。

此时此刻，哈利相信他已经找到了自己想要的一切：属于他的地方，他擅长做的事情，还有朋友。但这是**虚假的胜利**。不久之后，当赫敏宣称她相信是斯内普教授在比赛中诅咒了哈利的扫帚时，**风险提高了**。这不再是乐趣与游戏。霍格沃茨有更重大的事情在暗中进行，哈利和他的朋友们决心要弄清楚这件事的真相。

10. 坏人逼近（第 191—261 页）

喝茶的时候，海格不小心说漏了嘴，告诉哈利、罗恩和赫敏，有一个名叫尼古拉斯·弗拉梅尔的人，他和孩子们最近碰到的三头狗有关。他们知道那只三头狗在看守着什么东西。这样东西是什么呢？

事情复杂了起来。

在圣诞节，哈利收到了一份来自匿名人士的礼物：一件曾经属于他父亲的隐形衣。

不久之后，哈利找到了厄里斯魔镜，这面镜子能揭示人们内心深处的渴望。当哈利照镜子时，他看到了他的父母，表明尽管他在霍格沃茨找到了自己的位置，但他还是感到孤独。他开始做关于父母死去的噩梦（**内心的坏人**）。

后来，哈利、赫敏和罗恩得知尼古拉斯·弗拉梅尔是魔法石的发明者，魔法石可以使人长生不死。他们推测，这一定是三头狗在看守的东西。

与此同时，当哈利怀疑斯内普为伏地魔做事时，外部的坏人逼近了。哈利和他的朋友们在宵禁时偷偷溜出宿舍被抓住了，他们被关了起来。哈利和海格一起在禁林里禁闭，他发现了一只受伤的独角兽和一个戴着兜帽的邪恶人物，这人一直在喝独角兽的血。哈利额头上的伤疤开始灼痛起来，这让哈利确信那个戴兜帽的人就是伏地魔，认为他一直在喝独角兽的血，以维持生命，伺机夺取魔法石。

11. 失去一切（第261—266页）

由于海格的另一个失误，哈利、罗恩和赫敏发现伏地魔和斯内普现在知道如何通过守卫魔法石的三头狗了。如果不采取任何措施，伏地魔将很快得到魔法石，并将长生不死（一种相反的**死亡气息！**）。

12. 灵魂的暗夜（第266—269页）

他们要做什么？

哈利、罗恩和赫敏知道他们不能让伏地魔得到魔法石。孩子们怀疑斯内普是幕后主使，于是他们打算告诉校长邓布利多，但他已经离开学校出差了。当他们试图告诉麦格教授魔法石有危险时，她无视了他们，声称魔法石是安全的。

13. 进入第3幕（第269—271页）

他们别无选择，必须自己去保护魔法石。哈利、罗恩和赫敏计划在几个小时后偷偷溜出学院宿舍，试图阻止斯内普教授为伏地魔取出魔法石。

14. 尾声（第271—309页）

第1点：组建团队。为了准备攻占一座真正的城堡（霍格沃茨城堡！），哈利、罗恩和赫敏在大家都睡着后前往公共休息室碰头。他们必须通过皮皮鬼和纳威·隆巴顿，这两个角色的存在是为了阻止有人偷偷溜出去，给整个学院带来麻烦。

第2点：执行计划。孩子们来到三楼的走廊，发现那只三头狗已经被哄睡着了，活板门也是开着的。这意味着斯内普已经来了，他们可能来不及了！孩子们跟在他后面沿着活板门走下去，遇到了一张魔鬼之网、一盘巫师棋和一种魔药测试。在每一次挑战中，哈利团队的一名成员都做出了**故事B牺牲**（罗恩在巫师棋，赫敏在魔药测试），这样哈利，小说的主角，才能走到最后，独自面对等待着他的一切。

第3点：高塔意外。哈利以为斯内普教授会出现在最后一个房间里，却惊讶地发现了另一位教授——奇洛教授，没人怀疑过他！原来他才是伏地魔的手下，一直在密谋夺取魔法石。奇洛用魔法绳捆住了哈利，哈利不知所措。他将如何保护自己呢？

第4点：深挖。厄里斯魔镜就在房间里，奇洛让他往镜子里看，希望哈利能帮他找到魔法石。这一次，当哈利照镜子时，他看到自己把石头藏在了自己的口袋里。他撒了谎，告诉奇洛他看到的是自己在学校获得的成就。

一个令人毛骨悚然的声音说哈利是个骗子，并要求直接和哈利说话。这时，奇洛解开了他的头巾，原来伏地魔是奇洛的一部分，他们共用一具身体。当奇洛/伏地魔伸手触摸哈利时，哈利的伤疤痛得火辣辣的，但是伏地魔也大叫起来。这时哈利才意识到发生了什么：作为"大难不死的男孩"，他有能力对抗伏地魔，力量就在他的体内。

第 5 点：执行新计划。伏地魔命令奇洛杀死哈利。但是，哈利现在知道自己拥有力量，他伸出手抓住奇洛的脸，一阵剧痛穿透了哈利的身体，他昏倒了。醒来后，已经是在学校的医务室里。邓布利多告诉他，奇洛死了，伏地魔下落不明（但他肯定会回来的），魔法石已经被摧毁。当哈利问他，自己当时是如何得到魔法石的时，邓布利多解释说，他给魔法石施了咒语，只有那些出于无私目的想要它的人才能拿到它。邓布利多还解释说，哈利之所以能够保护自己不受伏地魔的伤害，是因为他母亲（在为他而死时）给予他的爱；伏地魔无法穿透这层保护。

哈利从医务室回到了学院，学校宣布格兰芬多学院赢得了学院杯，哈利和他的朋友们一起庆祝。

15. 结局形象（第 307—309 页）

哈利、赫敏和罗恩登上了回伦敦的霍格沃茨特快列车。在火车站，哈利见到了弗农姨父，他和往常一样不讨人喜欢。然而，哈利现在是一个完全不同的人了，不再是以前那个害羞、没有安全感的孤儿了。现在他是自信的。他有朋友，也不再感到孤独。

哈利暂别了朋友们，并告诉他们他将在这个夏天用魔法来报复他的表哥达力，这证明了对哈利来说，情况终于改变了，作为第一幕时的镜像形象，现在他和我们第一次见到的那个男孩完全不同了。

为什么这是一部"超级英雄"类小说？

《哈利·波特与魔法石》包含了成功的"超级英雄"类故事需要的三个元素：

- **一种力量**：哈利不仅是一个巫师，而且注定要成为有史以来最伟大的巫师之一。他是大难不死的男孩，是打败了伏地魔的男孩，这表明他有比其他巫师更优秀的地方。

- **一个敌人**：哈利有两个主要的敌人：马尔福（他的同辈对手）和伏地魔（他的终极敌人）。他们都是主动与哈利敌对起来的敌人。

- **一个诅咒**：在幼年时就被打上"大难不死的男孩"的烙印肯定有不利之处。正如邓布利多在陈述的主题动点中所说的，哈利在会走路之前就已经出名了。对一个孩子来说，要满足这样的期待需要承受的可太多了。

猫眼视角

为了供你快速翻阅参考，以下是对这部小说的动点进度表的简要概述。

1. **开场形象**：伏地魔被打败了（暂时），不知怎么活下来的孩子（"大难不死的男孩"）被邓布利多送到了德思礼家。

2. **陈述的主题**："他在会走路和说话之前就出名了！因为一些他不会记得的事情而出名！你难道看不出，如果他在远离这些东西的环境中长大，直到他准备好了再告诉他这些事情，对他来说会更好吗？"哈利需要在这本小说（以及这一系列）中学会的是如何面对自己"被选中者"的身份。

3. **设定**：哈利在德思礼家过着可怕的生活，他们欺负他，让他睡在楼梯下的储物间里。他害羞、被忽视、感到孤独。

4. **催化剂**：有人寄来了神秘的信件，但弗农姨父不允许哈利打开。最终，一个名叫海格的巨人找来，告诉哈利他其实是巫师，已经被霍格沃茨魔法学校录取了。

5. **讨论**：哈利和海格一起去了对角巷，准备去霍格沃茨上学，还得知自己很有名气。

6. **进入第2幕**：哈利登上了开往霍格沃茨的火车，正式离开麻瓜世界（第1幕），进入了魔法世界（第2幕）。

7. **故事B**：在火车上，哈利遇到了他新的好朋友，罗恩和赫敏（双胞胎故事 B 角色）。

8. **乐趣与游戏**：哈利很享受在霍格沃茨的生活，他在那里上魔法课，学习飞行，并被招募去参加魁地奇比赛。

9. **中点**：哈利赢得了他的第一场魁地奇比赛（虚假的胜利），但很快就得知斯内普教授（似乎）试图在比赛中杀死他（风险提高了）。

10. **坏人逼近**：哈利、罗恩和赫敏知道了魔法石（可以给人永恒的生命）的存在，并且怀疑伏地魔正在寻找它。

11. **失去一切**：哈利、罗恩和赫敏发现伏地魔（通过斯内普）即将得到魔法石，而魔法石被藏在霍格沃茨城堡里。

12. **灵魂的暗夜**：孩子们试图找邓布利多帮忙，但他不在学校里，而麦格教授似乎并不把他们的担心当回事。

13. **进入第 3 幕**：哈利和他的朋友们决定自己去寻找魔法石（保护它，不让伏地魔得到它）。

14. **尾声**：在通过了多次魔法挑战后，哈利发现为伏地魔做事的是奇洛教授（而非斯内普）。哈利通过发觉自己体内的力量，触摸了伏地魔的脸，（暂时）打败了伏地魔，保住了魔法石。

15. **结局形象**：学年结束后，回到家的哈利已经是一个不一样的人了。他现在更自信了，也不那么孤独了。他找到了属于自己的地方。

8

遇到问题的家伙

通过最终考验

注意！本章包含以下书籍的"剧透"：

安迪·威尔的《火星救援》
约翰·格里森姆的《全身而退》
安吉·托马斯的《黑暗中的星光》
苏珊·柯林斯的《饥饿游戏》
斯蒂芬·金的《头号书迷》

尽管我们喜欢那些关于"被选中的人"和注定要拯救世界的故事，但有时候，作为读者，我们只是想要受到一个普通人勇敢面对非凡挑战的鼓舞。

让我们进入"遇到问题的家伙"故事类型。

换句话说，一个普通的男孩或女孩遇到了不寻常的情况。

很难找到比这更能让人产生共鸣的故事类型了，因为我们都是普通人。我们都知道，任何平凡的一天都可以在眨眼间变得不平凡。

与"超级英雄"类故事不同的是，这些人并不特别，也不是注定要拯救世界的（至少在故事开始的时候不是）。他们只是普通的无名氏，只顾着自己的事情，忙着过自己的生活。然后，他们突然发现自己被卷入到一大堆麻烦之中，这些麻烦是他们没有料到的，也不是他们主动惹来的。

他们突然发现自己身处在一个充满伤害的世界里，他们是否已经准备好应对这个世界了呢？似乎没有。但正是因为这一点，"遇到问题的家伙"类故事才会如此精彩。最终，我们的主角将会勇敢面对，完成他们（和我们）认为不可能完成的事情！

这类故事主角的体型、身材、性别、种族和职业会各不相同。从安迪·威尔的《火星救援》中的马克·沃特尼（一位普通的男性宇航员），到路易斯·萨奇尔的《洞》中的斯坦利·叶那茨（一位普通的男孩），到苏珊·柯林斯的《饥饿游戏》中的凯特尼斯·伊夫狄恩（一位生活在施惠国的普通少女），再到约翰·格里森姆的《全身而退》中的米奇·麦克迪尔（一位普通的男律师）。甚至是杰克·伦敦的《野性的呼唤》中的巴克，一条普通的公狗！

所有属于"遇到问题的家伙"类型的故事都是关于一个单独的男人、单独的女人或单独的团体（或一条单独的狗），他们发现自己面临着令人难以置信的困难，尽管如此，他们在挣扎求存中通常会努力保持理智。

这个麻烦通常不是他们自己惹来的，有时他们甚至不知道自己是怎么被卷进来的。但他们的确被卷入其中。他们有重要的问题要处理。事实上，问题越重大，故事就越精彩！

但请记住，问题是相对的。你必须把你的问题与合适的人匹配起来，匹配时要考虑到他们的背景、性格与技能。让故事获得成功的是挑战与主角的匹配合宜。

例如，马克·沃特尼是一位技术娴熟的宇航员和植物学

家。他在丛林中一定可以生存下来。但马克·沃特尼不是掉入
了丛林，对吧？他发现自己被独自困在了可怕的火星上。对于
我们这些普通人来说，马克在《火星救援》中做的事都是我们
不可能做到的。但对马克来说，这只是几乎不可能。这就使一
切都不同了。"不可能"只会带来一个短而无聊的故事，通常
以死亡结束，但是"几乎不可能"呢？这造就了一些优秀的
小说。

　　另一件需要注意的事情是，如果这类小说中有**外部的坏人**
的话，效果会更好。这些力量会在幕后运作，在每一个转折点
向我们可怜的主角抛出新的、令人兴奋的挑战。不论你的坏人
是个人，像斯蒂芬·金的《头号书迷》中的安妮·威尔克斯；
是组织、团体或政府，像《全身而退》中的班蓝罗律师事务
所，或《饥饿游戏》中的凯匹特；或是一种自然力量，像《火
星救援》中的火星，或扬·马特尔的《少年 Pi 的奇幻漂流》
中的大海，反派角色的黄金法则依然是：

　　坏人越坏，主角越伟大，故事越精彩。

　　所以，让他们坏一些。更好的是，随着故事的发展，让他
们逐渐变得更坏。

　　想想《饥饿游戏》中的凯特尼斯·伊夫狄恩，随着比赛
的进行，她面临着来自凯匹特的游戏创造者的越来越严峻的挑
战。或者，随着可怜的马克·沃特尼越来越接近逃离火星的目

标，火星本身也在向他抛出越来越多的障碍。

不管谁是坏人或坏势力，当我们的主角最终靠自己战胜敌人时，"遇到问题的家伙"类小说的读者就会感到满足。主角和问题的完美组合就是在这里开始发挥作用的。

米奇·麦克迪尔可能无法在火星上生存下来，但他可以在一家腐败的律师事务所生存下来，因为他是一个聪明而有抱负的律师。重要的是要赋予主角解决眼前问题所需的能力，将这些能力烙进他们的性格 DNA。但同样重要的是，在时机成熟、终极挑战来临之前，要让主角（读者）没有完全意识到自己的潜力以及如何使用这些技能。

主角和问题的组合是无穷无尽的，但这类故事的规则是不变的。你必须有：（1）一个**无辜的主角**；（2）一个**突发事件**；（3）一场**生死战斗**。

首先，无辜的主角。他们应该是在没有主动要求的情况下被卷入这个问题的。难道马克·沃特尼不是作为一名植物学家在赫尔墨斯 3 号飞船上做着日常事务，然后被突如其来的火星风暴困在一个不适合居住的星球上吗？难道凯特尼斯·伊夫狄恩不是每天都在和盖尔一起打猎，努力养家糊口，然后突然在收获日那天，看着波丽姆的名字被抽中吗？

正是主角的无辜让读者如此喜爱这些故事。那家伙可能就是我们！我们可能会发现自己处于同样的处境，不得不挑战同样不可能的机会。这些都是关于生存的故事，而不是惩罚我们曾犯下的罪行（因此主角是无辜的）。"房子里的怪物"类故事（我们将在第 13 章中讨论）的主题是探讨主角做了什么才陷入了这样的困境，对于"遇到问题的家伙"类故事来说，主角如何摆脱困境才是核心。

其次，我们需要一个突发事件，来把主角推入那个充满伤害的世界。"突发"是这里的关键词。这些催化剂似乎不知从何而来，迫使主角尽快应对正在发生的事情。在安吉·托马斯的《黑暗中的星光》中，斯塔尔·威廉姆斯完全没有料想到她的朋友哈利勒会被一名警察射杀；凯特尼斯·伊夫狄恩没有时间去思考代替妹妹参加饥饿游戏的决定，她就这么做了；马克·沃特尼没有时间对自己被困在火星上的处境哼哼唧唧。他得赶快行动！

最后，我们需要一个问题，一个值得为之创作这个宏大故事的问题。必须有一场关乎个人、团体或社会存在的生死之战。

如果马克·沃特尼不离开火星，他就会死。如果米奇·麦克迪尔找不到办法离开这家事务所，他就死定了。如果凯特尼斯·伊夫狄恩不杀死其他 23 个贡品，她就会死。在《黑暗中的星光》中，斯塔尔·威廉姆斯也面临着一场生死之战，但参加这场战斗是为了让她成长的社区继续存在下去。哈利勒的死和余波使她的社区四分五裂。

换句话说，问题一定要很重大。

如果你想知道你的问题是否足够重大，试着向别人讲述你的故事。他们的反应应该类似这样："伙计，这是个大问题。"而且，我们会希望他们的下一个想法是：在这种情况下我该做些什么？

如果你在这个测试中取得了成功，那么恭喜你，你想出了一个"遇到问题的家伙"类的杀手锏故事。

你会经常在"遇到问题的家伙"类故事中看到的另一个元素是**恋爱角色**。他们并不总是会出现，但当他们在场的时候，这些角色通常被用作主角的拥护者或拉拉队队长。在《饥饿游戏》中，皮塔·梅尔拉克不是凯特尼斯最重要的支持者和知己吗？在《黑暗中的星光》中，在任何情况下都站在斯塔尔一边的不是克里斯吗？正是这些故事 B 角色帮助主角最终相信自己，找到克服问题所需的力量。这些角色也经常在主角们苦苦挣扎的时候向他们提供安慰。

在所谓的"**风暴眼**"时刻，我们常会看到主角和爱慕对象之间的温情场景。在小说中的这个部分，主角的动作会暂时放慢，主角（和读者）有了放松和反思的机会。基本上只是在呼吸。当我们一直都在行动时，行动就会开始失去效力，让读者感到厌倦。想想《饥饿游戏》中皮塔和凯特尼斯在山洞里接吻的场景。或者《黑暗中的星光》里的舞会场景。当时，斯塔尔的生活中发生了很多事情，但作者安吉·托马斯放慢了节奏，通过一场美好的高中毕业舞会让我们暂时远离所有的戏剧化情节。

危险仍然潜伏着，风暴仍然围绕着主角，但是在这些时刻，从疯狂中休息一下，只是感受一下自己的存在可以产生不错的效果。这也是促进爱情和友谊的好机会。

最后，所有"遇到问题的家伙"类小说都是关于人类精神的胜利。我们的主角活了下来！如果没有，也有一个很好的、令人信服的原因，一个让我们思考的原因。"遇到问题的家伙"类故事提醒了我们，我们这些普通人实际上没有我们想象的那么普通。我们拥有隐藏的力量和天赋。当面对考验时，我们会坚持、克服，并最终取得胜利。

读这些故事让我们觉得充满活力，受到鼓舞。

一个青少年独自对抗整个政府？一个宇航员独自挑战整个星球？一个律师独自挑战一家由暴徒经营的公司？

没有什么比这更鼓舞人心的了。

总结一下：如果你想写一本"遇到问题的家伙"类小说，请确保你的故事包含以下三个要素：

- **一个无辜的主角**：这个主角没有主动要求就被拖入了困

境，甚至可能没有意识到自己是如何卷入其中的，但在某种程度上，他 / 她有能力解决问题（即使这些技能一开始被埋没了）。

- **一个突发事件**：把无辜的人推到问题中去。它应该是明确的、毫无预兆的。

- **一场生死战斗**：威胁到个人、团体或社会的存在的战斗。

历史上畅销的"遇到问题的家伙"类小说

《鲁滨孙漂流记》，丹尼尔·笛福著。

《野性的呼唤》，杰克·伦敦著。

《好心眼儿巨人》，罗尔德·达尔著。

《头号书迷》，斯蒂芬·金著（后文中有该小说的动点进度表）。

《全身而退》，约翰·格里森姆著。

《洞》，路易斯·萨奇尔著。

《少年 Pi 的奇幻漂流》，扬·马特尔著。

《饥饿游戏》，苏珊·柯林斯著。

《火星救援》，安迪·威尔著。

《第 5 波入侵》，瑞克·杨西著。

《星谜档案》，艾米·考夫曼与杰伊·克里斯托夫著。

《黑暗中的星光》，安吉·托马斯著。

《头号书迷》

作者：斯蒂芬·金

"救猫咪"故事类型：遇到问题的家伙

书的类型：心理惊悚

总页数：351 页（斯基伯纳出版社 1987 年平装版）

这本书如果没有斯蒂芬·金小说的独特结构就不完整。金是我们这个时代最著名的小说家之一，他的小说在全世界的销量已经超过 3.5 亿本。

尽管斯蒂芬·金的许多经典小说都可以被归入另一个"救猫咪"故事类型——"房子里的怪物"，但我选择分析这部心理惊悚小说（"遇到问题的家伙"故事类型的一个杰出例子）是因为，这部小说是关于一个作家努力写出他职业生涯中最精彩小说的。（这个机会出现得太恰当了，不容错过。）另一个原因是，根据金的说法，他写这部小说（关于一个小说家感觉被束缚在了他的畅销爱情系列小说上）是为了隐喻他自己的挫折感，因为畅销恐怖小说开启了他的职业生涯，他感觉自己被束缚在了这个类型上。

更不用说，这是一个结构极好的故事。

写小说有时会让你感觉自己被困在了一所房子里，和一个疯狂的精神变态者在一起，而且他/她威胁说如果你不写完就杀了你。但在《头号书迷》中，金以一种不那么令人沮丧（而且更鼓舞人心）的笔调，将写作描述为一种逃离自身痛苦的必要手段——有时也是拯救我们生命的一种手段。

1. 开场形象（第1—6页）

我们的主角保罗·谢尔登在疼痛中醒来。此前，他几乎没有意识，濒临死亡。有人在给他做人工呼吸，试图使他苏醒过来。当他醒过来的时候，他发现自己在科罗拉多州的响尾蛇镇，和一个叫安妮·威尔克斯的女人在一起，据她说，她是他的头号粉丝。

2. 设定（第7—36页）

随着保罗的意识时而清醒时而模糊，我们对他有了更多的了解。保罗是一位著名的作家，创作了以维多利亚时代为背景的浪漫系列小说"米斯里"。在这系列最近出版的最新的也是最后一本小说中，保罗杀死了他的主角米斯里，主要是因为他厌倦了，想尝试写一个新的类型。保罗刚刚完成了他的最新作品《极速赛车》，他为此感到非常自豪。我们还了解到保罗的遭遇：他出了车祸，安妮（曾是一名护士）发现了他，把他从车里拉了出来，用夹板固定他断了的腿。安妮一直在给保罗服用一种叫诺维瑞的止痛药，他现在已经对这种药上瘾了。

保罗很快猜测安妮是疯狂的、危险的、难以预测的。当他疼痛时，安妮不让他吃止痛药。她说他们离镇上很远，所以她不能带他去医院，而且路况太糟糕了。尽管安妮从车祸中救出了他，但保罗慢慢开始意识到安妮把他关在了这里。

安妮读了保罗最新的手稿后勃然大怒。这不仅不是一本米斯里小说（她是这个系列的超级粉丝），而且书中满是脏话，她非常讨厌这点。为了惩罚保罗，安妮让保罗用肥皂水吃药。

3. 陈述的主题（第19页）

保罗试图回忆起发生在他身上的事情以及他为什么会在这里时，安妮告诉他：“保罗，你欠我一条命。我希望你能记住这一点。我希望你不要忘记。”

这部小说中有许多引人入胜的主题，但陈述的主题（以及保罗的人生教训）与生存，以及生存与他可怕的困境之间的讽刺联系有关。尽管在接下来的332页里，保罗遭遇了恐怖的事情，但安妮确实把他从汽车残骸中拉了出来，救了他的命。但更重要的是，安妮的恐怖手段将逼迫保罗写出他迄今为止最精彩的小说:《米斯里的归来》。这本书最终将拯救他的生命，无论是从字面上来说，还是从比喻上来说。

在第7页，金写道:"他是保罗·谢尔登，他写两种小说，精彩的小说和畅销小说。"这是保罗在小说一开始对自己的看法，他对那些使他成功的米斯里小说嗤之以鼻。但到最后，保罗会明白畅销小说也可以是精彩的小说，只要他努力把它们写好。当保罗最终找到《米斯里的归来》的灵感时，他找到了从痛苦处境中解脱出来的方法，也找到了活下去的意愿。

所以，安妮·威尔克斯以一种令人不安但又才华横溢的斯蒂芬·金方式挽救了他的生命。在很多方面都是这样。

4. 催化剂（第36—40页）

我们开始意识到安妮·威尔克斯的情绪不稳定。但直到第36页，保罗（以及读者）才看到事情有多糟糕。当安妮读完《米斯里的孩子》，发现保罗杀死了主角、为她最喜欢的系列小说画上句点后，她勃然大怒，掀翻了床边的桌子，随后怒气冲冲地走出房间，告诉保罗她要在自己做出"不明智"的事情之前离开这里。

保罗被孤零零地留在了房子里，跛着脚，没有食物、水、药片，也没有任何迹象表明安妮何时（或是否）会回来。这最终促使保罗尝试着针对他的处境做些什么。

5. 讨论（第 40—70 页）

但他会做些什么呢？这就是讨论问题。

一天过去了，他开始怀疑安妮是不是死了。如果是的话，他肯定会死在这个房间里。但是安妮回来了，保罗立刻求她给自己止痛药吃。他很痛苦。安妮说，如果他同意烧掉他的《极速赛车》手稿，她就把止痛药给他。她转动着炭火烤架。保罗的内心被撕扯着，因为他没有其他副本，只有这一份手稿。如果把它烧了，《极速赛车》就消失了。但他需要止痛药！

最终，保罗把手稿烧了，但他偷偷发誓要杀了安妮。

后来，安妮给他带来了一台旧的皇家牌打字机，并告诉他，她想让他写一部新的米斯里小说——《米斯里的归来》，作为她照顾他恢复健康的报酬。他会写这部小说吗？

他问安妮当他写完这本书后，她是否会放他走。她含糊地说会的。

保罗知道她在撒谎，但也知道写出她想要的书可能是唯一能让他活下去的方法。

6. 进入第 2 幕（第 70 页）

保罗对讨论问题的回答是一个积极主动的决定：他同意写《米斯里的归来》。但他也惊讶地发现，他有点期待再次写作。

7. 故事 B（第 109 页）

故事 B 是保罗与《米斯里的归来》之间的关系。甚至可以说，系列小说的主角米斯里·查斯顿是故事 B 角色，因为她最终将让保罗领会故事的主题。

在发生事故前，保罗已经愉快地放弃了这个角色、这个世界、这个系列。他已经给了米斯里·查斯顿一个结局。但他写这部小说的时间越长，安妮越敦促他把小说写得"公平"一些（意思是不要敷衍），保罗越发现自己被故事吸引，不断从情节和角色中得到灵感，最终使其成为他写过的最精彩的小说之一。

"具有讽刺意味的是，那个女人强迫他写了一本堪称'米斯里'系列小说中最精彩作品的小说。"

《米斯里的归来》挽救了保罗的生命，无论是从字面上来说，还是从比喻上来说。有很多次，小说的结尾是保罗与疯狂、情绪不稳定的安妮·威尔克斯讨价还价的筹码。与此同时，这本未完成的书给了他活下去的意愿。（这是我们小说家绝对能理解的！）

8. 乐趣与游戏（第 70—170 页）

第 2 幕主要讲述了保罗撰写《米斯里的归来》的过程。这是保罗的第 2 幕世界。他没有去任何新的地方，故事也没有出现任何新的角色。但他仍然出现在了一个意料之外的地方：回到他以为已经结束的系列小说中去。

金以"小说中的小说"的形式，让我们看到了保罗在撰写手稿时付出的努力。但是写作从一开始就很不顺利。当安妮发现自己买"错"了打字机用纸时，她生气了，在他受伤的膝盖上狠狠地打了一拳，怒气冲冲地出了屋子。

保罗不知道这次她要离开多久，他打开门锁，借助轮椅出了房间，试图寻求帮助。但是电话线路不通。他在浴室里发现了大量止痛药，便拿了一些，设法在安妮回来之前回到自己的房间，把药片藏在了床垫下面。

保罗在构思书的前几章，在这几章里，他必须想办法让米斯里复活，因为他在最后一部小说的结尾杀了她。安妮对他的初稿不满意，说他"作弊了"，米斯里的复活方式"不合理"。保罗意识到他无法敷衍着写完这本书，安妮很聪明，他过不了关。他得在这个项目上下点真功夫（主题）。

在第 127 页，他有了一个想法，一个真正启发他的想法。他开始写作，很快就沉浸其中。

在第 130 页，金写道："保罗不知道她在那里——事实上，他也不知道自己在那里。他终于逃离了这一切。"

安妮读完了小说的前六章，她非常喜欢。

"我应该继续写下去吗？"保罗在第 148 页问道。安妮回答说："如果你不写下去，我会杀了你！"这种想法黑暗而扭曲，但它又一次点明了主题：安妮·威尔克斯在逼迫他写出迄今为止最精彩的小说，而这将讽刺性地拯救他的生命。

接下来的几周，保罗沉浸在他的写作中，平均每天写 12 页。保罗和安妮养成了一种习惯：他白天写作，晚饭后，他们一起看电视。奇怪的是，尽管他的处境很可怕，但乐趣与游戏动点带给了我们一种向上发展的感觉，因为保罗越来越深地沉浸到小说的写作中了。

9. 中点（第 170—180 页）

创作进展顺利。实际上，保罗乐在其中。在第 170 页，金写道："它的情节也比任何一部米斯里小说更丰富，角色也更生动。"

这是他写过的最精彩的小说之一。

但显然这是一场**虚假的胜利**，因为他仍然被囚禁在一个精神变态者的家里。为了提醒我们这一点，几页后，当开始下雨，安妮陷入了深深的沮丧时，**风险被提高了**。保罗一直都知道她很疯狂，情绪很不稳定，但这次转变似乎揭示了安妮全新的一面。

"他意识到他看到的是取下了所有面具的她——这才是真正的安妮，内在的安妮。"在安妮建议他们双双自杀后，保罗意识到："这是我一生中最接近死亡的时刻。"

安妮终于说出了他们俩此前没有说出来的话：她永远不会让他离开。她最终会杀了他。保罗说，在写完小说之前他不想死（**时钟出现了**），为自己争取了时间。安妮同意了，但她说她必须离开一段时间。米斯里·查斯顿又一次救了保罗的命。

10. 坏人逼近（第181—266页）

安妮离开后，保罗再次冒险走出他的房间，寻找逃跑的方法。所有的门都被闩上了，即使他能出去，在身处荒郊野外的情况下，以他的身体状况，他要如何到别的地方去呢？

他的理智告诉他放弃活着离开这里的想法（**内心的坏人**让他拒绝领会主题），但保罗发誓不会放弃。他去厨房找来一些食物储备起来，在回房间的路上，他看到了一本名为"记忆之路"的剪贴簿。这是**外部的坏人**开始真正接近的时刻。在翻阅剪贴簿时，保罗意识到安妮比他想象的还要危险和疯狂。事实上，她是一个连环杀手，杀过无数人：家庭成员、孩子，甚至婴儿！而且不知道为什么，她总是能逃脱刑罚。在最近的一次审判中，由于证据不足、无法定罪，安妮又一次逃脱了。

保罗意识到，如果他想活着离开这里，就必须杀了安妮·威尔克斯。他开始思考如何才能做到这一点，最终决定刺破她的喉咙。他在厨房里找到一把刀，把它藏在床垫下面。

安妮回来了，给保罗注射了未知药剂，使他失去了知觉。他醒后，安妮告诉他，她知道保罗好几次撬开门锁出去，甚至知道他翻看过她的剪贴簿。她还拿走了他藏在床垫下的刀，摧毁了保罗反击的希望。然后安妮说，她给他注射的东西是"手术前注射液"。保罗吓坏了，不知道她说的"手术前"是什么意思，直至安妮切断了保罗的一只脚，并用喷灯烧灼伤口，让保罗变得"一瘸一拐"，以确保他不会再试图逃跑。

随着保罗身体状况的恶化（他还被安妮切掉了一个拇指），打字机的状况也越来越糟糕了。它已经失去了 N 键，很快又失去了 R 键和 E 键，这让他越来越难以写完这本书并活下去。保罗最终选择了手写。这不仅是他走在**向下发展道路**上的又一个标志，也是对写作的一个隐喻。你写得越深入，就越难写。

随着安妮的精神状态越来越差，保罗的理智也越来越不稳定，他意识到自己的命运是米斯里·查斯顿（故事 B 角色）造成的。"他不再确定了。不确定任何东西。只有一个例外：他的整个人生已经，而且还将继续与米斯里联结在一起……他应该去死……但是他不能。在他知道《米斯里的归来》最终将如何发展之前，他不能。"

事实上，保罗和安妮都在坚持，坚持活着，等待书的结局。

11. 失去一切（第266—273页）

一辆警车驶进了安妮家。起初，由于害怕安妮的报复，保罗丧失了呼喊的勇气。但最后，他大喊救命，并用一个烟灰缸砸破了房间的窗户，引起了警察的注意。但当警察认出保罗是那个失踪的作家时，安妮杀死了警察（**死亡的气息**），她用割草机反复刺伤他，然后碾过他的身体。

然后，她转向保罗说："晚点我再来解决你的问题。"

12. 灵魂的暗夜（第274—295页）

保罗恳求安妮杀了他，结束这一切，因为所有活下来和完成小说的希望都破灭了。安妮把保罗移到了地窖，保罗以为她要切掉自己身体上的另一个部位，但她没有这么做。她只是把他关在里面，自己好去处理警察的尸体。

在安妮离开之前，她重述了主题："我所做的只是在你冻死之前把你从撞坏的车里拖出来，用夹板夹住你可怜的断腿，给你吃药减轻你的疼痛，照顾好你，劝你不要写那本糟糕的书，而是开始写一本你写过的最好的书。如果这是疯狂的，就带我去疯人院吧。"

这些话是疯狂的，但也如此正确。

保罗知道自己无处可逃。写完这本书后，他就会死去，他对此深信不疑。他丧失了所有生存的希望。当安妮离开，把保罗和老鼠一起锁在了黑暗的地窖里时，这是一个实实在在的灵魂的暗夜。

13. 进入第 3 幕（第 295—300 页）

保罗等待安妮回来，他的意识时而清醒，时而模糊，但他发现了安妮的炭火烤架，那个她用来烧《极速赛车》手稿的烤架。当保罗的脑海中开始形成一个想法时，他的希望又回来了。保罗终于找到了出路。

在安妮回来之前，他从烤架上偷了一罐点火液。

14. 尾声（第 300—348 页）

第 1 点：组建团队。为了准备他的最终计划，保罗发誓他会在一周内写完这本书，但他让安妮保证在他写完之前不会再读了。然后保罗把那罐点火液藏在了他房间的地板下面。

第 2 点：执行计划。保罗疯狂地写作，试着完成这部小说。当另一个警察到来时，保罗既没有尖叫，也没有发出求救信号。他想成为那个终结安妮生命的人，而且他真的想为自己完成这本书（主题）。

保罗完成了手稿，向安妮要了一根烟，告诉她，他在写完一本书后总会抽一根烟。她同意了，给他带来了一根火柴。当她在另一个房间的时候，保罗从地板下面取出点火液。他把点火液倒在手稿上，当安妮回来，兴奋地读着结尾时，他把手稿点燃了。"很好，安妮。你是对的。这是米斯里系列里最好的一本，也许是我写过的最精彩的作品……太糟糕了，你再也读不到它了。"

当安妮伸手去拿烧着的稿子时，保罗用打字机猛砸她的后背，然后把烧着的稿子塞进她的嘴里，使她窒息。她还能站起来，但被打字机绊了一跤，头撞在壁炉架上，倒在地上死了。

第3点：高塔意外。但其实她还没死！安妮睁开眼睛，爬向保罗。她靠近保罗并勒住了他，但在杀死他之前就昏倒了。保罗认为她真的死了，于是爬出卧室，关上了门。她的手指在门底下戳着、动着，想抓住他，最后躺在那里一动也不动了。

第4点：深挖。保罗爬到了浴室，找到止痛片，吃了三粒。当他睡着时，他再次与自己的理智斗争，他仍然无法相信她已经死了。他一直认为自己听到了什么，但这只是他的想象吗？

他很害怕，但他知道他必须回到那个房间。他必须拿回真正的手稿。（他烧的手稿原来是假的。）他必须拯救那本救过他的书。

保罗打开了通往卧室的门，他以为自己看到安妮还活着，但原来只是他的想象。警察出现了，保罗鼓起勇气向他们呼喊。

第 5 点：执行新计划。警察找到了保罗，保罗告诉他们发生了什么，并指给他们看安妮所在的卧室。当他们到达那里时，里面没有人。

9 个月后，保罗的身体基本康复了，被安妮切掉的那只脚被装上了假肢。《米斯里的归来》即将出版，出版商计划印刷 100 万册，这是一个前所未有的数字，说明这部小说有望获得巨大的成功。

尽管如此，保罗还是会在阴影处看到安妮，而且他仍然怀念他的"安妮止痛片"。看来他对安妮就像对止痛片一样上瘾了。

后来我们得知，安妮爬到了谷仓，因为被打字机绊了一跤而受到撞击死在了那里。正是那台救了保罗的命的打字机杀死了她。但对于保罗来说，她永远不会真正死去。他会继续在噩梦中以及在他写作的时候看到她。不管他喜不喜欢，安妮·威尔克斯将永远是给他带来痛苦的缪斯女神。

15. 结局形象（第 349—351 页）

在"看到"安妮拿着电锯向他走来后，保罗受到启发，开始撰写新的小说。他在写作时会感到恐惧，但也会萌生令人不安的感激之情。

为什么这是一部"遇到问题的家伙"类小说？

《头号书迷》包含了一个成功的"遇到问题的家伙"类故事的所有三个要素：

- **一个无辜的主角**：保罗·谢尔登除了杀死他的主角（只有患有精神病的粉丝安妮才认为这是犯罪），没有做其他任何事情，不应该经历被安妮·威尔克斯带回家里囚禁的恐怖过程。
- **一个突发事件**：车祸使保罗变成了跛子，无法正常活动，这是一个突然的、意想不到的事件，把他推入了这个故事。
- **一场生死战斗**：保罗必须为自己的生命而战斗（和写作），他意识到安妮随时可能崩溃并杀死他们俩。

猫眼视角

为了供你快速翻阅参考，以下是对这部小说的动点进度表的简要概述。

1. **开场形象**：保罗·谢尔登在科罗拉多州响尾蛇镇的安妮·威尔克斯家中醒来。他处于极大的痛苦中，濒临死亡。

2. **设定**：保罗是一位浪漫小说家，因以米斯里为主角的系列小说而闻名，而曾经当过护士的疯狂的安妮则是他的"头号粉丝"。保罗出了车祸，安妮救了他，并把他带到她那偏远的家里治疗。

3. **陈述的主题**："你欠我一条命，保罗。我希望你能记住这一点。我希望你不会忘记。"可怕的事实是，从字面上和比喻上来说，保罗的生命都被安妮·威尔克斯拯救了，她逼迫保罗写出了他职业生涯中最精彩的小说《米斯里的归来》。因此，这部小说的主题是生存——即使是在最悲惨的环境中也要找到求生的意志。

4. **催化剂**：安妮读了保罗的畅销系列小说的最新作品《米斯里的孩子》，当她发现保罗杀死了主角时，她崩溃了。她怒气冲冲地走了出去，把无助的他独自留在屋子里。

5. **讨论**：保罗现在要做什么？他怎么才能逃脱这个精神变态者的控制？安妮带着一台打字机回来了，她向保罗保证，如果他写一部新的米斯里小说，让这个角色起死回生，她就放了他。

6. **进入第2幕**：尽管保罗不相信安妮会信守诺言，但他还是答应了，并开始构思《米斯里的归来》。

7. **故事B**：保罗的畅销系列小说中的女主角米斯里·查斯顿是故事B角色。保罗与米斯里的关系，以及他正在写的新书，最终将教会他生存的主题，并拯救他自己的生命。

8. **乐趣与游戏**：保罗出乎意料地回到了米斯里的世界中。我们看到了他正在写的小说的片段，其中穿插着保罗尝试逃跑但失败了的情节。当保罗向安妮展示书的前几章时，安妮要求他重写，声称这些还不够精彩。

9. **中点**：尽管保罗仍然是一个囚犯，他还是在中点获得了一场虚假的胜利。《米斯里的归来》实际上进展顺利。但当安妮陷入深深的抑郁，并让保罗意识到安妮最终会杀死他时，风险被提高了。

10. **坏人逼近**：安妮不在的时候，保罗发现了一本剪贴簿，上面记录了所有被她杀害的人（外部的坏人）；与此同时，他在与自己的理智斗争中丧失了生存的意志（内心的坏人）。安妮发现他走出了房间，就切掉了他的脚。

11. **失去一切**：一辆警车出现，寻找失踪的小说家保罗·谢尔登。保罗试图从窗口呼救，在死亡的气息中，安妮杀死了警察。

12. **灵魂的暗夜**：保罗恳求安妮杀了他，结束这一切，这表明他离领会主题还很远。安妮离开去处理警察的尸体，把保罗和老鼠关在黑暗的地窖里。

13. **进入第3幕**：当保罗在地窖里发现了安妮的炭火烤架时，他有了一个想法，并重新燃起了活下去的希望。

14. **尾声**：保罗完成了这部（他职业生涯中最精彩的）小说，然后在安妮面前烧掉了它。当安妮试图阻止他时，他用打字机砸了她。在一场打斗后，保罗终于爬到安全的地方，原来他烧毁的是一份伪造的手稿。警察救了他，安妮被发现已经死了。九个月后，这本书成了他最畅销的小说（多亏了安妮）。

15. **结局形象**：保罗在幻觉中看到安妮拿着电锯向他走来，他受此启发开始写另一本书。安妮将永远是给他带来痛苦的缪斯女神。

9

傻瓜成功
失败者的胜利

注意！本章包含以下书籍的"剧透"：

梅格·卡伯特的《公主日记》
海伦·菲尔丁的《BJ 单身日记》
夏洛蒂·勃朗特的《简·爱》

我知道这本书的书名提到了猫，但现在是时候换个话题谈谈狗了。或者更确切地说，某一种狗。

斗败了的狗。

谁会不喜欢一个失败者获得成功的故事呢？一个贫穷的、被忽视的、被抛弃的笨蛋，站出来反抗那些贬低他们的人，并向所有人（尤其是自己）证明他们是有价值的，是珍贵的。他们能够，也将会有所作为。

这就是这类小说的主要内容。

让我们来看看这个成功的……傻瓜？

这类故事的主角是一个"傻瓜"（被忽视的失败者），他们最大的劣势（和优势）是他们经常被漠视，通常是被某种制度或某个群体忽视。

想想杰夫·金尼的《小屁孩日记》吧，没人想到那孩子会在初中学生里脱颖而出，对吗？或者索菲·金塞拉的《购物狂的异想世界》。谁会想到一个购物成瘾的女人会在财经新闻领域崭露头角呢？甚至是夏洛蒂·勃朗特的《简·爱》中的简，这个女孩无论到哪里几乎都会受到冷落和忽视，没有人期望她会成功，找到幸福，并独立生活。

但她成功了。

他们都成功了。

因为最终，这些故事中的傻瓜总会成功的。失败者赢了。在这个过程中，他们最终（大多是意外地）暴露了权势集团的荒谬。基本上，最终看起来愚蠢的是权势集团，没有别的原因，只是因为他们敢于贬低我们的主角。

要创作一部成功的"傻瓜成功"类小说，你将需要三个要素：（1）一个**傻瓜**，一个被社会忽视的人，而且通常尚未意识到自己的潜力；（2）一个**权势集团（制度）**，傻瓜会以某种方式与之对抗；（3）一种**转变**，主角变成了另一个人，使用一个新的名字，或者接受一个新的任务。让我们来详细看看这三个要素。

傻瓜可以是任何年龄的任何人。从《小屁孩日记》里的格雷·赫夫利这样的初中生，到梅格·卡伯特的《公主日记》里的米娅·泰梅波莉斯这样的少女，再到《购物狂的异想世界》里的贝姬·布卢姆伍德这样的成年女性。唯一的标准是，这个主角一开始要被周围的人忽视。但是，尽管被忽视在一开始似乎是一个弱点，它最终将被证明是主角最大的优势。

"傻瓜成功"类故事与"超级英雄"类故事的不同之处在

于，似乎没有人知道主角是特别的（可能甚至主角自己也不知道）。在"超级英雄"类故事中，几乎每个人都知道这个男人或那个女孩就是"那个人"，但在"傻瓜成功"类故事中，一开始似乎没有人把我们的主角当回事，或者认为他们是威胁。

嗯，几乎没有人。

在权势集团中，通常会有一个人看到傻瓜的真正潜力，并努力掩盖它。这是"傻瓜成功"类故事中的一种常见角色，被称为**嫉妒的知情者**。这个人能看到傻瓜的真正潜力（可能是唯一一个看到的人），并感受到来自傻瓜的威胁，因此会尽己所能来阻挠他们。

权势集团是傻瓜需要面对（像朱莉·墨菲的《饺子公主》中的选美世界，劳伦·魏丝伯格的《穿 PRADA 的女魔头》中的时尚世界，或者杰夫·金尼的《小屁孩日记》中的普通中学）或已经存在于其内部并且很自然地反对（像《简·爱》和查尔斯·狄更斯的《雾都孤儿》中的 19 世纪社会）的一群人或社会的一部分。

但别让"傻瓜成功"愚弄了你。这不像在"制度化"类故事中，傻瓜要加入或摧毁一个特定的团体。傻瓜通常只是做他们自己的事情，过他们自己的生活。他们并非意在破坏任何东西。傻瓜最大的力量和超能力（即使他们还没有意识到）是他们的天真和做自己的能力。傻瓜通过远离制度代表的东西来指出这个嘲笑他们的制度的漏洞，并暴露其缺陷。在这个过程中，笑到最后的是傻瓜。

最后，在"傻瓜成功"类故事中，"转化"是傻瓜因为意外或伪装变成了另一个人的时刻。虽然所有的故事都有一个隐喻性的转变，但在这类故事中，"转化"也包含了物理上的转变，主角改变名字、伪装、打扮、改变任务或者变成一个新人物，哪怕这个过程只持续几页。简·爱变成了家庭教师；在《公主日记》中，米娅·泰梅波莉斯穿上礼服、戴上头冠，成了米娅公主；在《BJ单身日记》中，布里奇特·琼斯辞去图书公关的工作，成了一名电视记者。

这是故事的一个关键元素，因为从这一刻起，制度开始认为主角不像他们曾经认为的那么愚蠢。这与某个人摘掉面具、暴露真实身份正好相反。"傻瓜成功"的主角是在隐藏他们的真实身份，以欺骗那些一直忽视他们的人。但别担心，转变的面具不会戴很久，因为最终，所有的"傻瓜成功"类故事都会宣扬这样一个观点：不管别人怎么看待我们，当我们做自己的时候，才是最强大的。

"傻瓜成功"类故事会令读者产生共鸣，是因为我们都有过这样的经历。我们都曾挣扎着去适应，我们都曾在生命中的某个时刻，被人怀疑。有些人或有些团体曾经告诉我们："你们做不到！"但"傻瓜成功"类故事能引起我们的共鸣，最主要是因为在内心深处，我们都想去相信一个人可以有所作为。我们爱我们的"愚蠢的"主角，因为他们代替我们所有人心中的失败者赢得了胜利。他们教会我们，相信自己有时候是我们需要的唯一一件武器。

总结一下：如果你想写一部"傻瓜成功"类小说，请确保你的故事包含以下三个基本要素：

- **一个傻瓜**：天真是他们的优势，温和的举止使他们很可能被所有人忽视，除了一个嫉妒的知情者，这个角色非常清楚主角的潜力。
- **一个权势集团**：傻瓜在自己所处的环境中或被送入一个起初不适应的新环境后对抗的人或团体。不管是哪一种情况，这种不匹配一定会激起火花！
- **一个转变**：傻瓜变成了另一个人或进行了伪装，通常包括偶然发生或出于伪装而改变名字。

历史上畅销的"傻瓜成功"类小说

《老实人》，伏尔泰著

《雾都孤儿》，查尔斯·狄更斯著

《简·爱》，夏洛蒂·勃朗特著

《BJ单身日记》，海伦·菲尔丁著（后文中有该小说的动点进度表）

《公主日记》，梅格·卡伯特著

《另一个波琳家的女孩》，菲利帕·格里高利著

《小屁孩日记》，杰夫·金尼著

《怪诞少女日记》，蕾切尔·勒妮·拉塞尔著

《奇迹男孩》，R. J. 帕拉西奥著

《饺子公主》，朱莉·墨菲著

《社交季》，乔纳·莉萨·戴尔与斯蒂芬·戴尔著

《BJ单身日记》

作者：海伦·菲尔丁

"救猫咪"故事类型：傻瓜成功

书的类型：一般虚构

总页数：271 页（企鹅出版社 1996 年平装版）

尽管这部小说的基础——经典小说《傲慢与偏见》是一个"伙伴之爱"类故事，但这部由海伦·菲尔丁创作的爆笑大热小说完全可以归入"傻瓜成功"一类。我们的傻瓜，布里奇特·琼斯，是一位 30 多岁的单身人士，她与那些显然看不起

30多岁的单身女性的"自鸣得意的已婚人士"（她这样称呼他们）团体是对立的。但是，布里奇特的天真（以及自我评判的主题教训）使她最终取得了成功。

1. 开场形象（第1—2页）

来看看我们的女主角，书名里的人物，傻瓜布里奇特·琼斯，她刚刚开始写日记。前两页是布里奇特的"故事前"快照，她列出了自己的新年计划。在这个完美的开场中，我们一开始就看到了布里奇特是什么样的人，我们了解了她的缺点以及生活中**需要改变的地方**，这些都是由布里奇特的计划透露的：少喝酒、戒烟、减肥、更加自信、学会使用录像机、停止为没有男朋友而烦恼。我们还可以推断出，布里吉特会极端地自我批评，这是她的缺陷。

但是我们很快就会看到，在小说的结尾，布里奇特获得了真正的成长，不是因为她改善了自己的生活，而是因为她学会了接受真正的自己。

2. 陈述的主题（第11页）

在一年一度的新年火鸡咖喱自助餐会（由布里奇特父母的朋友举办）上，一个客人问布里奇特："一个女人是如何做到了这个年纪还不结婚的？"

这既陈述了小说的主题，也介绍了布里奇特（一个不被尊重的傻瓜）在小说中要面对的权势集团：在一个满是自鸣得意的已婚人士的世界里，做一个孤独的单身女性。

这个问题也代表了 20 世纪 90 年代的伦敦社会给 30 多岁还没有结婚的女人带来的压力，同时也暗示了布里奇特的单身是她的错，她一定是做错了什么才使自己现在还单身。

这与布里奇特必须学习的一课（自我接纳）有关。布里奇特神经质地追求自我完善（从开场形象和每篇日记的开头就可以看出），这表明她相信自己一定做错了什么。因此，她痴迷于改变自己——减肥、戒烟、少喝酒、少买彩票，她希望这么做能帮助她找到一个男朋友，甚至是一个丈夫。但是，除非她学会接纳自己，做真正的自己（本质上是对抗制度），才能真正找到真爱。尽管她认为自己有很多缺点，但她最终的爱人依然会爱她。

3. 设定（第 4—19 页）

现在是一月份，布里奇特的新年计划并没有一个好的开头，这也告诉了我们很多关于她这个主角的事情：她不断地尝试改善自己（但失败了）。虽然自我提升总是件好事，而且通常是任何好的故事情节的一个目标，但这里有一个转折，作为**一个有缺点的主角**，布里奇特必须认识到，她不必为了寻找真爱而改变自己，她现在的样子就很完美。这就是她改善自己的方法。

哦，多么讽刺！

在设定中，我们见到了布里奇特的故事 A 中的那些滑稽的角色。首先是她神经质的、唠叨的母亲，总是试图让布里奇特改变，以为这样她就能遇到一个丈夫（难怪她有这样的主题）。然后我们见到了布里奇特最好的朋友：嘉德、莎伦（又名"莎泽"）和汤姆。这三个人都以不同的方式表现了制度。嘉德身处制度内，依附于一个对她很坏的糟糕男友；莎伦一直反对现有的制度，称所有男人都是"情绪化的白痴"，并声称女性最终会生活在一个不需要男人的世界里；汤姆是对制度的颠覆：他是一个单身的男同性恋，同时也在努力寻找合适的约会对象。

我们还会见到布里奇特的上司丹尼尔·克里弗，也即布里奇特迷恋的"坏男人"。事实上，她的新年计划之一就是远离丹尼尔，但我想我们现在已经确定，坚持执行计划并不是她的强项。这在接下来的催化剂动点中得到了证明。

4. 故事 B（第 9 页）

在我们到达催化剂之前，我们短暂地见到了马克·达西，他最终将成为小说中的恋爱角色和故事 B 角色（尽管他是故事 B 角色这个事实直到第 87 页左右才显现出来）。

就像《傲慢与偏见》中给予这个角色创作灵感的达西先生一样，马克·达西很快就被布里奇特斥为傲慢、自负、不适合约会。布里奇特一点也不知道马克比她想象的更适合她。

丹尼尔·克里弗代表的是故事 A——布里奇特拼命改变自己，为了得到并留住一个男朋友；马克代表的是故事 B——布里奇特甚至没有意识到有人爱上了真实的自己，因为她太专注于想变成另外一个人。

马克最终爱上了布里奇特，而布里奇特甚至都没有注意到他。这一事实表明，布里奇特不需要那么努力去做一个"完美的人"。她只需要做她自己。

当然，这一切暂时还不会发生。发生的首先是……

5. 催化剂（第 19—20 页）

布里奇特的生活发生了看似有趣的转变：丹尼尔在工作时给她发了一条调情短信。她立即回复了一条信息，两人通过电子邮件，开始了一场滑稽又性感的办公室调情。

6. 讨论（第 20—52 页）

但这意味着什么呢？这是布里奇特（还有读者）急于知道的。这也是我们的讨论问题。

如果这意味着什么的话，这场调情会怎么演变呢？

克里弗这个家伙会成为布里奇特一直在等待（和为之节食）的未来丈夫吗？还是说他只是另一个扰乱布里奇特的心的"情绪化的白痴"？

这个问题不那么容易回答。有几个迹象指向了不同的方向，丹尼尔问她要了电话号码，但没有打电话给她，随后又约她出去（为此她准备了好几个小时），结果却放了她鸽子。

当丹尼尔明确表示他只想和布里奇特上床时，布里奇特拒绝了他。但是，布里奇特关于丹尼尔的讨论并没有就此结束。丹尼尔继续发调情的信息给她，虽然布里奇特决定不参与，但她还是回复了，尽管她同时发誓要"远离"丹尼尔。

与此同时，布里奇特的父母正面临婚姻问题，而布里奇特继续在宴会上装傻，那些自鸣得意的已婚夫妇不停地问她为什么没有结婚。

7. 进入第 2 幕（第 52—53 页）

布里奇特的冷淡似乎起了作用，丹尼尔再次约她出去。他们约会了，还上床了。关于这种调情会变成什么样子的讨论结束了，布里奇特决定让两人的关系更上一个台阶。但这会是个错误吗？丹尼尔对她的感觉和她对他的感觉一样吗？这将会呈拉锯状态的第 2 幕，就是和丹尼尔·克里弗上床后的布里奇特·琼斯的世界。

8. 乐趣与游戏（第 54—145 页）

这部小说的乐趣与游戏在于，布里奇特想和丹尼尔·克里弗建立情侣关系，但丹尼尔显然不想要这样的关系。他到底是不是她的男朋友？这个重要的问题把我们推向了中点。

海伦·菲尔丁在整部小说，尤其是在这个动点中创造了一种精彩的**弹跳球式**叙述。布里奇特的内心一直在斗争："他爱我！他不爱我！"在他们上床后，丹尼尔没有给她打电话，所以布里奇特试图忽略丹尼尔，希望他会回心转意。当丹尼尔邀请她和他一起去布拉格时，这个策略似乎奏效了。但不久之后，他取消了这次旅行。

与此同时，马克·达西（故事 B 角色）仍然在故事中时不时地出现。虽然马克早在第 9 页就出现了，但直到他在第 87 页再次出现时（这次我们看到了他和丹尼尔之间的敌意），他才真正开始扮演故事 B 角色。

此外，制度的光鲜外表也开始出现漏洞。首先，布里奇特的母亲离开了她父亲，声称她厌倦了做一名妻子。随后，布里奇特一个自鸣得意的已婚朋友发现丈夫对她不忠。这些例子都体现出布里奇特反对的这一制度的弊端。不是所有婚姻都能成功，也并不是结婚了就能过上那种制度希望你想象出的"皆大欢喜"的幸福生活。

尽管如此，布里奇特仍然在努力实现她所有的自我提升的目标（学习禅宗的艺术，试图找到"内心的平静"），并希望丹尼尔成为她的男朋友。看来她的进步很大，到了第90页，她已经达到了自己的目标体重（只是她的朋友说她以前的样子更好看），基本上已经戒掉了香烟（尽管她是用买刮刮式彩票代替了烟瘾），然后，瞧！丹尼尔出现在了她家门口，醉醺醺地，表白了他的爱。这段关系已经正式开始了！

但别太为布里奇特高兴。弹跳球还没有停下来。

当布里奇特认为自己可能怀孕了时，丹尼尔突然又开始忽视她了。她发现自己并没有怀孕，丹尼尔又约她出去了。丹尼尔同意和布里奇特暂时停止交往（对她来说是件大事），但当他们撞见了一个曾经和丹尼尔上过床的女孩时，这场暂停变成了一场灾难。弹跳！弹跳！弹跳！

这段关系会变成什么样子呢？丹尼尔和布里奇特的弹跳球会永远上下跳动吗？

我们很快就会得到答案。

9. 中点（第 145—153 页）

布里奇特和丹尼尔被邀请去参加一个妓女与牧师派对[①]（**中点聚会**），但丹尼尔不得不在最后一刻赶回去工作。于是布里奇特扮成性感的兔子去了，结果发现妓女与牧师的主题被取

---

① 英国的一种变装派对。

消了，而且没有人告诉她。现在，她是唯一一个穿得像个妓女的人。（让我们嘲笑这个傻瓜吧！）

当马克和娜塔莎出现在派对上时，**故事 A 和故事 B 相交了**。娜塔莎是马克一个漂亮而又古板的同事，显然想追求马克。她是**嫉妒的知情者**，一有机会就对布里奇特冷嘲热讽。在派对上，马克清楚地表达了他对丹尼尔的负面感觉，并提醒布里奇特要照顾好自己。

几页后，当**虚假的失败**来袭时，马克的看法被证明是正确的。派对结束后，布里奇特回到丹尼尔家，想给他一个惊喜，却发现一个裸体的女人站在他家屋顶的阳台上（**中点转折**）。

10. 坏人逼近（第 153—237 页）

当你的男朋友（还可能一开始就不是你的男朋友）劈腿之后，你只能继续前进了，对吧？

于是，布里奇特开始前进了！

她和她的朋友们度过了一个愉快的夜晚，他们让她的精神振作了起来，然后她妈妈给她安排了一次新工作的面试——一份电视台的新工作！

布里奇特得到了这份工作（转变），这很好，因为这意味着她不必和丹尼尔一起工作了（顺便说一句，现在丹尼尔已经和屋顶裸女订婚了）。尽管有一些问题，但布里奇特在新工作中表现得很好。

然后，布里奇特被邀请去马克·达西家参加他父母的红宝石婚派对，而且马克突然邀请她出去约会。布里奇特很困惑，她甚至没有留意过马克。在第207页，马克说："布里奇特，我认识的其他所有女孩都很光鲜得体。我认识的人里面没有谁会把兔子尾巴系在裤子上……"这是她今年最尴尬的愚蠢时刻之一，但马克真的很喜欢这样的她。从本质上来说，他喜欢真实的布里奇特，而不是她一整年都试图成为（但失败了）的那个完美、光鲜的幻像。

但是当约会之夜来临的时候，马克似乎也放她鸽子了。幸运的是，她被一项重要的工作任务分散了注意力：她的老板想让她去报道一个重大的法律案件。原来马克·达西是负责这个案子的律师，他接受了她的独家采访。另外，布里奇特发现他并没有放她鸽子！布里奇特在吹干头发时，马克敲了门，他以为布里奇特放自己鸽子了。弹跳！弹跳！弹跳！

布里奇特举办了一场派对，但派对遇到了严重的问题，马克和她最好的朋友嘉德突然出现，挽救了局面。

终于，布里奇特的生活似乎走上了正轨。

11. 失去一切（第237—239页）

嘭！布里奇特的父亲打电话告诉她，她母亲和母亲的新情人正在被警方通缉。他们用分时度假 ① 骗局骗走了很多人的钱，现在失踪了。

12. 灵魂的暗夜（第 240—265 页）

律师马克·达西大胆地采取了行动，他飞到葡萄牙找到了布里奇特的母亲，并帮助警察解决了混乱，把她带回了家。

但随后，马克不再给布里奇特打电话了。

12 月了，还是没有消息。布里奇特沉溺于失望之中，在第 250 页，她说："为什么，为什么？所有努力都带来了相反的结果，我将被阿尔萨斯人吃掉。"这说明她还没有领会主题。尽管马克很喜欢真实的她，但她仍然认为没有成为更好的自己是马克不打电话给她的原因。在这灵魂的暗夜里，她过得如此艰难，这时候丹尼尔给她打了电话，他喝醉了，在电话里大哭，她实际上很高兴，称之为"圣诞奇迹"（**回归熟悉**）。

13. 进入第 3 幕（第 265 页）

圣诞节那天，马克出现在布里奇特的家里。原来此前他

———————————

① 分时度假就是把酒店或度假村的一间客房或一套旅游公寓的使用权分成若干个周次，按 10 至 40 年甚至更长的期限，以会员制的方式一次性出售给客户，会员获得每年到酒店或度假村住宿 7 天权利的一种休闲度假方式。

一直在处理布里奇特的妈妈和她的前情人惹出来的不体面的乱子，现在这个前情人刚被警察逮捕。马克说他想带布里奇特出去吃饭。

布里奇特接受了。

14. 尾声（第265—267页）

诚然，这本书的尾声很短。当这本书被改编成电影时，最大的改动之一就是在第3幕增加了一些额外的戏剧性情节和悬念（可以说是增加了一个五点式尾声）。

在小说的结尾，马克和布里奇特有了一次美好的约会。马克说，之所以没有给布里奇特打电话，是因为他在忙着把她母亲的前情人骗回英国，这样警察就可以逮捕他了。当布里奇特问他为什么做这一切时，他回答："这还不明显吗？"

但不，不明显。对布里奇特来说不明显。她直到现在才意识到。

15. 结局形象（第268—271页）

一年快结束了，与开场形象相呼应，布里奇特的日记以一场总结结束。她总结她喝了多少酒、抽了多少烟、消耗了多少卡路里。尽管如此，她仍然称这是"很棒的一年，自己取得了进步"。

布里奇特终于领会了这个主题：你可以通过奋斗和努力来改变自己，或者你也可以接受这样一个事实：这就是你，这就是优秀的你。

为什么这是一部"傻瓜成功"类小说?

《BJ 单身日记》包含了一个成功的"傻瓜成功"类故事的所有三个要素：

- **一个傻瓜**：作为一个 30 多岁的伦敦单身女性，布里奇特在各个方面都是社会中的傻瓜。她经常被嘲笑、讽刺，并被问到为什么她还没有结婚。她是一个被排斥的人，一个失败者。尽管如此，最后她仍然成功了，通过做她自己。

- **一个权势集团**：自鸣得意的已婚人士（布里奇特这样称呼他们）的世界。这是布里奇特作为一个 30 岁的"老姑娘"（权势集团这样称呼她）经常与之对抗的一群人，也是布里奇特感到迫切需要改变的原因。

- **一种转变**：在被男友劈腿后，布里奇特经历了一个巨大的转变：她辞掉了工作，去电视台上班，基本上把自己变成了一个全新的人。

猫眼视角

为了供你快速翻阅参考，以下是对这部小说的动点进度表的简要概述。

1. **开场形象**：在第一篇日记中，布里奇特列出了她的新年计划（也就是她想做出的一切改变）。

2. **陈述的主题**："一个女人是如何做到到了这个年纪还不结婚的？"这是一个派对上有人向布里奇特提出的问题，暗示单身是她的错。这个问题不仅向我们引出了这个"傻瓜成功"故事的权势集团，也向我们介绍了布里奇特最终将学会的一课：她不需要为了找到一个丈夫而改变自己。

3. **设定**：布里奇特的计划有了一个糟糕的开头，我们见到了一些故事A角色：她的朋友，还有丹尼尔·克里弗，即布里奇特的上司，也是她暗恋的"坏男人"。

4. **催化剂**：丹尼尔·克里弗在工作时给她发了一条调情短信，挑起了一场性感的办公室调情。

5. **讨论**：这是什么意思？丹尼尔想成为她的男朋友吗？还是只想和她上床？

6. **进入第2幕**：尽管布里奇特发现丹尼尔只是想和她上床（也许并不想和她建立关系），但她还是决定回应他。

7. **故事B**：马克·达西（在设定中出现过）体现了主题，

他最终爱上了真实的布里奇特（布里奇特甚至没有意识到），证明了布里奇特并不需要改变自己才能找到真爱。

8. **乐趣与游戏**：布里奇特和丹尼尔的这段滑稽、富有戏剧性、时断时续的关系，在布里奇特试图确定丹尼尔是不是她男朋友的过程中实现了故事的前提承诺。与此同时，布里奇特的父母分手了。

9. **中点**：布里奇特发现丹尼尔和另一个女人在一起。显然，他不会做她的男朋友（虚假的失败）。

10. **坏人逼近**：布里奇特辞职了，在电视台找了份新工作，重新振作起来。而后，令她吃惊的是，马克·达西约她出去，他说自己喜欢她是因为她和他认识的其他女孩都不一样，但当约会的夜晚到来时，他（似乎）放了她鸽子。后来，布里奇特意识到这是一个误会。

11. **失去一切**：布里奇特的母亲和她的新情人因制造金融骗局被捕。

12. **灵魂的暗夜**：马克·达西飞往葡萄牙，尝试把布里奇特的母亲接回家，但后来他不再给布里奇特打电话。布里奇特沉溺于失望中，此时，丹尼尔打电话给布里奇特，醉醺醺地哭着道歉，让布里奇特又回到熟悉的情境中。

13. **进入第3幕**：马克在圣诞节那天再次约布里奇特出去。她答应了。

14. **尾声**：布里奇特和马克有了一次美好的初次约会，在这次约会中，布里奇特意识到马克真的爱她本来的样子。

15. **结局形象**：与开场形象呼应，布里奇特在日记中总结了她这一年的经历。即使她没有完成任何改变自己的新年计划，但她仍然认为这一年"过得很好"。

10

伙伴之爱

爱情（或友谊）的转变性力量

注意！本章包含以下书籍的"剧透"：

凯特·迪卡米洛的《傻狗温迪克》

简·奥斯汀的《傲慢与偏见》

蓝波·罗威的《这不是告别》

约翰·格林的《无比美妙的痛苦》

苏珊·伊丽莎白·菲利普斯的《绝对是你》

乔乔·莫伊斯的《遇见你之前》

斯蒂芬妮·梅尔的《暮光之城》

尼古拉斯·斯帕克思的《恋恋笔记本》

妮古拉·尹的《你是我一切的一切》

没有什么比爱的故事更原始的了。不相信我吗？爱情小说每年能带来10亿美元的收益，数目目前占美国图书市场的33%以上。为什么？因为没有什么比人类对陪伴的渴望更能打动人心的了。

但是，爱的故事并不总与爱情有关。是的，大多数爱情小说都属于这一类，但我们的"伙伴之爱"类小说的内容远不止浪漫的爱情，而且事实上，它涵盖了各种各样的爱，从爱情到友谊，甚至到对宠物的爱。

这类小说的主要特点是：主角被另一个人改变了。

是的，所有的故事都与转变有关（或者应该与之相关）。一个关键的时刻或事件（催化剂）启动情节，最终导致主角发生极大的改变。但在"伙伴之爱"类小说中，会带来这种改变的情节通常是由一个生物启动的，而不是一个事件。

这就是为什么在大多数的"伙伴之爱"类故事中，催化剂是遇到了那个非常特别的伙伴。这个存在（不论是恋人、新朋友、宠物，还是无生命的物体）进入了主角的生活，永远改变了主角。

在《傲慢与偏见》中，直到争强好胜的伊丽莎白·班奈特遇到骄傲而不讨人喜欢的达西先生后，她的生活才开始发生重大改变。同样的，在《傻狗温迪克》中，直到奥珀尔·布洛尼遇到那只邋遢的杂种狗温迪克，她的世界才开始颠倒过来。在苏珊·伊丽莎白·菲利普斯的《绝对是你》中，当菲比接手芝加哥橄榄球联盟的明星橄榄球队时，菲比·萨默维尔和凯莱博教练的生活才发生了翻天覆地的变化。

不管主角的伙伴是谁，这类故事的主题都是一样的：一个人被另一个人变得完整。或者至少有一个人（或一条狗）是带来主角迫切需要的某种改变的催化剂。

在《傻狗温迪克》中，11 岁、没有母亲的奥珀尔在新环境里挣扎于孤独中。她想要朋友。这时候，温迪克出现了。这只狗不仅成了奥珀尔的第一个朋友，还带领奥珀尔遇到了一群有趣的人，这些人最终也成了她的朋友。最终，温迪克也为奥珀尔的生活带来了她需要的终极改变：奥珀尔与父亲建立了亲密的联系，并意识到拥有他对自己来说已经足够了。

在《傲慢与偏见》中，伊丽莎白需要学会如何克服她对别人的偏见。有谁比自负的达西先生更适合教会她这一点呢？因为事实证明，达西先生和她最初印象中的那个人完全不同！

不管有没有接吻场景，这两个故事本质上是一样的：伊莉莎白和奥珀尔都因为另一个人（狗）而变得更好。

而在一些故事中，尽管主角和伙伴最终没有走到一起（像蓝波·罗威的《这不是告别》或约翰·格林的《无比美妙的痛苦》），但这些故事中的伙伴仍然在帮助主角变得更好。

现在，不要被"爱的故事"这几个字迷惑。你的小说不会仅仅因为包含了一个爱的故事，而被自动归入"伙伴之爱"的阵营。你的小说是否真正属于"伙伴之爱"的类别，很大程度上取决于你如何定义你的故事 A 和故事 B。

记住，**故事 A** 是主要的故事情节，是外在的故事，是小说的"吸引点"，推动着情节向前发展，而**故事 B** 往往是支线故事，这个故事中的一个角色（或角色们）在某种程度上代表了主角的精神或内在旅程。

在"伙伴之爱"类小说中，故事 A 是爱的故事。这是吸引我们的地方！我们拿起了《绝对是你》，是因为我们想阅读心肠软的菲比·萨默维尔（她对橄榄球一无所知）和刚强冷酷的芝加哥明星队教练之间发生的冲突。这是**前提承诺**。菲比与球员和球队经理之间的关系，以及她作为职业橄榄球队老板的学习曲线，都是支线情节。帮助她的人物弧线向前发展的是故事 B。

同样的，我们拿起乔乔·莫伊斯的《遇见你之前》，是因为平凡的路易莎·克拉克爱上了特别的四肢瘫痪的威尔·特雷纳，他们的感人故事（故事 A）触动了我们的心。尽管是路易莎和威尔的关系最终促使她领会了"好好生活"的主题（所有的故事 A 都是这样推动着主角走向改变的），但路易莎和威尔看似冷漠的母亲卡米拉·特雷纳之间的紧张关系（故事 B）也体现了这一主题。卡米拉·特雷纳虽然富有，但生活也陷入了困境。

另一方面，在非"伙伴之爱"类小说中，爱情故事或友情故事通常出现在故事 B 中，而且一般是情节的主要焦点。

如果你仍然感到困惑，我们可以用催化剂动点来判断你的故事是否属于"伙伴之爱"的类别。是且仅是另一个人的存在让你的主角走上改变的道路吗？如果答案是肯定的，那么你可能已经拥有了一个"伙伴之爱"的故事。

如果你的故事属于"伙伴之爱"的类别，那么请确保你研究透了精彩的"伙伴之爱"类故事的三个要素：（1）一个**不完整的主角**；（2）一个**对应的人**；（3）一个**令情况变复杂的因素**。

首先，让我们来看看不完整的主角。这实际上是谁的故事？尽管"伙伴之爱"类故事实际上是关于两个人的，但是为了让他们的生活回到正轨，其中的一方往往需要付出更多努力。这个人（或存在）的转变弧线最大，也需要做出最大的改变（也确实改变了）。

在研究"伙伴之爱"类小说时，你可以看看是谁在讲述这个故事。如果是像《遇见你之前》这样的第一人称叙述（由路易莎·克拉克叙述），或者由一个亲密的第三人叙述，这意味着我们只能看到一个角色的视角，就像珍妮弗·E.史密斯的《一见钟情的概率》，由海莉·沙利文叙述，那么很有可能那个人就是作者选择的第一主角，因为作者希望你用他／她的视角看这个故事。当你在写自己的小说时也是如此。你选择谁作为叙述者（或叙述者们）在很大程度上表明了这到底是关于谁的故事。

看看年轻人中的畅销书，比如《无比美妙的痛苦》和《暮光之城》。这两部小说中的女性角色（海蓁·格雷丝和贝拉）是故事中的主角。书是通过她们的视角讲述的，而她们的爱人（奥古斯塔斯和爱德华）则是改变的推动者。当然，奥古斯塔斯和爱德华都有他们自己的转变弧线，但与海蓁和贝拉的巨大改变相比起来就不算什么了。毕竟，奥古斯塔斯在失去一切动点中死去，留下海蓁独自完成她的转变弧线。而爱德华作为一个吸血鬼，已经在好几辈子的时间里完成了他的大部分转变。这部小说是关于贝拉的。

不过也有例外，在有的"伙伴之爱"类小说中，两个伙伴因为对方而发生了同样大的改变，产生了两个主角。这被称为**双主角**。在这种情况下，作者通常会从两个人的视角分别讲述故事。像在《绝对是你》中，故事是从菲比和凯莱博教练的第三人称视角叙述的。或者在另一本受欢迎的青少年小说《这不是告别》中，作者蓝波·罗威选择从埃莉诺和帕克两人的视角来讲述这个不可能的爱情故事，这意味着她必须让这两个人发生同样引人入胜的转变。他们甚至都被写进了书名[①]！

不管你的故事中有多少位叙述者或主角，在所有这些例子中，我们的不完整的主角（或主角们）都迫切需要生活中的一些改变，而这种改变将来自我们的"伙伴之爱"的第二个要素：**对应的人**。这是那个能（最终）使我们主角的人生变完整的人（或存在），或能促使主角发生迫切需要的改变的人。

通常这个人或伙伴会有点古怪，有点独特。这个令人兴奋的新人一定有什么特别之处，能给我们的主角带来翻天覆地的变化，也就是说他们不能是无趣的或平庸的。他们必须值得我们用整个催化剂动点来讲述，这个人或存在的出现必须把主角从他们的停滞＝死亡低潮中拉出来，将他们推进第2幕！

想想在《无比美妙的痛苦》中，奥古斯塔斯·沃特斯用诙谐的对话和对生活古怪的看法改变了海蓁·格雷丝的生活。没有他，海蓁就不会懂得爱，只会继续在抑郁的状态下生活，等待死亡降临。

或者想想《傻狗温迪克》中那只名叫温迪克的狗。它不是

---

① 《这不是告别》的英文书名是 Eleanor and Park，是两个主角的英文原名。

一只普通的狗，作者明确地表达了这一点。这只狗有勇气，有性格，还会对人微笑。如果没它，谁知道奥珀尔和她的牧师父亲会不会发现他们彼此需要呢？

这类故事的最后一个要素是一个令情况变复杂的因素。这个因素让主角和伙伴分开了（至少暂时是这样）。这个因素可能涉及另一个人，形成一个三角关系，有时被称为"三人物"。这个因素可能是身体上的，也可能是情感上的，像《遇见你之前》中威尔的身体状况。或者，这个因素可能是一个误会或性格冲突，导致两个人物在一开始讨厌对方（像《傲慢与偏见》或《绝对是你》）。这个因素还可能是冲突的个人或伦理观点，史诗般的历史事件，甚至是社会的普遍反对（像尼古拉斯·斯帕克思的《恋恋笔记本》中不幸的恋人）。或者这个因素可以是，你的对应人物甚至不是人类！例如《暮光之城》。没有什么比发现你的真爱可能会杀了你、喝你的血更能令美好的爱情变复杂的了。

无论你选择让你的故事拥有什么会令情况变复杂的因素，这个因素都是至关重要的，因为它提供了故事的主要冲突。真的，如果没有它，那还有什么让这对恋人不能在小说的第10页就一起在夕阳中奔跑呢？那会是一部很短的小说。

一定是有什么东西把这对爱人或伙伴分开了，否则，你就没有故事可说了。"伙伴之爱"故事中的冲突将决定小说的成败。如果冲突不够多，你的读者就会因为这个故事"太简单"而放弃阅读，也不会觉得这份爱是难得的。你把这对伙伴分开的时间越长，在他们之间制造的隔阂越大，故事就越精彩，读者也会读得越投入。即使主角和伙伴在故事一开始就在一起了，他们的关系中也一定要存在一些不稳定的因素。为什么他们还没有幸福地生活在一起呢？这个令情况变复杂的因素就像颗夹在两人之间的小炸弹，等待爆炸，把他们分开。

但讽刺的是，这个因素常常也会让这两个人物在一起。在《无比美妙的痛苦》中，海蓁·格雷丝和奥古斯塔斯·沃特斯建立了亲密关系，因为他们都经历过一个人能经历的最糟糕的事情之一：癌症。但这也是海蓁·格雷丝一开始与奥古斯塔斯保持距离的原因。在《恋恋笔记本》中，艾丽和诺亚因为社会和家庭的偏见而分离。然而，也正是这一点让他们努力争取在一起。在《遇见你之前》中，威尔的身体状况是路易莎遇到他的原因（她被雇为威尔的看护人），但这也是他们之间冲突的主要根源，这些冲突一直存在到最后。

这个因素可能是一件棘手的事情。它能把伙伴们聚集在一起，也能把他们分开。通常情况下，这个因素会把故事推进到失去一切动点，在那里，恋人或朋友真的分手了、分开了或者大吵一架。因为"失去一切"被定义为故事的最低点，这种分开的动点经常出现在"伙伴之爱"类小说中，因为还有什么比失去你慢慢爱上的人更痛苦的呢？伙伴们需要这个动点，这样他们才能意识到自己真正拥有的是什么，并想办法改变自己的缺点（也就是领会主题），从而挽救这段关系（或者他们自己）。

最后，几乎所有的"伙伴之爱"故事都包含了一条相似的信息："我的人生因为认识了另一个人而改变了。"这就是这类故事的魅力所在，这些爱的故事（无论是否是爱情故事）也正是如此教会了我们人生的一课。有趣的是，我们会阅读一本又一本教会我们这一课的书籍。

我想这听起来一定是真的。

总结一下：如果你正在考虑写一本"伙伴之爱"类小说，请确保你的故事包含以下三个要素：

- **一个不完整的主角**：一个在身体上、道德上或精神上缺少某些东西的人。他们需要另一个人才能变得完整。
- **一个对应的人**：让主角变得完整或拥有主角所需要的品质的人（们）。
- **一个令情况变复杂的因素**：可能是一个误会、个人或伦理上的观点冲突、身体或情感上的挑战、史诗般的历史事件、社会的反对或其他因素。这是小说中冲突的主要来源，既会使伙伴分开，也会使他们在一起。

历史上畅销的"伙伴之爱"类小说

《堂吉诃德》，米盖尔·德·塞万提斯·萨维德拉著

《傲慢与偏见》，简·奥斯汀著

《呼啸山庄》，艾米莉·勃朗特著

《安娜·卡列尼娜》，列夫·托尔斯泰著

《鹿苑长春》，玛·金·罗琳斯著

《绝对是你》，苏珊·伊丽莎白·菲利普斯著

《恋恋笔记本》，尼古拉斯·斯帕克思著

《傻狗温迪克》，凯特·迪卡米洛著

《避风港》，丹尼尔·斯蒂尔著

《暮光之城》，斯蒂芬妮·梅尔著

《无法抗拒的力量》，布伦达·杰克逊著

《白色约定》，诺拉·罗伯茨著

《安娜与法式之吻》，斯蒂芬妮·珀金斯著

《这不是告别》，蓝波·罗威著

《无比美妙的痛苦》，约翰·格林著

《遇见你之前》，乔乔·莫伊斯著

《一见钟情的概率》，珍妮弗·E.史密斯著

《亚里士多德和但丁发现宇宙的秘密》，本杰明·阿里礼·萨恩
斯著

《你是我一切的一切》，妮古拉·尹著（后文中有该小说的动点进度表）

《当酒窝遇到诗人》，桑迪亚·梅农著

《你是我一切的一切》

作者：妮古拉·尹

"救猫咪"故事类型：伙伴之爱

书的类型：青少年爱情

总页数：306 页（德拉科特出版社 2015 年精装版）

2015 年，作家妮古拉·尹以她惊艳迷人的处女作《你是我一切的一切》在青少年小说的领域崭露头角。这部小说讲述了一个患有"气泡男孩症 ①"的女孩的故事，她大部分时间都被关在家里。但当一个男孩搬到隔壁时，他们俩的一切都改变了。这部小说在传统叙事中加入了图形、图表、插图、电子邮件、即时信息和其他创意设备的元素，登上了《纽约时报》畅销书排行榜的榜首，并于 2017 年被改编成电影，由阿曼达·斯坦伯格和尼克·罗宾森主演。

① 一种先天性免疫系统缺乏症，患者无法抵抗日常的细菌、病毒和真菌感染，所以必须生活在完全无菌的罩内。

1. 开场形象（第 1—2 页）

我们的主角玛德琳（也叫"玛迪"）向我们介绍了她那全白的房间，里面有"白色的架子和闪闪发光的白色书架"。她的书都是"从外面送进来的，经过消毒和真空处理，用塑料膜密封好"。

这一切的原因是什么？我们很快就会知道。但现在，玛德琳只告诉我们她读了很多书。

3. 设定（第 3—20 页）

到了第 3 页，我们了解了玛德琳的情况：她对这个世界过敏。她患有重症综合性免疫缺陷（severe combined immunode-ficiency，缩写 SCID）。她不能出门，永远不能。她的第 1 幕世界就是她的家，她没去过别处。难怪她读了那么多书！

玛德琳只见过她的母亲（一个医生）和护士卡拉，卡拉会在白天她妈妈工作的时候照顾她。

在设定中，我们进一步了解了玛迪和她独特的世界。玛迪非常有创造力，但也非常无聊和孤独（**需要解决的问题**）。她最大的愿望就是看看外面的世界。"我唯一的愿望就是出现一种神奇的治疗方法，能让我像野生动物一样在外面自由奔跑。"但根据她的情况，她可能永远无法这样做。

她每天都在网上上课、阅读、写作和发布书籍的"剧透评论"。晚上，她和妈妈一起看电影或玩棋盘游戏。基本上，她的生活是可以预测的。

所以，还有什么比一个完全不可预测的伙伴更能打破她的世界，让她的生活朝新方向发展呢？

4. 催化剂（第 20—21 页）

一辆搬家货车驶进隔壁房子的车道。玛迪从卧室的窗户看到，一个穿着一身黑衣服（与她的纯白世界对应）的十几岁男孩跳下了货车。

从她第一次见到奥利的那一刻起，他就在运动。在生活中不断地疯狂移动、跳跃和奔跑。他和玛迪完全相反，玛迪是个被困在一个地方的人。但就像所有的"伙伴之爱"故事一样，奥利正是玛迪需要的伙伴，一个能让她走出孤独、可预测的生活，教她如何真正去活的人。

当他们的目光透过窗户对视时，一切都将不一样了……对于两个人来说，都是如此。

5. 讨论（第 22—41 页）

这个男孩是谁？这次对视（如果有什么进展的话）会发展成什么样子？这是讨论问题。在接下来的 20 页里，玛迪痴迷于透过卧室的窗户窥探奥利，试图回答这个问题。

玛迪被他迷住了，她把奥利家人的来去时间记录了下来，把奥利的日程安排标记为"不可预测的"（与她的可预测性相对，这一点在早前的第 13 页已经直接提到了）。

在她的"间谍活动"中，玛迪发现奥利喜欢跑酷，这是另一个与她的生活方式相反的地方。她还注意到奥利的爸爸是个容易生气的人，经常虐待奥利、他的母亲和妹妹。

当奥利和他的妹妹拿着母亲烤的蛋糕来拜访时，玛迪的妈妈不得不礼貌地拒绝。她不能从外面带任何可能污染房子、让玛迪生病的东西进来。玛迪母亲神秘的拒绝激起了奥利的兴趣，他开始透过他们卧室面对面的窗户与玛迪互动。由于不能相互交谈，奥利透过他的窗户做了一些滑稽的表演，让玛迪大笑起来。

当奥利把他的电子邮件地址写在窗户上时，讨论结束了。玛迪没有犹豫。

6. 进入第 2 幕（第 42 页）

玛迪给奥利写了邮件。他们的关系正式开始了。

2/7. 陈述的主题 / 故事 B（第 68 页）

玛迪的护士卡拉告诉玛迪（陈述主题）："每件事都有风险。什么都不做也是有风险的。全都看你。"

在这部小说的开头，玛迪极其不愿意冒险。当然在她的情况下，她应该这样做。但如果她想真的去生活，而不仅仅是活下去，她就必须找到勇气去承担她从未冒过的风险，包括生命危险。在小说的结尾，玛迪将会学到，生活中还有比活着更重要的东西。

陈述主题的卡拉也是故事 B 角色。尽管与奥利的相遇推动玛迪走出了自己的舒适区，但是是卡拉帮助玛迪走出了每一步。

8. 乐趣与游戏（第 42—130 页）

第 2 幕的世界是有奥利在的玛迪的生活世界。没有他，她的世界将变成黑夜。

一段有趣诙谐的电子邮件交流开始了，而且很快就变成了即时信息对话。在这条乐趣与游戏的**向上发展的道路**上，玛迪和奥利从一些小事开始交流（喜欢的书、电影和食物），慢慢了解了对方。很快，他们愈发信任对方，转向更严肃的话题（玛迪的疾病和奥利家暴的父亲）。玛迪总是能让奥利微笑，即使是在他生活中最黑暗的时刻。这证明了他需要她，就像她需要他一样。

在卡拉透露她知道玛迪在和奥利交谈后，玛迪问卡拉他们是否可以见面，并承诺对母亲保密（因为她的母亲绝不会同意）。当然，卡拉说不行（这太危险了），但随后她改变了主意，这体现了她相信有些事情值得冒险的主题。

奥利在房子的气锁系统中被净化了，在阳光室见到了玛迪，在那里他们被命令不能触碰对方。在他们第一次见面的时候，很明显，两人已经互相倾心了。

但是，**弹跳球式**叙述把玛迪拉回现实，因为她意识到这段关系很危险，不管是对她的健康来说，还是对她的心来说。"这么长时间以来，我第一次想要得到比我能拥有的更多的东西。"玛迪担心的是愿望和欲望。她知道自己永远都不可能真正拥有奥利，于是她立刻从这段关系中抽身而退。

但是，故事 B 角色卡拉说服她不要和奥利分手，这又一次引出了主题："你真的想因为一点小小的心痛而失去你唯一的朋友吗？"玛迪很快意识到卡拉是对的，她再次冒险去见奥利，发誓只和他做朋友。

但她见奥利的次数越多，就越确信自己会爱上奥利。这是不可避免的。奥利和玛迪继续向对方敞开心扉。玛迪告诉奥利她的父亲和哥哥是怎么死的：他们是被一个开车时睡着的卡车司机撞死的，那之后不久，玛迪就被诊断患有 SCID。

与此同时，玛迪的母亲开始因玛迪的行为变化而怀疑她。玛迪比平时更累，而且为了和奥利聊天，她取消了她们正常的晚间活动。

玛迪因对母亲撒谎而感到内疚。但她仍在继续承担越来越大的风险。在一次秘密会面中，奥利和玛迪第一次触碰对方，紧接着就开始了关于接吻的对话。玛迪开始沉迷于亲吻奥利的想法。她真的会这么做吗？一想到初吻，她就兴奋不已。

9. 中点（第130—138页）

在史诗般的**虚假的胜利**中点，奥利和玛迪第一次接吻了。"就这样，一切都改变了。"玛迪在第130页写道。

但几页后，当奥利在人行道上和他的父亲大吵一架时，**风险被提高了**。当奥利的父亲一拳打在奥利的肚子上时，玛迪没有思考。她只是下意识地跑出前门去找奥利，身后，她的母亲尖叫着让她停下来。

这是一个**从"想要"到"需要"**的明确**转变**，因为玛迪冒了她有生以来最大的风险：出去。为了奥利，冒着生命的危险。

事情结束后，玛迪的母亲意识到奥利对玛迪来说并不是一个陌生人。他们彼此认识。玛迪撒了谎，告诉母亲她和奥利只是网友。

10. 坏人逼近（第139—235页）

当玛迪的妈妈发现奥利手腕上的橡皮筋出现在屋子里的时候，事情就立刻开始**向下发展**了。她知道这两个人见过面。她立即剥夺了玛迪上网的权利，解雇了卡拉，换了一个极其严厉的护士珍妮特。

玛迪再也不能和奥利说话了，她陷入了绝望。

暑假结束了，奥利回到学校，两人见面的次数越来越少。后来有一天，奥利从学校带了一个女孩回家，尽管玛迪很快得知她只是奥利的实验室搭档，但她也迅速意识到自己永远无法与其他女孩竞争。

"她漂亮不漂亮并不重要。重要的是她能感受到太阳晒在皮肤上的感觉，能呼吸没有过滤过的空气。重要的是她和奥利生活在同一个世界，而我不是，并且永远也不会。"

在目睹了奥利和他父亲的另一场争吵后，玛迪做了一个决定：她为自己和奥利订了两张去夏威夷的机票，给母亲留下一封告别信，信上写道："因为你，我活了这么久，才有机会了解我那小小的世界。但这还不够。"然后偷偷溜出了家门。

玛迪和奥利一起尝到了幸福的滋味，现在她再也回不去了。没有奥利，玛迪不可能再快乐起来。"好像我再也不能用旧的方式看待这个世界了。"

玛迪谎称自己得到了一些试验性的药片，可以防止自己生病，从而说服了奥利和她一起去夏威夷。两人乘飞机前往夏威夷享受了两天的幸福时光。玛迪第一次看到大海，第一次在海里游泳，两人一起吃美味的食物，度过了一个浪漫的夜晚。通过这一切，玛迪离领会主题越来越近了。在第 208 页，她写道："每一次呼吸都向我保证，我不仅仅是活着。我在生活。"

11. 失去一切（第 234—237 页）

但是，当玛迪病得很重，倒在酒店房间里时，一切都戛然而止了。在一阵**死亡的气息**中，玛迪的心脏停止了跳动……

12. 灵魂的暗夜（第 238—270 页）

……然后再次开始跳动。

玛迪的妈妈抵达了夏威夷，给她办了出院，带她回家。她的卧室已经变成了一间病房，当她意识到自己将永远被困在这栋房子里时，玛迪陷入了从未有过的绝望："现在我知道我错过了什么，怎么还能在这个气泡中度过余生呢？"

在网上聊天的时候，玛迪和奥利提了分手，拒绝了故事的主题，她说："我已经吸取了教训。爱会杀死我，我宁愿活着也不愿到外面去。"

在灵魂的暗夜中，玛迪甚至画了一张"绝望地图"，里面有"痛苦的大山""悲伤的沙漠"和"遗憾的海洋"。她不再回复奥利的邮件，最终奥利也不再给她发邮件了。

为了让她高兴起来，玛迪的妈妈又雇用了卡拉。慢慢地，玛迪和她的妈妈又回到了原来的生活。玛迪甚至开始再次发布她的"剧透评论"(**回归熟悉**)。

奥利和他的母亲、妹妹终于离开了他的父亲,在他工作的时候,匆忙搬出了房子。与催化剂动点相呼应,奥利抬头看着玛迪的窗户,他们的目光似乎是最后一次相遇。

玛迪终于读了奥利的邮件,了解到奥利是在把坞迪在夏威夷的勇敢行为告诉他的母亲之后,才说服了母亲离开他的父亲。至少,她的冒险行为激励了其他人。

然后,玛迪收到了一封来自夏威夷的她的主治医生的邮件,她说她拿到了玛迪的血液测试结果,没有迹象显示玛迪患有或者曾经患有 SCID,玛迪震惊了(**暗夜顿悟**)。

玛迪的母亲否认了这一点,声称这个医生根本不了解这种罕见而复杂的疾病。但是,玛迪并没有百分之百地相信她。尤其是卡拉告诉过玛迪:"有时候我觉得你妈妈可能不太对。也许她从未从你爸爸和哥哥的遭遇中恢复过来。"

13. 进入第 3 幕(第 270 页)

玛迪冒着最大的风险,她发誓要找出关于自己的真相。她向卡拉(故事 B 角色)求助,卡拉帮她做了血液测试。

14. 尾声(第 271—305 页)

第 1 点:**组建团队**。玛迪在等待血液测试的结果,她决定翻看母亲的文件。她找到了几乎所有的文档，除了官方的 SCID 诊断。"我这样生活了这么多年的证据在哪里？"似乎没有这样的证据。

第 2 点：执行计划。玛迪质问她的母亲，她的母亲发誓有官方诊断，但当她绝望地寻找这份诊断时，玛迪意识到卡拉是正确的。她母亲的头脑不正常。"那时我就知道了。我没有病，也从来没有病过。"

第 3 点：高塔意外。玛迪很快发现，她的母亲从没有从父亲和哥哥的死亡中恢复过来。车祸发生后不久，当玛迪还是婴儿的时候，她生病了，她的母亲相信玛迪患了 SCID。治疗方法则是一种字面意义上的保护她不受外界伤害的方式——把她藏起来。她"整个人生都是一个谎言"。

玛迪从她的新医生那里得到了官方诊断：她没有患 SCID。但由于她在家里生活了这么久，她的免疫系统非常脆弱，必须慢慢适应外面的世界。

她和母亲的关系永远改变了，她不确定自己能否原谅母亲所做的一切，尽管故事 B 角色卡拉认为她应该原谅母亲。

第 4 点：深挖。最终，玛迪买了一张去纽约的机票，去找奥利。在飞往纽约的途中，玛迪进行了深挖，并证明自己终于领会了这个主题，她在第 300 页时观察到："任何时候都可能发生任何事情。安全不是一切，生活中有比活着更重要的事情。"在第 302 页，她又为《小王子》写了一篇"剧透评论"：
"值得为爱付出一切。一切。"

同时，在她决定寻找奥利之后，她开始理解和原谅她的母亲。"爱会令人疯狂。失去爱也会令人疯狂。"

第 5 点：执行新计划。玛迪给奥利发了短信，让他去纽约的一家二手书店，那里有一份礼物等着他。她躲在书架间，看着他到来。当他出现时，她注意到他不再穿一身黑色的衣服了（这表明她给他带来了多大的改变）。

15. 结局形象（第 306 页）

当我们翻到最后一页的时候，我们看到了一幅结局"图像"（一幅玛迪的画），是玛迪留给奥利的礼物——一本《小王子》。她在里面写道："如果找到了这份礼物，你能获得的奖励是：我。"

他们已经（重新）找到了彼此。

为什么这是一部"伙伴之爱"类小说？

《你是我一切的一切》包含了一个成功的"伙伴之爱"故事的三个要素：

- **一个不完整的主角**：玛迪是无聊的、孤独的，不能离开她的房子。尽管她做了一切能做的事情，但她显然还缺少一些东西。

- **一个对应的人**：从作者介绍他的那一刻起，奥利就是玛迪天生的对应者：奥利是阳，玛迪是阴。奥利拥有自由，而玛迪被"囚禁"了。

- **一个令情况变复杂的因素**：玛迪罕见的疾病是让他们分开的因素。这是贯穿整部小说的两人冲突的主要根源。

猫眼视角

为了供你快速翻阅参考，以下是对这部小说的动点进度表的简要概述。

1. **开场形象**：玛德琳的卧室全是白色的，里面的书都被消毒了，用塑料膜包裹着。

3. **设定**：我们了解到，玛德琳患有 SCID（她对任何东西都过敏，非常容易感染传染病），所以她被关在家里。她希望能够离开自己的家，但可能永远也出不去了。她的生活无聊且一成不变。

4. **催化剂**：一个名叫奥利的男孩搬到了隔壁。

5. **讨论**：这个男孩是谁？事情（如果会发生什么的话）会变成什么样子？玛迪观察着奥利，奥利在他的窗口做了一些滑稽的表演。

6. **进入第 2 幕**：奥利在窗户上写下他的电子邮件地址后，玛迪决定给他发邮件，正式开始了他们的关系，玛迪进入了第 2 幕的世界（她和奥利不可预知的生活）。

2/7. **陈述的主题 / 故事 B**："每件事都有风险。什么都不做也是有风险的。全都看你。"玛迪的护士卡拉（也是故事 B 角色）陈述了主题，推动玛迪去学习她的人生课程，找到冒险的勇气，去过她想要的生活。

8. **乐趣与游戏**：玛迪和奥利之间有趣诙谐的电子邮件和即时信息带来了一次秘密会面（由卡拉促成）。玛迪意识到这段关系对她来说很危险，但她还是情不自禁地爱上了奥利。

9. **中点**：当玛迪和奥利第一次（美妙地）接吻时，这是一场虚假的胜利。不久之后，玛迪目睹了奥利和他父亲的一场争执，并因此多年来第一次跑到屋子外面去（风险提高了）。

10. **坏人逼近**：玛迪的妈妈发现他们在秘密会面，便切断了玛迪的网络，并解雇了卡拉，换了一名严格的护士。奥利和爸爸又吵了一架后，玛迪买了两张去夏威夷的机票，两人一起跑掉了。

11. **失去一切**：他们的旅程突然中止，因为玛迪病得很重，瘫倒在地。在死亡的气息中，玛迪的心脏暂时停止了跳动。

12. **灵魂的暗夜**：玛迪回到了家里，回到她的"气泡"中。当她和奥利分手并拒绝和他交谈时，她远离了主题。奥利搬走了，不久之后，玛迪收到了来自夏威夷的她的主治医生的邮件，声称她并没有患 SCID。

13. **进入第 3 幕**：玛迪冒了最大的风险：了解关于她自己的真相。她要求卡拉（故事 B 角色）帮她做一次血液测试。

14. **尾声**：玛迪仔细翻看了她母亲的文件，没有发现任何证据表明她曾经被诊断为 SCID，而且血液测试也证实了这一点。玛迪意识到，她的母亲告诉自己，玛迪患有 SCID，这样母亲就可以保护玛迪，使玛迪免受与玛迪的父亲和哥哥同样的命运（死于车祸）。玛迪买了一张前往纽约的机票，去找奥利。玛迪给奥利发了短信，让他去一家二手书店再次找到她。

15. **结局形象**：玛迪给奥利留了一幅画了一本书的画，上面写着："如果找到了这份礼物，就给你奖励。"奖励就是玛迪。

11

瓶子里的魔法

一点点魔法会大有帮助

注意！本章包含以下书籍的"剧透"：

索菲·金塞拉的《我的闺蜜是幽灵》

许愿。无论是面对流星、烛光闪耀的生日蛋糕，还是许愿骨，或者甚至是在我们睡着的时候，我们都曾在生命中的某个时刻许过愿，我们都想知道，如果它真的实现了，会如何？这就是为什么这个被称为"瓶子里的魔法"（纪念阿拉丁和他的能实现愿望的魔法神灯）的故事类型，会令读者产生如此强烈的共鸣，让人们反复讲述这类故事。一个主角希望得到一样东西，让他们所有的问题都消失，然后，噗！愿望成真了！

但这个神奇的故事类型并不仅仅与实现人们的愿望有关。它也跟施放诅咒、派遣守护天使、交换身体，甚至把你的主角送到奇异的次元和平行宇宙空间有关。

不论你选择做哪类违背自然的事，我们可以把所有的"瓶子里的魔法"类故事归结为同一种叙述：一个人被施了某种魔法，意识到"现实"也并不都是坏的，最后改变了自己。

瞧！

"瓶子里的魔法"故事中的魔法是一种载体——一种方便、聪明、发人深省的方式，用来阐明一个我们都能领会的普遍真理：我们本来就很了不起。我们不需要魔法！

因为在被施了魔法后，我们的主角最终会发现他们根本不需要魔法！这就是为什么你在这个故事类型中很少看到关于"其他世界"的奇幻小说或科幻小说。这个故事类型不像"哈利·波特"系列、"魔戒"系列、"纳尼亚传奇"系列或"冰与火之歌"系列（被改编成了电视剧《权力的游戏》）那样，会探索一个全新的奇幻世界。大多数"瓶子里的魔法"故事的主角来自我们的世界，只是暂时被施了魔法（或诅咒）。他们其实是和我们一样的人。这就是为什么这些故事读起来那么有趣。

尽管这种"被施了魔法"的故事类型通常在电影中更常见（著名的例子有《肥佬教授》《长大》《女孩梦三十》《辣妈辣妹》《冒牌天神》《变相怪杰》《大话王》《庸人哈尔》以及《土拨鼠之日》），但在小说中也有成功的案例。有趣的是，这种类型的故事更常见于写给青少年读者的小说中（像琳妮·里德·班克斯的《魔柜小奇兵》、梅根·沙尔的《换新人生》、温迪·马斯的《十一个生日》、劳伦·奥利弗的《忽然七日》以及盖尔·福尔曼的《如果我留下》），因为魔法和实现愿望的故事特别吸引儿童和青少年。但这并不意味着成年人不能享受这份乐趣。谁会不喜欢一点点魔法的变化，一点点规则的改变，或得到一个普遍问题的答案："如果……会如何？"

在非儿童读物中，最受欢迎的此类故事有索菲·金塞拉的《我的闺蜜是幽灵》、蓝波·罗威的《重拨时光》，当然还有有史以来最受欢迎的经典作品之一，查尔斯·狄更斯的《圣诞颂歌》。就连奥斯卡·王尔德在写著名的经典小说《道林·格雷的画像》时，也加入了一些"瓶子里的魔法"的元素。

不管目标读者是谁，"瓶子里的魔法"类故事都有三个共同的元素：（1）一个**值得拥有魔法的主角**；（2）一个**咒语**（或施予魔法）；（3）一个**教训**。让我们仔细看看这些元素。

不管你的主角是像《我的闺蜜是幽灵》中那样急需魔法帮助的失败者，还是像《圣诞颂歌》中那样需要用小小的诅咒来给他一个教训的讨厌鬼或傲慢的混蛋，主角都应该值得拥有这种魔法。而"瓶子里的魔法"故事的主角必须与他们的瓶子相匹配。

读者需要能够立即领会和理解为什么这个主角会获得这种魔法。读者不仅需要理解，还需要支持他/她！查尔斯·狄更斯在《圣诞颂歌》中成功地塑造了一个可怕的吝啬鬼埃比尼泽·斯克鲁奇，之后，当三个圣诞鬼魂出现，并向这个老吝啬鬼展示真相时，我们肯定会完全赞同。相反，在《我的闺蜜是幽灵》中，可怜、倒霉、刚被抛弃了的莱拉·林顿遇到了她105岁的姨婆莎蒂的鬼魂，莎蒂姨婆帮助莱拉理清了她的生活，我们理解这一切。我们在那里，为她加油。我们希望莱拉能得到这份帮助，就像她自己希望的那样。

　　所以，这是你写"瓶子里的魔法"故事时会遇到的第一个问题：为什么这个主角值得拥有这种魔法？她们是那种一直被欺负、喘不过来气的"灰姑娘"吗（也被称为**赋权**的故事）？或者她们更像是邪恶的继姐妹，迫切需要现头的提醒吗（也被称为**报应**的故事）？无论是哪一种，都要确保读者理解。设定好你的主角的形象，这样当魔法来袭时（通常是在催化剂动点），我们会说："哦，是啊，他们确实应该得到这个！"

　　然而，需要提醒的是：报应的故事可能比赋权的故事更难成功。当你有一个不讨人喜欢的主角时，读者很容易过早地对这个角色失去兴趣，甚至在有趣的故事开始之前就把书合上了。即使这个小气鬼最终会得到报应，你也不会希望在有机会给你的角色一个急需的教训之前就失去你的读者。这时候，**"救猫咪"**时刻就可以真正拯救你的小说（看看我做了什么？）。提前给你的主角一些可以挽回读者的东西，最好是在前10到20页之间、催化剂动点之前出现。即使是这个星球上最大的傻瓜也有可取的地方。告诉读者为什么他们应该投入宝贵的时间来等待这位主角的改变。先证明给大家看，尽管主角现在看起来不太像样，但只要等一等；主角是有深度的，只是被隐藏起来了。这个故事值得读下去。

　　接下来，在我们的"瓶子里的魔法"清单中，你当然需要

一点魔法！这被称为咒语或施魔法。这个神奇的故事中到底有
什么魔法呢？是一个穿着20世纪20年代的时髦衣服、跳着查
尔斯顿舞的鬼魂吗（《我的闺蜜是幽灵》）？是一种灵魂出窍的
体验吗（《如果我留下》）？是一台神奇的、可以拨打给过去的
人的固定电话吗（《重拨时光》）？或者它可能是一个不断重复
的日子（《十一个生日》和《忽然七日》）？不管是什么，请确
保它是你的小说第2幕的核心。毕竟，这是整个故事的前提。
封底的梗概和网络上的介绍可能会向读者承诺将出现这个有魔
力的东西，所以确保你实现这个承诺！

　　无论你的主角本身希望获得魔法，还是被施予魔法并非他
们的本意，请确保咒语本身是独一无二的！确保它是有趣、好
玩、令人兴奋的。这将是小说的卖点。

　　需要注意的是，你不需要花很多时间在魔法的原理上。重
要的是为什么（为什么这个主角被赋予这种魔法？），如何（也
就是原理）并不那么重要。这些故事不是真的关于魔法本身，
而是更多地关于主角从魔法中得到了什么。所以不要浪费纸张
来解释咒语的复杂细节，或者把我们拖进冗长解释的兔子洞。
在《我的闺蜜是幽灵》中，作者简单地介绍了魔法，快速地解
决了这个问题。"我不知道这是怎么回事！"莱拉的姨婆莎蒂
说，"我只是想着我想去的地方，然后我就到了那里。"在《魔
柜小奇兵》中，我们只知道柜子是有魔力的，它赋予了奥利的

印第安小武士玩具小熊生命。除此之外，琳妮·里德·班克斯没有进行更详细的说明了。

除了为什么，还有一样东西比原理更重要，那就是魔法的规则。是的，即使它是魔法，即使它违背了自然法则，它仍然是需要规则的。而且你必须遵守这些规则，不论随意设定以适应你的情节多么具有诱惑力。记住，读者需要心甘情愿地放下怀疑，被你带入你的奇幻故事。他们要不得不说："好吧，这是不可能的，但是，嘿！这听起来是本不错的书！"但你只有一次机会。如果你在前面设定了魔法的规则，到了后面又突然变卦，欺骗了读者，他们会感觉自己被背叛了，你就会失去他们。"瓶子里的魔法"故事的读者在一开始就知道故事不会遵循基本的自然规律，但是他们相信你会写得很好。所以不要背叛这种信任。

然后，你在创作这个充满想象力的"瓶子里的魔法"故事时需要加入的第三个要素是一个教训，即主角是如何被这种魔法改变的?

最后，这一类故事的主角们必须认识到一件非常重要的事情：让他们的生活变得更好的不是魔法，而是他们自己。魔法只是向他们展示什么地方需要做出改变。这就是"瓶子里的魔法"小说的精髓。

尽管在生活中找到一条小小的捷径总是好的（使用魔法来

掩盖你所有的问题），但最终，我们都知道这是在作弊。如果魔法是问题的最终解决方案，读者能对什么产生共鸣呢？我们知道魔法永远不会发生在我们身上。这就是为什么大多数"瓶子里的魔法"类故事都包含着一些关于现实和人性的道德寓意。基本上，有魔法和没有魔法都很棒，身为普通人类也有其优势。事实证明，魔法并不能解决现实生活中的问题。这只是一时的有趣消遣。

这也是为什么大多数"瓶子里的魔法"类故事的主角最终都会在第 3 幕动点中，**在没有魔法的情况下完成一些事情**。主角们通常会在这个重要的大结局时刻彻底证明，他们不需要愚蠢的古老魔法来完成转变。他们自己就能搞定这件事。

因为说到底，真正的魔法就在我们的内心。

总结一下：如果你想写一本"瓶子里的魔法"类小说，请确保你的故事包含以下三个要素：

- **一个值得拥有魔法的主角**：无论你是在赋予一个失败者力量，还是在给一个应得的人带来惩罚，请确保读者明白这个主角需要这份超自然的力量。
- **一个咒语或施予魔法**：无论魔法是如何产生的（通过一个人、一个地方、一件事或其他方式），请确保你为这件不合逻辑的事情设定了一组符合逻辑的规则，从而避免背叛读者的信任。

- **一个教训**：你的主角从魔法中学到了什么？他们最终如何（在不用魔法的情况下）以正确的方式解决问题？

历史上畅销的"瓶子里的魔法"类小说

《圣诞颂歌》，查尔斯·狄更斯著

《道林·格雷的画像》，奥斯卡·王尔德著

《随风而来的玛丽阿姨》，P. L. 特拉芙斯著

《辣妈辣妹》，玛丽·罗杰斯著

《魔柜小奇兵》，琳妮·里德·班克斯著

《空降》，梅格·卡伯特著

《如果我留下》，盖尔·福尔曼著

《我的闺蜜是幽灵》，索菲·金塞拉著（后文中有该小说的动点进度表）

《十一个生日》，温迪·马斯著

《1Q84》，村上春树著

《忽然七日》，劳伦·奥利弗著

《车道尽头的海洋》，尼尔·盖曼著

《重拨时光》，蓝波·罗威著

《换新人生》，梅根·沙尔著

《平行线》，劳伦·米勒著

《我的闺蜜是幽灵》

作者： 索菲·金塞拉

"救猫咪"故事类型： 瓶子里的魔法

书的类型： 一般虚构

总页数： 435 页（纽约戴尔出版社 2009 年平装版）

　　索菲·金塞拉是当代书坛的喜剧女王，因其令人捧腹的购物狂系列畅销小说而走红，这些小说已被翻译成 30 多种语言。《我的闺蜜是幽灵》讲述了一个 20 多岁的女孩被她姨婆莎蒂在 20 多岁时的鬼魂滑稽地纠缠着的故事，是金塞拉迄今为止第一部包含超自然情节的小说。主角莱拉经历了鬼魂的"诅咒"，并且从诅咒中收获了意想不到的人生教训，所以这个故事属于"瓶子里的魔法"一类。

1. 开场形象（第 1—10 页）

　　20 多岁的莱拉·林顿和她的父母准备去参加 105 岁的姨婆的葬礼，她的家人都不认识这个姨婆。但是，莱拉心里一直想着她最近对父母说的一系列谎言，比如她的新创业公司进展得非常顺利，新的商业合伙人非常可靠和值得信赖。事实上，情况恰恰相反。

这段内容告诉了我们很多关于莱拉和她生活中**需要改变的事情**。她还对父母撒谎，说自己已经完全忘记了刚刚甩了她的前男友乔希，但实际上她在暗自祈祷他们会复合（愿望）。

莱拉的谎言让我们了解了主角和她的缺点：她是无法从错误中走出来，并且试图向她的家人隐瞒错误的那种女孩。

2. 陈述的主题（第 8 页）

当莱拉跟她的父母谈起她的前男友（并撒谎）时，她的父亲和蔼地告诉她："当你和某人分手时，你会很容易回想过去，并认为如果你们重新在一起，生活会很完美。"

莱拉的转变之旅就是不断前行，破除她对自己的生活应该是什么样子的幻想，开始享受真实的生活。要做到这一点，她需要更多的自信。她需要变得更大胆、更勇敢。

3. 设定（第 10—25 页）

莱拉全家参加了 105 岁的姨婆莎蒂·兰开斯特的葬礼。在殡仪馆外，莱拉遇到了她的叔叔比尔。比尔因创立林顿咖啡而闻名，这家公司非常成功，是他破产时用在口袋里发现的 20

便士创办的。现在，他会举办名为"两枚小硬币"的研讨会，教其他企业家如何效仿他获得成功。

莱拉试图向他寻求帮助，自从她的商业合伙人娜塔莉离开后，她的新猎头公司就不断遭遇失败，但比尔拒绝了她。

然后，在尴尬地参加了错误的葬礼之后，莱拉找到了正确的房间，却发现房间里几乎没有人，甚至没有人带来莎蒂的照片。似乎根本没有人认识莎蒂·兰开斯特。

4. 催化剂（第25—28页）

在葬礼上，莱拉听到一个不熟悉的声音问，她的项链在哪里。然后莱拉看到一个和自己同龄的女孩坐在前面的椅子上。那是谁？

当这个女孩试图戳莱拉时，她的手指穿透了莱拉。太古怪了！这个女孩介绍自己是莎蒂·兰开斯特，莱拉已故的姨婆。

5. 讨论（第29—72页）

就像大多数"瓶子里的魔法"类故事一样，这场讨论是对现实的确认。我在做梦吗？这是真的吗？莱拉确信她出现了幻觉，看到了20多岁时的姨婆。尽管莱拉努力想摆脱这种幻觉，但莎蒂就是不消失。事实上，她真的很烦人。她不停地尖叫着让莱拉停止葬礼，称找到丢失的项链之前不能下葬。莱拉最终答应了，迅速编造了一个借口推迟了葬礼：她说莎蒂是被谋杀的，警察还需要调查。每个人都认为莱拉疯了，包括她自己。

第二天，莱拉一度成功说服自己，莎蒂是她的潜意识虚构出来的。但是在午餐时，莎蒂教莱拉如何正确地吃牡蛎，莱拉意识到她的潜意识并不知道如何吃牡蛎。莎蒂可能真的是鬼魂！

6. 进入第 2 幕（第 73—74 页）

莎蒂一直和莱拉提起丢失的项链，并表示在找到项链之前她不能"安息"，她需要莱拉帮她找这条项链。莱拉和她约定："如果我帮你找到了你的项链，你能消失，让我静一静吗？"

莎蒂答应了，现在我们正式进入了第 2 幕：莱拉和那个 20 多岁的神奇女鬼的世界。

7. 乐趣与游戏（第 75—211 页）

为了寻找这条项链，莱拉来到了莎蒂以前住的疗养院。那里的工作人员说，这条项链在一次筹款活动中被意外卖掉了。莱拉带着一份令人望而生畏的名单和电话号码回到家中，准备联系那些可能拥有它的人。

在疗养院里，莱拉发现一个名叫查尔斯·里斯的神秘男子曾在莎蒂死前来探望过她。莎蒂不记得查尔斯·里斯了，但莱拉认为这是因为莎蒂在去世的几年前中风了，这严重影响了她的记忆。他们后来得知，"查尔斯·里斯"实际上就是比尔·林顿，莱拉的有钱的叔叔，他从莎蒂那里拿走了项链。但是，有钱的比尔叔叔要一个老妇人的毫无价值的项链干什么？

　　这部小说的**前提承诺**是莎蒂和莱拉滑稽的小插曲。莎蒂与莱拉截然不同，她无畏、勇敢、大胆。和莎蒂相比，莱拉有点无趣，莎蒂会抓住每一个机会告诉她这一点。就像大多数"瓶子里的魔法"那样，莎蒂将帮助莱拉认识自己的缺点，这样她就可以自己做出改变。

　　在寻找莎蒂的项链的过程中，她们一直互相惹怒对方，但最终还是建立了友谊。莎蒂和莱拉的性格冲突带来了欢乐。她们都是20多岁的女孩，但来自不同的时代，对男人、亲密关系和生活有着迥然不同的看法。

　　莎蒂指出，莱拉不应该为她的前男友乔希伤心。她应该继续过她的生活。在很多方面，莎蒂比莱拉更像现代人。在第94页，莎蒂重申了这个主题，她对莱拉说："亲爱的，当生活中出现问题时，你应该这样做：抬起下巴，露出迷人的微笑，给自己调一杯鸡尾酒，然后出门去。"

　　在乐趣与游戏动点中，我们也逐渐了解到金塞拉设定的魔法的规则。例如，我们了解到，除了莱拉，没有人能看到莎蒂；莎蒂可以去任何她想去的地方，穿任何她想穿的衣服；在金塞拉的超自然故事中，最独特和最具创意的规则是，鬼魂莎蒂拥有一种能力，只要她对着人们的耳朵滑稽地尖叫着说些什么，就能说服他们去做或说一些事情。这些规则让莱拉产生了一个想法：让莎蒂去监视她的前男友乔希，弄清楚他为什么甩了她，这样她就可以修复两人的关系。莎蒂不赞同这种做法，但她勉强答应了。

莱拉在**用错误的方式解决问题**。她在用她的魔法"诅咒"来改善她的生活，而不是学习主题，继续前进，以正确的方式解决问题。莱拉想要和乔希复合，这个愿望推动着第 2 幕的前半部分向前发展。然后，莱拉说服莎蒂用她的劝说能力推乔希一把。她知道乔希仍然爱着她，但是她想让莎蒂提醒他一下，这样他就会记得了。当我们沿着**向上发展的道路**前进到中点时，乔希承认他爱莱拉，和她分手是一个巨大的错误。莱拉欣喜若狂。这正是她想要的。

随着和莎蒂越来越熟悉，莱拉了解到莎蒂曾经也有过一个特别的男孩，这个男孩离开了莎蒂。他是一位画家，名叫斯蒂芬·内特尔顿。他英年早逝，但他为莎蒂画了一幅美丽的肖像画，这幅画在一场火灾中烧毁了。从那以后，莎蒂就没有真正恋爱过。

莱拉还让莎蒂帮助她挽回失败的生意，她让莎蒂到一栋办公大楼去解决一个客户的问题。在这里，莎蒂遇到了一个名叫埃德的帅气男人，她想和他约会。不幸的是，莎蒂是一个鬼魂，她不能约会。

但是，莱拉可以。

8. 故事 B（第 111—120 页）

埃德是故事 B 角色，也是小说中的恋爱角色。莎蒂说服莱拉约埃德出去，这样她就可以做个电灯泡，通过莱拉来体验和埃德的约会。莱拉觉得她疯了，但莎蒂利用莱拉的内疚感让她答应了。

埃德的会议室里出现了一个搞笑的场景，莱拉当着埃德全体员工的面邀请他去约会。莎蒂在埃德耳边大喊了几句，埃德觉得有必要答应，尽管他不知道为什么。

后来，在他们的约会中，莎蒂让莱拉打扮成 20 世纪 20 年代的摩登女郎，并表现得像莎蒂一样，这让莱拉非常尴尬。莱拉说服自己她并不在乎，因为她这么做只是为了莎蒂，她仍然爱着乔希。

但是，慢慢的莱拉会爱上埃德（埃德也会爱上她），忘掉乔希，继续自己的生活（主题！）——就像莎蒂说的她应该做的那样。

埃德本身也体现了这一主题，他也很难从前任的阴影中走出来。这极大地阻碍了他继续前进。在认识到埃德身上的这个问题之后，莱拉最终也会意识到自己身上有着同样的问题。

9. 中点（第231—264页）

莱拉和埃德一起参加了一个盛大的商务晚宴，这个宴会有很多重要的客人出席（中点派对）。她利用莎蒂成功地与一些人建立了关系，帮助她挽救挣扎中的生意，到派对结束时，她的未来看起来充满希望。

现在，莱拉看起来获得了全方位的胜利。她和乔希重归于好（愿望），事业蒸蒸日上。当然，这是一场**虚假的胜利**，因为莱拉必须使用魔法来实现这一切，特别是和乔希复合，她显然不应该继续和他在一起。

派对结束后，莱拉与埃德进行了一次坦诚的交谈，得知他曾经痛苦地分手。这里**故事A和故事B相交，情感风险也随之上升**。

莎蒂说服埃德去和莱拉跳舞。尽管莎蒂还在"撮合"他们，但这一次是莱拉自己约埃德出去的。莱拉似乎已经开始爱上埃德了，尽管她还没有完全意识到这一点。

10. 坏人逼近（第212—319页）

派对结束后，莱拉的生活开始走下坡路：乔希在她面前开始表现得很奇怪。（他改变心意了吗？）莱拉差一点就把莎蒂的项链拿回来了，但在最后一刻把它弄丢了。莱拉的前商业合伙人，娜塔莉（让莱拉陷入困境的人）大摇大摆地回到了办公室，开始夺取莱拉生意有所进展的功劳。莎蒂和莱拉之间的关系也很紧张。莎蒂仍然非常不赞成莱拉和乔希复合，她们吵了起来，莎蒂说乔希和莱拉复合只是因为莎蒂说服了他。

莱拉和乔希吃了一顿尴尬的晚餐，乔希想不出一个复合的好理由，这时候莱拉意识到莎蒂是对的。莱拉和乔希分手了，这证明她离领会主题越来越近了。

与此同时，莱拉和埃德的关系在一次有趣的观光旅行中继续增进。埃德承认他喜欢莱拉，但莱拉无法相信。她认为埃德还在被莎蒂的咒语控制，就像乔希一样。在伦敦眼摩天轮上的浪漫时刻，埃德吻了莱拉，这时，莱拉意识到自己对他有感觉。

不幸的是，莎蒂看到了他们接吻，她非常生气。埃德应该是她的。莱拉试图向莎蒂道歉，但最后在埃德看来，她就像疯了一样，埃德不知道她在跟谁说话。

莎蒂意识到她将永远不会再坠入爱河，再也没有男人会想要她，因为她已经死了，然后她陷入了忧郁的情绪。她还哀叹自己的人生毫无意义。她没有留下任何活过的痕迹。没有人来参加她的葬礼。

11. 失去一切（第319—329页）

第二天早上，娜塔莉向莱拉透露，她和埃德谈过了，告诉他莱拉只是想"挖走"他，其实对他并不感兴趣。当莱拉试图打电话给埃德澄清事实时，埃德表现得非常冷淡，并斥责莱拉为了在商界取得成功而玩弄他。莱拉对娜塔莉发了火，然后离开了公司。

现在，莱拉在不到24个小时的时间里失去了莎蒂、埃德和她的生意。

12. 灵魂的暗夜（第330—359页）

莱拉到处寻找莎蒂，希望能向她赔罪。但她找得越久，就越陷入绝望。与讨论动点相呼应，莱拉再次怀疑莎蒂是否真的存在，是不是自己编造出来的。

莱拉一路找到了莎蒂的家乡，在那里她参观了一个老牧师的住处，发现了一件惊人的东西：一幅油画的复制品，这幅画描绘的是一个20多岁的"无名"年轻女孩，是一位非常著名的画家画的，而莱拉很快发现，这名画家就是莎蒂失去的爱人。这是莎蒂以为在大火中被烧毁的那幅画的复制品！在这幅画中，20多岁的莎蒂戴着她们一直在寻找的那条蜻蜓项链。

带领莎蒂参观这里的女士解释说，这是名画《戴项链的女孩》的复制品。原画在英国国家肖像艺廊，没有人知道画中的

女孩是谁。但是莱拉知道！（**暗夜顿悟**）

一直以来，莎蒂都觉得自己在这个世界上没有留下任何痕迹，没有人留意到她死了，也没有人爱她。但事实恰恰相反：莎蒂很有名，她的肖像画受到了数百万人的赞美！

13. 进入第3幕（第360—361页）

在莎蒂为莱拉做了这么多之后，现在轮到莱拉来帮助莎蒂了。但是莎蒂仍然没有出现，莱拉将不得不**在没有魔法的情况下做这件事**。为了让莎蒂被认可为这幅画的主人公，莱拉去了英国国家肖像艺廊，和收藏经理马尔科姆进行交谈。

14. 尾声（第362—425页）

第1点：组建团队。作为只有一个人的团队，莱拉独自收集了信息。马尔科姆告诉她，他们是在20世纪80年代从一位匿名卖家那里购买了这幅画。他不肯告诉莱拉是谁卖的画。

第2点：执行计划。莱拉必须让莎蒂知道，她的画并没有被大火烧毁，而且她在死前就很有名。莱拉终于在一个爵士音乐节上找到了莎蒂，她们激动地团聚了。但是，莱拉还没来得及告诉莎蒂关于那幅画的事情，莎蒂就先告诉她埃德在这里（她说服了埃德来到这里），并让莱拉去和他谈谈（莎蒂用这种方式为在伦敦眼发生的事情向莱拉道歉）。

当埃德和莱拉和好时，莎蒂试图通过对着他的耳朵尖叫来说服埃德做些什么。但这次他拒绝受到莎蒂的影响，证明了自己真的爱莱拉，不靠魔法。

莱拉向莎蒂和埃德讲述了这幅画的存在。她带他们俩去了英国国家肖像艺廊看这幅画。

第3点：高塔意外。在画廊里，莱拉和埃德碰到了马尔科姆，莱拉骗他拿出了那幅画的销售合同，好让莎蒂偷偷地读它。

莎蒂透露，卖家是比尔·林顿。比尔叔叔！他一直没有告诉莎蒂（他的姑妈）有人从火中救出了这幅画，而且他已经以50万英镑的价格把画卖给了英国国家肖像艺廊！

第4点：深挖。莱拉集齐了所有的线索：比尔·林顿的咖啡公司不是凭20便士起家的，而是他从自己的姑妈那里偷的50万英镑，让他出名的"两枚小硬币"研讨会也是个骗局。他非常想得到蜻蜓项链，因为在莎蒂失去记忆后，这条项链是唯一能把莎蒂和画像联系起来、暴露出他是个骗子的东西。

莱拉发誓要为莎蒂报仇，并让比尔得到他应得的惩罚。

第5点：执行新计划。因为莎蒂可以去任何她想去的地方，因此她很快发现比尔正在法国南部度假。莎蒂和莱拉出发了。

莱拉向比尔质问项链的事，迫使他向公众坦白自己创立咖啡公司的真相，并把他的成功归功于莎蒂和她的画。这时候，莱拉终于证明她重新获得了自信。现在，大家都知道《戴项链的女孩》的主人公是莎蒂·兰开斯特。她在世界上留下了自己的印记——正如她所愿。

莱拉靠自己开始了一项新的猎头业务。后来，从巴黎（莎蒂项链最后的所在之处）寄来了一个大信封，里面正是那条蜻蜓项链。

在泪流满面地和鬼魂莎蒂告别后，莱拉来到殡仪馆，把项链戴在真实的莎蒂的脖子上。当她从殡仪馆出来后，鬼魂莎蒂消失了。

两个20多岁的女孩都已经开始了新的生活。

15. 结局形象（第426—435页）

莱拉为莎蒂举行了第二场（经过很大改进的）葬礼。这场葬礼非常高雅，有很多人来参加，他们都是莎蒂和这幅画的仰慕者，而且都穿着20世纪20年代的服装。莱拉发表了一段感人的发言，介绍了莎蒂和生活中的她。与第一次葬礼不同，现在莎蒂为人所知，为人所理解。

为什么这是一部"瓶子里的魔法"类小说

《我的闺蜜是幽灵》包含了一个成功的"瓶子里的魔法"类故事的三个要素：

- **一个值得拥有魔法的主角**：一开始，莱拉的生活一团
  糟。她对不想和自己在一起的前男友念念不忘，她的生
  意遭遇了挫折，她完全缺乏自信。她迫切需要一些魔法
  的介入，而鬼魂莎蒂正是莱拉需要的。

- **一个咒语或施予魔法**：莎蒂·兰开斯特的鬼魂是独特和
  有趣的。索菲·金塞拉将一个典型的鬼魂出没的故事改
  编成了一个有趣的故事，创造了一套全新的规则，让莱
  拉得到了她迫切需要的魔法。

- **一个教训**：莎蒂和莱拉完全不同，她自由奔放、大胆、
  敢于冒险。她给莱拉上了一堂重要的课，教会了她关于
  生活与爱的真理，证明了一件漂亮的直筒低腰连衣裙具
  有的力量。在莎蒂的帮助下，莱拉学会了对自己充满信
  心，并放下生活中阻碍她的那些事情，继续前行。

猫眼视角

为了供你快速翻阅参考，以下是对这部小说的动点进度表
的简要概述。

1. **开场形象**：20多岁的莱拉向父母隐瞒了自己生活中的
所有不顺，包括失败的猎头公司和感情。虽然她发誓她已经放

下了她的前男友，但她显然没有做到。

2. **陈述的主题**："当你和某人分手时，你会很容易回想过去，并认为如果你们重新在一起，生活会很完美。"莱拉的主题是她要从过去中走出来，拥抱生活原本的样子，而不是幻想生活应该是什么样子的。

3. **设定**：莱拉参加了她105岁的姨婆莎蒂的葬礼，她不认识这个亲戚，殡仪馆也空得令人沮丧。我们见到了莱拉的叔叔比尔·林顿，一个身价百万的著名商人。

4. **催化剂**：莎蒂的鬼魂出现了（以20多岁的时髦女郎的形象），她开始和莱拉说话。

5. **讨论**：这是真的吗？莱拉疯了吗？莱拉告诉自己一定是自己产生了幻觉。

6. **进入第2幕**：最终，莱拉承认莎蒂是一个真正的鬼魂，并且答应帮助莎蒂找回丢失的项链。

7. **故事B**：在寻找项链的冒险中，莱拉遇到了埃德，莎蒂先见到埃德并爱上了他，并强迫莱拉和埃德约会，这样她就可以通过莱拉来实现自己的愿望。

8. **乐趣与游戏**：莎蒂和莱拉（截然不同的两个人）在寻找项链的过程中，发生了一些冲突，两人在爱情和生活方面的看法并不一致。但是，莱拉很快发现她可以利用莎蒂（魔法）来改善她的生活（用错误的方式解决问题）。

9. **中点**：多亏了魔法（莎蒂监视人们和说服人们做事的能力），菜拉的生活有了巨大的改善（虚假的胜利）。菜拉的事业蒸蒸日上，而且和前男友乔希复合了。

10. **坏人逼近**：菜拉意识到乔希并不是真的喜欢她，他们的复合只是因为莎蒂的魔法能力。她们还没有找到项链。菜拉以前的商业合伙人再次出现，试图夺取菜拉近来的所有成果。另外，莎蒂看到埃德亲吻了菜拉（故事B），她怒气冲冲地离开了。

11. **失去一切**：菜拉的商业合伙人告诉埃德，菜拉只是想"挖走"他，而不是真的关心他。菜拉丢下了她的新事业。她现在失去了埃德、她的公司和莎蒂。

12. **灵魂的暗夜**：菜拉寻找莎蒂，但没有找到。在莎蒂的家乡，菜拉发现莎蒂是一幅非常著名（而且很珍贵）的肖像画的不为人知的主人公。

13. **进入第3幕**：菜拉发誓要帮助莎蒂发现自己的价值。但是，莎蒂仍然没有出现，菜拉不得不在没有魔法的情况下做到这一点。

14. **尾声**：菜拉在英国国家肖像艺廊里找到了这幅著名的画，发现这幅画是肖像馆从她的叔叔比尔那里买来的（他从莎蒂那里偷走了这幅画）。菜拉找到了莎蒂并和她（还有埃德）和好了，她们一起报复了比尔。项链也找到了，现在莎蒂终于可以安息了。

15. **结局形象**：莱拉（现在和埃德一起）为画中著名的女人莎蒂举办了另一场（更好的）葬礼。葬礼上挤满了仰慕者。这两个20多岁的女孩互相帮助对方在生活中继续前行。

12
金羊毛
公路旅行、追寻与盗窃，天哪！

注意！本章包含以下书籍的"剧透"：

恩斯特·克莱恩的《玩家 1 号》
约翰·斯坦贝克的《愤怒的葡萄》

重要的不是目的地，而是旅程！

这种令人厌烦的陈词滥调我们听了多少遍了？不过，不管是不是陈词滥调，这通常都是事实。而在"金羊毛"故事类型中更是如此，这个故事类型是以有关伊阿宋、阿尔戈英雄和金羊毛的古希腊神话命名的。这个神话主要讲述了伊阿宋与一群人（其中包括大力神，因为你总是会希望他在你的队伍里）进行了一次冒险之旅，以取得金羊毛，如果取得了金羊毛，伊阿宋可能可以成为国王。显然，一路上伊阿宋和他的英雄们遇到了各种各样的障碍和挑战，由此诞生了一个最受欢迎的故事类型：公路旅行。

因为我们都知道，公路旅行不是为了到达最终的目的地，不是为了到达某一个地标，获得某个奖品、奖杯或者其他有形的东西。公路旅行是一场伟大的冒险。重要的是探险，是旅途中的休息、弯路、戏剧性事件。

但最重要的是，公路旅行是关于我们在旅途中发现的东西……关于自己的事情。至少，任何一部优秀的公路旅行小说都应该包含这些内容。但是，在你一边想着"我不是在写一个公路旅行的故事"，一边翻到下一章继续看下一个故事类型之前，你可以稍等片刻。当然，有许多优秀的公路旅行小说属于这个故事类型，像约翰·斯坦贝克的《愤怒的葡萄》、威廉·福克纳的《我弥留之际》、莱曼·弗兰克·鲍姆的《绿野仙踪》和马克·叶温的《哈克贝利·费恩历险记》，但也有一些其他非公路旅行类故事也属于这个冒险类型。在金羊毛的保护伞下，我们还能从阅读盗窃故事中获得乐趣，在这些故事中，"公路旅行"通常是实现伟大计划的道路，而第3幕通常是盗窃本身。一些著名的例子包括李·巴杜格的《乌鸦六人组》、艾丽·卡特的《偷盗社团》、迈克尔·克莱顿的《火车大劫案》和查克·霍根的《窃贼王子》（后来改编为电影《城中大盗》）。

"金羊毛"故事类型还包括史诗探险小说，其中的"公路旅行"就是去寻找一些遥远的宝藏、奖品或与生俱来的权利，比如 J. R. R. 托尔金的《魔戒现身》和乔治·R. R. 马丁的《权力的游戏》。（显然，你的名字里需要有两个 R 才能在探险故事类型中获得成功。）

基本上，"金羊毛"类故事中包括：（1）一条**道路**；（2）一个**团队**；（3）一个**奖品**。

道路是我们旅行的背景。主角和他们的团队必须穿越它来完成他们的探险或任务。但它不一定要是一条真正的路，它可以是一片海洋，像欧内斯特·海明威的《老人与海》；它可以是一个奇幻世界，像《魔戒再现》《权力的游戏》、刘易斯·卡罗尔的《爱丽丝漫游奇境》以及《绿野仙踪》。道路可以是另一个维度或行星系统，甚至是一个虚拟的世界，就像恩斯特·克莱恩的《玩家1号》。它甚至可以是七层地狱，就像但丁的史诗《神曲》的第一卷《地狱》。这条路也可以是隐喻性的。

只要这条路能带来成长。因为这是"金羊毛"故事最典型的特征：能够描绘主角在旅程中的转变。如果你认为自己可能在写一个"金羊毛"的故事，那么问问你自己，我的主角（或主角们）正在前往一个明确的地方吗？我能以某种方式追踪他们的进展吗？

"金羊毛"类小说有时会用巧妙的方式来帮助读者了解主角在整个冒险过程中的位置。就像《玩家1号》中的记分牌，它可以让韦德（和读者）在哈利迪那史诗般的复活节彩蛋搜寻中知道其他玩家何时找到了钥匙并通过了大门。还有摩根·马特森的青少年公路旅行小说《埃米和罗杰的伟大之旅》中有趣的剪贴簿元素，它向我们展示了埃米和罗杰在路上去过哪里，做了什么。

"公路苹果" 在"金羊毛"故事中也很常见，这是一种使旅行暂停的东西，通常出现在胜利在望的时候。对于主角和他们的团队来说，这是一个实际上（或比喻上）的路障，迫使他们更仔细地审视自己的策略，修复他们之间的关系，并深入挖掘自己真正的技能和优势。

与主角共同探险的团队可大可小。"伙伴羊毛"是金羊毛一个很受欢迎的子故事类型，这个类型的团队中只有两个人，就像约翰·斯坦贝克的《人鼠之间》、科马克·麦卡锡的《路》以及《哈克贝利·费恩历险记》。

团队也可以由三个或更多的成员组成，就像《绿野仙踪》《玩家1号》和《愤怒的葡萄》。

"金羊毛"有一种变化的故事类型，被称为"单人羊毛"，在这类故事中，团队中只有一个人，他们通常会在旅途中遇到几个不同的帮助者。就像《爱丽丝漫游奇境》、米奇·阿尔博姆的《你在天堂里遇见的五个人》、乔纳森·斯威夫特的《格列佛游记》。

不管团队规模有多大，"金羊毛"故事通常都包含一个关于友谊或爱情的故事B。对作者而言，主角在旅途中带上谁（或被迫与谁一起旅行）是一个重大的决定，因为不仅要让这些人中的一个或所有人在你的故事B（内心／精神故事）中发挥作用，而且他们还应该具有旅途中所必需的某种技能或才能。这可以是一种脑力、体力或心灵的技能，但这应该是主角在小说开始时缺乏的，因此才有了对这个特定队友的需求。例如，在李·巴杜格的《乌鸦六人组》中，卡兹团队的各个成员都运用特定的技能（像杂技、爆破，甚至格里莎魔法）来让劫案最终完成。

请注意，当你建立一个非常大的团队时（特别是在盗窃小说中），应该以独特和有趣的方式介绍团队的每个成员。许多作家很难真的做到这一点，但如果你能做到，你的读者就会感到满意。让所有角色融入到故事中要花上好几页的篇幅，所以介绍一定要非常精彩。否则，你可能会在开始寻找金羊毛之前就失去读者。

最后，奖品是金羊毛本身。主角和他的团队在追求什么？在这漫长、令人气馁和敬畏的旅程结束后，等待他们的是什么？虽然奖品必须足够吸引人，主角才会开启这段旅程（也必须足够令人信服，好让读者追随着主角走完这段旅程），但到最后，奖品并不真的重要。它没有旅程本身重要。

在《玩家1号》中，当韦德找到隐藏在绿洲中的复活节彩蛋时，他已经对自己和这个世界了解了很多，几乎不再关心赢得大奖了。当然，他仍然想要它，但它已经不像小说开始时那么重要了。因为这不是韦德旅程中最重要的元素。

即便如此，奖品应该是一些原始的东西，一些我们都能理解的东西。像回家（《绿野仙踪》《爱丽丝漫游奇境》）、获得宝藏（《玩家 1 号》《乌鸦六人组》）、自由（《哈克贝利·费恩历险记》）、富足（《愤怒的葡萄》）、一顶王冠（凯拉·卡斯的《决战王妃》）、到达一个重要的目的地（《埃米和罗杰的伟大之旅》《我弥留之际》），或获得一个与生俱来的权利（《权力的游戏》）。

让故事的齿轮转动起来的是原始奖品（通常在催化剂动点出现），但一旦真正得到（或没有得到）它，它的价值和意义就会降低。它更像是一种装置，让你的团队踏上旅途，让故事的齿轮开始转动。最后，你的主角或主角们甚至可能没有得到奖品，但这没关系，因为奖品并非这个故事的真正意义。

这类小说中最能引起共鸣的时刻之一就是，你的主角（和读者）意识到，他们追求的宝藏与他们在旅途中获得的真正宝藏（如爱情、友谊、团队合作或任何主题／故事 B）相比起来是微不足道的。

出于这个原因，"金羊毛"小说的情节可能会很难构思（盗窃小说很少是有原因的）。你必须让你的主角在旅程中遇到一些里程碑，它们通常以团队遇到的人和事件的形式呈现。虽然这些里程碑乍一看似乎没有什么联系，但实际上，在故事的整个计划中，它们一定是有联系的。在《愤怒的葡萄》中，乔德一家在去加州找工作的旅途中遇到了几个人：威尔逊一家、弗洛伊德·诺尔斯、蒂莫西和威尔基·华莱士，以及温赖特一家。虽然这些人彼此无关，但他们在整个故事中是联系在一起的。他们都体现了团结的主题，还有人与人的互助。这正是到了故事结尾时，当汤姆·乔德完成团结移民工人的使命后，他将领会到的主题。

你的"金羊毛"故事中的每一个里程碑都必须让你的主角更接近他们真正的最终目标：内在成长、转变以及真正的**改变**。每个里程碑或事件对主角的影响不仅仅是推动情节，故事A（里程碑）和故事B（它们对主角的内在影响）巧妙地交织在一起，直到主角完成了令人满意的转变。

总结一下：如果你想写一部"金羊毛"类小说，请确保你的故事包含以下三个基本要素：

- **一条道路**：这条道路可以跨越海洋、道路、时间，或者只是过一条街，只要它以某种方式体现出成长，记录下故事的进程。它通常包含一个公路苹果，让旅程暂停下来。

- **一个团队（或伙伴）**：一路上引导主角的人。通常，这些人代表了主角缺乏的东西：技能、经验或态度。如果是"单人羊毛"类故事，团队通常由沿途出现的各位帮手组成。

- **一个奖品**：追求的原始的东西，比如回家、获得宝藏、自由、到达重要的目的地或获得与生俱来的权利。

历史上畅销的"金羊毛"类小说

《坎特伯雷故事》，杰弗里·乔叟著

《格列佛游记》，乔纳森·斯威夫特著

《爱丽丝漫游奇境》，刘易斯·卡罗尔著

《哈克贝利·费恩历险记》，马克·吐温著

《黑暗的心》，约瑟夫·康拉德著

《绿野仙踪》，莱曼·弗兰克·鲍姆著

《我弥留之际》，威廉·福克纳著

《愤怒的葡萄》，约翰·斯坦贝克著

《魔戒现身》，J.R.R. 托尔金著

《在路上》，杰克·凯鲁亚克著

《火车大劫案》，迈克尔·克莱顿著

《权力的游戏》，乔治·R.R. 马丁著

《你在天堂里遇见的五个人》，米奇·阿尔博姆著

《窃贼王子》，查克·霍根著

《路》，科马克·麦卡锡著

《埃米和罗杰的伟大之旅》，摩根·马特森著

《偷盗社团》，艾丽·卡特著

《玩家 1 号》，恩斯特·克莱恩著（后文中有该小说的动点进
度表）

《决战王妃》，凯拉·卡斯著

《乌鸦六人组》，李·巴杜格著

《玩家1号》

作者：恩斯特·克莱恩

"救猫咪"故事类型：金羊毛

书的类型：科幻

总页数：372页（百老汇出版社2011平装版）

　　2011年，当这部歌颂20世纪80年代流行文化的作品在书店热卖时，它以其紧凑的情节、富有创意的虚构世界和主题（现实对虚拟现实）迅速风靡世界，赢得了电脑游戏玩家和非玩家们的称赞。它赢得了多个奖项，获得《娱乐周刊》《波士顿环球报》和《今日美国》等报刊杂志的好评。难怪史蒂芬·斯皮尔伯格同意执导由这部小说改编的电影。

　　在这部"金羊毛"冒险小说中，我们加入了韦德和他的游戏伙伴团队，寻找一个隐藏在梦幻虚拟现实世界中令人垂涎的复活节彩蛋。

1. 开场形象（第1—9页）

我们见到了韦德（又名"帕西法尔"[①]），他解释说，2045年（这部小说的背景）时的世界并不美好。全球能源危机带来了灾难性的气候变化、饥荒、贫困和疾病。我们了解到，拯救人类（或至少是逃避方式）的是一款名为"绿洲"的大型多人在线虚拟现实电子游戏（史上最大的），地球上几乎每个人都在虔诚地玩这款游戏。大多数人把所有的时间都花在绿洲里，有些人甚至在那里工作和上学。

我们还了解到这个"金羊毛"故事的奖品：几年前，创始人詹姆斯·哈利迪在去世前，在绿洲的某个地方藏了一个复活节彩蛋。找到它的人能获得400亿美元，并拥有整个绿洲。韦德阐述了这场金羊毛探险的细节，称有三把隐藏的钥匙（铜的、翡翠的和水晶的），它们各自可以打开三扇隐藏的门，而复活节彩蛋就在第三扇门的后面。在故事开始的五年前，当詹姆斯·哈利迪第一次宣布存在复活节彩蛋时，全世界都疯狂地试图找到第一把钥匙，但多年过去了，寻宝毫无进展，炒作逐渐失去了吸引力，直到有一个玩家找到了第一把钥匙。

这个玩家就是我们的主角，韦德。

第一章实际上暗示了即将到来的催化剂。

[①] 亚瑟王传奇中寻找圣杯的英雄人物。

2. 设定（第10—69页）

在接下来的 59 页里，我们回顾了之前的故事。设定动点讲述了韦德是如何找到钥匙的，以及导致这一重要时刻的一系列事件，这样我们就可以和他一起经历这场探险。在这一部分，我们进一步了解了韦德和他糟糕的生活。

以下是韦德在现实生活中**需要解决的问题**：

- 他住在一个叫作"波特兰大道栈"的拥挤的活动房屋停放区里。

- 他居住在一个几乎经历了末日的世界里。

- 他是一个孤儿，和可怕的亲戚住在一起，她经常偷他的东西，当了换钱。

- 韦德体重超重，满脸痘痘，社交能力很差。

但在绿洲，这些都不重要。当韦德身为化身帕西法尔时，他更加自信，而且更帅气，基本上可以随心所欲地安排自己的生活。这就是为什么他大部分时间都待在自己的藏身之处——一辆靠近栈屋的废弃货车，他在那里安置了一个绿洲操控台，可以不受干扰地过他的虚拟生活。

在设定中，我们看到在**家里**、**工作**和**玩乐**时的韦德。

我们得知，他的家庭生活很黯淡。他的学习（相当于工作）是在绿洲的一所公立学校里完成的。在玩乐方面，韦德把大部分时间花在和他的伙伴"猎蛋者"一起寻找哈利迪藏起来的复活节彩蛋上。在设定中，我们看到韦德和他最好的朋友艾奇在一个聊天室里闲聊，他们谈论着韦德长期以来的暗恋对象阿尔忒弥斯（一个他从未说过话的猎蛋博主）。

在聊天室里，韦德和艾奇又开始了一场关于《安诺拉年鉴》的激烈讨论。这是哈利迪留下的日记，据说其中有关于彩蛋下落的线索。他们还谈到了对手，故事中的反派：一家邪恶的、名为 IOI 的通讯公司，该公司几乎掌管着世界上的一切——除了绿洲。我们了解到 IOI 公司已经雇佣了一个名为"六佬"的猎蛋者团队，为自己寻找彩蛋，并控制绿洲。

3. 陈述的主题（第 45 页）

在第 45 页，韦德的一个熟人玩家 I-r0k 对韦德和艾奇陈述了主题："你们显然都需要拥有自己的生活。"虽然这是一句玩笑式的批评，但对韦德来说再正确不过了。在这个场景中，韦德展示了自己对哈利迪和 20 世纪 80 年代流行文化的了解，表明他的生活中除绿洲和寻找复活节彩蛋之外没有其他内容。这就是他的动力和目标。但在小说的结尾，他将认识到，自己不能一直生活在电子游戏中。在某些时候，如果他想要真正过得快乐，他就必须面对现实。

韦德所在的世界展示着人类新时代的一种可能，在这个时代中，几乎每个人都在电子游戏中生活。随着社交媒体和互联网逐渐深入我们的生活，这个设定并不是十分难以接受。因此，这本小说的主题深深打动了每一位现代读者：当心虚拟现实的诱惑。现实生活总是在真实的世界里。

4. 催化剂（第 69—70 页）

到了第 69 页，我们差不多赶上了小说第一章里描述的事件。韦德解开了哈利迪设下的谜中的一个，找出了铜钥匙的所在。它在绿洲的卢杜斯星球上，也就是韦德的公立学校所在的星球。韦德推理，哈利迪把它藏在那儿，是因为他想让一个学生找到它。

5. 讨论（第 70—76 页）

当韦德弄清楚钥匙藏在哪里后，讨论问题就出现了：他怎么才能到达那里？韦德怀疑藏有钥匙的"坟墓"在星球的另一边，离他的学校很远，而且他没有足够的钱来把自己传送过去（走路要花很长时间）。他想到了利用公立学校系统，假装参加学校组织的"远程"游戏，来获得一张远程传送的代金券。

6. 进入第 2 幕（第 77—86 页）

在第 77 页，韦德进入了"恐怖之墓"（参考了游戏《龙与地下城》），他相信铜钥匙在那里，在这里他进入了第2幕。

这是哈利迪史诗般的寻找复活节彩蛋的颠倒世界，充满了戏剧性事件、阴谋和虚拟战斗，涉及到大量20世纪80年代的游戏和电影！

在墓中，韦德遇到了哈利迪的化身阿诺克，他告诉韦德，为了赢得铜钥匙，他必须在80年代的电子游戏《鸵鸟骑士》中打败他。在多年来寻找第一把钥匙的探索中，韦德一直在练习这款游戏（以及其他每一款80年代的电子游戏），所以他有所准备。他找到了控制哈利迪化身的人工智能的缺陷，并加以利用，从而打败了哈利迪（这证明了韦德是大奖的有力竞争者）。韦德现在是整个绿洲第一个获得铜钥匙的人，这使他位列猎蛋者记分牌的首位。

7. 故事B（第87—99页）

当韦德在胜利后离开恐怖之墓时，他遇到了自己长期暗恋的对象阿尔忒弥斯，她是小说中的恋爱角色和故事B角色。尽管他们一开始是竞争对手，但最终阿尔忒弥斯会让韦德明白，生活在现实世界比躲在虚拟世界里更好。因为在小说中，在韦德越来越爱她的同时，他也逐渐意识到和她的化身在一起是不够的。他想和现实世界里的她在一起。

阿尔忒弥斯在几周前发现了这个地方，但还没有在《鸵鸟骑士》中击败阿诺克。当阿尔忒弥斯查看记分牌，看到帕西法尔的名字位列首位时，她很生气。她对他施了一个屏障咒，困住了他 15 分钟。即便如此，韦德还是忍不住要给她一些建议，告诉她如何赢得这场比赛。这开启了他们之间脆弱的关系。

8. 乐趣与游戏（第 100—189 页）

这部小说的**前提承诺**是寻找哈利迪的复活节彩蛋，恩斯特·克莱恩绝对实现了这个承诺。铜钥匙上刻着一个谜语，指引韦德来到了第一扇门前，韦德通过重演哈利迪最喜欢的电影《战争游戏》中的一个场景，很快就把这扇门打开了。起初，韦德似乎走在向上发展的道路上，但在他努力解开下一把翡翠钥匙的谜题时，他的方向迅速发生了改变，乐趣与游戏动点很快开始**向下发展**。不久之后，阿尔忒弥斯也通过了第一扇门，在韦德的提示下，他的朋友艾奇的名字也登上了记分牌。与此同时，韦德总是忍不住想起阿尔忒弥斯（故事 B），两人之间的通讯也越来越具有调情的意味。

尽管韦德作为第一个找到铜钥匙的玩家崭露了头角，但越来越多的玩家通过了第一扇门，韦德很快发现自己回到了起点，和其他人齐头并进。

当韦德受邀前去 IOI 公司的办公室时，他的情况变糟了。IOI 公司邪恶的主管索伦托向韦德提出了一项交易：如果他带领一队"六佬"找到哈利迪的彩蛋,他们会付给他一大笔钱。韦德拒绝了,于是他们威胁要杀了他。

之后,他的活动房屋停放区就发生了爆炸,韦德吓坏了,同时他登出了绿洲。如果他不是身在藏身之处,他早就死了。这时他意识到IOI公司可以获得理应保密的用户信息,否则他们不会知道他住在哪里。

回到绿洲后,韦德召集了最先通过第一扇门的5个人,召开了一次"五强"会议,并提醒他们都藏起来。尽管他们是在各自寻找彩蛋,但他们也是韦德的金羊毛团队:阿尔忒弥斯、艾奇,还有来自日本的兄弟俩,大东和阿修。

在IOI公司找到铜钥匙和通过第一扇门后,索伦托和其他"六佬"的名字开始出现在记分牌上。韦德知道他必须继续行动,但要隐藏身份。IOI公司不能知道他还活着,否则他们会再次追杀他。他弄到了一张假身份证,搬进了一套新公寓,把自己锁在里面,发誓要抛弃现实世界,直到找到那枚彩蛋为止。立下这个誓言的此时此刻,韦德比以往任何时候都更加远离他的主题。但当他和阿尔忒弥斯继续在绿洲里调情,透露了彼此的一些真实信息时,我们知道韦德并不是失去了所有的希望。通过聊天和电子邮件,他们之间的爱情不断升温,韦德很快就无法集中精神寻找彩蛋(故事A),因为他的动力被自己对阿尔忒弥斯的热烈感情掩盖了(故事B)。

9. 中点（第 180—189 页）

当绿洲的前合伙人和共同创始人"馆长"奥格登·莫罗举办一场派对（**中点派对**）时，韦德忍不住现身，与阿尔忒弥斯和其他几位名人一起参加。

韦德和阿尔忒弥斯的关系达到了顶峰，当他告诉阿尔忒弥斯自己爱上了她时，内在的**风险提高了**。她吓坏了，宣告关系中止，说在探险结束之前他们不应该说话。这是韦德**虚假的失败**的开端，更糟糕的是，不到半页后，IOI 公司毁了这场派对，并且攻击现场的客人（故事 A 和故事 B 相交）。在舞蹈俱乐部里发生了一场激烈的战斗。当韦德意识到 IOI 公司专门来俱乐部杀死他和阿尔忒弥斯时（他们意识到韦德并没有死在活动房屋停放区的爆炸中），外部的风险也提高了。

10. 坏人逼近（第 190—238 页）

在派对灾难之后，韦德发誓要把他的全部注意力放在猎蛋上，不再浪费时间了。他全身心投入到绿洲中，越来越远离主题（内心的坏人）。他与阿尔忒弥斯几乎没有任何联系，因为阿尔忒弥斯已经切断了与他的所有联系。现在，距离韦德通过第一扇门已经过去半年了，终于有人找到了翡翠钥匙。那就是阿尔忒弥斯。

"六佬"（**外部的坏人**）利用绿洲的神器揭露了阿尔忒弥

斯是在第七区找到的钥匙，很快所有人都聚集到那个区域里。韦德预感到钥匙在阿查德星球上，但很快意识到这是一个错误的线索。正要离开时，他无意中发现了一家哈利迪小时候经常光顾的比萨店的复制店铺。在里面，韦德决定挑战吃豆人游戏，试图超越哈利迪在游戏记分牌上的最高分。几次尝试之后，他成功了，玩了完美的一局，并为自己赢得了一个意外的奖品：一枚奇怪的 25 分硬币，但他不知道这枚硬币有什么用。

艾奇找到翡翠钥匙的消息震动了韦德，他回去继续猎蛋。为了感谢韦德给予的铜钥匙提示，艾奇发给韦德一条线索，告诉他哪里可以找到翡翠钥匙。韦德（通过玩一个叫作"魔域"的老游戏）终于得到了钥匙，一切终于有了转机。但"六佬"很快也找到了翡翠钥匙，一场战争爆发了，在此期间，大东的化身死了，他的名字从记分牌上消失。这是我们的第一个**死亡气息**时刻。

11. 失去一切（第 237—238 页）

在韦德努力破译下一条线索和找到第二扇门的位置时，索伦托成功地通过了第二扇门，上升至记分牌的首位。两天后，当索伦托拿到最后的水晶钥匙时，他的分数再次大幅增加。现在，IOI 公司离找到彩蛋和完全控制绿洲只有一扇门的距离了。韦德似乎肯定会失去一切了。或者就像韦德在第 238 页所说的那样："这个故事不会有一个幸福的结局。坏人会赢的。"

12. 灵魂的暗夜（第 239—266 页）

随着越来越多的"六佬"获得了水晶钥匙，并在记分牌上不断攀升，韦德堕落着，哀叹着。作为对失去一切动点的回应，韦德计划在第二次死亡气息的时刻进行一次虚拟和现实的自杀。

阿修给韦德打来电话，说大东在遗嘱里给韦德留下了一些东西，制止了他结束自己的虚拟和真实生命。两人决定在韦德的绿洲大本营见面，这时候出现了第三次死亡的气息时刻：阿修透露，大东在现实生活中也死了，死在 IOI 公司的人手中。

这鼓励韦德朝着领会主题迈出了重要的一步：他和阿修交换了真名，谈论了他们的真实生活。阿修说，他放弃了寻找彩蛋，决定完成一个新的任务：为大东的死报仇。他祝愿韦德能幸运地找到彩蛋，并把大东的遗物交给他：一个能把游戏角色变成 156 英尺 ① 高的奥特曼的 β 胶囊。

韦德找到了第二扇门。他通过玩《黑虎》游戏通过了这扇门，很快找到了水晶钥匙。同时出现了一条谜语提醒他，第三扇门是不能单独打开的。这意味着，他如果想拿到彩蛋，就必

---

① 156 英尺：约 47.5 米。

须得到帮助。

韦德发现第三扇门就在阿诺克城堡里面，那是哈利迪设置的无法进入的大本营。当他到达那里时，"六佬"们已经在整个城堡上安装了一个力场，阻止任何人进入。猎蛋者们正在试图攻破力场，但没有任何效果。没有希望了。末日不远了，IOI 公司很快就会控制整个绿洲。

除非……

13. 进入第 3 幕（第 266 页）

韦德制订了一个计划。虽然他没有告诉我们计划是什么，但暗示了这么做很大胆，而且极其危险。当他进入第 3 幕时，他告诉我们："我一定要去到第三扇门那里，只要我不死，就会一直尝试下去。"

14. 尾声（第 266—368 页）

第 1 点：组建团队。为了执行他的秘密计划，韦德给阿尔忒弥斯、艾奇和阿修发了邮件，告诉他们第二道门的确切位置以及如何获得水晶钥匙。

第 2 点：执行计划。虽然我们还不知道计划具体是什么，但我们都在紧张地等待答案。当 IOI 公司的人因为韦德没有支付他的信用卡账单来逮捕他时，计划开始了。他们让他加入了

IOI 公司总部的契约劳役项目，并给了他一份绿洲科技支持部门的工作，让他在那里工作来还清债务。韦德利用新工作之便侵入了 IOI 公司的内部网，设法找到毁掉"六佬"在阿诺克城堡周围安装的力场的方法。他在 IOI 公司的文件中发现了阿尔忒弥斯的资料，还看到了她的照片。尽管她的半边脸上有一块胎记，但韦德仍然觉得她很美（故事 B）。从"六佬"的数据库中复制了数据后，韦德逃离了 IOI 公司的总部，重新登入绿洲，给他的团队发送了一条警告信息：马上离开。"六佬"知道你们在哪里。

然后，韦德把（从数据库里偷来的）IOI 公司试图杀死他和确实杀死了大东的证据发给了主流新闻媒体。

韦德在一个聊天室见了他的团队，并透露"六佬"还没有找到打开第三扇门的方法。团队很快发现，打开第三扇门需要集齐三把水晶钥匙。这四个猎蛋者不能再各自为政，他们必须合作！韦德透露，他入侵了"六佬"的数据库，并触发了程序，第二天中午力场的防护力会下降。届时，他们就可以直接走进阿诺克城堡了。随后他给绿洲的每个用户都发了邮件，请求他们加入到对抗"六佬"的战斗中来。

奥格登·莫罗突然出现，表示愿意帮助他们完成任务，邀请他们四人前往俄勒冈州，从那里发起进攻。也就是说他们要在现实生活中见面了（主题）。

在韦德开着房车前往俄勒冈州的路上，艾奇与他汇合了。而且，艾奇的性别和种族与她的化身完全不同。在第319页，韦德对艾奇说，不论她长相如何，在现实生活中是怎么样的一个人，"你都是我最好的朋友，艾奇。老实说，我唯一的朋友"。由此证明他已经领会了这个主题。

到达馆长的家后，他们就登入了绿洲。是时候采取行动了。

与"六佬"的战斗开始了。韦德的计划似乎奏效了。中午，力场减弱，每个人都到场加入战斗了，这是绿洲史上规模最大的一次战斗。阿修为团队做出了牺牲，他的化身死亡了；韦德使用了β胶囊，变成了奥特曼，摧毁了索伦托的化身，索伦托的化身从记分牌上消失了。

胜利！

或者有这么简单吗？

第3点：高塔意外。韦德、阿尔忒弥斯和艾奇刚一踏进那扇门，就听到砰的一声巨响，三个人都死了。

原来，"六佬"引爆了一种叫作"大灾难"的强大武器，杀死了这个区域的所有人。但是韦德出人意料地获得了"额外的生命"，因为他超越了哈利迪的《吃豆人》得分，赢得了那枚硬币。这是绿洲历史上第一次有人获得额外的生命。

其他的团队成员都"死了"，但是馆长帮他们和韦德连上线，这样他们就可以互相交谈了。韦德承认他需要他们的帮助来完成这件事。

第4点：深挖。韦德向整个绿洲播报了一条公开信息，透露了他的真实身份，并发誓要把奖金分给他的朋友们。这证明了他已经领会了主题，而且相比奖项，他更看重现实生活中的朋友。

第5点：执行新计划。为了通过第三扇门，韦德必须通关另一款20世纪80年代的电子游戏《暴风射击》。阿尔忒弥斯告诉他游戏中有一个漏洞，可以给他额外的生命。在她的帮助下，他赢了游戏，进入了第三扇门的第二阶段，在那里，他必须重演哈利迪最喜欢的电影之一的片段，这次是《巨蟒与圣杯》。与此同时，"六佬"紧随其后，玩了《暴风射击》游戏，步步逼近。韦德成功地完成了电影测试，最后来到了哈利迪办公室的复制房间中。

但是，彩蛋在哪里呢？

他试着和团队交谈，但没有答案。正如尾声经常发生的那样，主角必须证明自己可以独立处理好一件事。由于他对哈利迪非常了解，韦德通过了最后的考验，获得了彩蛋。他的化身变成了阿诺克，并且他的等级和生命值是无限的。现在在游戏中，他是不死的、全能的。

但是，游戏并不是真实的生活。

一个虚拟的哈利迪出现了，他提醒韦德这一点，并重申了韦德已经领会的主题："我创造绿洲，是因为我在现实世界里从来没有归属感……无论现实多么可怕和痛苦，那是你能找到真正幸福的唯一地方。因为现实是真实的。"然后他提醒韦德："不要犯我犯过的错误。不要永远躲在这里。"

韦德用他的新能力清除了剩余的"六佬"，复活了他的朋友。很快，我们就得知索伦托因谋杀被捕。

15. 结局形象（第369—372页）

在馆长的宅邸中，韦德登出了绿洲，在后院找到了阿尔忒弥斯。在现实世界里，韦德终于见到了她本人。她介绍自己是萨曼莎，韦德宣称自己爱上了她。她亲吻了韦德，韦德承认，这是他第一次不想登入绿洲。现实生活是这么的美好。

为什么这是一部"金羊毛"类小说？

《玩家1号》包含了一个成功的"金羊毛"故事的所有三个元素：

- **一条道路**：被三把钥匙和对应的门划分成了几个部分。在绿洲的世界里寻找彩蛋是韦德为了找到自己寻找之物而必须经历的旅程。

- **一个团队：**尽管他们到最后都没有实际上成为一个团队，但阿尔忒弥斯、艾奇、阿修，甚至大东都是韦德的团队成员。在旅途中，他们每个人都以某种方式帮助了他。

- **一个奖品：**从第 1 页起，我们就知道奖品是复活节彩蛋。韦德花了整本书的时间和绿洲中的其他玩家一起努力去找到它。

猫眼视角

为了供你快速翻阅参考，以下是对这部小说的动点进度表的简要概述。

1. **开场形象：**韦德向我们介绍了 2045 年的世界和他们的终极追求：在名为"绿洲"的虚拟现实电子游戏中寻找价值 400 亿美元的"复活节彩蛋"。

2. **陈述的主题：**"你们显然都需要拥有自己的生活。"韦德的对手 I-r0k 陈述了"现实与虚拟现实"的主题。只有在现实生活中才能找到真正的幸福。

3. **设定：**韦德（又名"帕西法尔"）在栈屋区过着糟糕的

生活。在绿洲时，他几乎一直都和他一辈子的好朋友艾奇在一起。在过去的五年里，他生活中的唯一目标就是寻找复活节彩蛋，这样他就可以赢得 400 亿美元并控制绿洲。

4. **催化剂**：韦德无意中发现了一条线索，他相信这条线索能引导他找到第一把钥匙。

5. **讨论**：他如何去到那里？韦德利用他的聪明才智迅速解决了这个问题。

6. **进入第 2 幕**：韦德进入了恐怖之墓，并通过玩《鸵鸟骑士》游戏（一款 20 世纪 80 年代的电子游戏）拿到了铜钥匙。

7. **故事 B**：获胜后，韦德遇到了他的暗恋对象阿尔忒弥斯，阿尔忒弥斯也即将找到那把铜钥匙。阿尔忒弥斯最终会让韦德明白，生活在现实世界中比一直躲藏在虚拟世界中更好。

8. **乐趣与游戏**：韦德成为第一个找到铜钥匙的玩家并声名鹊起，但其他人很快在记分牌上赶上了他，IOI 公司（想要控制绿洲的邪恶公司）炸了韦德所在的活动房屋停放区。

9. **中点**：（虚假的失败）在一次中点派对上，韦德向阿尔忒弥斯表白，阿尔忒弥斯吓坏了，中止了和韦德的关系。不久后，IOI 公司的人袭击了派对，一场虚拟战斗爆发。

10. **坏人逼近**：韦德投入到复活节彩蛋的搜寻中，但阿尔忒弥斯和艾奇先找到了第二把钥匙。

11. **失去一切**：索伦托（IOI 公司的主管）通过了第二扇

门，登上了记分牌的首位，然后找到了第三把钥匙。看起来
IOI 公司将会赢得绿洲的控制权。

12. **灵魂的暗夜**：韦德堕落了，并计划在虚拟（和现实）
世界中自杀。但后来他也找到了第二道门，通过了它，找到了
第三把钥匙，并且发现了第三道门的位置。但是，此时 IOI 公
司的人已在第三道门周围建立了坚不可摧的要塞。

13. **进入第 3 幕**：韦德制订了一个计划，并暂时保密。

14. **尾声**：韦德实施了他的计划，其中包括侵入 IOI 公司
的系统，打开要塞，并与他的团队合力通过最后一扇门，找到
复活节彩蛋。

15. **结局形象**：韦德在现实生活中见到了阿尔忒弥斯（又
名萨曼莎），他说自己对回到绿洲不感兴趣。现实生活是美
好的。

13

房子里的怪物

不仅仅是一个恐怖故事

注意！本章包含以下书籍的"剧透"：

玛丽·雪莱的《弗兰肯斯坦》
迈克尔·克莱顿的《猎物》
尼克·卡特的《深渊》
乔·希尔的《心形礼盒》

没有什么比被困在一个封闭的空间里，和一个想要杀死你的怪物在一起更可怕的了——而且这可能是你造成的。

这描述了一直以来最受欢迎的故事类型之一——房子里的怪物——的设定。你最喜欢的恐怖、血腥和惊悚小说大部分都属于这个类别。"恐怖故事"是最原始的。因为即使是穴居人（尤其是穴居人！）也能理解"在野兽杀死你之前要先下手为强"的观念。

这一故事类型还在不断扩展，每年都有更多成功的小说问世，因为总有一种新的、令人兴奋的方式来演绎与怪物一起被困在一栋房子里这个经典的噩梦般的场景，并赋予它一个全新的转折。

但当我们研究这一故事类型的三个基本要素时，我们很快会发现，这个恐怖故事原型可怕的关键并不一定是怪物的可怖（尽管这也会让故事更可怕）或封闭空间引起的幽闭恐惧症（也会让故事更可怕），而是怪物出现在这里的原因。真正让这些故事变得可怕的是怪物存在的理由，更重要的是，在读完整本书、怪物被消灭（或没有被消灭）很久之后，仍能引起读者共鸣的那些元素。

这种故事类型很古老了，可以说是一种经典的故事类型。它可以追溯到牛头怪和迷宫的神话。作家们基于同样的模板，成功创作出了许多"房子里的怪物"故事。从玛丽·雪莱的《弗兰肯斯坦》，到威廉·彼得·布拉蒂的《驱魔人》，再到亚当·内维尔的《仪式》。

斯蒂芬·金和迪恩·孔茨都在这一故事类型中大获成功。从金的《闪灵》《撒冷镇》《它》和《宠物公墓》，到孔茨的《守护神》《午夜》和《藏身之处》，两人的许多经典小说都属于这一类型。

读者们会迫不及待地阅读这些作品。为什么？因为这个模板能发挥作用，这种故事蓝图会一次又一次地令读者魂牵梦绕。一个成功的"房子里的怪物"故事有三个基本要素：（1）一个**怪物**；（2）一栋**房子**；（3）一个**罪过**。

让我们先来看看怪物。怪物可以拥有任何形态和大小，它们可以像你我一样（或者至少外表看起来是这样的），或者可以像我们能想象到的那样异乎寻常。从连环杀手到恶魔，再到疯狂的科学实验的产物，它们的共同特征是某种"超自然"的力量。我指的不是魔法意义上的超自然（尽管这些怪物也拥有这种力量），我指的是字面上的意思：这些怪物的活动不属于自然的人类行为。例如，一个受精神错乱驱动的连环杀手拥有一种超自然的力量，让他的行为和正常人不一样。他们受邪恶力量的引导。当然，也有一些怪物的力量确实来自一些超自然的、神奇的或科幻的存在，像《闪灵》中的幽灵，《驱魔人》中的恶魔，迈克尔·克莱顿的《猎物》中凶残的纳米虫，尼克·卡特的《深渊》中在海底发现的会改变人类思想的神秘物质"安布罗希亚"，或者《弗兰肯斯坦》中的人造人。

当然，从定义来看，所有怪物都是超自然的。它们被一种违背自然法则的动机驱使。这就是为什么在如此多的此类小说中，主角（以及读者）往往不仅担心自己的生命，还担心自己的灵魂被吞噬。

这要可怕得多。

死亡并不可怕。但是，当我们想到比死亡更糟糕的事情会发生在我们身上时，我们会真正感到恐惧，因为它超出了我们普通人的理解范围。这也是僵尸故事如此成功的原因。那些家伙不仅死了，还变成了不死的存在。这种情况更加糟糕，因为我们害怕自己也会失去灵魂，变得和他们一样。

其次，每一部优秀的"房子里的怪物"小说都应该有一个封闭的空间，也就是怪物所在的地方。我们把这个空间叫作房子。这里给你一个提示：空间越小（或者主角越孤立），故事就越精彩。房子可以是字面意义上的房子，比如《驱魔人》和雪莉·杰克逊的《邪屋》；也可以是整个小镇，比如《撒冷镇》；可以是荒凉的沙漠，比如《猎物》；可以是《深渊》中位于深海海底的令人毛骨悚然的实验室；甚至可以是整个国家。只要怪物的愤怒是具体的或只针对特定的人的。例如，《弗兰肯斯坦》中的怪物可以自由地在世界各地游荡，但他只攻击维克多·弗兰肯斯坦最亲密的朋友和家人。他怨恨的是他的创造者，而不是别人。因此，小说中的"房子"就是维克多的家庭。

无论你为故事选择了什么样的"房子"，最重要的是主角要被困住。如果主角可以跳进车里，仓皇逃离，那还有什么威胁可言呢？还有什么冲突可言呢？还有什么故事可言呢？这个故事类型的关键是主角被困在某个地方，或者因为某种原因被怪物盯上了。因为比毁灭灵魂的怪物更可怕的是什么？那就是你无法逃离这个怪物。

但是，比怪物和房子更重要的是第三个元素：一个罪过。

怪物追踪的猎物（通常是主角或主角们）不可能是完全无辜的。某个人要为怪物的诞生、侵入怪物的领地或者唤醒怪物负责。通常犯下这个罪过的人要么是主角或主角的对应人物，要么是全人类。无论如何，这场灾难在某种程度上是主角的错。

在《弗兰肯斯坦》中，罪过是弗兰肯斯坦博士身为人类的傲慢，他试图扮演上帝并创造人类生命。所以，他创造的人类生命会背叛他就再合理不过了。

在《猎物》中，罪过是人类的贪婪（这是"屋子里的怪物"类故事中常见的罪过）。小说中的 Xymos 公司急切地想让他们的新科学项目获得成功，于是开始破坏生物学规律，让科技往疯狂的方向发展。猜猜发生了什么？这种技术（这里是一群纳米虫）反而杀死了他们。克莱顿在他的小说中经常讲述这种罪恶。他的超级畅销小说《侏罗纪公园》运用了相同的模板，在这部小说中，人类的贪婪再一次导致科技的疯狂发展。这是对我们的警告：不要让科学过于疯狂地发展。这就是这类小说如此成功的原因。我们可以留心这个警告，它适用于我们。

"罪"元素是这个故事类型成功的真正原因。是罪过让读者产生了共鸣。因为罪过几乎总会与更深层的主题、与我们都能理解的普适教训联系在一起。对我们来说，这本质上是一个警告。

当心！如果你不从这些错误中吸取教训，这可能会发生在你身上。

被吃掉是一回事，因为我们做的事情而被吃掉是另一回事。罪过的内疚感令情况变得更加恐怖。对故事来说，罪过也很重要，因为它通常包含着消灭怪物本身的线索。在我们屈服于怪物之前，让我们尽快找出我们做错了什么！

但更重要的是，罪过提出了一个深刻的潜在问题：谁是真正的怪物？是它，还是我们？经典小说《弗兰肯斯坦》以及许多"房子里的怪物"故事都探讨了这个问题。

罪过赋予你的故事理由和意义，因为它触及了主题。没有它，这个故事有什么意义？你想说的是什么？

怪物攻击这个人、团体或社会一定是有原因的。这些受害者做了什么才遭到袭击？他们因什么罪过而受到惩罚？即使这不是主角犯下的罪过，那也是因为在某个地方，某个人决定打开潘多拉的盒子偷看里面，才产生了这个故事。

罪过通常也是我们区分"房子里的怪物"和"遇到问题的家伙"这两种故事类型的方式，这两种类型经常被混淆。你要问自己的问题是：这是谁的错？如果答案是"是我们的错！"或"是主角的错！"，那么你就知道这属于"房子里的怪物"这个故事类型。

你会经常在"房子里的怪物"故事中看到另一个很受欢迎的元素（虽然不是必需的），即叫作"半人"的角色。这通常是一个导师型角色，一个曾经和怪物战斗过的幸存者。他们知道它的邪恶之处，甚至可能因为它受过伤（或致残）。在《深渊》中，我们的主角卢克找到了韦斯特莱克博士的日记，这位科学家已经死于神秘物质"安布罗希亚"之手。在日记中，韦斯特莱克博士的话语越来越混乱和癫狂，这让卢克看到了这种物质的可怕作用。

　　这个半人的角色可以有效地将神话和背景介绍融入到你的故事中，而不会让读者觉得你在倾倒信息。这个角色能具体地展现怪物带来的威胁。

　　你可能会注意到，这个半人角色（如果他还活着的话）经常会在失去一切动点（导师经常会在那里死去）中死去，因为最终，主角（或主角们）必须独自面对怪物。杀死导师能提高风险。因为一旦这份帮助消失了，就是时候停止瞎混了，并且要想出一个第 3 幕计划，以免怪物下一个来攻击你！

　　总结一下：如果你想写一部"房子里的怪物"类小说，请确保你的故事包含以下三个要素：

- **一个怪物**：拥有超自然的力量，即便它的力量来自疯狂，而且内在是邪恶的。
- **一栋房子**：一个封闭的空间，可以是一栋房子、一个家庭、一个城镇，也可以是整个世界。
- **一个罪过**：指某人要为把怪物带进房子（或者入侵怪物的领地）负责，这是一种罪过，可能部分出于无知，而且通常与主角必须领会的主题有关。

历史上畅销的"房子里的怪物"类小说

《弗兰肯斯坦》，玛丽·雪莱著

《邪屋》，雪莉·杰克逊著

《驱魔人》，威廉·彼得·布拉蒂著

《闪灵》，斯蒂芬·金著

《鬼村》，彼得·斯陶伯著

《魔鬼战士堡》，F. 保罗·威尔逊著

《黑衣女人》，苏珊·希尔著

《宠物公墓》，斯蒂芬·金著

《守护神》，迪恩·孔茨著

《沉默的羔羊》，托马斯·哈里斯著

《侏罗纪公园》，迈克尔·克莱顿著

《猎物》，迈克尔·克莱顿著

《废墟》，斯科特·史密斯著

《僵尸世界大战》，马克思·布鲁克斯著

《心形礼盒》，乔·希尔著（后文中有该小说的动点进度表）

《仪式》，亚当·内维尔著

《糖果》，艾米·雷博恩著

《卡拉哈里沙漠》，杰茜卡·库利著

《深渊》，尼克·卡特著

《幽灵笼罩屋顶》，保罗·崔布雷著

《心形礼盒》

作者：乔·希尔

"救猫咪"故事类型：房子里的怪物

书的类型：恐怖

总页数：374 页（威廉·莫罗出版社 2007 年平装版）

上了年纪的摇滚明星裘德·科因在一个拍卖网站上买了个"鬼"，他发现这个鬼魂不可逆转地和他捆绑在了一起，之后，他发现相比他花出去的钱，他得到的要多得多。这部现代"房子里的怪物"小说让全世界的读者都胆战心惊，它登上了《纽约时报》的畅销书榜，赢得了令人垂涎的布莱姆·斯托克最佳处女作奖（恐怖小说门类一个久负盛名的奖项），并为乔·希尔（也是《复仇之角》的作者，这部作品被改编成了电影，由丹尼尔·雷德克里夫主演）在恐怖名人堂赢得了永久的地位。

1. 开场形象（第 1—8 页）

当裘德·科因的助手丹尼问裘德，是否想从网上买个鬼魂的时候，我们立刻进入了乔·希尔创造的这个令人毛骨悚然的超自然世界。我们很快了解到，裘德·科因是一位曾经辉煌一时的 54 岁摇滚明星，住在纽约州北部。大家依然认可他在摇滚界的地位，但他已经多年没有巡回演出或录制专辑了。裘德喜欢收集令人不安的东西，所以这个出售的鬼魂似乎正合他的胃口。据说这个鬼魂寄宿在一件死人穿过的丧服上，现在有人在网上出售这件丧服。裘德把鼠标移到"马上购买"的按钮上，然后咔哒！我们的"房子里的怪物"故事开始了。

2. 设定（第 9—26 页）

你猜对了，丧服被装在一个心形的盒子里。在我们等待鬼魂第一次出现的时候，乔·希尔向我们进一步介绍了主角裘德·科因和他的世界，向我们展示了裘德在生活的各个方面有着多么严重的缺陷。

在家庭方面（**家**），裘德已经很多年没和父亲说过话了，而我们也得到暗示，他过去曾被虐待过（**玻璃碎片**）。他的父亲奄奄一息，而裘德告诉护士他不在乎父亲的生死。

在工作方面（**工作**），裘德不再录制唱片或巡演了。他失去了两个乐队成员（一个死于车祸，另一个死于艾滋病），他还没有完全从悲痛中走出来。

在感情方面（**玩乐**），裘德不仅收集令人不安的神秘物品，还收集哥特摇滚风格的女朋友。他已经有过一堆女友了，但他从不与她们太过亲近，这就是为什么他从不用女友的真名，而是用她们家乡所在的州来称呼她们。他现在的同居女友是乔治亚（真名玛丽贝思），她曾经是一名脱衣舞女，在她之前是佛罗里达（安娜），他和佛罗里达分手是因为她的抑郁症越来越严重，裘德受不了了，就把她赶走了。

我们马上就能感受到裘德是冷漠的，在情感上绝缘（尤其是涉及女人的时候），而且被过去困扰。

在重大的催化剂到来，并启动冒险的齿轮之前，乔·希尔释放了迷你催化剂，让我们知道重大的变化即将到来。首先，当丧服到达时，乔治亚被一个她认为是别针的东西刺了一下，但是当裘德检查丧服时，他没有发现任何别针。接下来，裘德听到丹尼办公室里的收音机在播放节目，尽管他知道以前那里的收音机从没开过。当他去查看时，收音机里出现了一个奇怪的声音，说着一些令人毛骨悚然的话，例如"死人把活人拉入地狱"。

3. 陈述的主题（第 26 页）

乔治亚手指上的刺伤看起来很糟糕（又一个迷你催化剂）。裘德无礼地让她"用什么把那个伤口遮起来"，因为"有了明显的伤口，钢管舞者的工作会变得更少"，乔治亚狠狠地斥责了他。她讽刺地说："你是个有同情心的婊子养的，你知道吗？"裘德回答说："你想要同情，就去和詹姆斯·泰勒[①]上床吧。"

裘德对乔治亚显而易见的冷漠和他根深蒂固的爱无能不仅是怪物出现在房子里的原因，也是裘德在小说结尾之前必须克服的至关重要的缺点。

4. 催化剂（第27—30页）

一个声音惊醒了裘德，他以为他的两只狗（安格斯和邦）中的一只进了房子。但当他向窗外看时，他看到它们都在围栏里。他惴惴不安地走进大厅，发现一位老人坐在古董摇椅上，穿着心形盒子里的丧服。

5. 讨论（第31—69页）

就像许多与超自然现象有关的故事一样，讨论问题是：这是真的吗？裘德的房子里真的有鬼魂吗？他真的在网上买了一个鬼魂吗？如果这是真的，这种超自然的魔力是怎么起作用的呢？为了得到答案，裘德让丹尼去找出那个卖给他鬼魂的女人。丹尼和卖家杰茜卡·普赖斯通了电话。她很快透露自己是裘德上一个女朋友佛罗里达（安娜）的妹妹。杰茜卡解释说，她们的继父，也就是那个鬼魂，把安娜的死（在裘德把她赶出

---

① 詹姆斯·泰勒：美国民谣唱将，歌曲温暖而感动人心。

家门之后，她在浴缸里割腕）归咎于裘德，现在她的继父正纠缠着裘德，寻求报复。原来是杰茜卡特意让裘德看到出售鬼魂的信息，以确保他购买那件丧服。裘德发誓要把这件丧服还给杰茜卡，他猜想鬼魂是附在丧服上面的，但杰茜卡说这么做不会让她的继父离开。当杰茜卡说"无论你到哪里，他都会在那里"时，她暗示了这个"房子里的怪物"故事中的"房子"（封闭空间）就是裘德。看起来鬼魂附在了裘德身上，而不是丧服上，直到裘德死，它才会停止。

裘德开始研究，试图弄清楚这个鬼魂事件的真相以及安娜因他而自杀的说法。他让丹尼把安娜在被他赶出去后寄给他的所有旧信件都翻出来，而且他开始阅读有关神秘学的旧书。乔治亚让裘德把那件衣服处理掉，因为它闻起来很臭，但裘德不相信这么做会有任何效果。

同时，乔治亚的伤口受到了严重感染，而裘德更多次地看到了鬼魂。他注意到鬼魂眼睛的位置有黑色的涂鸦，它还拿着一根金链子，上面挂着刀片，就像钟摆一样摇晃着。

鬼魂的问题越来越严重了，裘德得做点什么了。

6. 进入第 2 幕（第 70—72 页）

裘德最终决定调查这个鬼魂。他在网上搜索安娜的继父，发现了克拉多克·麦克德莫特的讣告，照片上的人就是他在走廊看到的那个人，只是年轻一些。裘德发现克拉多克是一位技术高超的催眠师。

然后，裘德收到了一封新的电子邮件，来自克拉多克。邮件的内容冗长且杂乱无章，他声称裘德会死。裘德砸碎了电脑。

7. 乐趣与游戏（第 72—165 页）

乔·希尔的前提承诺是一场鬼魂挥之不去的冒险，他做到了。裘德和克拉多克的鬼魂在一起的生活对裘德来说是颠倒的世界，对读者来说则是令人毛骨悚然的"乐趣"。随着日子一天天过去，鬼魂对裘德生活的威胁越来越大。乔治亚发现裘德待在封闭的车库里，汽车的发动机运转着。她认为他企图自杀，但裘德发誓他没有发动引擎。一定是克拉多克干的。在做了一个令人不安的噩梦之后，裘德决定卖掉这件丧服，却发现乔治亚把它烧掉了。但鬼魂并没有随之消失。

后来我们发现，作为一个催眠师，克拉多克似乎能够说服人们做事。故事继续向下发展着，他说服了裘德的助手丹尼上吊自杀，也差点说服乔治亚开枪自杀。他还试图催眠裘德，让他亲手杀死乔治亚。裘德割破了自己的手掌，专注于疼痛，及时阻止了自己。

与此同时，我们也更加了解了裘德和他父亲的关系。裘德的父亲经常虐待裘德和他的母亲。有一次，他用力关门时夹住了裘德弹和弦的手，影响了他弹吉他的能力。

当克拉多克追赶裘德时，裘德有了一个重大的发现：他的狗可以让他免受鬼魂的伤害，因为它们是他的"密友"。狗的影子可以阻止克拉多克前进。

在那之后不久，裘德认为他、乔治亚和他的狗是时候离开了。他想开车南下佛罗里达去拜访杰茜卡·普赖斯，那个把丧服卖给他的女人。

8. 故事 B（第 78 页）

这部小说的故事 B 角色是安娜·麦克德莫特，她是裘德 9 个月前抛弃的前女友，也是鬼魂的继女。她代表了主题（裘德的冷漠和对爱的无能），因为她可怕的命运是裘德缺点的直接结果，但她最终将帮助裘德和乔治亚赶走她继父的鬼魂。

虽然作者在这之前提到过安娜，但从第 78 页开始，我们通过裘德的回忆对安娜有了更多的了解。他讲述了他们之间的关系以及他们一度有多亲密。随着安娜在裘德转变的过程中越来越重要，她将在小说中继续频繁出现（首先出现在记忆、梦境和倒叙中，然后作为鬼魂出现）。我们很快就会意识到裘德确实爱安娜，但他的缺点使他不能表现出这一点或采取任何行动，从而使他落入现在的境地。

9. 中点（第 166—178 页）

裘德和乔治亚开始旅行的第二天早上，他们在一家餐厅吃早餐。这是自鬼魂进入他们的生活后，他们第一次**公开亮相**（public outing），但并不顺利。在这个**虚假的失败**中点，一名女服务员把热咖啡洒在乔治亚仍然受感染的手指上，乔治亚不得不跑到洗手间去处理伤口。当裘德看到克拉多克的皮卡停在外面、引擎处于发动状态时，他跑进了女洗手间，正好阻止了乔治亚自杀（乔治亚打碎了镜子，试图用一块玻璃碎片割开自己的喉咙）。他们逃离了餐厅，克拉多克的皮卡开始加速追赶他们。他们穿过了天桥下的一个隧道，卡车朝他们冲过来，不过没撞到他们，而是撞到了墙上。当裘德再次看向卡车时，他发现那是一辆吉普车，驾驶座上坐着一个迷迷糊糊的（被催眠了的）男人。当裘德意识到克拉多克有足够的力量来操纵陌生人并试图杀死他们时，**风险就提高了**（**中点转折**）。

10. 坏人逼近（第 179—265 页）

当他们开车回到路上时，乔治亚开始问裘德一大堆问题（安娜经常会这么做）。裘德感到厌烦，不小心把乔治亚叫成"安娜"，这让她哭了，**故事 A 和故事 B 相交**了。之后，裘德回忆起他和安娜分手并送她回家的那个晚上。那天晚上，他去了一家脱衣舞俱乐部，遇到了乔治亚。

在虚假的失败中点之后，随着裘德和乔治亚越来越接近安娜死亡的真相和如何打败克拉多克的答案，坏人逼近动点正在**向上发展**。他们在乔治亚奶奶的房子前停了下来。在那里，乔治亚拿出她的旧通灵板，两人试图与安娜的鬼魂取得联系。

安娜透过通灵板告诉他们，她没有自杀，是克拉多克杀了她。他们问安娜是否能帮助他们，她回答好的，并问乔治亚是否愿意成为"金色之门"。乔治亚和裘德还不知道这是什么（读者也不知道），但是乔治亚说她愿意。

后来，裘德从父亲的护士那里得到消息：裘德的父亲（他已经多年没有和父亲说过话了）昏迷了 36 个小时，他活不了多久了（**内心的坏人**）。

离开巴米家后，裘德把车停在了一家二手车经销店旁，痛打了一个叫鲁格的男人。他记得，乔治亚有一次告诉他，鲁格在她 13 岁时猥亵了她。这是裘德正在改变的众多迹象之一。他为乔治亚出头了，他开始保护她而不是虐待她。他变得越来越有同情心，这一点从进入第 2 幕后，他和乔治亚的关系越来越亲密就可以明显看出。这件事之后，裘德开始用乔治亚的真名玛丽贝思来称呼她。

两人到达了杰茜卡·普赖斯位于佛罗里达的家，闯入了她的房子。他们打了起来，其间安娜身上发生的事情真相被完全揭露了出来：克拉多克从两姐妹还是孩子的时候就开始猥亵她们。他还对她们进行催眠，让她们忘记这些事。裘德把安娜送回家后，安娜威胁说要去告发克拉多克。克拉多克（在杰茜卡的帮助下）杀了她，并让这一切看起来像是自杀。克拉多克认为是裘德改变了安娜（在安娜与裘德在一起之后，克拉多克就不能再催眠她了），这就是为什么克拉多克　直纠缠着裘德。

裘德意识到自己看见过安娜被性虐待的迹象，但他从来没有放在心上（主题）。我们还了解到，杰茜卡很崇拜克拉多克，甚至纵容他猥亵自己的女儿。

裘德准备用撬胎棒压住杰茜卡的喉咙，把她扼死，突然，杰茜卡的女儿里斯拿着枪出现了。

11. 失去一切（第266—278页）

接着又是一场打斗，在**死亡气息**的时刻，裘德的一只狗（可以保护他免受克拉多克伤害）被射杀了。克拉多克说服里斯把枪对准裘德，她照做了，子弹打掉了裘德的一根手指。当裘德和玛丽贝思（乔治亚）试图逃跑时，裘德的另一只狗被杰茜卡开车撞了（克拉多克也在操纵她）。狗的情况很糟糕，裘德的手指流血不止，但最终他们成功逃脱了。玛丽贝思想带裘德去医院，但他拒绝了。相反，他告诉玛丽贝思他们要去路易斯安那州（裘德的家乡）。

12. 灵魂的暗夜（第 279—309 页）

在失去一切动点的最后，玛丽贝思问裘德："你怎么看待这一切？"裘德没有答案。这就是灵魂的暗夜的意义所在。这是在为结局做准备。当他们回到裘德童年的家时，裘德知道他要面对的不仅仅是现在的鬼魂。他还得面对过去的鬼魂，也就是他的父亲。

在玛丽贝思开车时，裘德做了一些关于安娜的梦（幻觉）。他看到了她死去的那个夜晚（**暗夜顿悟**）。在发现杰茜卡让克拉多克猥亵自己的女儿后，安娜威胁说要告发杰茜卡。然后杰茜卡帮助克拉多克给安娜下药并杀死了她。在裘德的梦中，就在克拉多克用剃刀割开安娜手腕之前，裘德告诉安娜他爱她，安娜也说她爱他。裘德几乎已经完成了转变。

当他们到达裘德儿时的家时，另一只狗已经死在了后座上。这意味着已经没有什么可以保护裘德免受克拉多克的伤害了。

护士阿琳把裘德带到他儿时的卧室，他昏迷不醒的父亲就躺在那里。阿琳给他注射了吗啡以缓解手指的疼痛。

13. 进入第 3 幕（第 310—314 页）

阿琳被鬼魂吓跑了，房子里只剩下裘德、乔治亚、克拉多克（真正的鬼魂）和裘德的父亲（他的过去的比喻意义上的鬼魂）。裘德看着克拉多克从地板上的心形盒子里爬出来，裘德问他："是什么让你不愿离去？"裘德终于准备好面对他的鬼魂了。

14. 尾声（第315—354页）

克拉多克试图操纵裘德勒死玛丽贝思，但是裘德发现他可以通过哼唱一首他之前写的歌来抵抗他的操纵。克拉多克附在裘德父亲的身上，裘德的两个鬼魂现在合为一体了。

裘德和父亲/克拉多克之间发生了一场可怕的打斗，克拉多克试图用剃须刀片杀死裘德，而玛丽贝思在紧要关头刺伤了裘德父亲的脖子和后背。但随后玛丽贝思滑倒在血泊中，克拉多克用刀片割伤了她的喉咙。当她流着血的时候，她告诉裘德安娜告诉她，让他打开金色之门（之前提过）。当克拉多克离开裘德父亲的身体并再次现身时，裘德用玛丽贝思的血在地板上画了一扇门。门刚打开，玛丽贝思就滚了过去。在一片明亮中，她飘浮了起来，很快就变成了安娜。安娜抓住克拉多克，拉着他和自己一起进入了这扇门。他永远地离开了。

裘德爬到门口，想寻找玛丽贝思，却掉了进去。

裘德发现自己在修好的车里，和安娜在一起，安娜很快变成了玛丽贝思。玛丽贝思向裘德解释说，他们在"夜之路"上，这是死者走的一条路。那里美好而明亮，玛丽贝思猜测：

"也许这里只对某些人来说是夜晚。"

玛丽贝思告诉裘德她要走了，他也该下车了，裘德却不肯放开她的手。他不想离开。他说："我们一起。一起出去。我们。我们。"

现在，裘德完成了转变。他不再自私，感情上也不再疏离。他现在有能力去爱，而且正在证明这一点。他找到了父亲在他小时候埋下的那块玻璃碎片，把它永远地拔除了。

当裘德在医院里醒来时，他发现玛丽贝思死了几分钟，但又复活了。他救了她。

15. 结局形象（第 355—374 页）

乔·希尔用几张简短的"故事后"快照结束了他的故事，他总结了主角裘德·科因的生活发生了怎样的变化。在几个只有几个段落长的章节中，我们看到裘德和玛丽贝思参加了丹尼的追悼会，裘德终于录制了一张新专辑，修好了另一辆旧车，他和玛丽贝思也结婚了。然后我们了解到，警方找到了照片证据，证明克拉多克猥亵了杰茜卡·普赖斯的女儿里斯，而允许此事发生的杰茜卡以危害儿童罪被捕。在最后一章，五年后，里斯来拜访裘德和玛丽贝思，为向他开枪而道歉。裘德看着里斯，仿佛看到了安娜的影子。他帮助里斯，给了她一些钱，为她买了一张车票，尽他所能弥补他对安娜所做的一切。

为什么这是一部"房子里的怪物"类小说？

《心形礼盒》包含了一个成功的"房子里的怪物"故事的所有三个元素：

- **一个怪物**：克拉多克·麦克德莫特，这个邪恶的催眠师鬼魂可以说服人们自杀或杀死他人，他是乔·希尔创造出来的令人毛骨悚然的角色，也是傲慢的摇滚明星裘德·科因应得的教训。
- **一栋房子**：虽然从技术上讲，怪物可以去任何他想去的地方，但他和裘德捆绑在了一起，因为裘德在网上买了他的丧服，而且克拉多克运用黑暗的秘术，在死前将他的灵魂与裘德的联系在了一起，因此裘德成了怪物所在的"房子"。
- **一个罪过**：裘德要为这个怪物的存在负责。他的冷漠、傲慢和对爱无能的缺点创造出了克拉多克的鬼魂。他把安娜赶出他的房子，并把她送回家，这直接导致了安娜死亡，以及克拉多克计划死后来骚扰裘德。只有面对这个罪过，裘德才能摆脱这个怪物。

猫眼视角

为了供你快速翻阅参考，以下是对这部小说的动点进度表的简要概述。

1. **开场形象**：上了年纪的摇滚明星裘德·科因在网上买了个鬼魂，并向我们介绍了他对恐怖事物的痴迷。

2. **陈述的主题**："你是个有同情心的婊子养的，你知道吗？"裘德（在许多段短暂恋情后）的现任女友乔治亚讽刺道。这暗示了裘德最终的转变之旅：变得更有同情心，学会与人建立良好的关系，并有能力去爱一个人。

3. **设定**：当购买的鬼魂（附身在一个心形礼盒中的丧服上）到来后，裘德的房子里开始发生奇怪的事情。我们了解到裘德和他的喜欢施虐的父亲之间的关系，他作为摇滚明星的过去，以及他已经很多年没有录制专辑了。

4. **催化剂**：裘德第一次看到这个鬼魂，他坐在走廊的一张椅子上。

5. **讨论**：鬼魂是真的吗？裘德进入了研究模式，他联系了卖家杰茜卡·普赖斯，她告诉他鬼魂是她和裘德前女友安娜的继父，安娜在裘德抛弃她后自杀了。杰茜卡声称鬼魂缠着他是为了给继女报仇。

6. **进入第2幕**：裘德接受了鬼魂的存在，并决定进行调查。他得知鬼魂是克拉多克·麦克德莫特，一位技术高超的催眠师。

7. **故事 B**：死去的安娜·麦克德莫特代表了故事 B 和主题（裘德对爱的无能）。面对他和安娜的过去（以及在她最需要他的时候，他无情地赶走了她），将最终解决故事 A——被克拉多克的鬼魂纠缠。

8. **乐趣与游戏**：在裘德的新的、颠倒的、与鬼魂生活在一起的世界里，我们了解到克拉多克可以催眠并说服人自杀。克拉多克试图让裘德杀了乔治亚并自杀。裘德的狗似乎是唯一能保护裘德的存在。

9. **中点**：裘德和乔治亚离开了家，去找杰茜卡·普赖斯，但途中差点被克拉多克控制的一个陌生人杀死，这时候风险提高了。现在，克拉多克几乎可以操纵任何人做任何事。

10. **坏人逼近**：裘德和乔治亚（现在裘德称呼她为玛丽贝思）来到了她奶奶家，他们用通灵板联系安娜，得知安娜并没有自杀。

11. **失去一切**：在与杰茜卡·普赖斯和她的女儿打斗时，裘德的一只狗被枪杀，另一只受了重伤。几乎没有什么能保护裘德免受克拉多克的伤害了。裘德决定去他儿时的家，他的父亲就在那里，奄奄一息。

12. **灵魂的暗夜**：在路上，裘德"看到"了安娜死亡当晚的景象，并意识到在安娜威胁要告发克拉多克对她、她的妹妹杰茜卡和杰茜卡的女儿里斯的性虐待后，克拉多克杀死了安娜。克拉多克之所以纠缠裴德，是因为他认为是裴德让安娜背叛了他。随后，裴德的另一只狗也死了。

13. **进入第3幕：**最后，裴德准备面对他的鬼魂（他的现在和过去），他问克拉多克："是什么让你不愿离去？"这暗示他已准备好最后的决斗。

14. **尾声：**克拉多克附在裴德父亲的身上，现在裴德必须同时对抗虐待他的父亲（直面他的过去）。一场血腥的战斗随之到来，玛丽贝思受了致命伤，她打开了"金色之门"，这样安娜就可以进来，把克拉多克拉回到"夜之路"（死者走的一条路）上。裴德和玛丽贝思也掉入了门里，但是裴德把玛丽贝思拉了出来，救了她，这证明他已经领会了主题，并且有能力去爱别人。

15. **结局形象：**裴德录制了一张新专辑并和玛丽贝思结婚了。杰茜卡·普赖斯的女儿来拜访他们俩，她长得很像安娜。为了弥补自己对安娜所做的一切，在结尾，裴德做的最后一件事就是帮助安娜的外甥女。

14

向我推销它!

如何写出抓人眼球的一句话简介和令人印象深刻的故事梗概

如果你不能简单地解释清楚一件事,
那是因为你对它理解得还不够透彻。
——阿尔伯特·爱因斯坦

不管你处于小说创作过程中的什么阶段——写作、修改、列提纲、绞尽脑汁地想一个好书名——我敢保证，某个时候，总有人会问你那个令人害怕的问题：

你的书是关于什么的？

不管你的目标是通过传统的方式出版你的小说（由一个文学代理人代表你把小说销售给主要的出版商）、自行出版（在网络上或印刷出来），还是只是发布到电子阅读平台上看看会发生什么，你都面临着同样的挑战：你必须把它销售出去。你必须告诉别人（文学代理人、出版商、在亚马逊电子书平台上浏览电子书的潜在读者，甚至还有在阅读平台上闲逛的用户）你的书是关于什么的。

简而言之，你必须能够推销它。

推销文案是什么？它为什么重要？

想想你最喜欢的小说的封底文案或网络销售页面上的概

要。这段概要就是这本书的推销文案。如果你遇到了你最喜欢的作家,并询问他们接下来准备写什么作品,他们很可能会对你进行口头上的推销,用几句简短的话概述他们的新项目。推销文案不会告诉你整个故事(那么读这本书还有什么意义呢?),它会点到为止,引诱你,让你想要了解更多。

这就是为什么推销文案很重要。

如果你想让别人读你的小说,不论这个"别人"是代理人、编辑、电影制片人还是读者,你首先要吸引他们。你必须把这个故事描绘得引人入胜、有趣、具有原始的吸引力,让他们迫不及待地想要从你手中夺过来,大喊:"给我!我需要它!我需要它!"

推销文案是你的诱饵。这里有个好消息:如果你已经精心撰写了"救猫咪"的15个动点,那么撰写推销文案将是小菜一碟。

大多数作家之所以会在推销自己的小说时遇到困难,是因为我们的天性不会后退一步,从一个更高的层次、更以销售为导向的角度来看待自己的小说。然而,我很高兴地告诉大家,我在这本书中引导你走的过程,从本质上讲,是为了迫使你从宏观层面思考你的故事。

在本章中,我将指导你撰写两种不同类型的推销文案:一句话简介和故事梗概。无论你选择哪种方式,它们都将对你和你的小说写作生涯带来帮助。如果你选择走传统出版的路线

（把你的小说卖给大型出版商），那么它们就会显得尤为重要。因为在这种出版方式中，有一连串人需要把你的书推销给另一个人，而作为书的作者，你是第一个要这么做的。

我称其为"**精彩之链**"。

基本上，"精彩之链"由多个层次的人组成，他们必须说服别人你的书很精彩。

要想让一家大型出版商出版你的书，你首先得找一个文学代理人。要找到一个文学代理人，你必须说服他／她你的书很精彩，这样他们才会做你的代表。然后代理人必须说服出版公司的编辑你的书很精彩，他们才会购买书的版权。但要想购买你的书，这位编辑必须说服出版公司里的许多人（销售团队、市场团队、宣传团队）这本书很精彩。

但"精彩之链"还不止于此。一旦书被销售给一家出版商并准备发行，销售团队就必须把书推销给书店。书店的书商必须把书推销给读者。

在推广方面，宣传和市场团队必须把书推销给评论家、博客作者和媒体。

不要忘了你的代理人，他们还要把你的书销售给国外的出版商和电影制片人！

记住："精彩之链"从**你**开始。

那么，让我们开始吧，好吗？

一句话简介

一句话简介是小说家从编剧那里借来的另一个方便的工具。通常会在把你的书推销给代理人、出版商和电影制片人时使用，但在快速把书直接卖给读者时，它也可以发挥很好的作用。

根据定义，一句话简介是对你的故事的一句话描述。

是的，只有一句话。

"疯了！"你可能会说，"这是不可能做到的！"

好吧，让我证明给你看。

你能猜到这是哪一部小说吗？

> 她是一个失业的酒鬼，经常醉得不省人事，在快要失去她的家时，被卷入了一宗失踪案件；但当她确信有罪的男人被释放后，她必须在头号嫌疑人把目光转向她之前，彻底直面自己内心的恶魔。

这是哪一部小说？

答案：宝拉·霍金斯的《火车上的女孩》！

这个呢？

> 一个女孩患有一种罕见的疾病，无法外出，由于极度

的孤独，她濒临忧郁，后来与新搬到隔壁的男孩建立了一段关系；但在她意识到自己爱上了他后，她必须决定是否要在病魔把他们永远分开之前勇敢一搏。

你知道这是哪本青少年畅销小说吗？

这是妮古拉·尹的《你是我一切的一切》。

你是否注意到，虽然这两条一句话简介写的是非常不同的故事，但结构却非常相似？非常棒，现在，你是一个发现模式的天才了。

它们确实有着相同的结构，因为我写的时候使用了相同的"救猫咪"一句话精彩简介模板。就是下面这个。

"救猫咪"一句话简介模板

在"停滞＝死亡"时刻的边缘，一个有缺点的主角"进入了第2幕"；但是，当"中点"发生时，他们必须在"失去一切"之前领会"陈述的主题"。

嗒哒！一条适合任何类型的任何故事的一句话简介。

为什么这条一句话简介会奏效？因为它创造了紧迫感，提供了一个吸引点，并告诉我们为什么这个主角是故事的关键，反之亦然（主角和情节的结合）。

我们使用类似"濒临"这样的短语（或一个拥有类似紧迫感的开头），然后用一个"停滞＝死亡"的时刻来证明这个故事是必要的。没有它，这个主角注定要失败。我们加入了进入第2幕的片段（或者至少是对第2幕世界的一瞥）来让明情节是向前发展的。它不会永远停留在第1幕的现状世界里。提到第2幕也有助于描述故事的吸引点（或前提承诺）。我们提到了（或至少暗示了）中点和失去一切，以表明这个故事存在风险，而且风险将提高！我们提到"陈述的主题"是为了表明这个故事想表达一些独特的观点。

当然，现在你可能需要修改一下语言，替换一些表达，以确保语句清晰且引人入胜。你不会希望别人读了你的一句话简介之后感到尴尬，因为他们发现你只是在套用一个模板。但是，这几个动点应该是合适的。然而，如果你发现你的一句话简介很平淡，那么你可能需要再看看你的中点，确保它足够重大。风险是否已经提高到足以让故事转向一个新的方向？或者再看看你的失去一切，它是否足够危险以让故事显得紧迫？

让我们用这个模板概述更多的故事，看看会得到什么！

约翰·格林的《无比美妙的痛苦》（伙伴之爱）

一个青少年癌症病人在濒临抑郁的时候遇到了一个古怪、有魅力的病友，他让她的生活焕发新机；但当他的病复发时，她必须在两人永远分离之前领会活着的真正意义。

安迪·威尔的《火星救援》(遇到问题的家伙)

在被宇航员同伴留在火星后，一个自负的宇航员想到去做一件不可能的事情：在寸草不生的星球上种植粮食；但是，当所有的庄稼都被毁了、供给即将耗尽时，他必须解决一个最重要问题：在供给耗尽之前离开这个星球。

恩斯特·克莱恩的《玩家 1 号》(金羊毛)

一个孤独的玩家就快要屈服于贫困的生活，此时他第一个找到了史上最有价值的电子游戏中的"复活节彩蛋"所在位置的线索，并开启了全球范围内的寻宝；但是，一家邪恶的公司试图杀死他，他必须与他的竞争对手联合起来，在自己的游戏永远结束之前，阻止这家公司找到宝藏。

J. K. 罗琳的《哈利·波特与魔法石》(超级英雄)

一个孤儿和一个糟糕的寄养家庭生活在一起，他处境尴尬，生活每况愈下。但随后他得知自己是一名巫师，于是动身去魔法学校上学；但有人试图要他的命；同时，有史以来最邪恶的巫师企图得到一块魔力强大的石头，终结魔法世界，他必须在这一切发生之前证明自己的价值。

你是否担心这个模板透露了太多故事情节？不用担心。想想看：上面的这些一句话简介会让你不那么想阅读那本书吗？可能不会。它们可能会让你更想读那些书，因为它们唤起了我们每个人内在的故事 DNA 的共鸣。这些一句话简介包含了一个精彩故事需要的一切。你的　句话简介也必须如此。你必须向读这条一句话简介的人证明，这部小说值得他们花费时间去阅读。这部小说不会让读者失望，因为它包含了所有关键的元素：

- 一个有缺点的主角（这个故事是关于谁的，为什么他们需要踏上这段旅程）
- 一个"进入第 2 幕"动点（你的故事将朝哪里发展）
- 一个"陈述的主题"动点（这个故事如何具有普适性）
- 一个"失去一切"动点（主要的风险是什么）

但是，如果你仍然担心一句话简介透露了太多信息，你可以说得更含糊一点。如果你的中点或失去一切会剧透，那么就不要说出来，只给读者一个提示。但是，要注意不要隐藏太多，否则你的推销文案听起来会抽象而松散。这被称为**"把球藏起来"**，它经常会让读者感到厌烦，因为他们不能很好地理解故事的内容。你隐藏得太多了！

例如，看一下《哈利·波特与魔法石》的另一条一句话简介，看看它是否和我刚才展示的那条一样有趣：

> 一个孤儿和糟糕的寄养家庭生活在一起，他处境尴尬，生活每况愈下；但他发现了一个改变自己生活的秘密，并开始了一场激动人心的冒险；当出现危险的转变时，他必须站出来阻止邪恶的力量摧毁一切。

没有那么引人入胜了，不是吗？为什么？因为它太模糊了。我把所有东西（包括吸引点）都藏起来了！吸引点是哈利发现自己是巫师并进入魔法学校，这就是会让读者点击"购买"的信息。

所以要注意。在避免"剧透"和给潜在读者提供足够的信息之间存在一个微妙的平衡。

故事梗概

现在我们已经掌握了一句话简介，让我们来看看另一种非常重要的推销文案：故事梗概。这通常被出版商称为勒口或封底简介，有时也被称为书的概要或书的描述。它通常是对小说的两到三段的概述，目的是吸引读者阅读它。

学习写一篇精彩的故事梗概的最好的地方是，有太多例子可以学习了，它们都很容易获得。只要看看你最喜欢的平装书的封底，或者在亚马逊、巴诺书店、IndieBound.org（美国书商协会的电子商务平台）、Goodreads.com（在线读书社区网站）、出版商网站以及任何向读者推销这本书的地方查找你最喜欢的小说。

与一句话简介不同，每个看到过你的书的人都能看到故事梗概。几乎每一个潜在读者都会根据它来决定是否购买、阅读你的书，包括代理人和出版商在内！

所以换句话说……故事梗概最好很精彩。

但别担心！你知道我不会丢下你不管的。

让我们来看看一些畅销小说封底上的故事梗概，看看我们是否能辨认出出版商用来向读者推销书的一些动点。

玛丽莎·梅尔的《月族》(超级英雄)

新京喧闹的街道上挤满了人和机器人。一场致命的瘟疫折磨着人民〔设定〕。太空中，无情的月族人观察着，等待采取行动〔停滞 = 死亡〕。没有人知道地球的命运取决于一个女孩……

欣黛，一个有天赋的机械师，是一个赛博格。她是一个有着神秘过去的二等公民，被她的继母辱骂，因为她继姐妹的疾病而受到指责〔有缺陷的主角〕。但当她的生活与英俊的王子凯铎的生活交织在一起时〔催化剂〕，她突然发现自己处于一场星际斗争〔乐趣与游戏〕和一股禁忌的吸引力〔中点〕的中心。在责任与自由、忠诚与背叛之间，她必须揭开自己过去的秘密〔陈述的主题〕，以保护她的世界的未来〔失去一切的暗示〕。

乔乔·莫伊斯的《遇见你之前》（伙伴之爱）

路易莎·克拉克是一个平凡的女孩，过着极其平凡的生活。她有稳定的男朋友、亲密的家人，几乎没有离开过他们的小村庄〔设定／第一个有缺点的主角〕。她接受了一份急需的工作，为"前宇宙主宰"威尔·特雷纳工作〔催化剂〕。威尔在一次事故后不得不坐轮椅，此前他一直过着辉煌的生活——做大生意、参加极限运动、周游世界——现在他很清楚自己不能再像从前那样生活了〔第二个有缺点的主角〕。

威尔是尖刻、喜怒无常、专横的，但是路易莎拒绝温柔地对待他〔乐趣与游戏〕，很快他的快乐对她来说比她预想的更重要〔中点〕。当她得知威尔有一个令人震惊的计划时〔失去一切的暗示〕，她开始向他展示生活还是值得过的〔陈述的主题〕。

吉莉安·弗琳的《利器》（犯罪动机）

在精神病院待了一段时间后，记者卡米尔·普里克〔设定／有缺点的主角〕面临着一个棘手的任务：她必须回到她小小的家乡去报道两个 10 岁左右女孩被谋杀的事件〔催化剂〕。多年来，卡米尔几乎没有和她神经质、患有疑病症的母亲和她几乎不认识的同母异父的妹妹说过话。她的妹妹是一个美丽的 13 岁少女，刈小镇有着可怕的控制力量。现在，卡米尔住在她家豪华的维多利亚式的旧卧室里〔乐趣与游戏〕，她发现自己和那些年轻的受害者们有着稍过于强烈的共鸣〔中点〕。她被自己内心的恶魔困扰，如果她想报道这个故事，并在这次回家过程中幸存下来〔失去一切的暗示〕，她就必须解开自己源于过去的心理之谜〔陈述的主题〕。

正如你看到的，这些概要中有一些动点明确地、反复地出现，这意味着你可以很容易地用你已经写好的动点来撰写故事梗概。你能感觉到另一个模板正在浮现吗？

瞧！

"救猫咪"故事梗概模板

第 1 段：设定、有缺点的英雄和催化剂（2—4 句话）

第 2 段：进入第 2 幕和乐趣与游戏（2—4 句话）

第 3 段：陈述的主题、中点的暗示和失去一切的暗示，以

悬念结尾（1—3 句话）

与一句话简介相比，故事梗概有更多的发挥空间，可以写得更富有激情，运用更多种的语言风格和语气。所以，你可以发挥你的创造力，自由搭配。但无论如何，以上三段内容应该包括在内。这就是如何用一页纸有效推销一本书的方法。是的，这段故事梗概不应该超过一页纸……两倍行距!（你希望我忘掉说行距，不是吗？）

如果你不能在一页纸里有效地推销你的小说，那么你就还没有完全弄清楚要介绍些什么。所有优秀的小说都可以用一页纸的内容进行有效的推销。

你将注意到，在上面提供的模板中，我提到了中点的暗示和失去一切的暗示。当你直接向读者推销时，你应该提供足够的信息，让读者感觉到故事中的风险和潜在的危险，但也不能提供太多，反而剧透了整本书。每一段故事梗概都应该以悬念结尾。

为什么？

当然是为了让读者想要阅读更多!故事梗概并不是对你的书的详细总结。那是另一种推销文案，应用在其他的场合。

在第 1 段中，我们介绍了一个有缺点的主角和他们的世界（设定），让读者了解主角是谁以及为什么他们最适合这个故事。我们还引发了将很快改变这个世界的催化剂。

在第 2 段中，我们深入到第 2 幕的颠倒世界中，展现情节的大致方向，并为读者提供我们的吸引点（前提承诺）。

在第 3 段中，我们暗示了风险（紧迫感）和主角内心的旅程，这些结合起来，构成了整部小说诞生的原因。同时我们又让读者想要阅读更多。

故事梗概是你的小说中至关重要、不可缺少的组成部分。一旦你掌握了它，你就可以一遍又一遍地使用它。任何时候，当你需要把你的小说以书面形式推销给另一个人时，你基本上都可以使用故事梗概，就像拔出枪一样。它是你销售小说的终极武器。

如果你选择自行出版作品，那么可以把这段故事梗概复制粘贴到零售商的网站上、你的网站上或者书的封底上。

如果你用传统方式出版作品，那么可以把这段故事梗概复制粘贴到你寄给代理人的询问信中。如果故事梗概真的写得很好，你的代理人可能会把它复制粘贴到他们寄给编辑的询问信中。你的编辑甚至可能会把它（或者至少把它的一部分）直接复制粘贴到书的封皮上。我的意思是，为什么要重复发明轮子呢？特别是你已经制作出了这样一个完美无缺、不会发出吱吱声的轮子。

对于那些刚刚开始写小说，不确定它会变成什么样的人来说，你们可以在任何想要发布关于书的信息的地方使用这段概要，或者把它发送给任何人，以获得反馈。

故事梗概是一种测试，以确保你已经摸透了动点，而且你的故事能引起共鸣。如果在遵循了这个模板之后，你的故事梗概还是不太奏效，那么是时候再回头看看你的动点和第 2 章中那些方便的动点清单了。也许你的"催化剂"还不够重大，不足以把你的主角从他们的第 1 幕世界中抽离。也许你的第 2 幕世界和第 1 幕世界并没有太大的不同。也许你的"中点"或"失去一切"的风险还不够重大。

我向你保证，如果你能改进这些动点，你的故事梗概就会大放光彩。

现在轮到你自己做一点研究了。去你最喜欢的书店或网上零售商，阅读一本又一本书的简介，寻找这些模式。我猜你会发现它们几乎一直都符合这些模式。这意味着出版商（通常是写这些图书简介的人）正在使用同样的模板……不管他们是否意识到了这一点。

15
救救作者！
你遇到了问题，我有解决方案

好了，各位，我们已经到了"救猫咪"小说创作过程的最后阶段了。我们知道了如何创造出值得为他/她写一个故事的主角；我们知道了如何撰写15个扣人心弦的故事动点，让我们的读者屏气凝神；我们研究了10种"救猫咪"故事类型，知道了每种故事类型需要包含哪些具体的元素；我们很好地掌握了如何撰写引人入胜的一句话简介和故事梗概。

那么……

你感觉怎么样？

如果你的答案是，说实话，有点抓狂，不用担心。我把整个小说写作生涯的智慧都塞进了这本书里，你感到有点不知所措当然是可以理解的。这就是为什么我会加入这一章，它会回答运用"救猫咪"法的作家反馈给我的最常见的问题和担忧。

让我们来解决这些问题吧。

求助! 我该从哪里开始?
基础动点

在我的"救猫咪"讲习班上,我们经常会全面地讲解 15个动点,拆解例子,进行透彻的分析。但班上至少会有一个学生盯着我,完全不知所措。当我问他 / 她:"怎么了?你是不是还不明白故事 A 和故事 B 之间的联系?我们是否应该回过头来再讲一遍陈述的主题?"那个学生会继续盯着我,不停地眨眼,而我则继续猜测是什么让他们迷惑不解,直到最后他们把自己的困惑用语言表达了出来:"嗯……我该从哪里开始呢?"

啊哈!非常好的问题!

按理说你应该从头开始。首先构思开场形象,然后是陈述的主题,接着是设定,等等。毕竟,这是它们出现在动点进度表上的顺序,也是小说完成后读者的阅读顺序。听起来很合理,对吗?

但实际上,你可能会惊讶地发现,这不是我构思动点的方式。

我承认,要一下子构思出 15 个动点有点令人畏惧。这就是为什么我通常先从其中的 5 个动点着手,我喜欢称之为"5个**基础动点**"。这些动点构成了支柱,其他的动点都靠这 5 个支柱支撑。同时，它们都是单场景动点，所以更容易构思。它们是故事的方向性动点，意味着每一个动点都为情节设定了一个新的方向。一旦你建立了这些动点，剩下的动点就会在动点进度表的动态基础上更自然地落实。

这 5 个基础动点是：

- 催化剂
- 进入第 2 幕
- 中点
- 进入第 3 幕
- 失去一切

然而，在你构思这些动点之前，先要想清楚你的值得一个故事的主角的三个组成部分——一个问题（或者你的主角的缺点是什么），一个愿望或目标，以及一个需要。只有当你想清楚了你的主角是什么样的一个人时，你才能明白他们需要什么样的转变之旅。

我知道每个人都是不同的，每位作家的创作过程也是独特的，接下来我将介绍自己是如何用 5 个基础动点来构思动点进度表的，供你参考：

首先，我确定了我的主角的三个组成部分（问题、愿望和需要）。这创造出一幅画面，呈现出主角的第 1 幕世界的样子。

然后我会回答以下几个问题：

- 主角的第 2 幕世界是什么样的？它与第 1 幕世界有什么不同？差异足够大吗？这开始塑造我的进入第 2 幕动点。

- 我的有缺点的主角将如何基于自己的愿望而不是自己的需要，以错误的方式改变现状？这将继续塑造我的进入第 2 幕动点。

- 什么样的重大事件才足以将主角踢出他们的现状世界，让他们进入这个陌生的新世界？这形成了催化剂动点。

- 在这个新世界里，总的来说我的主角是陷入了困境还是表现出色？这决定了中点的内容以及中点是虚假的胜利（主角在新世界中表现出色）还是虚假的失败（主角在新世界中陷入困境）。

- 然后，我的主角是如何根据他们的需要，以正确的方式改变的？这帮助我构思进入第 3 幕动点。

- 最后，什么样的触底的、改变生活的事件足以最终说服我的主角以正确的方式改变？这引出了失去一切动点——你可能还记得，这通常是另一道催化剂。

求助！我需要更多的结构！
运用"救猫咪"板

所以你和我一样是个结构控，是吗？光有动点进度表还不够，就像一只得到了一块饼干的老鼠，你想要更多，对吧？好的，不怕。我有更多。除了动点进度表，我还有更多。

我有……

那块板。

"救猫咪"板就像它的名字一样……是一块板。更确切地说，是一块软木板，是你能在商店里找到的最大的那块。或者，如果你更喜欢数字形式的，可以访问网站 SavetheCat.com，下载"救猫咪"软件，获得一块虚拟的板，你可以把它放在笔记本电脑里，随身携带。

然后，在软木板上摆满索引卡（我推荐 3 英寸 ×5 英寸[①]尺寸的卡片），按照特定的顺序排列这些索引卡，以阐明"救猫咪"动点进度表。更偏向于视觉型的学习者需要看到动点列在面前，对于他们来说，这块板也是可以做到这一点的一个很好的工具。

我发现，当你陷入困境时（构思情节、写作或修改），这

[①] 即 7.62 厘米 ×12.7 厘米。

块板可能会非常有用，可以帮助你用一种新的方式来看待你的故事。我说的就是字面上的意思，通过在板上列出动点，你可以更好地从**整体**上把握你的故事。正如我在上一章所说的，作者往往很难看清全局，尤其是当他们身处其中的时候。〔比如在第 185 页，试着找到词语"面对"（"如果我们试图冒险去独自面对猛犸象"中的"面对"）的同义词。相信我，没有什么适合的同义词。就用"面对"这个词。〕

当你有了这块软木板（或"救猫咪"软件）后，将这块板分成四行（见下图）。我喜欢用美纹胶带。这四行分别代表第 1 幕、第 2A 幕（第 2 幕的前半部分）、第 2B 幕（第 2 幕的后半部分）和第 3 幕。（注："救猫咪"软件已经这样设置好了。）

第 1 幕	
第 2A 幕	
第 2B 幕	
第 3 幕	

现在我们开始摆放卡片，每张卡片代表小说中的一个场景或一个章节，每张卡片应该反映一条信息。因此，如果某些章节包含了多个场景或多条信息，那么那些章节就会有多张卡片。但是现在不用过多地考虑这些，把你的想法写在卡片上就行了。

例如，如果你知道你的"催化剂"动点是克莱芒蒂娜姨妈被谋杀，这将是一个场景或一条信息。那么你可以创建一张卡片，在上面写上：

> 彭妮找到了克莱芒
> 蒂娜姨妈的尸体

或者，如果你知道在你的乐趣与游戏动点中会有这样一个场景：彭妮采访了克莱芒蒂娜姨妈的管家，发现在她被杀那晚，管家没有不在场证明，你就可以创建一张卡片，在上面写上：

> 彭妮采访了管家
> 没有不在场证明！

或者，或许你知道在坏人逼近动点中的两个情节点之间有几周的时间，而你还不知道这几周会发生什么，那么你可以创建一张卡片，在上面写上：

> 两周过去了……
> ？？？

还记得吗，在第 2 章中，我告诉过你一些动点是单场景动点（像陈述的主题、催化剂和失去一切），还有一些是多场景动点（像设定、乐趣与游戏、灵魂的暗夜）。

当我们开始在板上摆放卡片时，我们会更清晰地看到它是如何发挥作用的。

下页是排列好卡片后，这块板应有的样子。

哇哦！看到卡片如此摆放确实会很有帮助，不是吗？

但现在你可能会想，该死，乐趣与游戏的部分太长了！

你是对的。在我们到达那个激动人心、提高风险、改变人生的中点之前，还会经历很多场景。这就是为什么故事之神创造了故事 B 和故事 C，有时甚至还有故事 D，并用这些故事 A 之外的东西来填补这些很长的篇幅。故事 A 应该仍然是首要和处于中心的。例如，如果你在写一部谋杀悬疑小说，那么大多数卡片最好代表的是解决谜题过程中的起起落落。但是你可以（也应该）让你的读者时不时地从故事 A 中出来，休息一下，在一到两个场景中谈论一些其他事情。我们的恋爱角色怎么样了？最好的朋友呢？主角的家人呢？工作中那个讨厌的家伙呢？主角在第 70 页发现的那封来自前任的邮件是怎么回事？确保在主要的情节点之间给读者一些喘息的空间。这么做将让故事 A 保持新鲜感和刺激感。

现在，有一点很重要，你为某一个动点分配的卡片数量不必局限于或必须达到下页图表描绘的卡片的数量。我只是用这张图来向你展示，催化剂通常由一张卡片或一个场景组成，而

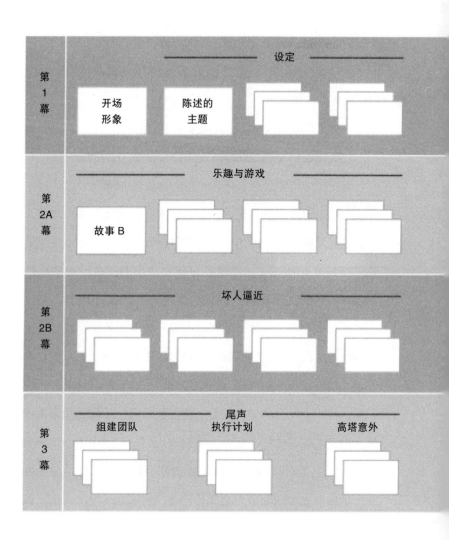

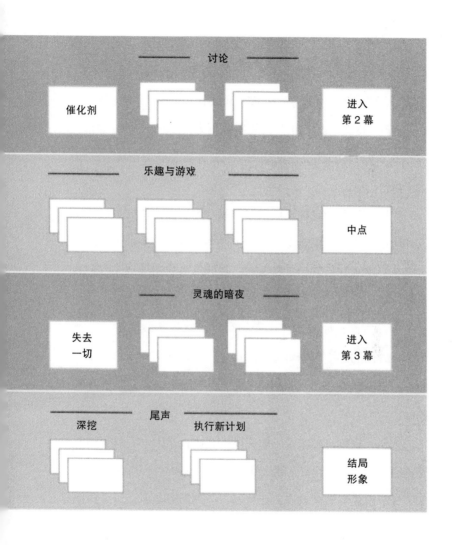

设定、讨论、乐趣与游戏、坏人逼近、灵魂的暗夜、尾声都包含多张卡片或多个场景。卡片的具体数量会随着小说的页数、字数以及你如何组织场景和章节而变化。一般的经验是，每2.5万字（英文）或100页的故事要用大约30张卡片。因此，对一本7.5万字（英文）的小说而言，你可能需要创建大约90张卡片。

然而，如果你是在头脑风暴阶段开始填充这块板，我建议你，你那了不起的头脑能想到多少内容，就创建多少卡片。你可以在开始写之后删除一些卡片。我非常喜欢这种"无限"的头脑风暴法。

另一方面，如果你在小说的写作或修改阶段构建、更新你的板，你的心中可能对每个动点有一个目标字数或页数（见第2章开头的例子），那么你可能需要更加严格地控制卡片的数量。

但是，软木（或虚拟）板之所以有用，是因为它具有高度的灵活性。如果你灵光一现，突然发现精彩的自行车相撞的场景不属于乐趣与游戏动点，而是属于坏人逼近动点，只需要移动这张卡片，就能马上改好。这就是为什么我推荐使用软木板或虚拟板，而不是在白板上写下各个场景的原因。你可以在这张小索引卡上加入你想添加的场景细节或信息，当你移动它的时候，所有信息都会跟着它一起移动。

有了这块板，你只需要按下按键或者重新钉入一个大头针，就可以创造和重构你的故事。你可以随时改写你的小说，看看新的结构会形成什么样的故事。因为有时候你需要的只是简单地转动一下万花筒，突然间，整个画面就聚焦了。

求助！我可能有不止一个主角！
看看小说的叙述手法

读完这本书的第 1 章，你知道你应该选择一个角色作为故事的主角。你们可能还记得我举过凯瑟琳·斯多克特的《相助》中爱比琳的例子。虽然另外两个角色的视角在书中也占据一定的分量，但我仍然认为爱比琳是这部小说的第一主角，因为她是变化最大的那个人。但这并不意味着明妮和斯基特没有自己的转变弧线。她们当然也有，所以她们也有动点进度表。（看看第 191 页的《相助》的解析，了解她们的三张动点进度表是如何交织在一起的。）

所以，是的，如果你在写一部有多个主角的小说，你很可能需要撰写多张动点进度表，每个角色一张，以便追踪他们在整个故事中的转变弧线。我仍然建议你先敲定第一主角，但处理多道弧线的最佳方法是创建多张动点进度表，然后将它们交织在一起，形成一个引人入胜的故事。

有些动点可能会重叠。例如，在《相助》中，当爱比琳同意与斯基特分享她的故事时，她和斯基特经历了相同的"进入第2幕"动点，但她们的催化剂动点是不同的。明妮的动点则独立于爱比琳和斯基特的动点，直到故事进入中点，三条故事线才交汇到一起。

另一方面，你可能会写一部有多个主角的小说，其中没有一个动点是重叠的。我在写青少年小说《夏天的男孩》的时候就遇到了这种情况。故事是从三个男孩——格雷森、迈克和伊恩——的视角展开的。他们是最好的朋友，在一个度假小岛上共度了一个夏天，发生了很多改变，但他们的经历是完全不同的。在大部分故事中，他们有着不同的动点进度表。他们唯一重叠的动点是失去一切，这很合适，因为在这时候，他们都意识到了自己的每一个行为是如何影响其他人的，这最终巩固了他们的友谊。但是，是的，这意味着我在开始写作前要创建三张不同的动点进度表——每个角色一张。随着小说的发展和变化，我也要不断地调整这三张动点进度表。

如何调整多张动点进度表？最好的学习方法是研究已经这样做过的作者。我建议你找至少三部有多个主角的小说（故事类型最好和你正在写的书相同），为每一个角色写一张动点进度表，并研究动点的重叠和不同之处。注意作者是如何将这些故事交织在一起，创造出他们的"挂毯"的。然后，开始做同样的事情。

那么，你怎么知道你是否需要多张动点进度表呢？

重点看看你的叙述和视角。

你的小说有几个叙述者？（或者，如果你还没有开始写，你计划安排多少个叙述者？）如果你还没有决定，那么下面的分析可能会帮助你做出决定。让我们来看看不同类型的小说叙述，看看每一种叙述方式最有可能需要多少张动点进度表。

单个第一人称叙述

- **定义**：小说从一个主角的视角讲述，使用像"我""我的"这样的代词。
- **例子**：《饥饿游戏》《猎物》《黑暗中的星光》《玩家1号》《追逐金色的少年》《哈克贝利·费恩历险记》《使女的故事》。
- **动点进度表的张数**：一张。一个叙述者 = 一个主角 = 一张动点进度表。

多个第一人称叙述

- **定义**：小说从多个主角的视角讲述（通常通过交替的章节讲述），使用像"我""我的"这样的代词。
- **例子**：《相助》《火车上的女孩》、妮古拉·尹的《你的一天　我的一生》、萨巴·塔希尔的《灰烬余火》、奥德丽·尼芬格的《时间旅行者的妻子》、《奇迹男孩》、布伦丹·凯利和贾森·雷诺兹的《全美男孩》、托米·阿迪耶米的《血与骨的孩子》。
- **动点进度表的张数**：多张，通常每个叙述者一张。

单个第三人称叙述（有限的）

- **定义**：小说从一个外部叙述者（故事外的一个人）的视角讲述，他只能了解到一个角色的想法，使用像"他""她""他们""她的""他的"等代词。
- **例子**：《哈利·波特与魔法石》《头号书迷》《1984》《一见钟情的概率》《深渊》《心形礼盒》。
- **动点进度表的张数**：一张，属于叙述者了解其想法的那个人。

多个第三人称叙述（有限的）

- **定义**：小说从一个外部叙述者（故事外的一个人）的视角讲述，叙述者可以了解到多个角色的想法，但一次只能知道一个角色的想法（通常通过交替的章节讲述），使用像"他""她""他们""她的""他的"等代词。
- **例子**：《大小谎言》《乌鸦六人组》《这不是告别》《达·芬奇密码》《权力的游戏》《无法别离》。
- **动点进度表的张数**：多张，通常每个叙述者了解其想法的主角拥有一张。

第三人称叙述（无所不知的）

- **定义**：这种叙述形式通常出现在更旧的书中（现在不太常见），小说是从外部叙述者（故事外的一个人）的视角来讲述的。叙述者可以立刻了解每个人的想法，使用像"他""她""他们""她的""他的"等代词。
- **例子**：《爱玛》《无人生还》《悲惨世界》《圣诞颂歌》《玛蒂尔达》。
- **动点进度表的张数**：一张或多张，取决于有多少角色拥有明显的转变弧线。

求助！我在写一部系列小说！
系列动点进度表

现在你可能已经猜到了，如果你正在写一部包含多本小说的系列小说，那么你将需要撰写多张动点进度表——每本小说一张动点进度表。此外，你还需要一张涵盖整个系列的总动点进度表。

这张总动点进度表不一定要包含全部 15 个动点，但是它应该追踪你的主角或主角们的更大的弧线，这些弧线是跨越整个系列的。它应该遵循三幕结构，类似单本书的动点进度表的结构。

以三部曲为例：每本书将有 3 幕和 15 个动点，但在整体中，第一本书通常是铺垫，描绘这个系列的第 1 幕世界。它把我们和主角带入故事，介绍所有的角色，让我们知道故事的设定。然后，它通常会以一个催化剂动点、一个讨论动点（或主角面临的选择）以及一个进入第 2 幕动点结束，有效地为三部曲中的第二本书或第 2 幕的书奠定基础。三部曲中的第二本通常会有一个失去一切的时刻，接着是沉沦的灵魂的暗夜，以另一个决定结束：进入第 3 幕，引导我们进入最后一部。三部曲中的第三本书不总让人感觉像一个巨大的结局吗？在这里我们会看到最具史诗色彩的战斗、角色最大的损失、最高的风险以及最伟大的胜利！

所以，一个三部曲的系列动点进度表可能是这样的：

第 1 本——系列第 1 幕

第 2 本——系列第 2 幕

第 3 本——系列第 3 幕

我就是这样构建我的科幻小说"遗忘"三部曲系列的。在第一本《时空逃亡》中，我介绍了我的主角塞拉菲娜，她在一个陌生的世界（我们的世界）上迫降。在第一本书的结尾，我已经确切地透露了塞拉菲娜从哪里来，她如何碰巧来到我们的世界。然后，在这个系列进入第 2 幕（这个决定带来了第二本书）时，她逃离了我们的世界。在第二本书《巫女迷城》的结尾，塞拉菲娜经历了这个系列的失去一切和灵魂的暗夜动点，并做出了一个非常重大和牺牲性的决定，回到她的世界。这是这个系列的进入第 3 幕动点，它将我们直接带入第三本书《末世重生》以及这个系列的尾声，赛拉菲娜终于面对了那些使她成为现在这个样子的人，以及在整个三部曲中试图控制她的人。

一部包含有四本书的系列小说或"四部曲"也可以以类似的方式分解。以下是一个四本书系列的可能的系列动点进度表：

第 1 本——系列第 1 幕

第 2 本——系列第 2 幕（直到中点转折）

第 3 本——系列第 2 幕（直到进入第 3 幕）

第 4 本——系列第 3 幕

是的，当你做这些事情的时候，你也在安排主角的角色弧线——每部小说一道角色弧线，整个系列也有一道角色弧线。

呀！

没有人会说写一部成功的系列小说是容易的。创作一部小说时，你会经历许多冲突和折磨，而把它们乘以三，就是创作三部曲时你要面对的。但只要你能进行一些深思熟虑的计划以及拥有一些讲故事的技巧，你就可以做得很好。事实也的确如此。

让我们来看看当代最著名的系列小说之一：J. K. 罗琳的"哈利·波特"系列。该系列有七部小说，每一部都有一张出色的动点进度表，在其中，哈利成长、改变，了解到关于自己和自己命运的碎片信息。但这整个系列也有一段转变的旅程，哈利从一个害羞、没有安全感的孤儿变成了一个成熟、自信、善用魔法的战士，完成了他的使命，打败了伏地魔。他在七本书中经历的每一道小弧线相加起来，形成了整个系列的更大的弧线。这就是为什么他不能在第一本书中就打败伏地魔；作者必须暂时让他受重伤，在挫折中了解自己的能力。

当你构思一部系列小说时，必须思考每一本书的情节。你创作系列小说时，里面不能只有一两部重要的小说和一堆充数的小说。每一本书都必须有一个目标和存在的理由，还有一个陈述的主题以及主角要学习的教训。每一本书不可能都相同。
是的,它们是相互关联的,但不相同。

这就是为什么,就像我前面提到的,一部系列小说里的书
通常不会都属于同一个故事类型。每本书的目标不同,故事的
类型也会不同。《饥饿游戏》(三部曲中的第一部)的故事类型
是"遇到问题的家伙",正是这个故事将凯特尼斯·伊夫狄恩
带入了体制。到第二本书《饥饿游戏 2:燃烧的女孩》,她才
开始面临如何应对这个体制的问题,也使得这个故事变成了一
个"体制化"故事。当她决定"烧毁它"时,她才接受了自己
已经成为救世主和叛军领袖的事实,从而使第三本书《饥饿游
戏 3:嘲笑鸟》成为一个"超级英雄"故事。

三本书。三张动点进度表。三个故事类型。一个非凡的
故事。

你也可以做到。我相信你!

求助! 我的主角不讨人喜欢!
如何救一只猫咪

2011 年,我在写《讨厌父亲的 52 个理由》,这是我的一
部青少年小说,讲的是一个被宠坏的十几岁女继承人不得不

做 52 份低工资的工作，以获得 2500 万美元的信托基金。我马上就遇到了"受喜爱度"这个问题，在那之后，很多作家都问过我这个问题。我的主角是一个极其富有的女孩，小说开始前，她没有工作过一天，乘游艇环游世界，住在贝莱尔①的豪宅里，开着一辆价值 50 万美元的奔驰，是的，她是个令人难以忍受的被宠坏的小丫头。现在你可以支持这个角色了！

问题就这样出现了。早在第 1 章我就告诉过你，你需要创造一个需要踏上旅途的人，一个有缺点的、不完美的人，一个需要改变的人。你必须退回到跑道起点的地方，这样才有足够的起飞空间带主角飞到他们需要去的地方。有时候，为了做到这一点，一开始你得创造一个不那么优秀的主角。

但是你仍然要确保读者会留下来看到转变发生。

那么你要怎么做呢？

去救一只猫！

正如我在简介中提到的，其实"救猫咪"一开始只是一个花哨的作家的诡计，目的是把一个不讨人喜欢的主角变得讨人喜欢一些。这个称呼来自虚构的场景：你有一个惹人讨厌的主角，他迫切需要一些让自己看起来不那么讨厌的东西，他走来走去，做着惹人讨厌的事情，突然他看到一只猫被卡在树上。

---

① 贝莱尔：位于加州洛杉矶西部，是一座位于山区的豪华高级住宅区。

他停了下来，爬上树，救了猫。这时，本打算放下书的读者们心想，等一下，这个家伙不可能是个彻底的坏人，他有一颗善良的心。瞧！现在你有了一个可挽救的不讨人喜欢的主角了，而不仅仅是一个不讨人喜欢的主角。

但你不用真的去救一只猫。这只是一种表达方式，意思是你需要运用一些技巧来说服读者，你的主角身上有值得他们支持的东西。尽管我承认，在《讨厌父亲的 52 个理由》中，我确实把主角的狗变成了一个缺乏安全感、情感上受过伤害、需要拯救的存在。所以，是的，她真的救了一条狗！但你不必为了让主角讨人喜欢而让他们拯救动物，你还有其他的选择。

赋予你的主角一个可以挽回读者支持的 品质、行动或爱好

你的主角温顺吗？专横吗？复仇心重？爱发牢骚？沮丧？不懂得感恩？没有什么比一个令人讨厌的主角更能破坏一个好的设定了，这个主角会令你想摇一摇他，说："振作起来！生活并没有那么糟糕！"

这就是你在这种情况下需要做的。你需要让生活变得不那么糟糕。你需要给你的主角一个可以牢牢吸引读者的点。有可爱的侄女、侄子或邻居家的小孩崇拜他们吗？他们是否有一本

秘密的笔记本，里面写满了真的很糟糕却又很可爱的诗歌？他们是否每周去流浪狗收容所做一次义工？给他们一样可以吸引住我们的东西，这样东西会让我们想，好吧，至少他们有那个优点。

在我的青少年小说《静止的混乱》中，主角赖恩正努力从好友的死亡中恢复过来。我们姑且这么说吧，她并不是一个会让人开怀大笑的人。当我的朋友兼评论伙伴乔安妮·伦德尔读初稿时，她说："故事不错，但赖恩有点令人沮丧。她没有热情，没有兴趣，没有爱好。你就不能给她一些吸引人的点吗？"

当然，乔安妮是对的。评论伙伴通常都是对的。所以我们进行了几天的头脑风暴，试图弄清楚赖恩吸引人的点是什么。我们终于想到了绘画。在她最好的朋友去世后，她放弃了这个爱好，因为悲伤影响了她根据所见描绘事物的能力。我可以讲述她对绘画失去了热情，并倒叙她画画且因此很快乐的时候。我真的相信这个小改动不仅解决了主角"受喜爱度"的问题，而且它是一个很酷的隐喻，向读者展示赖恩是如何度过悲伤的：通过再次学习画画。

或者想想《饥饿游戏》。当你第一次见到冷淡严厉的凯特尼斯·伊夫狄恩时，她并不是那么温暖而有魅力。是什么让她受到读者的喜爱？因为她愿意为妹妹波丽姆做任何事——我们在第22页看到她自愿代替波丽姆成为贡品。但在此之前，作者已经向我们介绍了很多凯特尼斯的性格特质和做过的事，足以令我们爱上这个坚强的少女，例如她会违反凯匹特的规定去给妹妹送食物。还有，别忘了第 1 页，凯特尼斯告诉我们，当她试图用水桶把猫淹死时，波丽姆哭了，她才放过了这只猫。

她救了一只猫!

给你的主角一个（真的很坏的）敌人或处境

最近的研究表明，阅读小说可以让你更有同理心。它能让你透视别人的想法、感受和挣扎。它能让你透过别人的生活之窗窥见他们的生活，看到他们为什么会是现在这个样子。这是我们在现实生活中很少会得到的礼物。了解别人的痛苦经历不仅能帮助我们理解他人，还能让我们发自内心地同情他们。

这就是为什么另一个让读者支持不讨人喜欢的角色的好方法，就是让他们与一个更不讨人喜欢的角色对抗。一个恶棍，一个敌人，一个关系复杂的好朋友，甚至是一个可怕的家长。一旦我们看到那个人有多么可怕，我们就再也不会讨厌主角了。相反，我们会理解他们。我们会想，嗯，难怪他们这么不讨人喜欢，看看他们都在忍受些什么!

理解一个人为什么会是现在这个样子有助于我们发自内

心地同情那个人。我认为现在我们都能学会这关于同理心的一课。是什么让一个人有这样的表现？这个人的生活中有什么可怕的事物？虽然在现实生活中，我们不能总是打开紧闭的大门去发现这些事实，但在小说中我们肯定可以这么做，而且我们应该这么做！

在卡勒德·胡塞尼的《追风筝的人》中，作者向我们介绍了主角阿米尔。让我们承认吧：阿米尔对他最好的朋友哈桑并不好。事实上，大多数时候他对哈桑都很坏。我们为什么还要支持这个角色？为什么我们要不停地看下去，去了解他会遇到什么事？

因为他的父亲。

我们看到了阿米尔的生活是怎样的：他努力赢得他似乎冷酷无情的父亲的爱，他拼命向父亲证明他不像父亲认为的那般无用。这就够了。我们不会原谅阿米尔对哈桑所做的事，至少在结局到来之前。但是我们会更加同情和理解他的行为。

我在《讨厌父亲的 52 个理由》中使用了同样的招数。实际上，书名就体现了这个招数。莱克星顿·拉腊比很糟糕，但等一等，看一下她的爸爸。他没有爱心，冷漠，而且从不在主角身边。难怪她表现得像个不负责任的小孩！她想引起父亲的注意。

还有一个类似的方法可以完成这个任务，那就是把你的主角置于一个糟糕的处境中，或者至少解释一下他们的处境。

在简·奥斯汀的《爱玛》中，爱玛·伍德豪斯在很小的时候就失去了母亲，难怪她对感情这么谨慎；在《火车上的女孩》中，蕾切尔的丈夫出轨了，后来还和那个女人结婚并生了孩子，难怪她会喝那么多酒；冉·阿让因为偷了一条面包，坐了19年牢，难怪他会变得冷酷无情，而且反社会；甚至臭名昭著的埃比尼泽·斯克鲁奇之所以这样吝啬也有原因：小时候他被父亲赶出了家门。难怪他很难同情别人。

角色从来不会无缘无故地不讨人喜欢，他们不是一开始就是那个样子的。一开始，我们都是一块空白的石板。石板上描绘了什么，才把主角变成我们在第一页遇到的那个人呢？让我们瞥一眼他们的过去、他们的父母或他们的现状，这可以真正帮助我们理解这个人是谁，为什么他们是现在这个样子的。一旦我们明确了原因，我们就会开始同情主角所处的困境。

求助！我卡住了！
一些充满智慧和启示的临别赠言

根本就没有作家障碍这回事。

就在这里，我这么说了。

如果你醒着，你就可以写作。如果你能坐在椅子上，你就能写作。如果你有手指，你就能写作。

我没有说你会写得很好。但你永远不会无法写作，你永远可以写出点什么。

无论你处于写作过程的什么阶段，你都会时不时地被卡住。我保证这种情况会发生。你会有顺利的和不顺利的时候；你会写出自己喜欢的场景和想丢弃的场景；你会把催化剂动点修改 100 万遍，直到你觉得自己写对了；你会在写到小说结尾时意识到你的乐趣与游戏动点全写错了。

写作被称为一种创造性过程是有原因的。

但这并不意味着我不会给你一些应对这个过程的有用建议！

以下是我能给予你的。

允许自己写（构思）得很糟糕

根本就没有作家障碍或构思者障碍，只有完美主义者障碍（感谢作家埃米莉·海恩斯沃思的精彩表述）。我们害怕自己写的东西或构思的情节会很糟糕。那么，就向恐惧屈服吧，让它变得很糟糕。写点糟糕的东西。构思一份糟透了的、令人无法接受、感到不舒服的动点进度表。让自己做得很差劲！

这里有一个小秘密：如果你写了一些糟糕的东西，除了你自己，没有人会读它。你总可以回头再修改。

诺拉·罗伯茨说过："你无法修改一张空白页。"说得太对了。先写一些糟糕的东西，这样**未来的你**就有东西修改了！否则未来的你会非常无聊和失望，因为**过去的你**没有履行你的责任，在那一页上写上一些东西。别让未来的你失望。不要让未来的你失业。写一些糟糕的东西，然后让未来的你去处理。那是未来的你最擅长做的事。

所以，不要害怕写得糟糕。接受糟糕的内容！或者就像我喜欢说的那样，"不要害怕写出'狗屎'。'狗屎'是很好的肥料"。

保持灵活！动点会改变

无论你是构思者或凭感觉者，不论你是在开始写作之前花几天、几周、几个月，甚至几年的时间撰写你的动点进度表，确保自己想清楚了每一个细节，还是你只是草草写下一些想法，然后就开始写作了——不论哪种方式，你的动点都将会改变。这是不可避免的。写到小说的最后一页时，你可能会意识到你的设定动点完全写错了。你可能已经完成了第一稿（甚至是最终稿）的一半，然后意识到失去一切动点需要早点出现，或者变得更有破坏性。

你的动点不是刻在石头上的。它们也不应该固定不变。

作家特里·普拉切特说过："初稿是你在给自己讲这个故事。"事实上，有些人甚至把初稿称为"发现稿"。因为这就是你在做的事。你正在发现这个故事。你在探索这个世界。你开始了解主角。构思一本小说，并认为你可以实现所有的计划，就像策划你的生活，并认为一切都会走在正轨上一样，是一种妄想。

是的，提前想好你的15个动点肯定能帮助你想清楚故事如何发展，甚至可能会帮助你找到正确的方向，但它不会帮你想清楚如何写出整个故事。

写小说是一段寻找金羊毛的旅程，你每天面对的令人怯步的白纸（或屏幕）就是你的道路，"结局"是你的奖品。我、你的评论伙伴和写作伙伴，就是你的团队。旅途中会有弯路，会有"公路苹果"阻挡你，迫使你改变路线或重新规划。

保持灵活，让你的动点随着越来越清晰的故事和主角而改变。

当你迷路的时候，记得回顾主角的愿望和需要，它们是你旅途中的路标：当你驶向中点时，关注主角想要的东西；当你驶向结局形象时，关注主角需要的东西。这两件事将帮助你穿越道路上的黑暗之处。

不要把自己尚未完成的作品和其他人已完成的杰作做比较

当你阅读这本书里的动点进度表时，当你着手分析其他小说并从中找出模板时，请记住，这些都是已完成的作品，不是正在撰写中的作品。这些作品经过了几个月，有时甚至是几年的挣扎思考，更不用提无数次的修改、编辑、审稿和专业校对。我们很难不把自己的作品和书架上的优秀作品进行比较，因为我们还能和什么做比较呢？我们喜欢的作家不会在他们的网站上发布凌乱的、粗糙的草稿给所有人看。但我向你保证，这样的草稿是存在的。那些作家有这样的草稿。我们都有。小说不会一开始就是出版时的那个样子。通常（至少对我来说），它们一开始会像罗夏测验的图片那样奇形怪状，我不得不连续几个小时眯着眼睛、歪着头看它们，试图弄明白它们的含义。

同样的，不要把你还在创作的动点进度表和这本书中提到的动点进度表进行比较。记住，这些动点进度表是对已经完成和完善的故事的分析。我可以向你保证，它们与作者第一次写出来的大纲完全不同（如果他们一开始会写大纲的话）。

这就是我所说的"**前动点进度表**"和"**后动点进度表**"的区别。前动点进度表是构思者在写作之前创建的东西——一张帮助我们让故事沿着目标前进，直到到达目的地的路线图。

后动点进度表是对一部已经完成的，已经修改过、编辑过、审核过、校对过的小说进行的分析，为的是研究故事中的模式。

为了说明这两种动点进度表有多么不同，以及在你写小说的时候动点进度表可以发生多大的改变，我在这一章加入了我的小说《失物地图》的前动点进度表和后动点进度表。读一读，你会发现前动点进度表有多少不足和漏洞，我在开始写作之前有多少地方没有想明白，以及随着我花更多的时间描绘故事和人物，动点改变了多少。在后动点进度表中，你会注意到许多动点被移动了，其他一些动点变得更加充实，还有一些动点被重写了。

所以，对自己宽容一些。一开始你不会把一切都想清楚。或者即使你想好了，就像我之前说的那样，它也很可能会改变。

《失物地图》

作者：杰西卡·布罗迪

"救猫咪"故事类型：金羊毛

书的类型：当代青少年小说

书的页数：464 页（活力西蒙出版公司 2018 年精装版）

1. 开场形象

前：有人送来了一个信封，上面写着阿里已故父亲杰克逊的名字，里面放着她父亲的老爷车的钥匙。她讨厌父亲和那辆车（因为他总是开着车离开她）。杰克逊给阿里和她的母亲留下了很多债务。

后：一个信差送来了杰克逊寄来的信，杰克逊是阿里的最近去世的父亲，多年前抛弃了阿里和她的母亲。信的内容要晚些时候才能透露。

2. 设定

前：阿里出发去把车卖给布拉格堡的一个买主。她需要钱来救下她被取消赎回权的房子，帮助她的母亲摆脱债务（故事A／愿望）。她不会开手动挡的车。所以她的前男友尼科不得不帮她开车，和她一起去。在某个地方，我们看到阿里在扔东西。她在不断地清理她的生活。

她最大的缺点：太快把东西扔掉，不给它们机会证明自己的价值。

后：阿里的妈妈接受了一份为期一周的酒席承办工作，离开了家里，阿里独自在家收拾东西，她们的房子已经被银行取消了赎回权。阿里在想办法挽救这所房子，但她的母亲已经放弃了。打包的时候，阿里把大部分东西都扔掉了（她是个强迫性清理者），并在想是什么让她们陷入了债务的泥潭。她认为这都是杰克逊的错。

杰克逊在阿里的生活中时而出现，时而消失。他从不可靠，经常以她母亲的名义开信用卡（而且不还钱）。我们了解到，杰克逊一生中最喜欢的两件东西是他的 1968 年的火鸟400 折篷车和 20 世纪 90 年代后垃圾摇滚乐队"恐惧流行病"。阿里对她的父亲充满了愤怒和怨恨。

我们还了解到阿里喜欢做性格测试。她喜欢用这些测试把人归入易于定义的类别。这与她过快给人贴上标签的缺点有关，这样她就可以快速地"把他们扔掉"。

3. 陈述的主题

前：在参观布拉格堡的玻璃海滩时，有人（指着一块海玻璃）对阿里说："大海原谅了我们。"这指的是海洋可以把一些旧的、看起来毫无价值的垃圾，变成闪亮的、值得保存的东西。

这里指阿里无法原谅她的父亲，而且她很快就会把东西扔掉（包括尼科），认为它们毫无价值。但实际上一个人的垃圾可能是另一个人的财富。

阿里的人生教训是：宽恕（在你给别人贴上标签并抛弃他们之前，给他们机会展示真正的自己）。

后：在他们高中生活的最后一天，阿里最好的朋友琼给了她一本自制的剪贴簿，记录了她们之间的友谊。琼问她："你不会把它扔掉的，对吧？"阿里激动地回答说："我不会把它扔掉的，永远不会。我喜欢它。"琼说："没错。你不会扔掉你喜欢的东西。"

阿里知道琼指的是她的前男友尼科，但这也是阿里将从父亲身上学到的人生一课。不要太快抛弃别人。他们身上可能有你不知道或不理解的事情。

后来，在布拉格堡的海滩上，一名男子重申了这一主题，他说（指着阿里发现的一块海玻璃）："大海宽恕了我们。"这指的是海洋可以把一些旧的、看起来毫无价值的垃圾，变成闪亮的、值得保存的东西。

阿里的人生教训是：宽恕（给别人机会，让他们向你展示他们的价值）。

4. 催化剂

前：买家告诉阿里，这辆车并不像她想的那样值钱。她爸爸没有像她想的那样保养好它（也许是因为最近几年他生病了？）

后：有人敲门。阿里打开门，看到我们在开场形象中看到的送信者。他说杰克逊在去世前与他住在一起。他给了阿里一个信封，里面放着杰克逊最珍贵的财产——那辆1968年的火鸟 400 折篷车——的钥匙。

5. 讨论

前：现在阿里要怎么得到钱去救她的房子呢？

尼科告诉阿里可以在克雷格列表网站上"交易"。他们可以从一些小的交易开始，一步步进行一系列更大金额的交易，最终得到她需要的钱来挽救房子。

起初，阿里认为他疯了。这永远不会行得通。但她又有什么损失呢？

后：阿里会怎么处理这辆车？

她几乎立即就把车挂到了克雷格列表网站上，盘算着所得的钱可以用来拯救她的房子。

第二天，她去学校的计算机实验室看看是否有回音，发现尼科也在那里。两人非常尴尬，充满敌意，我们得知尼科是阿里的前男友，他们一个月前分手了（原因我们还不知道）。

阿里在克雷格列表网站上得到了大量的回复。出价最高的男人住在加州的新奥尔良市（往北 5 个小时车程）。阿里告诉他她今晚会开车过去。他开出的数目足以使这所房子免于丧失抵押品赎回权（愿望）。

当阿里回到停车场时，她发现尼科正在等她。他在她身后看到了邮件，知道她要出售这辆车。尼科尖锐地提醒她，她不能开手动挡的车，她要怎么把车开到新奥尔良市去呢？阿里意识到她认识的唯一会开手动挡的人是尼科。

6. 进入第 2 幕

前：阿里同意实行尼科的疯狂计划。他们把第一件物品放在克雷格列表网站上交易。

后：阿里其实并不想让尼科帮她，但她别无选择。她提出把车卖了之后给他一千美元，作为他和她一起开车到新奥尔良市去的报酬。他同意了。

7. 故事 B

前：重新认识尼科，了解他的秘密（在和他分手，也即"把他扔掉"之前，她没有来得及了解的事情）。

此外，故事 B 将会倒叙阿里和尼科之间的关系，直到他们分手。对读者来说，他们分手的真正原因还是个谜，直到后面才揭示出来。

后：尼科是故事 B 角色。通过倒叙他们的关系曾经有多好，对比现在有多糟糕，阿里会对自己和自己的缺点有更多的了解。

但最终，正是这段与尼科的旅程让她看清了他们分手那晚真正发生了什么，更重要的是，教会了她宽恕的主题。

8. 乐趣与游戏

前（向上发展的道路）：在克雷格列表网站上交易时，尼科和阿里发生了争吵，不过他们也通过交易结识了一些新朋友。

我们还了解到，杰克逊对 20 世纪 90 年代的后垃圾摇滚乐队"恐惧流行病"非常痴迷，以及他是如何在 21 世纪头 10 年末期乐队重组后离开了阿里和她的母亲，与他们一起巡演的。

后（向下发展的道路）：阿里和尼科合不来。很明显，他们都还在因为分手而生气，一路上气氛很紧张。

当他们到达第一个休息站布拉格堡时，尼科试图说服阿里不要把车卖了。她应该留着它，因为这辆车很经典。除了卖车，她还可以通过在克雷格列表网站上"交易"来赚足够的钱来保住她的房子。他解释说，她可以从一样小东西开始，然后发展成一系列金额更大、效果更好的交易，最终得到一件价值不菲的东西。阿里认为他疯了，不同意这么做。尼科说他反正会这么做的，并向她证明这是行得通的。他开始自己进行交易。

当他们继续沿海岸向北行驶时，遇到了一个路障，这迫使他们掉头改道（使阿里无法在当天到达新奥尔良市）。

他们不得不在旅馆房间里一起过夜，这已经不只是尴尬了。

此外，通过零散的倒叙，我们了解了更多关于阿里和尼科的关系，以及她在童年时和杰克逊经历的事情。

9. 中点

前（虚假的胜利）：交易一直进行得很顺利，但在阿里和尼科差点接吻的中点派对上，风险提高了。

后（虚假的失败）：他们到达了新奥尔良市，买家验了车，很快得出结论：这是一辆"克隆"车，而不是她父亲说的火鸟400。这是一辆普通的火鸟，只不过杰克逊在上面贴了一个假的400徽章。

阿里认为这只是杰克逊让她失望的另一种方式。这辆车的价值只占她以为的价值的一小部分，远不足以挽救她的房子。

至此，尼科已经通过交易获得价值200美元的东西。他说服她（暂时）留下车，并加入他的"交易"之旅。阿里不情愿地同意了，她觉得自己已经没什么可失去的了。

10. 坏人逼近

前（向下发展的道路）：交易慢下来了？或者他们在交易中遇到了麻烦？阿里和尼科的关系正在升温，这召唤了阿里内心的坏人来破坏它。

阿里开始把和尼科分手那晚的事情拼凑起来。

后（向上发展的道路）：探索进展顺利。阿里和尼科继续沿着海岸往前走，去交易的地方，最终交易到价值 5000 美元的东西。

不可思议的是，尼科和阿里的关系也开始好转，甚至玩得很开心。尼克教阿里如何驾驶手动挡汽车。然后，当他们去汽车影院看电影时，他们接吻了，这促使阿里重新审视她对尼科的感情。

与此同时，阿里在克雷格列表网站上遇到的各种各样的人以及他们交易的东西引发了更多关于杰克逊的倒叙。这些倒叙开始揭示出杰克逊除令人失望的部分以外的另一面。

在车的后备箱里，阿里发现了一张杰克逊与"恐惧流行病"主唱一起拍的照片（当时杰克逊是乐队重聚巡演的管理员）。

11. 失去一切

前：那辆车坏了，修理它要花很多钱。他们的旅程停了下来。

后：克雷格列表网站上的一个人骗了他们，他们失去了最后一件商品，使他回到了起点 0 美元（**公路苹果**）。阿里责怪尼科没有预见到骗局的到来，两个人吵了起来。但很快我们就会发现，这场争吵与克雷格列表网站无关。这是他们分手那天晚上争吵的延续，只不过这次尼科对阿里说了他当时没说过的话，也就是真相。它刺痛了阿里。

阿里气冲冲地开着车走了，把尼科一个人留在停车场。

12. 灵魂的暗夜

前：阿里想放弃并回家。尼科坦白了他们分手那个晚上的情况和真正发生的事情。

阿里意识到她太快对尼科做出了评判，并把他丢到了一边。她做出了错误的假设（因为她没有花足够长的时间来了解真相）。

阿里在车的后备箱里发现了一张罕见的"恐惧流行病"乐队的黑胶唱片。它曾经属于她的父亲，现在值很多钱。

后：当阿里在车里沉溺于自己的世界时，她回忆起了和尼科在一起的最后一个场景：他们分手的那个晚上。最终，她发现了当晚的一些细节。

尼科的手机收到了一连串短信，手机的哔哔声把阿里从回忆拉回现实。阿里看了尼科的手机，手机上的内容揭示了他们分手那天晚上，她记忆中缺失的最后一部分（**暗夜顿悟**）。这部分事实证明了尼科受她指责的地方都是情有可原的。阿里意识到自己对他做出了错误的判断，而且太快把他抛弃了。这就是为什么尼科在这次旅行中对她那么生气。

意识到自己的错误后，阿里回去寻找尼科。尼科和阿里在

海滩上推心置腹地聊天，一切都被原谅了。但她还没有原谅第一个让她失望的人。那个她从没想过自己能原谅的人……

阿里去了一家老爷车修理店，想卖掉杰克逊的火鸟。虽然这辆车不像她想的那么值钱，但也足够他们俩回家的路费了。而且，在交易中失去了一切之后，他们非常需要钱。但在交出汽车之前，她在播放器里发现了一盒磁带。她播放了磁带，听到了杰克逊在和"恐惧流行病"乐队一起巡演时录制的录音。很显然，杰克逊在那次巡演中写了一首歌，这首歌本应该出现在乐队的新专辑中，但他们在录制之前就解散了。阿里有一种感觉，这首歌是关于她的，她想知道歌词说的是什么。她意识到她想要了解她的父亲。

13. 进入第 3 幕

前：阿里决定继续她的旅程，并通过在克雷格列表网站交易来获得她需要的剩余资金。她和尼科（现在已经和好了）把这张唱片挂在克雷格列表网站上以物易物。

后：阿里决定（暂时）不卖车了，而是开车前往华盛顿州的塔科马市，现在"恐惧流行病"的主唱就住在那里。她认为，他是唯一一个知道她父亲真实样子的人。

14. 尾声

前："恐惧流行病"乐队的主唱回复了他们在克雷格列表网站上的帖子,并叫阿里去他家。他还记得她的父亲(她的父亲是乐队重聚巡演时的管理员)。他给了阿里原谅父亲所需要的那个残片(关于她父亲的一些她不知道的事情?)。他告诉她,实际上,她爸爸非常爱她。

在听了他们的要求后,这位歌手提出用一些东西来交换她的黑胶唱片。但他提供的物品的价值比唱片的高多了,因为他想帮助阿里。阿里得到了拯救房子所需要的钱,却决定拯救那台汽车?或者把钱花在别的事情上?她知道有些东西值得保留下来,有些东西则必须放弃(一开始你可能不知道哪个该保留,哪个该放弃)。

后:阿里与诺兰·库克见了面,他就是阿里发现的照片中的人。诺兰·库克告诉了阿里一些她从未听过的关于她父亲的事情——她回忆中的一个细节,会改变所有回忆的意义,并开始解释为什么杰克逊真的离开了。原因并不是阿里一直认为的那样。

然后,诺兰深挖了杰克逊写的歌词。它们是关于阿里的,当阿里读到它们的时候,父亲的形象就出现在了她的眼前。她对他有了更深的了解,这使她最终能够原谅父亲。

15. 结局形象

前：阿里和尼科开车回家，重新在一起了。

后：阿里和尼科回到火鸟里，然后开车回家（现在由阿里开车）。她没有带回可以拯救房子的钱，但她带回了一样更好的东西——放下。

结局形象

我不知道这本书中哪些内容会引起你的共鸣，哪些不会；哪些会帮助你度过自己写作过程中的灵魂的暗夜，哪些段落你只是略读。这就是为什么我把我知道的所有东西——10 年来的讲故事智慧——都放在这几页里，希望你不仅能记住它们，还能在它们的帮助下做出改变。

是的，我真诚地希望读完这本书的时候，你不仅成了一位更好的作家，而且是一个变得更好的人。你发现了自己的哪些缺点？你完善了哪些不完美之处？为了你更有价值的需要，你放弃了什么想要的东西？

你，我的朋友，是这个故事的真正主角。你是我写这本书的原因。现在，对我来说，唯一重要的是你的转变。所以，去吧，成为我知道你注定要成为的讲故事的超级英雄。

致　谢

　　如果没有几位相当杰出的人士，这本书就不会诞生。首先，我要感谢布莱克·斯奈德，你向世人介绍了这个神奇的方法，你的文字和指导激励着我。我希望你会为这本书感到骄傲。感谢 B. J. 马克尔继承了布莱克的遗产，并给予我信任，让我写这本书。你从一开始就是我的支持者，没有你我真的不可能做到。也要感谢里奇·卡普兰，感谢你不懈的努力，把神奇的"救猫咪"法介绍给全世界那么多位作家，感谢你相信我，支持我为小说家们改编这套方法。感谢斯科特·布兰登·霍夫曼向我介绍了"救猫咪"法（很久很久以前），你是一切的催化剂！当然，还要感谢我的代理人吉姆·麦卡锡，当我提出一个新想法时，他总是（好吧，几乎总是）会说："酷！"尤其感谢他在我提出写这本书的想法时，他也对我说："酷！"

我会永远感谢十速出版社的莉萨·威斯特摩兰，感谢她在这个项目上冒险，并指导我完成了我的第一本非小说类作品（这本书常让我有失去一切的感觉）。你的耐心、智慧和朝着正确方向的温柔引导，正是我需要的。谢谢你！还要感谢我的工作精细的文字编辑，克里斯季·海因，是她把这本书整理好了，我们还就封皮上的"剧透"、吸血鬼和开瓶器进行了有趣的交流，这令我很快乐。还要感谢在十速出版社工作的优秀的人们，他们付出了如此多的努力，把这本书出版出来。其中包括但绝不限于丹尼尔·威基、埃莉诺·撒切尔和克洛艾·罗林斯。

我要大大地感谢乔安妮·伦德尔、杰茜卡·库利、若泽·西莱里欧和珍妮弗·沃尔夫，他们不仅聆听我不断地抱怨故事类型，还在我最需要的时候提供了明智的建议，并引导我找到了"完美的十种故事类型"。但在写作过程中，我的丈夫查利一直是我最应该感谢的人。毕竟，他必须和我一起生活，陪我度过乐趣与游戏、坏人逼近和失去一切。谢谢你时常成为我的进入第3幕、故事B和我的心。一如既往，我要感谢我的父母，感谢他们做我的第一个也是最狂热的啦啦队长，尤其要感谢我的父亲迈克尔·布罗迪，感谢他把"写作基因"传给了我。

但最重要的是，感谢我所有的学生。感谢你们所有人。不论你是参加了我的写作讲习班，还是参加了我的在线课程，或者通过这本书第一次和我相遇。我想让你知道，这本书是受到了你的启发，是因为你才诞生的，而且是全心全意献给你的。你的创造力、能量和让这个世界充满故事的决心是帮助我度过灵魂最黑暗夜晚的动力。我是为你写的这本书。去吧，去讲述美妙的故事吧。

关于作者

自 2005 年辞去米高梅电影公司的主管职务以来，杰西卡·布罗迪已经向大型出版商出售了超过 15 部小说。她为青少年、吞世代和成年人写书，作品包括《失物地图》（金羊毛）、《静止的混乱》（成长仪式）、《幸而是你》（瓶子里的魔法）、《讨厌父亲的 52 个理由》（傻瓜成功）、"遗忘"三部曲（超级英雄）和即将出版的《没有星星的天空》（制度化），这是一部新的科幻系列小说中的第一本，被形容为"太空中的《悲惨世界》"。她还为迪士尼出版社写书，包括根据迪士尼频道的热门原创电影改编的《后裔：秘密学校》系列以及《乐高迪士尼公主》章节故事书。杰西卡的小说已经在超过 23 个国家被翻译和出版，"遗忘"系列和《讨厌父亲的 52 个理由》目前正在被改编成电影。不写小说的时候，杰西卡会在 Udemy.

com 上教授在线写作讲习班。她和丈夫及三条狗住在俄勒冈州波特兰市附近。

可以登录 JessicaBrody.com 访问杰西卡的网站。也可以在推特或 Instagram 上关注她的账号 @JessicaBrody。

书名、人名对照

　　作者在书中提及的书名和人名繁多，为方便读者阅读和检索，特在书后列出中英文对照。加"*"的书未见中国大陆地区版本。

简介

Save the Cat! The Last Book on Screenwriting You'll Ever Need

《救猫咪：电影编剧指南》

Blake Snyder

布莱克·斯奈德

Charles Dickens

查尔斯·狄更斯

Melissa McCarthy

梅丽莎·麦卡西

Jane Eyre

《简·爱》

Wuthering Heights

《呼啸山庄》

Great Expectations

《远大前程》

Jane Austen

简·奥斯汀

John Steinbeck

约翰·斯坦贝克

Stephen King

斯蒂芬·金

Nora Roberts

诺拉·罗伯茨

Mark Twain

马克·吐温

Alice Walker

艾丽斯·沃克

Michael Crichton

迈克尔·克莱顿

Agatha Christie

阿加莎·克里斯蒂

1 我们为什么关心？

Because of Winn-Dixie

《傻狗温迪克》

Kate DiCamillo

凯特·迪卡米洛

Frankenstein

《弗兰肯斯坦》

Mary Shelley

玛丽·雪莱

The Help

《相助》

Kathryn Stockett

凯瑟琳·斯多克特

Life of Pi

《少年 Pi 的奇幻漂流》

Yann Martel

扬·马特尔

Misery

《头号书迷》

Stephen King

斯蒂芬·金

Ready Player One

《玩家 1 号》

Ernest Cline

恩斯特·克莱恩

The Hunger Games

《饥饿游戏》

Suzanne Collins

苏珊·柯林斯

The Grapes of Wrath

《愤怒的葡萄》

Confessions of a Shopaholic

《购物狂的异想世界》

Sophie Kinsella

索菲·金塞拉

Emma

《爱玛》

Les Misérables

《悲惨世界》

Victor Hugo
维克多·雨果

Alice in Wonderland
《爱丽斯漫游奇境》

Lewis Carroll
刘易斯·卡罗尔

Me Before You
《遇见你之前》

Jojo Moyes
乔乔·莫伊斯

The Shack
《湖边小屋》

William P. Young
威廉·P. 杨

The Kite Runner
《追风筝的人》

Khaled Hosseini
卡勒德·胡塞尼

Heart-Shaped Box
《心形礼盒》

Joe Hill
乔·希尔

The Girl on the Train
《火车上的女孩》

Paula Hawkins
宝拉·霍金斯

Everything, Everything
《你是我一切的一切》

Nicola Yoon
妮古拉·尹

Harry Potter and the Sorcerer's Stone
《哈利·波特与魔法石》

J. K. Rowling
J. K. 罗琳

Pride and Prejudice
《傲慢与偏见》

The Husband's Secret
《他的秘密》

Liane Moriarty
莉安·莫里亚蒂

George Orwell
乔治·奥威尔

Twilight
《暮光之城》

Stephanie Meyer
斯蒂芬妮·梅尔

2 "救猫咪"动点进度表

Cinder
《月族》
Marissa Meyer
玛丽莎·梅尔
The Da Vinci Code
《达·芬奇密码》
Dan Brown
丹·布朗
Diary of a Wimpy Kid
《小屁孩日记》
Jeff Kinney
杰夫·金尼
The Fault in Our Stars
《无比美妙的痛苦》
John Green
约翰·格林
The Hate U Give
《黑暗中的星光》
Angie Thomas
安吉·托马斯
It Had to Be You
《绝对是你》*
Susan Elizabeth Phillips
苏珊·伊丽莎白·菲利普斯

Charlotte Brontë
夏洛蒂·勃朗特
The Martian
《火星救援》
Andy Weir
安迪·威尔
Memory Man
《记忆怪才》
David Baldacci
戴维·鲍尔达奇
Room
《房间》
Emma Donoghue
爱玛·多诺霍
Something Borrowed
《大婚告急》*
Emily Giffin
埃米莉·吉芬
The White Queen
《白王后》
Philippa Gregory
菲利帕·格里高利
Holes
《洞》

Louis Sachar

路易斯·萨奇尔

Wonder

《奇迹男孩》

R. J. Palacio

R. J. 帕拉西奥

The Giver

《记忆传授人》

Lois Lowry

洛伊丝·劳里

Lord of the Flies

《蝇王》

William Golding

威廉·戈尔丁

Bridget Jones's Diary

《BJ 单身日记》

Helen Fielding

海伦·菲尔丁

Gone Girl

《消失的爱人》

Gillian Flynn

吉莉安·弗琳

The Outsiders

《追逐金色的少年》

S. E. Hinton

S. E. 欣顿

The Girl with the Dragon Tattoo

《龙文身的女孩》

Stieg Larsson

斯蒂格·拉森

3　不是你母亲的风格

The Odyssey

《奥德赛》

Homer

荷马

The Canterbury Tales

《坎特伯雷故事》

Geoffrey Chaucer

杰弗里·乔叟

Catching Fire

《饥饿游戏 2：燃烧的女孩》

Mockingjay

《饥饿游戏 3：嘲笑鸟》

Unremembered

《时空逃亡》

4　犯罪动机

In the Woods

《神秘森林》

Tana French

塔娜·法兰奇

And Then There Were None

《无人生还》

Harry Bosch series

"哈里·博斯"系列小说

Michael Connelly

迈克尔·康奈利

Dublin Murder Squad series

"都柏林谋杀小分队"系列小说

Camel Club series

"骆驼俱乐部"系列小说

David Baldacci

戴维·鲍尔达奇

Jack Ryan series

"杰克·瑞恩"系列小说

Tom Clancy

汤姆·克兰西

In a Dark, Dark Wood

《暗无边际》

Ruth Ware

露丝·韦尔

The Adventures of Sherlock Holmes

《福尔摩斯探案集》

Arthur Conan Doyle

阿瑟·柯南·道尔

The Secret of the Old Clock

《古钟之谜》*

Carolyn Keene

卡罗琳·基尼

Nancy Drew series

"南茜·朱尔"系列

Rebecca

《蝴蝶梦》

Daphne Du Maurier

达夫妮·杜穆里埃

The Westing Game

《威斯汀游戏》

Ellen Raskin

埃伦·拉斯金

A Is for Alibi

《A：不在现场》

Sue Grafton

苏·格拉夫顿

Kinsey Millhone series

"金西·米尔虹"系列

The Black Echo

《黑色回声》

Along Came a Spider

《蜘蛛来了》

James Patterson

詹姆斯·帕特森

Alex Cross series

"亚历克斯·克劳斯"系列

One for the Money

《一个缉拿逃犯的女人》

Janet Evanovich

珍妮特·伊诺维奇

Stephanie Plum series

"斯蒂芬尼·普卢姆"系列

Ten

《杀戮岛》*

Gretchen McNeil

格蕾琴·麦克尼尔

The Cuckoo's Calling

《布谷鸟的呼唤》

Robert Galbraith

罗伯特·加尔布雷思

Comoran Strike series

"科莫兰·斯特莱克"系列

Amos Decker series

"阿莫斯·德克尔"系列

All the Missing Girls

《失踪的女孩们》*

Megan Miranda

梅根·米兰达

Watch the Girls

《留意女孩们》*

Jennifer Wolfe

珍妮弗·沃尔夫

5 成长仪式

The Sky Is Everywhere

《天空之下》

Jandy Nelson

珍迪·尼尔森

The Perks of Being a Wallflower

《壁花少年》

Stephen Chbosky

斯蒂芬·奇博斯基

The Catcher in the Rye

《麦田里的守望者》

J. D. Salinger

杰罗姆·大卫·塞林格

About a Boy

《非关男孩》

Nick Hornby

尼克·霍恩比

The Summer I Turned Pretty

《夏日大变身》*

Jenny Han

珍妮·汉

The Truth About Forever

《永恒的真相》*

Sarah Dessen

萨拉·德森

Anne of Green Gables

《绿山墙的安妮》

Lucy Maud Montgomery

露西·莫德·蒙哥马利

Their Eyes Were Watching God

《他们眼望上苍》

Zora Neale Hurston

佐拉·尼尔·赫斯顿

Are You There, God? It's Me, Margaret

《神哪，您在那里吗？是我，玛格丽特》*

Judy Blume

朱迪·布鲁姆

Speak

《我不再沉默》*

Laurie Halse Anderson

劳里·哈尔斯·安德森

The Last Song

《最后的歌》

Nicholas Sparks

尼古拉斯·斯帕克思

Fangirl

《少女作家的梦和青春》

Rainbow Rowell

蓝波·罗威

Every Last Word

《最后的一字一句》*

Tamara Ireland Stone

塔玛拉·艾尔兰·斯通

6　制度化

The Handmaid's Tale

《使女的故事》

Margaret Atwood

玛格丽特·阿特伍德

The Great Gatsby	Amy Tan
《了不起的盖茨比》	谭恩美
F. Scott Fitzgerald	Marlon Brando
F. 斯科特·菲茨杰拉德	马龙·白兰度
The Color Purple	*Long Way Down*
《紫色》	《最长的　分钟》
Little Women	Jason Reynolds
《小妇人》	贾森·雷诺兹
Louisa May Alcott	*Fahrenheit 451*
路易莎·梅·奥尔科特	《华氏 451 度》
To Kill a Mockingbird	Ray Bradbury
《杀死一只知更鸟》	雷·布拉德伯里
Harper Lee	*The Scarlet Letter*
哈珀·李	《红字》
Big Little Lies	Nathanial Hawthorne
《大小谎言》	纳撒尼尔·霍桑
Liane Moriarty	*Brave New World*
莉安·莫里亚蒂	《美丽新世界》
The Boleyn Inheritance	Aldous Huxley
《波琳家的遗产》	阿道司·赫胥黎
Philippa Gregory	*Montana Sky*
菲利帕·格里高利	《蒙大拿天空》*
The Joy Luck Club	*The Sisterhood of the Traveling Pants*
《喜福会》	《牛仔裤的夏天》

Ann Brashares
安·布拉谢尔

My Sister's Keeper
《姐姐的守护者》

Jodi Picoult
朱迪·皮考特

Red Rising
《火星崛起》

Pierce Brown
皮尔斯·布朗

Far from the Tree
《无法别离》

Robin Benway
罗宾·本韦

7 超级英雄

Percy Jackson series
"波西·杰克逊"系列

Rick Riordan
雷克·莱尔顿

Divergent series
"分歧者"系列

Veronica Roth
维罗尼卡·罗斯

Matilda
《玛蒂尔达》

Roald Dahl
罗尔德·达尔

Legend
《传奇》

Marie Lu
陆希未

Dracula
《德古拉》

Bram Stoker
布莱姆·斯托克

Peter Pan
《彼得·潘》

J. M. Barrie
詹姆斯·马修·巴里

Dune
《沙丘》

Frank Herbert
弗兰克·赫伯特

The Bourne Identity
《伯恩的身份》

Robert Ludlum
罗伯特·陆德伦

The Lion, the Witch, and the Wardrobe

《纳尼亚传奇：狮子、女巫和魔
衣柜》

C. S. Lewis

克莱夫·斯特普尔斯·刘易斯

Parable of the Sower

《地球之种 1：播种者寓言》

Octavia Butler

奥克塔维娅·E. 巴特勒

The Lightning Thief

《波西·杰克逊与神火之盗》

Rick Riordan

雷克·莱尔顿

Eragon

《伊拉龙》

Christopher Paolini

克里斯托弗·鲍里尼

City of Bones

《骸骨之城》

Cassandra Clare

卡桑德拉·克莱尔

Divergent

《分歧者》

*Miss Peregrine's Home for Peculiar
Children*

《怪屋女孩》

Ransom Riggs

兰萨姆·里格斯

Shadow and Bone

《格里莎三部曲 I：太阳召唤》

Leigh Bardugo

李·巴杜格

Origin

《起源》*

Jessica Khoury

杰茜卡·库利

Children of Blood and Bone

《血与骨的孩子》*

Tomi Adeyemi

托米·阿迪耶米

8　遇到问题的家伙

The Firm

《全身而退》

John Grisham

约翰·格里森姆

Call of the Wild

《野性的呼唤》

Jack London

杰克·伦敦

Robinson Crusoe

《鲁滨孙漂流记》

Daniel Defoe

丹尼尔·笛福

The BFG

《好心眼儿巨人》

The 5th Wave

《第 5 波入侵》

Rick Yancey

瑞克·杨西

Illuminae

《星谜档案》

Amie Kaufman

艾米·考夫曼

Jay Kristoff

杰伊·克里斯托夫

9 傻瓜成功

The Princess Diaries

《公主日记》*

Meg Cabot

梅格·卡伯特

Dumplin'

《饺子公主》*

Julie Murphy

朱莉·墨菲

The Devil Wears Prada

《穿 PRADA 的女魔头》

Lauren Weisberger

劳伦·魏丝伯格

Candide

《老实人》

Voltaire

伏尔泰

The Other Boleyn Girl

《另一个波琳家的女孩》

The Dork Diaries

《怪诞少女日记》

Rachel Renée Russell

蕾切尔·勒妮·拉塞尔

The Season

《社交季》*

Jonah Lisa Dyer

乔纳·莉萨·戴尔

Stephen Dyer

斯蒂芬·戴尔

10 伙伴之爱

Eleanor and Park

《这不是告别》

The Notebook

《恋恋笔记本》

Nicholas Sparks

尼古拉斯·斯帕克思

The Statistical Probability of Love at First Sight

《一见钟情的概率》

Jennifer E. Smith

珍妮弗·E. 史密斯

Don Quixote

《堂吉诃德》

Miguel de Cervantes

米盖尔·德·塞万提斯·萨维德拉

Emily Brontë

艾米莉·勃朗特

Anna Karenina

《安娜·卡列尼娜》

Leo Tolstoy

列夫·托尔斯泰

The Yearling

《鹿苑长春》

Marjorie Kinnan Rawlings

玛·金·罗琳斯

Safe Harbor

《避风港》*

Danielle Steele

丹尼尔·斯蒂尔

Irresistible Forces

《无法抗拒的力量》*

Brenda Jackson

布伦达·杰克逊

Vision in White

《白色约定》

Anna and the French Kiss

《安娜与法式之吻》*

Stephanie Perkins

斯蒂芬妮·珀金斯

Aristotle and Dante Discover the Secrets of the Universe

《亚里士多德和但丁发现宇宙的秘密》*

Benjamin Alire Sáenz

本杰明·阿里礼·萨恩斯

When Dimple Met Rishi

《当酒窝遇到诗人》*

Sandhya Menon

桑迪亚·梅农

Amanda Stenberg

阿曼达·斯坦伯格

Nick Robinson

尼克·罗宾森

The Little Prince

《小王子》

11   瓶子里的魔法

Twenties Girl

《我的闺蜜是幽灵》

Lord of the Rings series

"魔戒"系列

Chronicles of Narnia series

"纳尼亚传奇"系列

a Song of Ice and Fire series

"冰与火之歌"系列

A Game of Thrones

《权力的游戏》

The Nutty Professor

《肥佬教授》

Big

《长大》

13 Going on 30

《女孩梦三十》

Freaky Friday

《辣妈辣妹》

Bruce Almighty

《冒牌天神》

The Mask

《变相怪杰》

Liar, Liar

《大话王》

Shallow Hal

《庸人哈尔》

Groundhog Day

《土拨鼠之日》

The Indian in the Cupboard

《魔柜小奇兵》

Lynne Reid Banks

琳妮·里德·班克斯

The Swap

《换新人生》*

Megan Shull

梅根·沙尔

11 Birthdays

《十一个生日》

Wendy Mass

温迪·马斯

Before I Fall

《忽然七日》

Lauren Oliver

劳伦·奥利弗

If I Stay

《如果我留下》

Gayle Forman

盖尔·福尔曼

Landline

《重拨时光》

A Christmas Carol

《圣诞颂歌》

The Picture of Dorian Gray

《道林·格雷的画像》

Oscar Wilde

奥斯卡·王尔德

Mary Poppins

《随风而来的玛丽阿姨》

P. L. Travers

P. L. 特拉芙斯

Mary Rodgers

玛丽·罗杰斯

Airhead

《空降》*

Meg Cabot

梅格·卡伯特

The Ocean at the End of the Lane

《车道尽头的海洋》

Neil Gaiman

尼尔·盖曼

Parallel

《平行线》*

Lauren Miller

劳伦·米勒

12　金羊毛

Jason

伊阿宋

Argonauts

阿尔戈英雄

Hercules

大力神

As I Lay Dying

《我弥留之际》

William Faulkner

威廉·福克纳

The Wonderful Wizard of Oz
《绿野仙踪》

L. Frank Baum
莱曼·弗兰克·鲍姆

The Adventures of Huckleberry Finn
《哈克贝利·费恩历险记》

Six of Crows
《乌鸦六人组》

Heist Society
《偷盗社团》*

Ally Carter
艾丽·卡特

The Great Train Robbery
《火车大劫案》

Prince of Thieves
《窃贼王子》*

Chuck Hogan
查克·霍根

The Town
《城中大盗》

The Fellowship of the Ring
《魔戒现身》

J. R. R. Tolkien
J. R. R. 托尔金

George R. R. Martin
乔治·R. R. 马丁

The Old Man and the Sea
《老人与海》

Ernest Hemingway
欧内斯特·海明威

The Divine Comedy
《神曲》

Dante
但丁

Inferno
《地狱》

Amy and Roger's Epic Detour
《埃米和罗杰的伟大之旅》*

Morgan Matson
摩根·马特森

Of Mice and Men
《人鼠之间》

The Road
《路》

Cormac McCarthy
科马克·麦卡锡

The Five People You Meet in Heaven
《你在天堂里遇见的五个人》

Mitch Albom

米奇·阿尔博姆

Gulliver's Travels

《格列佛游记》

Jonathan Swift

乔纳森·斯威夫特

The Selection

《决战王妃》

Keira Cass

凯拉·卡斯

Heart of Darkness

《黑暗的心》

Joseph Conrad

约瑟夫·康拉德

On the Road

《在路上》

Jack Kerouac

杰克·凯鲁亚克

Entertainment Weekly

《娱乐周刊》

Boston Globe

《波士顿环球报》

USA Today

《今日美国》

Steven Spielberg

史蒂芬·斯皮尔伯格

Joust

《鸵鸟骑士》

War Games

《战争游戏》

Zork

《魔域》

Black Tiger

《黑虎》

Dungeons and Dragons

《龙与地下城》

Pac-Man

《吃豆人》

Tempest

《暴风射击》

Monty Python and the Holy Grail

《巨蟒与圣杯》

13　房子里的怪物

Prey

《猎物》

The Deep

《深渊》

Nick Cutter

尼克·卡特

The Exorcist

《驱魔人》

William Peter Blatty

威廉·彼得·布拉蒂

The Ritual

《仪式》*

Adam Nevill

亚当·内维尔

Dean Koontz

迪恩·孔茨

The Shining

《闪灵》

Salem's Lot

《撒冷镇》

It

《它》

Pet Sematary

《宠物公墓》

Watchers

《守护神》

Midnight

《午夜》*

Hideaway

《藏身之处》*

The Haunting of Hill House

《邪屋》

Shirley Jackson

雪莉·杰克逊

Jurassic Park

《侏罗纪公园》

Ghost Story

《鬼村》*

Peter Straub

彼得·斯陶伯

The Keep

《魔鬼战士堡》*

F. Paul Wilson

F. 保罗·威尔逊

The Woman in Black

《黑衣女人》

Susan Hill

苏珊·希尔

The Silence of the Lambs

《沉默的羔羊》

Thomas Harris

托马斯·哈里斯

The Ruins

《废墟》

Scott Smith

斯科特·史密斯

World War Z

《僵尸世界大战》

Max Brooks

马克思·布鲁克斯

Sweet

《糖果》*

Emmy Laybourne

艾米·雷博恩

Kalahari

《卡拉哈里沙漠》*

Jessica Khoury

杰茜卡·库利

A Head Full of Ghosts

《幽灵笼罩屋顶》*

Paul Tremblay

保罗·崔布雷

Horns

《复仇之角》

Daniel Radcliffe

丹尼尔·雷德克里夫

James Taylor

詹姆斯·泰勒

14　向我推销它！

Albert Einstein

阿尔伯特·爱因斯坦

Sharp Objects

《利器》

Gillian Flynn

吉莉安·弗琳

15　救救作者！

Boys of Summer

《夏天的男孩》*

The Sun Is Also a Star

《你的一天 我的一生》

An Ember in the Ashes

《灰烬余火》

Sabaa Tahir

萨巴·塔希尔

The Time Traveler's Wife

《时间旅行者的妻子》

Audrey Niffenegger

奥德丽·尼芬格

All American Boys
《全美男孩》*

Brendan Kiely
布伦丹·凯利

Unforgotten
《巫女迷城》

Unchanged
《末世重生》

52 Reasons to Hate My Father
《讨厌父亲的 52 个理由》*

The Chaos of Standing Still
《静止的混乱》*

Joanne Rendell
乔安妮·伦德尔

Emily Hainsworth
埃米莉·海恩斯沃思

Terry Pratchett
特里·普拉切特

The Geography of Lost Things
《失物地图》*

图书在版编目（CIP）数据

救猫咪：小说创作指南 /（美）杰西卡·布罗迪著；

张淼译. -- 北京：九州出版社，2022.11

ISBN 978-7-5225-1300-3

Ⅰ.①救… Ⅱ.①杰… ②张… Ⅲ.①小说创作—指

南 Ⅳ.①I054-62

中国版本图书馆CIP数据核字(2022)第200840号

著作权合同登记号：01-2022-6526

救猫咪：小说创作指南

作　　者	［美］杰西卡·布罗迪　著　张淼　译
责任编辑	陈丹青
封面设计	墨白空间　陈威伸
出版发行	九州出版社
地　　址	北京市西城区阜外大街甲35号（100037）
发行电话	（010）68992190/3/5/6
网　　址	www.jiuzhoupress.com
印　　刷	嘉业印刷（天津）有限公司
开　　本	880毫米×1092毫米　　32开
印　　张	15.5
字　　数	295千字
版　　次	2022年11月第1版
印　　次	2024年2月第1次印刷
书　　号	ISBN 978-7-5225-1300-3
定　　价	78.00元